W0294596

LES DIABOLIQUES
DE MALDORMÉ

Né à Marseille en 1939, Jean Contrucci est journaliste et romancier. Correspondant du *Monde* à Marseille durant vingt ans, il est aujourd'hui critique littéraire à *La Provence*. Outre sa série *Les Nouveaux Mystères de Marseille*, il a consacré de nombreux ouvrages à sa région.

Paru au Livre de Poche :

L'Affaire de la Soubeyranne

Double crime dans la rue Bleue

L'Énigme de la Blancarde

La Faute de l'abbé Richaud

Le Guet-apens de Piscatoris

L'Inconnu du Grand Hôtel

Rendez-vous au moulin du Diable

Le Secret du docteur Danglars

La Somnambule de la Villa aux Loups

Le Spectre de la rue Saint-Jacques

Le Vampire de la rue des Pistoles

La Vengeance du Roi-Soleil

JEAN CONTRUCCI

Les Nouveaux Mystères de Marseille

Les Diaboliques de Maldormé

JC LATTÈS

© Éditions Jean-Claude Lattès, 2007. Première édition : octobre 2007.
ISBN : 978-2-253-12531-0 – 1re publication LGF

À Vincent…

NOTE DE L'AUTEUR

On trouvera parfois dans ce texte certaines expressions tirées du parler marseillais, quand la vérité du dialogue l'exige. Qu'on ne voie pas là le recours à une couleur locale facile, ou à un folklore langagier dépassé. Les Marseillais de la Belle Époque, à quelque classe sociale qu'ils appartiennent, sont bilingues (franco-provençal, ou franco-marseillais). Ils truffent leurs propos exprimés en français d'expressions venues du provençal, du patois local ou de l'italien. Cette habitude s'est prolongée bien après la Seconde Guerre mondiale. Aujourd'hui la tchatche a pris le relais. C'est pourquoi nous avons fourni une traduction des expressions qui pourraient poser un problème de compréhension aux Français vivant au-dessus du 45ᵉ parallèle, qui, comme chacun sait, passe par Valence.

« Un innocent condamné est l'affaire de tous les honnêtes gens. »

La Bruyère.

1.

Où l'on se pose une question capitale pour la suite de l'histoire : la découverte du corps d'un notaire pendu à l'espagnolette de sa chambre signifie-t-elle suicide ou assassinat ?...

Mᵉ Théophile Deshôtels, soixante-douze ans, fut notaire à Marseille durant quarante-huit ans, jusqu'au 30 juin 1906 aux environs de dix heures du soir. Mettons dix heures quinze, pas plus.

À partir de cet instant on ne put parler de lui qu'au passé. Il était mort depuis près de huit heures lorsqu'on découvrit son corps dans sa chambre à coucher, suspendu par le cou à l'espagnolette de la fenêtre, au premier étage de sa villa, en bordure de l'anse de Maldormé, sur la presqu'île de Malmousque, le long de la Corniche marseillaise.

Le notaire n'était vêtu que d'un gilet de flanelle sur une simple chemise de nuit blanche qui laissait voir ses pâles mollets nus. La pointe de ses pieds, chaussés de mules de velours anglais marron, touchait à peine le parquet ciré. Si bien que le vieux tabellion, vu de dos, bras ballants, avec sa tête chauve – coiffée d'un bonnet de nuit – penchée sur l'épaule gauche, ressemblait à un pantin déglingué dont on aurait tranché les fils, sauf celui qui suspendait le buste.

C'est Victor Rabinel, son domestique, qui fit cette pénible constatation, en arrivant comme chaque matin à six heures pile – bien que ce jour-là fût un dimanche – pour réveiller son maître. Cette tâche, le serviteur l'accomplissait avec la ponctualité d'un chef de gare suisse depuis plus de quinze ans, Me Deshôtels ayant horreur du moindre retard dans son emploi du temps.

Le brave homme – on parle du domestique – ne logeait pas dans la maison de son employeur. Ancien pêcheur, il avait été contraint par un accident du travail de laisser à ses fils, Marius et Fernand, le risque d'affronter sans lui les caprices de la Méditerranée pour approvisionner en poissons de roche du jour le célèbre restaurant *La Réserve*. L'établissement était tout proche de Malmousque. Son chef, Roubion, l'avait perché sur les hauteurs du vallon de l'Oriol et sur celles des guides gastronomiques. Victor Rabinel – soixante ans à la Saint-Jean – s'était donc reconverti en homme à tout faire au service du notaire. Celui-ci en profitait pour l'exploiter sans vergogne : dix francs par semaine[1] pour dix heures de présence journalière.

Séquelle d'une fracture ouverte mal soignée du tibia, récoltée durant une *mistralade* qui avait drossé sa barquette sur les rochers aigus de l'île des Pendus, une patte folle donnait au domestique de Me Deshôtels une démarche chaloupée, mais ne l'empêchait pas d'accomplir son travail avec une efficacité appré-

1. Un franc 1900 vaut 3,2 euros.

ciée par le notaire. Le souci de l'argent des autres ne dispensait pas le tabellion de veiller à l'usage du sien et il n'aurait pas admis le gaspiller si peu que ce soit à entretenir un fainéant.

Le soleil était déjà gaillard en cette heure précoce. On était dans les jours les plus longs de l'année et une belle lumière blonde baignait la presqu'île de Malmousque. La température était encore modérée. La mer, plate comme une vitre et bleue comme un saphir, semblait s'être couchée au pied des rochers blancs. La seule âme qui vive à cette heure matinale dans l'anse de Maldormé était donc celle de Victor Rabinel, car le chat noir qui le suivait à distance n'en possédait pas, à en croire René Descartes qui écrivait parfois n'importe quoi. Coiffé de sa casquette de marin, seul vestige de son ancien métier, le domestique approchait de la villa du notaire « en tanguant à bâbord » comme il le disait en se moquant de son infirmité.

Le vieux serviteur ne fut pas outre mesure surpris de découvrir la grille du jardin ouverte. Alfred Deshôtels, fils unique (et indigne) du notaire, négligeait de la refermer lorsqu'il rentrait éméché de *Chez Aline,* à l'aube d'une nuit de débauche passée dans cette fameuse maison de tolérance du quartier réservé, dont il était l'un des piliers. À trente-sept ans sonnés, le jeune homme était sans occupation définie. Bachelier tardif, les études notariales l'avaient ennuyé au point de les lui faire abandonner sans remords, au désespoir de son géniteur étonné qu'on ne se passionne pas pour les subtilités de la dévolution successorale, ou les arcanes du régime juridique des baux commerciaux. Alfred était saute-ruisseau intermittent dans l'étude paternelle. Si bien que Me Deshôtels, la mort dans l'âme, avait dû se résoudre à voir se briser la chaîne familiale qui – de Bénigne à Elzéar et de Sylvère à Théophile – avait fait depuis plus d'un siècle de l'étude notariale de la rue Haxo l'une des premières de Marseille. Le notaire s'était mal résigné à la perspective de laisser l'ouvrage de quatre générations de Deshôtels passer bientôt entre les mains du principal clerc, son filleul, Rodolphe Vaudois, trente-trois ans, un garçon travailleur, mais il n'appartenait pas à la tribu fondatrice. Aussi Théophile reprochait-il souvent à Alfred sa paresse et son intempérance. Le bruit de leurs querelles à ce sujet avait fait le tour de Malmousque.

Le passe-partout de Victor Rabinel le rassura quand il se rendit compte que la porte d'entrée de la villa était bouclée à double tour. En rentrant à l'aube, le fils Deshôtels avait donc dû conserver suffisamment de lucidité pour mettre la maison à l'abri des convoitises. Le domestique entra dans le hall carrelé à la façon d'un échiquier et grimpa de sa démarche cahoteuse jusqu'au premier étage où se trouvait la chambre du notaire. Il frappa selon un code établi : un coup sec, assez fort et deux brefs, plus légers. Il laissa à Me Deshôtels le temps de quitter son lit. Il guetta, l'oreille aux aguets. N'obtenant pas de réponse, Rabinel redescendit et, depuis le perron, jeta un coup d'œil sur le jardin. Il arrivait que le tabellion, qui avait les nuits brèves d'un homme de son âge, se levât avant l'arrivée de son domestique et, en robe de chambre, descendît contempler le réveil des oiseaux, occupation qui attendrissait ce vieux cœur sans passions avouées, du moins en public.

Le jardin était vide de présence humaine et les moineaux réclamaient avec véhémence leurs miettes habituelles.

Victor Rabinel revint dans la villa et, à cet instant, il perçut comme une vague odeur de térébenthine. Il regagna le palier du premier étage et frappa de nouveau à la porte de la chambre.

Célestine, veuve Maurin, la cuisinière, arriva sur ses talons et fila droit vers sa cuisine, afin que le petit déjeuner du notaire fût servi à sept heures tapantes. Le domestique rejoignit sa *collègue*[1].

— *Tine,* vous avez pas vu le patron en venant ?

Par-dessus ses lunettes rondes homothétiques de ses joues roses et rebondies, la cuisinière qui rinçait des légumes à la *pile*[2] tandis qu'une bouilloire chauffait sur les grilles de fonte du réchaud à gaz, sourit à l'arrivant et secoua la tête négativement. Elle montra le plafond de sa main qui tenait un couteau à éplucher.

— Vous êtes allé *y* frapper ?

— J'y *suis été*, mais *y* répond pas.

— Il aura pas entendu. Il me semble qu'il devient *toupin*[3], ces temps-ci.

— Et *Elle* ?

Célestine prit un air entendu :

— Oh, *Elle* ! Elle doit encore se pomponner. Vous savez qu'on l'a jamais vue avec un cheveu dépassant de son chignon, ni avec un bas filé.

---

1. Le Marseillais emploie ce mot pour désigner l'ami(e) très cher/chère.

2. L'évier. Généralement un monolithe en pierre de Cassis.

3. Sourd. D'où l'expression *« sourd comme un toupin »* (marmite en terre pour la daube).

Sans l'avoir nommée, les deux employés de Me Deshôtels venaient d'évoquer Liselotte Ullmann, la gouvernante du notaire depuis sept ans. Aux yeux de nombreux habitants de la presqu'île cette femme avait d'impardonnables défauts : elle *s'encroyait* – entendez qu'elle était – par ses origines et par sa nature peu portée aux démonstrations publiques d'affection. Circonstance aggravante : elle était belle, encore d'allure juvénile, en dépit de ses trente-sept ans, avec ses yeux clairs, son teint de Nordique et son port de tête superbe ; mais surtout elle était allemande, quoique parlant le français sans accent. En ce temps de préparation à la Revanche attendue depuis trente-six ans sur la raclée infligée par le Prussien en 70, on n'avait guère pardonné à Théophile Deshôtels – rendu veuf par la phtisie galopante qui avait emporté son épouse – d'avoir choisi une *Bochesse* pour régenter sa maison. Cela relevait presque de la haute trahison, à entendre le capitaine d'infanterie coloniale en retraite Gustave Bortoli, qui habitait à trois villas de là et que l'emploi d'une Annamite comme esclave domestique et sexuelle ne semblait pas offusquer.

— Elle doit être prête, dit Victor Rabinel. Je vais aller la prévenir.

Célestine Maurin – comme saisie d'un pressentiment – essuya ses mains à son tablier.

— Je viens avec vous, Victor.

Sans attendre, elle emboîta le pas du domestique.

La chambre de la gouvernante était située au rez-de-chaussée. Elle donnait sur le hall d'entrée, mais un escalier intérieur, raide comme une échelle de meunier, permettait de rejoindre la chambre du notaire située au-dessus, sans repasser par les parties communes de la villa. En haut des marches, une porte – dont seuls Liselotte Ullmann et son employeur avaient la clé devait permettre à la gouvernante d'intervenir au cas où un malaise ou un besoin particulier aurait motivé l'appel nocturne de Me Deshôtels, grâce à un bouton électrique placé à la tête du lit relié à un timbre fixé au mur, au-dessus de celle de Madame Ullmann. Cette éventualité ne s'était jamais produite.

Les deux employés chuchotèrent :

— Y a comme une odeur de térébenthine, vous trouvez pas, Victor ?

— C'est ce que je me suis dit en entrant.

Rabinel frappa à la porte de la chambre occupée par la gouvernante. Il tendit l'oreille, mais ne perçut aucun mouvement dans la pièce. L'air soucieux de Célestine Maurin l'incita à renouveler son signal.

Tous deux se regardèrent. À voix basse, la cuisinière suggéra :

— Voyez si c'est fermé. Elle est peut-être sortie. Ça lui arrive de faire le tour de la calanque avant le petit déjeuner. Ça lui fait sa *ginnastique*, elle dit.

Le domestique manœuvra le bec-de-cane d'une main tandis qu'il toquait à nouveau de l'autre. Lorsqu'il vit le pêne *quart-de-tour* libéré de la gâche, Rabinel opéra une légère poussée sur la poignée et la porte s'ouvrit sans résistance. Il n'osa pas aller plus loin.

Célestine approcha son visage de l'entrebâillement :

— *Moiselle* Ullmann, vous êtes là ?

Elle jeta un œil sur Victor et tous deux échangèrent en silence une moue négative.

Comme pour combattre l'inquiétude qui commençait à poindre, Rabinel s'essaya à plaisanter en chuchotant à l'oreille de sa *collègue,* montrant le plafond :

— Elle est peut-être avec lui là-haut…

Tous deux pouffèrent silencieusement.

Ils demeurèrent encore un moment, bras ballants, devant la porte entrebâillée, puis n'y tenant plus, Rabinel suggéra, toujours à voix basse :

— Moi, je peux pas y aller, mais entrez, vous, *Tine.* Si elle est dans le cabinet de toilette, on lui dira qu'on était inquiets de pas les entendre, tous les deux.

Joignant le geste à la parole, le domestique poussa la porte et s'effaça afin de ne pas risquer d'être vu par la gouvernante, au cas où elle aurait encore été en tenue négligée.

L'odeur de térébenthine se fit plus intense. La pièce était dans la pénombre. Célestine s'avança, habitua ses yeux à l'obscurité et poussa un cri d'effroi.

— Seigneur Jésus, ce qui nous arrive !

Elle reflua vers le hall, l'air affolé, bousculant Victor.

— Qu'est-ce qu'y *ia, quesse y* se passe ?

— Elle est là, répondit la cuisinière, les yeux écarquillés, comme si elle avait vu un revenant.

— Et alors ?

— Sur le lit, en chemise de nuit !

À son tour le visage du domestique refléta son émotion. Il demanda brusquement d'une voix blanche :

— Elle est… morte ?…

La cuisinière se mit à trembler.

— Je sais pas, elle bouge pas. J'y retourne pas, moi. Mon Dieu *qué* malheur !

Quoi *qué* malheur ? Attendez de voir, avant.

Rabinel fit mine d'entrer. Célestine le retint.

— Entrez pas, on y voit les jambes.

— Et alors ? Je vais pas perdre la vue, non ? S'il lui est arrivé *quèque* chose, y faut y aller...

Le domestique franchit le seuil et là, il la vit...

Liselotte Ullmann était allongée en travers de son lit défait, immobile, couchée sur le côté droit, tournant le dos aux arrivants. Pour la première fois, Victor Rabinel contemplait la gouvernante *en cheveux* – une longue coulée d'un blond vénitien cuivré qui se détachait sur le blanc des draps bousculés. La gouvernante était bâillonnée. Une large tache d'un liquide noirâtre s'étalait sur le lit, devant son visage de profil. Son buste et ses bras étaient enveloppés serré dans le drap de dessus et elle gémissait doucement.

Le domestique rabattit la chemise de nuit retroussée sur les jambes ligotées au niveau des chevilles.

Célestine, muette de terreur, restée sur le pas de la porte, tordant ses mains d'angoisse, déchirait son mouchoir à belles dents. Rabinel, en se retournant vers elle, annonça :

— Elle est vivante !

Il se pencha vers la tache répandue sur le drap. Il y en avait aussi une giclée sur la camisole de la gouvernante. C'est de là que venait l'odeur de térébenthine. Il dénoua le bâillon. Ce faisant, Rabinel se rendit compte qu'on avait enfoncé dans la bouche de la malheureuse un morceau d'étoffe pour étouffer ses appels éventuels. Son visage était tout congestionné. Le domestique tira sur le linge et dégagea la bouche. Liselotte Ullmann geignit longuement. Elle paraissait comme droguée, parvenait à peine à entrouvrir les paupières pour aussitôt les refermer. Rabinel la bascula sur le dos et délia le cordon de rideau qui entravait les chevilles. Il aperçut alors sur le lit un morceau de bois d'une quinzaine de centimètres, dont une extrémité était enduite du même liquide répandu sur le drap. L'écorce du bois fraîchement coupé portait à l'une des extrémités des traces de dents.

Sur la table de chevet une tasse contenait encore un peu du liquide répandu sur les draps.

Célestine, surmontant sa frayeur, s'était approchée, se tordant toujours les mains en psalmodiant de nouveau : *Boudiou*[1], *qué* malheur !

Rabinel la secoua :

— Allez, zou ! *Tine,* au lieu de gémir courez vite préparer une infusion de sauge ou de thym, ça pourra pas lui faire de mal.

La cuisinière s'éclipsa tandis que le domestique s'asseyait sur le bord du lit. Il prit Liselotte Ullmann par les épaules et la secoua avec précaution. Elle ne paraissait pas pouvoir émerger d'une sorte de léthargie. Un gémissement continu émanait de sa bouche entrouverte. Elle respirait de façon précipitée. Rabinel lui tapota les joues sans plus de résultat.

Célestine revint, portant un gros bol fumant et une cuillère à soupe. La préparation de l'infusion avait été l'affaire d'un clin d'œil. Été comme hiver de l'eau était prête à chauffer dans la bouilloire placée sur le réchaud à gaz. La cuisinière avait pris la

1. Déformation du provençal *Boun Diéù* (prononcez *Diéou*), Bon Dieu.

première herbe séchée qui lui était tombée sous la main dans les pots de grès alignés sur le rebord de la cape de cheminée. C'était une *farigoule*[1] particulièrement parfumée, cueillie dans le jardin même du notaire.

Rabinel céda sa place sur le bord du lit à Célestine et celle-ci s'employa à faire avaler l'infusion à Liselotte tandis que le domestique lui soutenait la tête. Après trois ou quatre cuillerées, la malheureuse fut prise de spasmes.

La cuisinière n'insista pas. Elle prit dans l'armoire un dessus-de-lit propre et entreprit de changer celui qui était taché sans trop bousculer la gouvernante.

— On devrait la laisser se reposer un moment. Je verrai tout à l'heure si je peux lui faire avaler encore un peu de tisane. D'avoir vomi, ça peut pas lui avoir fait de mal.

Rabinel était du même avis.

— Restez avec elle, *Tine*. Moi, je vais monter par là, voir si je peux entrer chez Me Deshôtels.

Il désigna l'escalier intérieur qui communiquait avec la chambre du notaire et grimpa vigoureusement en dépit de sa patte *dévariée*.

La clé, qui aurait permis à Liselotte d'accourir au premier appel pour porter secours à son employeur, était sur la porte. Par précaution, le domestique frappa de nouveau selon le code établi. Rien ne manifesta une présence dans la chambre.

Alors, Rabinel y pénétra.

Dans la pénombre qui baignait la pièce, le domestique aperçut son patron debout près de la haute

1. Thym, en provençal.

fenêtre aux volets intérieurs clos. On aurait dit qu'il écoutait ou guettait quelque chose au dehors. Il tournait le dos à l'arrivant. C'est en voyant l'angle inhabituel de la tête coiffée d'un bonnet de nuit fait d'une serviette nouée sur le haut du front que Victor Rabinel comprit que Me Deshôtels pendait le long de la croisée, la joue droite contre le bois, le cou pris dans un mouchoir faisant garrot, accroché à l'espagnolette à 1,85 m du sol. Le notaire qui ne mesurait guère plus de 1,65 m effleurait le plancher de la pointe des pieds, le tissu du mouchoir s'étant allongé sous son poids. Car, s'il était bref de taille, Me Deshôtels, avec son bedon de bourgeois bien nourri, dépassait les soixante-dix kilos.

Victor Rabinel, saisi par la vision macabre, était resté sidéré sur le pas de la porte. Il reprit ses esprits, s'approcha, tâta sans illusion l'emplacement du cœur sous la chemise et constata qu'il ne battait plus. D'ailleurs, la rigidité cadavérique était déjà évidente.

À cet instant, le domestique s'aperçut que le mouchoir de toile formant anneau, semblable à celui avec lequel Me Deshôtels avait confectionné son bonnet de nuit, était passé dans un second mouchoir formant lui aussi anneau. C'est ce dernier qui était accroché à l'espagnolette, le premier passant autour du cou sans lui être étroitement assujetti.

Aussi vite que le lui permettait sa patte folle Rabinel retraversa la chambre et cria dans l'escalier :

— *Tine !* Il est arrivé malheur à Me Deshôtels !

— Qu'est-ce qui s'est passé, Victor ?

— Il s'est pendu. Courez vite chercher le docteur Poucel !

Pour toute réponse, le domestique entendit un

grand cri d'effroi, suivi du bruit mou de la chute d'un corps, accompagné d'un bruit de vaisselle brisée.

Comme elle l'expliquerait plus tard, la tête de la pauvre Célestine Maurin n'avait pas résisté à cette accumulation d'*estoumagades*[1].

Rabinel était bien ennuyé. La cuisinière hors service, il ne pouvait pas laisser la maison en l'état et sortir pour prévenir le praticien, même si par chance il habitait sur l'autre rive de la petite calanque de Maldormé. D'autant plus qu'il n'avait pas de nouvelles de *Monsieur Alfred* – le fils Deshôtels – ni de la petite bonne, Mariette, qui logeait dans une chambre sous les combles. Comment allait-il les découvrir, ces deux-là ? Poignardés ? Empoisonnés ? Le ou les auteurs de ces attentats avaient-ils eu l'intention de supprimer tous les habitants de la villa ? Non, puisque Liselotte Ullmann, si elle était mal en point, avait été neutralisée mais laissée vivante. Alors ?

Victor Rabinel, l'esprit brouillé par cette succession de découvertes dramatiques, ne savait que faire. Il était redescendu chez la gouvernante et contemplait navré le corps de sa *collègue* étendu sur le tapis. Le domestique ne pensait pas à utiliser le téléphone, engin mystérieux d'un maniement complexe, dont l'usage ne lui était pas familier, pour appeler à l'aide le docteur Poucel, médecin de famille.

Ce souci lui fut épargné par l'apparition fantomatique d'un grand garçon maigre, l'air maussade, le teint brouillé, le menton bleu de barbe, le cheveu gras en bataille, la moustache avachie, qui venait de

1. Émotion violente qui vous tord l'estomac.

s'encadrer dans le chambranle de la porte et demandait d'une voix pâteuse :

— Qui a gueulé comme ça ?

C'était Alfred Deshôtels, fils unique (et désormais orphelin) du notaire.

Il jeta un œil désabusé sur la scène pourtant peu commune qu'il avait sous les yeux et s'avança mollement dans la pièce. Il vint près du lit, contempla Liselotte Ullmann, toujours allongée, mais qui semblait reprendre un peu ses esprits et demanda comme on s'inquiète distraitement de l'état de santé d'une personne qui vous est indifférente :

— Qu'est-ce qui lui arrive ?

Il n'eut pas de réaction particulière en apercevant Célestine toujours évanouie sur le tapis.

Victor Rabinel regarda avec reproche cet échalas ramolli. La nuit avait dû être agitée, songea-t-il. Il refréna l'envie de prendre le mollusque alcoolique aux épaules et de le secouer jusqu'à ce que sa cervelle embrumée se remette en place.

— Monsieur Alfred... Il... Il s'est passé dans cette maison, des choses...

Le domestique chercha ses mots :

— ... des choses... graves. Votre père...

— Quoi, mon père ?

— Il est...

— Mort ?

Cela fut dit comme une chose attendue.

— Il s'est pendu, monsieur Alfred. Montez avec moi, il faut...

Sans attendre la réaction du fils, Rabinel le prit par le bras.

— Serrez pas comme ça, vous me faites mal, geignit l'autre.

Le domestique tira Alfred Deshôtels vers l'escalier sans se préoccuper de son avis et l'obligea à monter derrière lui. Arrivé dans la chambre il s'effaça et désignant le corps du notaire :

— Je l'ai trouvé comme ça.

Alfred traversa la pièce, s'approcha du corps plaqué contre la fenêtre, le contempla d'un œil morne et dit simplement à mi-voix :

— Merde, alors...

Et il tourna le dos au pendu.

Rabinel, au courant des relations conflictuelles entre le notaire et son fils, fut pourtant choqué par cette attitude qui dénotait une insensibilité foncière. Alfred aurait pu faire semblant d'être affecté. Surtout devant un employé de maison. Or, il se contentait d'arborer la mine contrariée de celui qu'on a dérangé pour peu de chose. Bon Dieu de Dieu, son père était pendu là, à trois mètres derrière lui, probablement suicidé, peut-être même assassiné, et ça ne lui faisait donc aucun chagrin ? Le domestique eut une brusque envie de mettre sa grosse main dont les cals attestaient de son ancien métier sur la face pâle de la chiffe molle. Il prit sur lui pour dire :

— Il faudrait appeler le docteur, monsieur Alfred, il habite juste en face.

L'autre le couva d'un œil morne :

— Le docteur ? C'est plutôt la police qu'il faut prévenir.

— Oui, mais le docteur Poucel fera les constatations et puis il s'occupera...

Le fils Deshôtels le coupa :

— Je m'en charge.

Il reprit l'escalier et traversa la chambre sans se préoccuper de l'état de la gouvernante et de la cuisinière qui, revenue à elle, tentait de se relever. Rabinel l'y aida, l'installa sur une chaise et alla à la cuisine chercher une nouvelle infusion. Il restait un fond de celle au thym préparée pour Liselotte. Célestine l'accueillit comme un breuvage miraculeux. Elle accompagnait ses gorgées de grognements de satisfaction.

— Sainte Bonne mère, je suis tout *estransinée*[1].

— Il y a de quoi, reconnut Rabinel. Moi aussi, j'ai le *bàti-bàti*[2].

Il tapota sa veste à l'emplacement du cœur.

On entendit bientôt un pas rapide s'approcher. Le docteur Poucel pénétra dans la pièce suivi mollement par Alfred Deshôtels. Le praticien était en tenue d'intérieur et s'en excusa, mais il avait à bout de bras sa sacoche de cuir. Il la posa sur le lit, fit jouer le fermoir de cuivre. Il en sortit son stéthoscope.

— Avez-vous prévenu la police ?

Déjà le praticien se penchait sur Liselotte Ullmann qui lui souriait faiblement.

— Je vais le faire, répliqua le fils Deshôtels en quittant la pièce.

Le médecin s'approcha du visage de la gouvernante.

— Que vous est-il arrivé, mademoiselle ?

Il lui prit le poignet pour tâter le pouls tout en fixant le cadran de sa montre de gousset.

D'une voix affaiblie, Liselotte expliqua tant bien que mal ce dont elle croyait se souvenir. Après avoir avalé une infusion de sauge, la veille au soir, elle avait

1. Choquée.
2. Palpitations cardiaques.

été saisie d'une somnolence inhabituelle qui l'avait fait s'endormir sur une chaise, les coudes sur la table de la cuisine. La jeune bonne, Mariette, avait été contrainte de la secouer à plusieurs reprises pour l'éveiller afin qu'elle regagne sa chambre. Elle s'était mise au lit, avec l'aide de Mariette qui avait tiré la porte sans la fermer. La gouvernante n'avait pas pour habitude de pousser le verrou. Son sommeil avait été fort agité. Elle avait cru à des cauchemars, quand elle s'était rendu compte que des silhouettes d'hommes se trouvaient auprès de son lit. Elle ne se souvenait pas de leur vêture, car les volets tirés ne procuraient à la pièce qu'une très faible clarté, sinon que les deux hommes étaient de taille moyenne, l'un assez corpulent, l'autre long et maigre. Des mains l'avaient saisie, entortillée dans le drap, lui avaient lié les chevilles. On lui avait soutenu la nuque tandis « qu'on » s'efforçait de lui vider dans la bouche le contenu d'une tasse remplie d'un liquide poisseux et amer. Pour vaincre sa résistance, car elle faisait des efforts désespérés pour garder la bouche fermée, l'inconnu avait introduit entre ses mâchoires un petit bâton, une sorte de branche. Elle avait sans doute alors perdu connaissance, car elle ne savait plus ce qui s'était passé ensuite.

Le médecin, la cuisinière, toujours abasourdie sur sa chaise, et le domestique écoutaient, effarés, ce récit dramatique dont l'évocation provoquait chez la gouvernante des mimiques de terreur rétrospective.

On entendait, lointaine, la voix du fils Deshôtels qui achevait de téléphoner au commissariat le plus proche.

Le docteur prit dans sa trousse une préparation vomitive et, dans une tasse que venait d'aller quérir

Rabinel, la délaya dans un peu d'eau. Il la fit boire à Liselotte. Son effet fut quasi immédiat. Le praticien n'eut pas le temps de se saisir d'une cuvette. Les déjections tombèrent sur le drap, mais elles ne semblaient pas contenir de ce liquide noir aux senteurs de térébenthine qui maculait la chemise de nuit.

Rabinel montra au médecin le dessus de lit taché que Célestine Maurin avait roulé en boule au pied du lit.

Le praticien se pencha dessus avec un air incrédule.

— Surtout conservez bien celui-ci et gardez-vous de le nettoyer avant l'arrivée de la police à qui vous le confierez. Allons à présent dans la chambre de Me Deshôtels.

Il se tourna vers Célestine :

— Madame Maurin, vous sentez-vous suffisamment remise pour demeurer auprès de mademoiselle ?

La cuisinière assura qu'elle était rétablie en dépit de sa frayeur. Le docteur Poucel se dirigeait vers la porte donnant sur le hall par laquelle il était arrivé, quand le domestique l'arrêta, désignant l'escalier intérieur reliant les deux chambres.

— Passons par là, on ne peut pas entrer chez Me Deshôtels par le palier du premier étage, le verrou est poussé à l'intérieur et je n'ai pas pensé à le tirer, tout à l'heure.

— C'est mieux ainsi, répliqua le médecin. Il y a peut-être des empreintes dessus. Autres que celles du notaire, je veux dire. Surtout n'y touchons plus avant l'arrivée de la police.

Le praticien précéda Rabinel dans la chambre, se dirigea droit vers le pendu, pratiqua quasi machinalement les gestes l'assurant du décès du notaire et demanda au domestique :

— Vous ne l'avez pas déplacé, surtout ?

Rabinel fit une moue négative :

— Déplacé ? Vous le voyez, il est toujours pendu.

— Je veux dire, il était dans cette position, quand vous l'avez découvert ?

— Naturellement, je me suis bien gardé de...

— Bravo, Rabinel ! Vous avez du sang-froid. C'est ainsi qu'il fallait réagir et ne pas céder à une émotion somme toute compréhensible. Le moindre indice est précieux pour ces messieurs de la police et il ne fallait pas...

Comme pour confirmer les propos du médecin, on entendit, venant de la chambre du bas, un bruit de voix auxquelles se mêlait celle de la cuisinière. C'étaient deux inspecteurs du commissariat du Prado dont dépendaient Endoume et sa presqu'île. Les deux hommes habillés pareillement : costume noir à col cassé, chemise blanche, cravate noire et chapeau melon sur le crâne, semblaient coulés dans le même moule. Seule l'absence de moustache chez l'un les différenciait vraiment. Ils montèrent rapidement.

— Vous n'avez rien touché ? furent les premiers mots-réflexe du policier moustachu, avant même de saluer les deux hommes présents.

Après avoir examiné le pendu sous tous les angles et pratiqué une inspection minutieuse de la chambre, ils se firent raconter par Victor Rabinel les circonstances de la découverte.

L'un des deux policiers pensait à haute voix.

— Suicide, ou crime ? On dirait qu'on n'a rien emporté. Tout semble en ordre, les tiroirs et placards sont fermés. À première vue voyez-vous quelque chose qu'on ait pu dérober ?

Le domestique fit une moue négative.

— J'ai guère eu le temps de… Mais enfin, compte tenu de ce qu'on a fait à Mlle Ullmann… Ça m'étonnerait que ça ne *soye* pas un crime.

— C'est vous qui avez vu Me Deshôtels le dernier hier soir ?

— Je l'ai aidé à se coucher. Et j'ai entendu qu'il poussait le verrou aussitôt.

— Donc personne n'a pu entrer par là ? Il fallait passer par la chambre du bas.

— Obligé, confirma Rabinel.

— Ce qui pourrait expliquer… Comment était-il ?

— Me Deshôtels ? Normal. Comme d'habitude.

— Avait-il l'air soucieux, d'après vous ?

— J'ai rien remarqué.

Le second policier, ne voulant pas laisser son collègue prendre seul la direction de l'enquête, prononça d'inutiles paroles :

— On ne touche à rien jusqu'à l'arrivée du juge de paix et de Monsieur le Procureur de la République. Messieurs, je vais vous demander de quitter la pièce. Nous allons redescendre. Je garde la clef de la chambre. Plus personne n'entre ici jusqu'à nouvel ordre.

En bas, ils retrouvèrent Liselotte Ullmann toujours allongée sur un lit aux draps changés. La cuisinière faisait boire une nouvelle tasse d'infusion à la gouvernante. Alfred Deshôtels semblait s'être éclipsé.

Au moment où Victor Rabinel posait le pied sur le plancher, une évidence le fulgura :

— Oh, *capoun di Boun Diéù* ! Et la petite ?

L'inspecteur qui le précédait se retourna :

— Quelle petite ?

— Mariette, la bonne. Elle couche en haut, au troisième, dans la soupente. Avec tout ça, je me suis pas inquiété de...

Rabinel pâlit.

— Avec tout le raffut que nous avons fait, elle aurait dû nous entendre et venir aux nouvelles. On l'a pas vue, ce matin... Vous allez voir qu'elle aussi...

Célestine poussa un cri d'horreur. On crut qu'elle allait de nouveau tourner de l'œil :

— Ils ont juré de me faire mourir avant l'heure, dans cette maison !

Tandis que le docteur Poucel demeurait auprès de Liselotte en compagnie de la cuisinière, les deux inspecteurs emboîtèrent le pas torturé de l'ex-pêcheur.

Arrivé sur le palier étroit du troisième le domestique frappa à l'unique porte palière d'une chambre mansardée. Elle était fermée et personne ne répondit. Avant même que les policiers ne réagissent, Rabinel prit son élan et d'un fameux coup d'épaule fit sauter la serrure en arrachant un morceau du chambranle. Le domestique, fébrile, entra le premier, s'attendant au pire.

La pièce était vide. Le lit défait.

Mariette Chabas, la jeune bonne de Me Deshôtels, semblait s'être envolée.

2.

Où Eugène Baruteau, chef de la Sûreté marseillaise et oncle de notre héros, lui offre une leçon particulière pour le consoler de son ratage.

Raoul Signoret, chroniqueur judiciaire du *Petit Provençal,* fit une entrée en boulet de canon dans le bureau de son oncle, Eugène Baruteau, patron de la Sûreté marseillaise. Il était à bout de souffle et transpirait comme une gargoulette.

Le commissaire divisionnaire, penché sur un dossier avec un de ses adjoints, sursauta :

— Oh, sauvage ! Ça te prend souvent de démolir les portes des commissariats centraux ?

Le journaliste avait l'air furieux.

— M'en parlez pas ! Non seulement j'ai un ratage, mais pas moyen de trouver un fiacre et j'attends encore le tramway ! Finalement je suis venu à pied. En courant. Vous ne croyez pas qu'ils auraient pu me prévenir avant, au journal ?

— Où tu étais ?

— À Bandol, chez tante Clarisse, avec Cécile, ma mère et la petite. On a passé le dimanche à la mer. Nous ne sommes rentrés que ce matin, par le train de six heures, pour mettre Adèle à l'école directement. Il faisait tellement beau…

Baruteau ricana et selon une vieille habitude entre l'oncle et le neveu, il asticota Raoul :

— Faute professionnelle ! Un reporter doit toujours être prêt à bondir sur l'événement.

— Pas avant qu'il se produise, tout de même !

Le policier prit une intonation d'adjudant de quartier.

— *Pas l'savoir !* Tu aurais dû le prévoir et rentrer à temps !

Le journaliste, qui n'était pas le dernier à charrier son oncle, ce coup-ci ne riait pas.

— J'allais tranquillement au journal vers dix heures, sans me douter de rien. Si je n'avais pas rencontré par hasard Landolfi, mon confrère du *Radical,* qui m'a involontairement renseigné en pensant que j'étais déjà sur le coup, et en essayant de me soutirer des informations, je passais à côté de l'affaire de Maldormé. J'avais l'air fin.

Baruteau jubilait à faire rissoler son neveu :

— En effet, tous tes confrères se sont déjà précipités sur la viande froide. Tu les connais. Il va falloir te dépêcher si tu ne veux pas passer pour un couillon.

Raoul Signoret plia sa haute taille sur un des fauteuils de bois faisant face au bureau du divisionnaire, ôta son panama pour s'en éventer et lâcha, l'air suppliant :

— Je compte sur vous, mon oncle, pour me donner un cours de rattrapage.

Baruteau, soudain attendri, sourit à son neveu dont l'air piteux le touchait. Il prit dans sa grosse patte un dossier fermé par des liens élastiques, lissa son imposante moustache noire d'un doigt machinal et lâcha :

— J'ai prévu le coup, figure-toi. Tout est là. Tout ce que nous savons, du moins. J'ai même gardé du biscuit rien que pour toi, que je n'ai pas encore donné à tes chers confrères.

La loyauté, ce trait majeur de la nature du reporter, lui fit objecter :

— Mais, ce n'est pas juste... Ça me va bien, après tout. Je n'avais qu'à être là.

Le policier l'arrêta d'un geste.

— Je ne suis pas aussi altruiste que toi, mon neveu. Moi, j'ai vu leurs mines de chacals trop heureux de ton absence à la curée. Ça m'a donné l'envie de te réserver un traitement de faveur.

Le policier bouffonna :

— Je suis ainsi fait : une œuvre de charité à moi tout seul. C'est bien simple : à côté de moi, saint Vincent de Paul ressemble à un vieillard égocentrique.

Raoul regarda son oncle avec ce regard affectueux qu'il portait sur lui depuis la prime enfance, depuis qu'Eugène Baruteau, en raison de la disparition prématurée de Paul Signoret, les poumons rongés par les émanations de soude de la savonnerie où il s'occupait de la *cuite*[1], s'était mué en père de substitution auprès du futur journaliste. Le reporter était redevenu à l'instant ce petit garçon qui se réfugiait auprès du grand flic quand les chagrins ou les dangers de la vie frappaient à la porte. Pourtant, il

1. Mélange de soude, d'huile de palme ou de coprah et de sel marin que l'ouvrier touillait durant des heures, penché sur l'énorme chaudron.

était encore furieux contre lui-même. La perspective du « traitement de faveur » que lui réservait son oncle ne le consolait pas. Pour la première fois, Raoul Signoret arrivait après la bataille. Il n'était pas près de se le pardonner.

Baruteau s'était plongé dans les feuillets extraits du dossier cartonné sur la tranche duquel le journaliste avait lu au passage : *Deshôtels / Ullmann*.

— Bien, commençons par nous éclaircir la voix. Tu sais qu'il y a deux affaires liées, avec la disparition de la petite bonne qui s'appelle…

Le policier se pencha sur sa feuille :

— … Mariette Chabas. Pour l'instant laissons-la de côté. Elle a peut-être tout simplement fugué avec un coquin et va nous revenir tête basse, mais entière. Contentons-nous donc d'examiner en premier le cas du notaire et de sa gouvernante allemande, surnommée *La Bochesse* par les braves gens de Malmousque.

Raoul, impatient, demanda :

— Suicide ou meurtre ?

Baruteau eut un geste apaisant :

— Doucement, les basses ! Ne sautons pas à la conclusion en oubliant de traiter le sujet au passage, comme te l'écrivait déjà en rouge dans la marge ton professeur de français, au lycée. Comment s'appelait-il, déjà ?

— Baroche, lâcha Raoul qui bouillait.

Le policier, l'air ravi, allait se lancer dans l'évocation d'un souvenir scolaire du neveu, quand le regard noir de Raoul figea le récit prévu sur ses lèvres. Il replongea dans ses feuillets et commença sur un ton d'inventaire :

— Bon, alors notre notaire. Découvert pendu à

l'espagnolette dans sa chambre à coucher par Rabinel Victor, son domestique.

Il leva les yeux vers Raoul.

— C'est du bricolage, car il ne s'agit pas d'une corde de chanvre passée dans un crochet, mais d'un foulard roulé serré, ou plutôt de deux foulards noués en forme d'anneaux, solidaires l'un de l'autre. Ils formaient un huit, si tu veux. Le premier passait autour du cou de Me Deshôtels, et l'autre était accroché à la crémone. Mais ce qui est à remarquer, c'est que le foulard qui passait autour du cou était très lâche.

— C'est-à-dire ?

— C'est-à-dire qu'il n'a pas forcément été noué sur la gorge du notaire au moment de lui serrer le kiki. Si tu préfères, on a pu préparer l'anneau à part, étrangler le notaire par un autre moyen, puis enfiler le foulard en le faisant passer par la tête, comme le col d'un pull-over un peu large. Il ne tenait en place que parce que Deshôtels avait la tête fortement penchée en avant et le retenait pour ainsi dire avec son menton.

— Vous en concluez quoi ?

— Encore une fois, je me garde de conclure et te conseille d'en faire autant. Cependant, la constatation que je viens de faire, sous tes regards éblouis et reconnaissants, me permet de risquer une hypothèse : on aurait pu très bien étrangler le notaire – sur son lit, par exemple – puis, une fois mort, le pendre à l'espagnolette à l'aide des mouchoirs noués. Pour laisser croire à un suicide. Tu me suis ?

— Non seulement, répondit Raoul Signoret, mais je demeure béat d'admiration devant votre puissance de déduction.

Baruteau ricana. L'atmosphère se détendait. Il remarqua pourtant :

— Sauf que rien de concret ne vient étayer ce que j'avance...

Le reporter fronça les sourcils. Le policier ajouta avec l'air de se ficher de son neveu :

— ... pour l'instant.

Le neveu se résigna à subir la mise à l'épreuve de sa patience :

— Je résumerai donc ça par la formule consacrée : « La police n'exclut aucune piste. »

Baruteau sourit :

— Tu as tout compris.

— Supposons que ça se soit passé comme vous dites, mon oncle. Ça pourrait induire que les agresseurs étaient au moins deux. Un qui immobilise le notaire pendant que l'autre l'étrangle, puis tous les deux le prennent en poids et le pendent à la fenêtre. On ne peut pas faire ça tout seul.

Baruteau grogna :

— Au point où nous en sommes d'une enquête qui démarre, gardons-nous d'être péremptoires, mon Raoul. Le côté bricolé de la pendaison pourrait aussi signifier que le notaire l'a improvisée au dernier moment. Il y a cette chaise renversée retrouvée à proximité du pendu, qui m'intrigue. Deshôtels a pu monter dessus pour s'accrocher et puis sauter. Le bout de ses mules effleurait à peine le plancher. Le mouchoir lui serrait suffisamment la gargamelle pour provoquer l'asphyxie.

— Savez-vous s'il avait des ennuis récents ?

— On va aller fouiller du côté de ses affaires professionnelles pour voir s'il n'a pas joué avec les allumettes et du côté personnel, afin de déterminer s'il n'avait pas des raisons intimes d'en finir.

— Vous voulez dire...

— Oh, des tas de choses... Une mauvaise nouvelle côté santé, par exemple et ne pas vouloir attendre des mois ou des années sur un fauteuil roulant que la Camarde veuille bien s'occuper de lui. Les motifs d'en finir avec la vie ne manquent pas, même chez des gens en apparence paisibles.

Raoul suggéra :

— Si c'est un meurtre, c'est forcément lié avec ses affaires.

— Pas exclu, mais pas forcément non plus.

Le journaliste eut un rire bref :

— Vous ne seriez pas un peu Normand, vous ?

Baruteau expliqua :

— Même si nous penchions pour un meurtre, il n'en demeurerait pas moins que la pendaison fut improvisée. Avec les moyens du bord. Donc, on peut aussi penser à des malfrats surpris durant un cambriolage et qui se débarrassent du vieux en l'étranglant, puis maquillent la mort en suicide...

Le policier suspendit sa phrase. Le journaliste la compléta :

— Je n'y crois guère et vous pas plus que moi. Ces messieurs ne s'embarrassent généralement pas de ces délicatesses. Ils ont d'autres urgences en tête. On a emporté quelque chose ?

Baruteau secoua la tête.

— Je ne pense pas. Du moins pas des choses visibles, style argenterie, bibelots de prix, voire bijoux de famille. Mais on est loin d'avoir fait l'inventaire. Si le notaire planquait de l'argent liquide chez lui, ou des papiers personnels importants à ses yeux qu'il ne voulait pas laisser à l'étude, il était peut-être le seul au courant de ce qu'il avait à la maison. Les interrogatoires et les perquisitions commencent à peine.

— Vous pensez à quoi ? À un testament, par exemple ?

— Pourquoi pas ? Ça ou autre chose : des titres de rente au porteur, des bons du Trésor, ça ne serait pas impossible. Nous autres, quand nous voulons mettre des documents précieux à l'abri, nous nous adressons à un notaire. Mais le notaire, lui, quand il s'agit d'affaires plus intimes, ne fait pas forcément confiance aux gens de son étude et peut avoir envie de discrétion.

— Il avait un coffre chez lui ?

— Oui. Il a été ouvert. Son collaborateur, le principal clerc, Rodolphe Vaudois, avait les combinaisons et la gouvernante un double des clefs. À eux deux, ils pouvaient accéder au coffre. Il ne contenait que des papiers sans grand intérêt.

— Peut-être ceux qui en avaient ont-ils été dérobés...

Baruteau eut une moue d'impuissance :

— Peut-être. Mais comment le savoir si personne n'était dans la confidence ?

Tout cela n'avançait guère le reporter. Il pressa son oncle :

— Venons-en à *La Bochesse*, puisque c'est ainsi qu'on la dénomme poétiquement à Malmousque.

Baruteau cala ses lombaires sur le dossier de son fauteuil avec une grimace. Ces foutues vertèbres lui rappelaient qu'il n'avait plus vingt ans depuis longtemps.

— Alors, là, c'est encore un peu plus mystérieux.

Si on a assassiné le notaire, le ou les exécutants l'ont épargnée, elle. Pourquoi cette différence de traitement ? Je ne sais pas répondre. Car enfin, il faut passer infiniment plus de temps à ensuquer quelqu'un avec un narcotique ou une potion somnifère avant de le saucissonner sur son lit, que de l'estourbir une bonne fois pour le compte.

— Vous en concluez quoi de cette réflexion ?

Baruteau resta quelques secondes silencieux, puis lâcha :

— Que *La Bochesse* pourrait – je dis bien *pourrait*, conditionnel de rigueur – avoir été de plus ou moins près, ou plus ou moins volontairement mêlée à l'assassinat du notaire.

Raoul Signoret siffla de surprise :

— Dois-je comprendre qu'elle pourrait être celle qui a tué le notaire ? Comme vous y allez, mon oncle !

Le policier fit machine arrière toute :

— Non, non, je n'y vais pas ! Je réfléchis à voix haute, nuance !

— On peut savoir ?

Baruteau secoua la tête.

— Rien. Des suppositions sans fondement.

— Je vois votre nez remuer, mon oncle.

Avec sa mauvaise foi coutumière le divisionnaire répliqua :

— C'est que je me suis un peu enrhumé, alors. J'ai pris froid dans un courant d'air sur le Vieux-Port, hier après-midi, alors que j'étais tout transpirant.

Raoul eut un air amusé :

— Sauf votre respect, quel *blagaïre*[1] vous êtes !

Baruteau reprit son sérieux.

— Non, sans blaguer. Je ne fais que supposer à la lumière des premières constatations. Tu ne sais peut-être pas que la chambre de la gouvernante communiquait avec celle du notaire par un escalier intérieur. Elle pouvait donc…

Devant l'air dubitatif de son neveu le policier se voulut convaincant :

— Si je te dis ça, c'est que le récit de *La Bochesse* est loin d'être limpide. Elle raconte qu'elle a eu un malaise durant lequel il lui semblait tomber dans un trou sans fond. Elle prétend avoir éprouvé une forte et irrésistible somnolence après l'absorption d'une infusion servie comme chaque soir par la petite bonne, Mariette Chabas. Admettons. Mais pour l'instant, impossible de l'interroger, celle-là.

Raoul Signoret se passa l'index sous sa gorge :

— Vous la croyez aussi ?…

— *Chi lo sà ?* On verra dans les prochains jours. Si elle est encore de ce monde, elle ne tardera pas à se manifester. Sinon…

Raoul se contenta de la réponse qui n'en était pas une.

— Bien ! Revenons à notre Walkyrie endormie.

Baruteau jeta un coup d'œil à son dossier :

— On la trouve saucissonnée dans les draps, mais pas au point d'être dans l'incapacité de se dégager. En roulant sur elle-même, elle aurait pu s'en sortir toute seule.

— Pas si elle était dans les alléluias.

---

1. Raconteur d'histoires, blagueur.

— Admettons. C'est elle qui le dit, qu'elle était évanouie. On peut simuler. Et puis, voilà autre chose : si elle a les chevilles liées, ses mains sont libres. Il est facile de s'attacher les pieds sans avoir besoin d'aide, mais pas les mains, à moins d'être danseuse cambodgienne avec les doigts en caoutchouc, comme on les voit à l'Exposition coloniale en ce moment. Tu es d'accord ?

— Je n'y avais pas prêté intérêt jusqu'ici, mais maintenant que vous me posez la question, ça me paraît évident.

— Pourquoi ses agresseurs ne lui auraient-ils pas entravé les mains ? Voilà, ce me semble, un mauvais point pour *La Bochesse*. Permets-moi donc de la trouver suspecte. Elle pourrait avoir simulé un attentat pour se dédouaner de l'assassinat du vieux...

Raoul modéra :

— Ça ne suffit pas à en faire une meurtrière.

— Je l'admets. Disons que ça ne plaide pas en la faveur de son innocence. Pas plus que ce qu'elle raconte sur ces silhouettes d'hommes vêtus de noir qu'elle aurait aperçues près de son lit dans son semi-coma, et cette sensation d'avoir été transportée jusque sur le lit. C'est bien fumeux tout ça. N'allons pas plus loin, car...

Raoul joua sur les mots :

— Car il y a un car ?...

— Et comment ! On a trouvé sur le drap où elle était allongée, à hauteur du visage, une large tache noire et huileuse de consistance glaireuse qui dégageait des senteurs de térébenthine. Comme il y en avait un fond dans une tasse, on a pensé qu'elle avait avalé ou qu'on lui avait fait boire cette mixture, car un morceau de bois qui paraissait avoir servi à touiller le mélange, portant des traces de dents, se trouvait à côté de la tasse, sur la table de nuit.

— Vous semblez dire qu'elle n'en aurait pas absorbé ?

— D'après le premier témoignage, celui du docteur Poucel qui l'a examinée et lui a administré un vomitif, il semblerait que ce qu'elle a rejeté devant lui ne contienne pas de ce liquide noir retrouvé sur le drap.

— On sait ce que c'est, ce liquide ?

— Les analyses sont en cours, mais à première vue on penche pour un mélange de charbon pulvérisé, d'huile d'aspic[1], de térébenthine et de verre pilé.

Raoul Signoret fit une grimace :

— Quelle horreur ! De quoi vous envoyer *ad patres.*

— Au moins vous déglinguer les boyaux pour longtemps. L'expert-chimiste dit que ça n'aurait pu être mortel qu'à haute dose. De toute façon elle ne semble pas en avoir avalé du tout, alors...

— Alors, je vois se dessiner un second mauvais point pour notre *Bochesse.*

Baruteau écarta les mains qu'il tenait jointes sur son bureau :

— Je le crains...

— Vous pensez à une mise en scène ?

La réponse du policier, dans sa brièveté, releva de la casuistique des Jésuites, bien qu'elle ressemblât au bêlement caractéristique de la chèvre du Rove :

— Bèèèèèèè... oui, mon neveu.

Il n'ajouta rien. Comprenne qui veut.

---

1. Extrait de lavande sauvage à l'odeur camphrée commune en Provence.

— Quoi d'autre ?

— Eh bien... le fait qu'elle soit allemande...

Le reporter bondit sur son siège :

— Mon oncle ! C'est hors sujet ! Vous n'allez pas vous y mettre, vous aussi.

— Pas moi, non, mais ça ne va pas arranger ses affaires à cette femme d'être *Bo...* d'être née de l'autre côté du Rhin. Tu connais l'opinion publique, cette vieille putain médisante... En ce moment, être d'origine germanique quand on prétend vivre en France, ça aggrave ton cas. Signe des temps...

— On ne va pas hurler avec les loups, mon oncle. Pas nous. Pour ma part, je jure, à partir de cet instant, de ne plus jamais employer le mot *Bochesse*. Je ne supporterais pas, mêlé à une affaire criminelle outre-Rhin, que l'on me désignât comme le *Franzouse* !

Baruteau pouffa :

— Je reconnais bien là le Bayard du Vieux-Port !

Raoul Signoret n'était pas d'humeur à plaisanter :

— C'est ça, fichez-vous de moi.

Le chef de la Sûreté redevint à l'instant l'oncle Eugène.

— Je ne me moque pas de toi, voyons, Raoul ! Ouh, quel susceptible ! Tu sais bien que je partage tes principes. J'en ai été même souvent à la source, puisque c'est moi qui t'ai servi de père, secondé il est vrai par mes deux femmes préférées : ma *Thérésou,* et ma chère sœur, Adrienne, ta mère. Allez, fais pas ton *testard* et détends-toi, un peu. Tes confrères ne savent pas le tiers de ce que je t'ai dit. Demain, ça sera encore toi le meilleur.

Raoul Signoret sourit. Une fois de plus, l'oncle Eugène lui sauvait la mise avec son air terrible de gros flic à faire trembler d'épouvante les plus coriaces crapules du *Mitan* phocéen.

— Pardonnez-moi, mon oncle, je suis un peu sur les nerfs, avec ce ratage.

— Ne parle plus de ça. Tu as de l'avance, à présent. Demain, dans vos journaux, si on voit une différence, elle sera en ta faveur...

Le policier ajouta avec un clin d'œil :

— ... Comme d'habitude !

Raoul qui avait retrouvé son calme ne lâcha pas pour autant le morceau :

— Pouvez-vous me donner la fiche signalétique de Mme Ullmann ?

Baruteau la sortit du dossier.

— Ullmann Liselotte, Gerda, Margrethe, et autres lieux à marée basse, née Neidlinger, à Potsdam...

Le policier releva la tête, l'air affolé :

— Ô, Bonne Mère ! En plus, c'est une Prussienne ! Elle ne fait rien pour arr...

Un coup d'œil de Raoul le fit replonger sur sa fiche.

— Née à Potsdam, donc, dans le Brandebourg, le 23 septembre 1869, ce qui nous fait trente-sept ans, bien qu'elle n'en avoue que trente-deux. Il semblerait qu'elle soit d'une famille de bourgeois aisés – son père fabriquait des bougies – qui a connu comme on dit « des revers de fortune ». Elle s'est mariée en 96 à Erich Ullmann, courtier en assurances à Bamberg (c'est en Bavière) qui l'a laissée veuve avec un enfant en bas âge, prénommé Thomas...

— Où est-il, ce gosse ?

— À Marseille. Elle l'a mis en pension au Petit Lycée, à la Belle de Mai.

— Quel âge ?
— Presque neuf ans.
Baruteau sursauta sur son siège :
— Ouh là, là…
Raoul tendit le cou :
— Je lis que le mari serait mort subitement et qu'elle a été un moment soupçonnée d'y être pour quelque chose…
Le journaliste prit un air effaré.
— Ne me dites pas qu'il s'est pendu…
— Ce n'est pas précisé. Mais après avoir été inquiétée, elle a été mise hors de cause par la cour d'assises de Nuremberg.
Le policier leva la tête et croisa le regard de son neveu.
— Eh bien, dis donc… La voilà belle. Si avec ça elle s'en sort…
— « Mise hors de cause », souligna Raoul.
— Oui, mais « par une cour d'assises », insista Baruteau. On n'y va généralement pas sans avoir été un moment accusé.
Le chef de la Sûreté marseillaise demeura un moment silencieux. Raoul Signoret refermait son carnet de moleskine et replaçait son porte-mine dans sa poche de poitrine. Il assura :
— Il n'y a aucune raison pour l'instant d'évoquer cette affaire. D'autant plus qu'elle a été blanchie.
Baruteau prit un air entendu :
— Avec ça que les *Chats Fourrés*[1] vont se gêner, s'il y a procès.
— Il sera bien temps d'en parler si nous allons

1. Les juges.

au tribunal, dit Raoul. Vous l'avez mise où, en attendant, la Liselotte ?

— Elle est hospitalisée à la Conception, salle des consignés, le temps qu'elle se remette de son… de sa…

Baruteau n'acheva pas sa phrase.

— Croyez-vous que je puisse aller la voir ?

Le flic reprit le dessus :

— Et puis quoi, non ? À quel titre ?

Raoul se rebiffa à sa façon :

— Prussophile.

Baruteau rit nerveusement.

— Couillon !

Le reporter insista :

— Pour l'instant, vous n'avez aucune charge contre elle.

— Je n'en ai nul besoin pour la mettre au frais préventivement jusqu'à ce que j'en sache un peu plus.

— Ce qui veut dire ?

— Qu'à sa sortie de la Conception, je lui offre un séjour chez les sœurs de Marie-Joseph.

Raoul sursauta.

— La maison de correction des femmes ?

— Elle-même, sise près de la porte d'Aix. Mais je préfère dire le Couvent des Présentines, c'est plus chic. Bien qu'il recèle entre ses murs épais des religieuses-surveillantes aux épaules de déménageurs que je n'aimerais pas rencontrer au coin d'un bois sacré.

Le reporter secoua la tête :

— C'est insensé…

Baruteau se rebiffa :

— Tu ne penses tout de même pas que je vais la

laisser se balader dans Marseille comme si de rien n'était ! Je te rappelle qu'il s'agit du témoin numéro un de l'affaire. Je ne peux pas prendre le risque de la voir communiquer avec les autres témoins : le fils, le filleul, les domestiques. Mets-toi à ma place.

— Je préfère être à la mienne, dit Raoul.

Baruteau ne releva pas.

— Bon. Que tout cela ne nous coupe pas l'appétit. Vous venez déjeuner dimanche, au cabanon, avec Cécile et la petite ?

Le journaliste, qui connaissait les talents de cordon-bleu de sa tante, sentit ses glandes salivaires entrer en transe. L'air de rien, il s'enquit :

— Qu'est-ce qui mijotera dans la casserole de tante Thérèse ?

— Lapin aux olives.

— Hmmmm ! Avec bien du *pèbre d'ail* ?

La réponse de Baruteau resta dans le ton :

— *Natürlich !*

3.

Où l'on grimpe à bord du « Circulaire Corniche » pour se rendre à Malmousque et faire connaissance avec Placide Boucard, dit « Le Bouc », ex-reporter au « Bavard »...

Dans un long crissement des freins métalliques serrant ses roues de fer, le convoi du *Circulaire Corniche* s'immobilisa à l'arrêt *Malmousque.* L'arrivée de la rame de couleur crème constituait en soi un spectacle qui figeait les badauds sur le trottoir. Marseille, pour célébrer les fastes de son Exposition coloniale, avait ressorti aux beaux jours ses « Américaines » à boggies, achetées par la direction du réseau en 1899, qui les destinait aux seules lignes littorales, en raison de leur encombrement. Les motrices *Buffalo* tractant deux ou trois remorques, utilisables seulement à la belle saison, se faisaient remarquer par une carrosserie entièrement ouverte qui laissait les passagers assis à l'air libre, seulement protégés du soleil – mais pas du vent ni des embruns – par le toit et une toile de tente festonnée qui le bordait, donnant à l'ensemble un petit air vacancier. Le wattman, en tenue d'été, tout de blanc vêtu, ressemblait à un officier de marine sur sa passerelle de commandement.

Notre héros avait voyagé debout sur la plate-forme avant, près du conducteur qui défendait son espace vital contre l'invasion des passagers à grands renforts de bourrades quand le nombre autorisé à s'y tenir – treize, pas plus ! – menaçait d'être dépassé.

Monté à bord du *Circulaire Corniche* qu'il avait pris Quai de la Fraternité, Raoul Signoret n'avait pu s'empêcher d'évoquer durant le trajet qui offrait de superbes échappées sur la rade les circonstances de l'aménagement de cette portion préservée du littoral marseillais. Elles n'avaient rien de touristique.

La révolution de 1848 avait été brève mais violente. Sur les barricades, des ouvriers en armes s'étaient fait tuer sur place. Le gouvernement de la nouvelle République avait expédié à Marseille Émile Ollivier, futur Premier ministre de Napoléon III, avec une consigne impérative : calmer au plus vite les esprits de cette ville turbulente. On sentait la rue prête à s'enflammer de nouveau. Arrivé à Marseille début mars 1848, le jeune Commissaire de la République avait cherché comment satisfaire les cortèges d'ouvriers réclamant du travail.

On allait leur en donner avec l'aménagement de la Corniche. Le rapport du directeur des Travaux publics de l'époque était sans équivoque : « *Pour donner aux travailleurs de l'ouvrage, il y aurait un moyen facile qui éloignerait de la ville une partie des ouvriers les moins capables, puisqu'il s'agirait de redresser les rochers au bord de mer. Ils s'occuperaient toute la journée, l'aller et le retour en ville les fatigueraient et, en rentrant dans leurs foyers, ils songeraient plutôt à se reposer qu'à aller sur les places publiques.* »

Huit mille ouvriers au chômage allaient être affectés à ce chantier pharaonique.

Il s'agissait donc moins d'embellissement, que de sécurité publique. Il n'empêche que Marseille pouvait se flatter désormais de rivaliser avec les plus beaux équipements touristiques de la côte méditerranéenne. Pas étonnant que Stéphen Liegeard[1], l'inventeur du nom magique, l'ait fait débuter là, sa *Côte d'Azur*, sur les rochers de la rade-sud de Marseille et non à Hyères comme les snobs. La ville ne se privait pas, en ces temps d'exposition coloniale, de la faire admirer aux visiteurs venus de l'Europe entière en les promenant à bord des *Belles Américaines* de son réseau de tramways ressorties pour la circonstance malgré les carences de leur système de freinage et leur manque de maniabilité qui obligeaient le wattman à largement anticiper sa manœuvre.

Le reporter, descendu le premier, avait pris la direction de la presqu'île. Il était suivi par une horde piaillante de gosses excités, habillés en marins miniatures, coiffés de chapeaux de paille à rubans, équipés de seaux, de pelles, de ballons, de yoyos et d'inutiles filets à papillons mués en épuisettes dans l'espoir de trouver des crevettes sur un littoral qui en était avare. Tous s'en allaient passer une journée au bord de l'eau accompagnés de leurs mères habillées de clair, chapeautées de capelines, chargées de paquets, de parasols, encombrées de leurs ombrelles à jours, dépassées par l'excitation de leurs progénitures et

1. Sous-préfet et poète, il publia en 1888 un album touristique illustré intitulé *La Côte d'Azur*. Il servit de modèle à Alphonse Daudet pour son *Sous-Préfet aux champs*.

qui contribuaient au tumulte sonore en les rappelant en vain à l'ordre et au calme.

Les grandes vacances commençaient dans la joie et l'excitation.

La rame s'était vidée en un clin d'œil d'un bon tiers de ses passagers, car sur ces voitures dépourvues de portes et équipées de marchepieds courant sur toute la longueur, la descente des voyageurs était simultanée. Seul y trouvait à redire le receveur qui passait son temps à pourchasser les resquilleurs, libres de monter et descendre à leur guise d'un tramway roulant à la vitesse moyenne de 5 km/h.

À peine descendue la volée de marches qui conduisait à la rue de la Batterie des Lions, on pénétrait dans un autre monde. Le charroi de la promenade de la Corniche, le fracas des roues cerclées de fer des tombereaux et des charrettes sur les pavés, la trompe pneumatique du tramway que le wattman manœuvrait frénétiquement en quittant son arrêt, semblaient parvenir d'une planète lointaine. On percevait le bruit de ses propres pas sur la terre battue des petites rues – souvent des impasses – qui quadrillaient en tous sens le quartier marin. On entendait les voix des riverains à l'abri derrière de hauts murs, protégeant des curieux leurs petits bonheurs verdoyants et ombragés, cachés aux passants. Seuls les trahissaient le camail rouge cardinal d'un laurier-rose dont la tête dépassait d'une clôture, la perruque ébouriffée d'un pin, les guirlandes mauves des efflorescences d'une glycine enlaçant les grilles de fer d'un jardin ou le feu d'artifice orangé d'un bignonia dressant ses trompettes dorées vers le ciel comme les chamades d'un buffet d'orgue.

En traçant sur huit kilomètres le trajet serpentin de la Corniche, dont le but officiel avait été de *« favoriser l'accès à des lieux jusqu'ici impraticables et mettre ainsi en communication non interrompue entre elles toutes les parties extrêmes de la ville jusqu'à la mer »*, on avait détaché la presqu'île de Malmousque – cette proue du navire *Marseille* tournée vers le large – de son quartier-mère, Endoume, resté en arrière, perché sur sa colline, avec le clocher pointu de l'église paroissiale qui faisait comme un signe visible de loin à qui arrivait par bateau. Ce faisant, on avait créé le seul quartier de Marseille vraiment au bord de la mer qui l'enserrait de trois côtés.

Pas étonnant que ce paisible coin de pêcheurs qui abritaient leurs barquettes dans les anses et les calanques miniatures du feston rocheux ait aussitôt fait l'objet des convoitises des nantis. Ils avaient vu là un petit paradis à l'abri des nuisances du port industriel dont les grues et les silhouettes sombres de ses paquebots empanachés de noir barraient l'horizon-nord, tout proche. La calanque de Malmousque, orientée au nord, était tournée vers lui, tandis que son pendant, l'anse de Maldormé, abritée du mistral, contemplait les rondeurs du massif de Marseilleveyre. Négociants, armateurs, industriels, rentiers, s'étaient jetés sur la presqu'île, éclaboussant de leur richesse les premiers habitants du lieu. Si bien qu'en arpentant les rues étroites et tortueuses qui sillonnaient le site, la cohabitation sociale sautait aux yeux. Là où sur la « Côte d'Azur des riches » on eût bâti un quartier de luxe, fermé aux petites gens, on voyait ici les palais côtoyer les masures, les cabanons des pêcheurs à peine « améliorés » au coude à coude avec de somptueuses villas aux façades patriciennes croulant sous les bougainvillées fleuries de pourpre, encadrées de palmiers raides comme des cierges autour d'un autel, et toutes les classes sociales voisiner, sinon fraterniser. Les maisons ressemblaient à un puzzle géant dont les morceaux s'entassaient dans un sympathique désordre, chacune semblant prête à marcher sur le toit de l'autre. La topographie du site l'expliquait : parcourue par un étroit vallon médian, la presqu'île descendait en pente douce vers la calanque de Malmousque, à droite, tandis qu'elle plongeait carrément sur l'anse de Maldormé, à gauche.

De sa démarche énergique Raoul Signoret se livra à un « tour du propriétaire », tandis que les groupes de mères flanquées d'enfants s'éparpillaient vers les plagettes, les criques miniatures et les anses cachées où elles avaient leurs coins de prédilection. Selon son habitude, le reporter venait humer le quartier, prendre son pouls avant d'entamer l'enquête proprement dite. Moins d'une demi-heure suffit au journaliste du *Petit Provençal* pour arpenter la majeure partie des rues étroites, seulement accessibles aux piétons, dont certaines ne dépassaient guère l'envergure de ses deux bras en croix. La plupart s'achevaient en impasse, barrées par le mur d'une propriété et portant des noms pittoresques qui faisaient sourire le journaliste : rue Va-à-la-Calanque, impasse des Intimes, traverse Montplaisir, rue des Quatre-Vents ou du Grand Balcon dont on eût difficilement trouvé trace. Au terme d'un raidillon qui le hissa à quinze mètres d'altitude, le reporter atteignit bientôt le plateau terminal de la presqu'île, dit de la « *Batterie de*

Malmousque », terrain nu et cahoteux, pelé par les embruns, avec son bas-fort en sentinelle sur le large, témoin du temps où le danger pouvait surgir de la mer à tout moment. Il abritait une brigade de douaniers débonnaires, en principe chargés de contrôler le trafic (à tous les sens du mot). Ils se contentaient la plupart du temps de lorgner les baigneuses ou de tenter de prendre langue avec les plus jolies des mamans quand elles plaçaient leur progéniture sous leur symbolique surveillance.

Un troupeau de biques tondait méticuleusement les derniers vestiges végétaux du plateau.

Après un coup d'œil panoramique au paysage marin sur lequel se détachaient les croupes blanches trouées de rares taches vertes de Pomègues et Ratonneau[1], précédées par les lignes basse du Château d'If qui jouait les avant-postes, le reporter se dirigea vers l'anse de Maldormé, but de son périple, par la rue de la Douane. Au premier plan, l'îlot de Daume – qui avait peut-être donné son nom au quartier d'Endoume[2] – attirait le regard avec ce fortin trapu qui lui donnait l'air sévère d'une île bretonne égarée en Méditerranée.

Dépassant des bâtiments de la Station de Zoologie marine[3] Raoul dégringola les raides escaliers de la Montée de Maldormé – pour l'occasion lui offrant

1. Nom des deux îles formant (avec If) l'archipel du Frioul, que relie la digue Dieudonné, ménageant un plan d'eau égal à celui du Vieux-Port (25 ha).

2. Au fil du temps on alla « en Daume », puis « en Doume », enfin « à Endoume ».

3. Créée par Antoine Marion en 1886, elle devint la Station Marine d'Endoume en 1933. C'est aujourd'hui le Centre d'Océanologie de l'Université Aix-Marseille III.

sa rapide descente. Elle déboucha sans crier gare sur l'anse bordée de pins entourant une eau claire. Elle devait être telle au premier jour de la Création. Devant tant de simple beauté, le journaliste eut le souffle coupé. Trois rochers blancs affleuraient au centre de la calanque miniature, dont le fond tapissé de posidonies formait un camaïeu passant en revue toutes les nuances de vert, du bronze au céladon. Sur ses bords de rochers blancs cascadaient des grappes de *doigts de sorcières* et des touffes de lentisques, de genévrier de Phénicie, de cistes roses ou blancs, tandis que les agaves et les pins parasols se cramponnaient de toutes leurs racines noueuses aux parois quasi verticales.

Raoul Signoret repéra au premier coup d'œil la villa *Bella Vista* de Me Deshôtels. Bien nommée, elle se perchait sur la rive gauche de l'anse. Derrière un mur surmonté de balustres de terre cuite encadrant un portail de fer à deux battants, on distinguait dans un fouillis de verdure ponctué de roses multicolores une bâtisse à trois étages badigeonnés de bleu éteint. D'après les indications de l'oncle Eugène, l'avancée du rez-de-chaussée, où se trouvaient les pièces de réception, permettait à la chambre du notaire, située au premier étage à gauche, de bénéficier d'une vaste terrasse offrant une vue splendide sur la mer tandis que les deux fenêtres plus étroites à droite appartenaient à la chambre du fils Deshôtels.

Un second étage distribuait deux autres chambres plus petites, et enfin, un troisième étage, en retrait de l'ensemble, accueillait les pièces mansardées dont l'une était dévolue à Mariette Chabas, la petite bonne.

Le soleil, presque à son zénith en cette fin de matinée, tapait comme un sourd et sa promenade, bien que tempérée par la brise marine, avait assoiffé Raoul Signoret. Il était en nage. La vision du *Chalet de Maldormé*, tout au bout de l'anse, sur la rive droite, lui fit l'effet de l'oasis à l'aventurier perdu dans le désert. Le superbe point de vue que l'établissement – en vigie au bout des rochers – offrait sur la rade-sud le fit passer sur la laideur de son architecture. En fait de chalet annoncé, on se trouvait devant un cube sans grâce précédé côté mer d'une vaste terrasse bétonnée où des dames et des messieurs boutonnés jusqu'au col et largement chapeautés – personne n'aurait eu l'idée saugrenue d'exposer son épiderme au soleil – sacrifiaient joyeusement au rite de l'apéritif.

Raoul Signoret préféra la fraîcheur relative de la salle aux murs décorés de « réclames » pour boissons spiritueuses. Sous les pas de l'arrivant le plancher aux lattes disjointes joua du tambour, ce qui fit tourner les têtes des consommateurs. Raoul refermait à peine la porte vitrée qu'une voix sonore et joyeuse domina le brouhaha des conversations.

— *Méfi* [1] *!* La grande presse vient nous rendre visite !

Les soiffards collés au bois du comptoir d'étain suspendirent leur office et, calice en main, se retournèrent vers les fidèles de la paroisse.

Le timbre sonore qui venait de retentir appartenait à un personnage jovial, habillé de clair, au teint brique autant qu'en laissait deviner une courte barbe

1. Attention ! Prenez garde !

fournie, ronde et blanche, surmontée d'une paire de moustaches en guidon de vélo dont les pointes relevées donnaient à sa physionomie un petit air méphistophélique tempéré par la bonté de son regard. Des cheveux ras mais drus assortissaient leur blancheur au reste des ornements pileux d'une face de lune. Son gros nez supportait de petites lunettes cerclées de fer par-dessus lesquelles passaient ses yeux vifs. Il se nommait Placide Boucard, journaliste honoraire du *Bavard, journal satirique, mondain, littéraire et sportif.* C'est le sport qui avait occupé le vieux reporter trente-huit années de sa vie professionnelle, par tous les temps sur tous les gradins de tous les stades et pistes de Marseille. Le sport pratiqué par les autres, bien entendu. Sa retraite prise, il ne quittait plus la presqu'île de Malmousque, quartier où il avait vu le jour et où, probablement, il pousserait son dernier soupir.

Boucard, dit *Le Bouc* – non pas à cause de particularités génésiques mémorables mais parce que la première syllabe de son patronyme y conviait – assis au fond de la salle en compagnie de trois partenaires de manille, s'était à demi dressé et avec son canotier décroché de la patère, il faisait le sémaphore à l'attention de Raoul.

Amateur enragé d'opéra, il ne manquait jamais de ponctuer son discours – dès qu'il avait un auditoire – de citations musicales, notamment tirées du *Faust* de Gounod qu'il avait entendu cinquante-quatre fois au *Grand Théâtre*[1] sans en être lassé. Il connaissait l'ouvrage note à note et y tenait tous les rôles.

1. Ancêtre de l'Opéra de Marseille, qui lui succéda après l'incendie de 1919 qui détruisit la salle.

Raoul eut droit à la première phrase de l'air d'entrée réservé au ténor :

« Salut ! Ô mon dernier matin »...

Puis reprenant son timbre normal :

— Viens par ici, mon collègue !

Raoul Signoret ne pouvait pas se dérober et n'en avait pas l'intention, car c'est la providence des reporters qui avait placé Placide Boucard sur sa route. Le vieux journaliste connaissait la presqu'île, sa faune et sa flore, ses vices cachés et ses vertus publiques, comme le fond de la blague à tabac à priser grâce à laquelle, entre deux levées, il se farcissait les narines, laissant pleuvoir les brins hachés fin sur sa bedaine.

— Je me doute bien de la raison qui t'amène, lança-t-il à son jeune confrère qui s'emparait d'une chaise cannée.

Raoul serra la main grassouillette qu'on lui tendait :

— Ça m'évitera donc de te faire perdre du temps.

Boucard présenta l'arrivant à ses trois partenaires, des retraités comme lui.

— Mon confrère Raoul Signoret du *Petit Provençal.* C'est un bon et je m'y connais.

L'esprit de concurrence n'avait jamais rendu jaloux le vieux reporter sportif. Il jugeait les gens à leur valeur et ne se préoccupait pas de la *couleur* du titre qui les faisait vivre. Attitude rare dans ce métier de chiens. Il avait spontanément pris « le jeune » en sympathie, appréciant ses *papiers* en professionnel, sentiment renforcé quand il avait découvert les aptitudes sportives de son confrère, pratiquant confirmé de boxe française et de bâton de combat, adepte du vélocipède qu'il utilisait souvent pour ses déplacements professionnels.

— Que bois-tu ?

Raoul réfléchit :

— Quelque chose dans un grand verre.

Le reporter n'échappa pas à une nouvelle illustration musicale, extraite de la kermesse de l'acte II de *Faust* :

« Vin ou bière, bière ou vin
Que mon verre soit plein
Sans vergogne, coup sur coup
Un ivrogne boit tout ! »

Pour mettre fin au récital, Raoul Signoret jeta la première idée qui lui venait :

— Un *Cap corse*-limonade. Avec beaucoup de limonade.

La commande se passa en musique par le truchement de Méphisto :

« Holà ! Seigneur Bacchus, à boire ! »

Le patron du *Chalet de Maldormé*, habitué aux fantaisies vocales du *Bouc*, vint prendre la commande, ce dont profita le vieux journaliste pour faire renouveler celle des joueurs de manille.

Tout en surveillant d'un œil les levées, il entama un dialogue avec son jeune confrère :

— Tu as du nouveau ?

— Tu parles ! Je débarque. Je suis venu au contraire prendre des nouvelles fraîches. Je suppose que Malmousque est en révolution…

Boucard s'exclama :

— C'est le moins qu'on puisse dire. Nous étions jusqu'ici un coin de Marseille sans histoire et bien fréquenté. Si on se met à *escagasser* les notables comme dans les Vieux-Quartiers, où allons-nous ?

— Et que dit la *vox populi* ?

Le vieux reporter hennit :

— Oh ! pour elle, la messe est dite. Y en a qu'une pour avoir fait le coup : c'est *La Bochesse.*

Ses trois partenaires acquiescèrent d'un mouvement synchrone de la tête.

— Un peu simple, non ?

— Certes, mais va leur enlever ça du *teston,* toi.

Le Bouc se pencha vers Raoul :

— Elle a tout pour faire une coupable *first class,* tu crois pas ?

— Je ne crois rien, je cherche à me faire une idée.

— Eh bè, je vais éclairer ta lanterne, si tu v... *Oh ! coquin de pas Diéou*[1] *!*

Le gros homme ne riait plus. Il jeta les cartes sur la table sous les ricanements de ses adversaires et l'œil furibard de son partenaire. Distrait par sa conversation avec Raoul, il avait joué comme un débutant. Son vis-à-vis lui jeta un regard noir.

— J'ai oublié de couper à trèfle ! Allez, c'est pour moi !

Il fit signe au patron, en montrant les consommations : les trois autres se levèrent.

Raoul Signoret arrêta le propriétaire du *Chalet* qui s'apprêtait à empocher le billet posé sur la table de jeu, en lui prenant le bras :

1. Équivalent de Nom de Dieu ! Mais l'insertion de « pas » évite le blasphème. *Coquin de (pas) Dieu !*

— Laissez, c'est moi qui règle. J'ai fait perdre la partie à mon confrère, je paie ma dette.

Boucard, tout en protestant pour la forme, apprécia le geste chevaleresque.

Tandis qu'il saluait ses partenaires, en partance pour leurs domiciles respectifs, *Le Bouc* lança par-dessus son épaule à son jeune confrère :

— Tu *dînes*[1] où à midi ?Raoul lampa l'ultime gorgée de *Cap corse* tiédi.

— Je n'y ai pas encore réfléchi.

— Alors, je t'invite. Ils font buffet, ici. Colette, la patronne, trouvera bien dans son garde-manger de quoi ne pas nous laisser mourir de faim. Entre deux bouchées on parlera un peu du pays, si tu veux.

— Un peu que je veux. Mais je ne voudrais pas priver Mme Boucard de ta compagnie…

Un voile de tristesse ombra la face joviale du vieux journaliste. Il dit avec une grande pudeur :

— Depuis trois ans, Lucienne me laisse continuer tout seul…

Navré de sa gaffe, Raoul bredouilla :

— Je suis désolé, mon vieux *Bouc*, je ne savais pas…

— C'est pas grave, Signoret. C'est la vie. J'en prends l'habitude. De toute façon elle est mieux là où elle est. Elle a beaucoup souffert sur la fin…

Le regard de Boucard bascula vers le large qui s'encadrait par l'une des fenêtres de la salle. Manière de signifier que mieux valait changer de sujet. Le reporter respecta la consigne muette.

---

1. Traditionnellement, en Provence, on « déjeunait » le matin, on « dînait » à midi et on « soupait » le soir.

L'arrivée de « la marquise Colette du Chalet » – ainsi la présenta *Le Bouc* – avec son tablier bleu fit diversion. De son accent chantant, elle égrena sa « carte parlée ».

— Je vous propose un peu de pâté de campagne maison, ensuite deux côtelettes d'agneau sur la braise, accompagnées d'une fricassée de *pinins*[1].

Raoul s'étonna :

— Des pinins ? En juillet ? En pleine canicule ?

Colette sourit, sûre de son fait :

— Je les mets en conserve dans de l'huile. Vous m'en direz des nouvelles.

Elle enchaîna :

— S'il vous reste un peu de place, du fromage de chèvre du Rove et une pomme cueillie ce matin dans le jardin de Mme Fouque.

— C'est une voisine, glissa Boucard à l'intention de Raoul.

Puis à haute voix :

— C'est Byzance, ma bonne Colette !

La femme regarda le vieux journaliste avec l'air soucieux d'une qui se demande s'il lui reste du *bisance* dans sa resserre aux provisions.

Les deux confrères la tirèrent d'embarras en acquiesçant chaleureusement aux propositions.

— Et vous nous mettrez un pichet bien frais de ce petit rosé fruité que Célestin (c'était le prénom du patron) va chercher où, déjà ?

— À la Bédoule.

— À la Bédoule, c'est bien ça. Tu vas voir, confia Boucard à Raoul, il se laisse boire tout seul.

1. Champignons de pins appelés lactaires délicieux.

En attendant le retour de Colette, qu'on entendait s'affairer dans sa cuisine, ouverte sur la salle par un passe-plats ménagé dans le mur, les deux journalistes allèrent s'asseoir à l'une des tables équipées d'une nappe à carreaux délimitant le coin-restaurant.

— Le sport ne te manque pas trop ? demanda Raoul à son aîné.

Le Bouc avait retrouvé sa bonne humeur :

— Oh, moi, tu sais, le sport, je l'ai surtout pratiqué depuis le bord des terrains. C'est là que j'ai chopé les rhumatismes qui *emboucanent* [1] mes vieux jours. Alors, ça va comme ça, j'ai donné. Et puis je connais de moins en moins de monde. Quant aux jeunes de notre métier, ils pensent qu'on n'attendait plus qu'eux. Ils savent tout et n'ont pas besoin des conseils d'un vieux croûton comme moi ; qu'est-ce que j'irais y faire ? Et puis...

Un geste large vers les baies vitrées de la salle précéda la profession de foi qui suivit :

— ... y a pas mieux que Malmousque. Ma presqu'île natale suffit à mon bonheur. Je suis même pas allé à l'Exposition coloniale, c'est te dire ! J'habite le paradis, qu'est-ce que tu voudrais que j'aille voir le monde ailleurs ?

Cette évocation lyrique de l'amateur d'opéra ramena Raoul Signoret à ses préoccupations.

— Comment se fait-il que l'opinion publique soit aussi remontée contre Mlle Ullmann ?

Boucard fit une grimace :

1. Le sens premier est sentir mauvais (l'odeur du bouc durant le rut). Ici, c'est au sens d'empoisonner l'existence.

— Bè ! Tu connais les Marseillais, hein ? Les *estrangiés* les rendent toujours méfiants. Ils oublient simplement que près du tiers d'entre eux l'ont été ou le sont encore. Tu te souviens de l'accueil qu'ils ont réservé aux *Babis*[1]. Pour ce qui concerne la petite Ullmann, le fait qu'elle soit Allemande n'arrange rien. Mais dans ce cas particulier, il y a une circonstance aggravante : les gens l'accusent d'avoir mis le grappin sur le notaire.

Raoul s'offusqua :

— En quoi ça les regarde ? Qu'en savent-ils ?

Le pâté-maison arrivait. Tout en parlant, Placide Boucard l'attaqua sans attendre.

— Des rumeurs circulent dans le quartier, sans savoir d'où elles sont parties et que chacun propage en les enjolivant.

— Par exemple ?

— Il y en a qui disent que Deshôtels aurait couché sa gouvernante sur son testament après l'avoir couchée dans son lit et que ça aurait pu susciter des jalousies.

— De la part de qui ? De son fils ? Il paraît que c'est un minus.

— C'est plutôt un garçon qui a un alambic à la place du foie et un baobab dans la main. Il l'empêche de travailler. Une feignasse, un mollasson, un *bras cassé* que papa entretient encore à trente-sept ans. Il mène une vie de bâton de chaise.

— Tu le crois capable de…

— Moi ? De rien. Mais tu ne peux pas empêcher les gens de parler. Ici, c'est un petit village avec les

1. Aux Italiens. En 1881, de véritables pogroms firent morts et blessés.

inconvénients d'un village. Tout se sait, tout s'écoute, ou bien s'invente et se colporte. Chacun *espinche*[1] le voisin. Les petites gens veulent savoir ce qui se fricote derrière les murs des riches. Les nantis crachent sur le bas-peuple et excitent son ressentiment. Surtout chez ceux qui donnent un goût à leurs vies de cloportes en reniflant le linge sale des autres. Alors, on raconte « des choses » et on jure les tenir de témoins de première main.

— Et que dit-on de précis sur les relations de Liselotte avec son ex-employeur ?

— D'abord, quand elle a débarqué, voici sept ans, certains ont tordu la bouche en insinuant que c'était un scandale que Me Deshôtels engage une *Bochesse* pour tenir sa maison. Tu en trouvais pour dire que c'était une espionne.

Raoul ricana :

— Une espionne ? Ils craignaient qu'elle aille donner le numéro du coffre du notaire au consulat général d'Allemagne ?

Le Bouc hennit joyeusement :

— C'était pour dire quelque chose. En réalité, ce qui ne leur plaisait pas, chez *La Bochesse*, c'est que, comme on dit chez nous, *« elle s'encroyait »*. Je dois reconnaître qu'elle était d'une politesse de tous les instants, mais elle avait autant de chaleur humaine qu'un *bacalà*[2] pour l'aïoli avant détrempe. Si tu veux, elle manquait d'*estrambord*[3], pour les gens d'ici. Ils ont pris sa réserve naturelle pour du mépris. Et ils

1. Espionne.

2. Morue séchée et salée qu'il faut longuement plonger dans une eau fréquemment renouvelée pour qu'elle soit mangeable.

3. Enthousiasme.

se sont mis à la détester. D'autant qu'elle faisait pas ses courses dans le quartier. Elle allait chez les commerçants de la Corniche. Autant dire à l'étranger. Alors, tu parles si cette affaire, c'est du pain bénit. Certains sont prêts à allumer le bûcher. Quand la police l'a emmenée, avant-hier, de braves gens qui ne feraient pas de mal à une mouche lui ont fait une conduite de Grenoble en gueulant « à mort ! ». S'il y a un procès, l'accusation n'aura pas de mal à trouver des volontaires pour charger la barque.

Les côtelettes d'agneau, tendres et juteuses, avaient grillé sur un feu de braises alimenté de romarin. Il leur avait transmis un parfum de garrigue qui enchantait le palais des deux confrères. La poêlée de *pinins* acheva par un point d'orgue ce repas de savoureuse simplicité où les choses avaient le goût de ce qu'elles sont. Par raison, les tommes de chèvres furent repoussées malgré leur aspect engageant, et l'on termina sur une pomme juteuse et parfumée dévorée avec sa peau.

L'inépuisable *Faust* donna à Placide Boucard l'occasion de mettre le point final lyrique emprunté au rôle de Valentin, le frère de Marguerite. En vidant le fond de rosé, resté dans la bouteille, il entonna :

« Un dernier coup, messieurs !
Et mettons-nous en route. »

Le patron comprit que le moment était venu d'apporter l'addition. Il tint à offrir les cafés. Tandis qu'ils passaient dans le filtre-chaussette d'une antique cafetière à bec, Raoul demanda :

— Crois-tu qu'il y ait eu, comment dire ? une relation plus… directe, entre le notaire et sa gouvernante ?

L'œil de Boucard s'alluma.

— Je n'étais pas sous le lit, mais si j'en crois la rumeur publique… On dit que le notaire, lorsqu'il était plus jeune, ne crachait pas sur la bagatelle. Les plus anciennes du quartier se souviennent que la défunte notairesse porta la plus belle paire de cornes de toute la presqu'île.

— Alors, tu crois qu'avec sa Walkyrie ?…

— Les mauvaises langues affirment qu'avec l'âge notre tabellion n'avait plus les moyens de se mettre au garde-à-vous sur commande.

— Comment peut-on savoir une chose pareille, si on n'appartient pas au cercle des participants ?

— Des ragots de domestiques, sans doute. Ils ont souvent l'œil à la serrure.

— Et qu'ont-ils cru voir ?

— Que notre notaire avait recours à – comment dire, à mon tour ? – des… adjuvants propres à lui redonner ses ardeurs passées.

— À quoi font-ils allusion, d'après toi ?

Boucard se pencha et confia à voix plus basse :

— On prétend que les pendus éprouvent une ultime satisfaction, une compensation de leur fin douloureuse, en quelque sorte.

Raoul qui portait sa tasse de porcelaine à la bouche se brûla sous l'effet de l'étonnement et du café tomba sur la serviette qu'il avait gardée par chance sur ses genoux. Ainsi son costume de lin clair fut-il épargné. Il s'écria :

— Mais c'est bien sûr ! J'avais oublié ce détail. J'avais appris ça, naguère. La mandragore ! « *L'herbe aux pendus qui revigore !* » La légende affirme qu'elle poussait sous les gibets, arrosée par le f... Oh, nom de Dieu ! Tu crois que le notaire...

— Possible, répliqua sobrement *Le Bouc* qui n'avait rien à tirer de *Faust* sur la question. On dit que certains pervers se soumettent à un début de strangulation pour obtenir le résultat escompté et...

— ... qu'il s'agit de s'arrêter à temps, si on ne veut pas avoir un macchabée sur les bras, compléta Raoul. Mais on a besoin d'un ou d'une partenaire, pour conduire l'opération...

Boucard eut un geste d'impuissance :

— Ça se trouve. Et s'il n'y a pas de volontaire on en suscite en payant le service. Enfin ! tout ça c'est des suppositions. Personnellement, ça ne me dirait rien. Jamais je n'ai eu recours à de tels expédients, même quand j'ai plus pu...

La tête de Raoul lui tournait :

— De là à penser que Liselotte Ullmann ait pu tenir ce rôle...

— Tu as tout compris. Ou du moins tu as compris comment s'enchaîne le raisonnement de ceux qui affirment sans savoir que *La Bochesse* a étranglé le notaire. Volontairement ou non, c'est une autre affaire. Elle seule pourrait fournir des explications crédibles. Je serais étonné qu'elle y soit prête.

— Moi aussi, dit Raoul, c'est à la justice de tenter d'y voir clair. Mais rien ne nous empêche de mettre notre nez dans l'affaire. Tu serais partant ?

— Ça me rappellerait ma jeunesse, avoua Boucard.

Raoul éclata de rire et devant l'air étonné de son confrère expliqua avec un air entendu :

— Il paraîtrait que c'est exactement ça qu'a dit Théophile Deshôtels à Liselotte Ullmann la dernière fois qu'il lui a demandé un petit service !…

Le Bouc, les larmes aux yeux, mêla son rire tonitruant à celui de son jeune confrère.

Et pour avoir le dernier mot musical de la rencontre, il entonna :

> « *À moi les plaisirs !*
> *Les folles maîtresses !*
> *À moi leurs caresses*
> *À moi leurs désirs…* »

4.

Où l'on retourne à Maldormé
pour participer à une pêche
d'un genre particulier qui débouche
sur une provocation en duel...

— Raoul ? C'est ton oncle.

— Je vous écoute, au garde-à-vous, monsieur le divisionnaire.

— Repos ! Pouvez fumer[1]...

Raoul Signoret se félicita mentalement d'avoir consenti à faire installer un combiné téléphonique à son domicile. Certes, la dépense était de taille ; certes, c'était donner les verges pour que son rédacteur en chef le tourmente jour et nuit, mais c'était bien pratique pour Cécile, son infirmière d'épouse, que ses patients pouvaient joindre et lui épargner ainsi un déplacement inutile quand ils devaient repousser un rendez-vous pour une piqûre. Mais, surtout, cela permettait une jonction rapide entre l'oncle et le neveu lorsque « tombait » une information urgente à se communiquer.

C'était le cas ce matin-là.

1. Formule classique du gradé qui accorde un moment de détente à ses hommes.

Si Baruteau appelait son neveu alors qu'il devait le voir au déjeuner du dimanche, ce n'était certainement pas pour lui demander de prendre le pain en passant.

— Vous venez toujours à la Madrague à midi ?

— Cette question ! Pour le lapin aux olives de tante Thérèse, je pousserais bien à pied jusqu'à Callelongue[1].

— Alors, tu devrais t'arrêter un moment à Malmousque. C'est sur ton chemin. Un de mes hommes vient de me signaler qu'il y a de la viande au menu. Pas de première fraîcheur, a-t-il précisé, mais ça pourrait t'intéresser. En outre, tu m'apporteras les nouvelles. Ça m'évitera de passer au commissariat.

— On a encore tué quelqu'un ?

— Quelqu'un s'est noyé.

— Homme ? femme ?

— Je n'ai pas l'information. Ils étaient en partance pour repêcher le corps. Un *pescadou* du dimanche qui rentrait avec sa *bette*[2] l'a simplement signalé. Il n'était pas équipé pour la pêche au gros. Le corps flottait entre deux eaux à deux cents mètres de l'anse.

— J'y vole.

Le reporter raccrocha le combiné au support mural sur lequel luisait le gros œil du timbre strident qui l'avait fait sursauter, avec dans les doigts ce fourmillement dénonçant son excitation quand une nou-

1. Pour les lecteurs peu familiers de la topographie marseillaise, précisons que la Madrague est l'un des nombreux villages qui jalonnent le littoral de la rade sud de Marseille, Callelongue étant son « Finis terre ».

2. Barque marseillaise à fond plat.

velle d'importance survenait. C'était plus fort que lui. Les réflexes du chien de chasse se déclenchaient. Il jeta un œil amoureux sur Cécile, superbe dans une robe blanche en dentelle, à la taille haute. Elle mettait en valeur la ligne de sylphide de son épouse qui semblait narguer les lois de la pesanteur auxquelles les autres humains étaient soumis. La jeune femme fignolait les *anglaises* de leur fille Adèle, huit ans, pas peu fière d'étrenner une légère robe d'été coupée dans un tissus écossais vert et bleu par sa grand-mère, dont on retrouvait le motif en plus petit sur le ruban entourant le chapeau de paille qu'elle tenait déjà en main de crainte de l'oublier.

Impatient, le journaliste eut pour première idée de proposer à « ses femmes » de partir seul, devant. Ils se retrouveraient sur la Corniche, à hauteur de Malmousque, quand le reporter aurait pris ses informations. Raoul jeta un coup d'œil à sa montre de gousset. Il était dix heures et quart, Cécile et Adèle étaient quasiment prêtes. Si la voiture de remise[1]... Le journaliste se jeta sur le téléphone. Décidément, une invention-miracle. Par chance, la compagnie auprès de qui il avait retenu une voiture pour onze heures et demie en avait une qui rentrait à l'instant. Elle pouvait être en bas de chez eux dans dix minutes.

— C'était qui ? demanda Cécile.

— Mon oncle. On lui a signalé un noyé au large de Maldormé. Je vais jeter un œil en passant. Il

1. Rappelons qu'en dehors des fiacres appartenant à des compagnies, que l'on trouvait aux stations comparables à celles de nos taxis, il était possible de louer des voitures à l'heure, la demi-journée ou la journée, à des compagnies dites de « Petite remise ».

faudrait partir sans délai. Vous pouvez faire ça pour moi, ou je prends ma bicyclette ?

Pratique, la jeune femme argumenta :

— Tu vas en être encombré, ensuite, pour aller jusqu'au cabanon. Et j'aimerais qu'on rentre ensemble, ce soir. Enfin, le maire ne m'a-t-il pas dit qu'une femme devait suivre son mari partout ?

Raoul prit sa femme dans ses bras. Comme chaque fois, il fut ému du contact avec cette liane souple que la nature lui avait donnée en guise d'épouse. Les années ne semblaient pas avoir de prise sur cette juvénile silhouette. À l'âge où la plupart voyaient leur taille s'épaissir, leur beauté commencer à se faner, leur visage se flétrir, la maturité semblait au contraire conférer à Cécile Signoret un surcroît d'éclat, un épanouissement continu. À l'image de l'amour qui liait ces deux-là l'un à l'autre. Présence d'Adèle oblige, le reporter se contenta de poser ses lèvres sur le front de Cécile, geste affectueux dont le regard de sa femme le récompensa. La fillette leur souriait, muette, comme si elle leur donnait son assentiment. L'air de dire : ça me fait plaisir de vous voir comme ça, tous les deux.

— On va donc y aller ensemble. Je vous déposerai un peu avant le pont de la Fausse-Monnaie. Je vais aux renseignements et je reviens. Vous gardez le fiacre, bien sûr. Amène la petite sous les ombrages du vallon de la Fausse Monnaie. J'ignore ce qu'ils auront sorti de l'eau et je ne voudrais pas que mademoiselle…

Adèle sauta sur place :

— Pourquoi, papa ? Je veux venir avec toi !

— Pas question, ma bichette. Ce ne sont pas des

choses à montrer aux demoiselles de bonne famille. C'est pas beau à voir, un noyé.

— Tu vas bien le voir, toi.

— Moi, ça fait partie de mon métier. Maman non plus, ne vient pas. Et pourtant, une infirmière, ça en voit de rudes.

Le dernier mot fut pour Adèle, enfant martyr qui dit avec un gros soupir :

— Et puis toi, tu es grand. Moi je suis petite... C'est ce qu'on me dit quand on sait plus quoi me dire, j'ai l'habitude...

Elle lança un regard noir qui fit rire Raoul et donna le signal du départ.

— Allez, mes beautés, ne traînons pas. Le fiacre doit être en bas.

*

Sur la rive de l'anse de Maldormé les curieux se marchaient dessus. Placide Boucard, le ventre en étrave dépassant du premier rang, s'était muni d'une paire de jumelles de marine et effectuait le « reportage » à l'attention de son jeune confrère.

— C'est les deux frères Rabinel qui sont partis à la pêche. Ils vont la prendre au filet.

— C'est une femme ?

— Parbleu. Tu sais pas ? C'est la petite Chabas. La bonne de Deshôtels !

— Non !...

— Comme je te le dis. Hier soir, on a trouvé une pantoufle de satin rose de forme ballerine, avec un motif à fleurs, qui flottait dans la calanque. Célestine Maurin et Victor Rabinel ont été formels : elle appartenait à la petite.

Le domestique du notaire, et sa cuisinière, qui encadraient *Le Bouc*, approuvèrent avec ensemble.

— Et ce matin on nous signale un noyé. Je prends mes jumelles, je vois le corps d'une femme en chemise de nuit qui flottait sur le dos. Je les passe à Victor, j'ai cru qu'il tournait de l'œil. C'est bien elle.

Au large, les fils Rabinel, à bord de leur *pointu* gréé d'une voile latine, paraissaient embarrassés pour faire pénétrer le corps de la noyée dans leur filet à sardines.

— Si j'allais leur donner un coup de main ? proposa Raoul qui bouillait d'impatience. Il n'y a pas une barque, par là ?

Victor Rabinel en désigna une à proximité, équipée de ses deux rames rangées contre le bordé.

— Je vais avec vous. Je ramerai. J'ai l'habitude.

Malgré sa patte folle, le domestique poussa l'esquif et sauta à bord avec une étonnante facilité. Raoul le suivit. L'ex-marin retrouvait les gestes précis et efficaces de son premier métier et manœuvrait avec adresse. Bien qu'il tournât le dos à l'objectif, il se dirigea droit sur lui sans jamais s'être retourné, comme s'il avait l'azimut dans sa tête.

Rabinel arrêta la barque à hauteur de celle de ses fils et à petits coups de rames la maintint en parallèle. Le corps de la noyée flottait, le ventre gonflé, entre les deux. Raoul se pencha et son estomac remonta jusque vers sa luette. La malheureuse était dans un état de décomposition avancé et les animaux marins avaient bien progressé dans leur œuvre nécrophage. L'épiderme avait pris une teinte générale livide, striée de lanières noires, gluantes, et de minuscules crabes couraient dessus en tous sens, emportant dans leurs pinces dressées des morceaux de la chair putride d'un corps naguère juvénile dont on devinait les formes pleines sous le tissu détrempé de la chemise. Les yeux avaient été crevés et dévorés, la bouche ouverte sur un rictus muet semblait dire encore la souffrance endurée. Derrière les orbites caves on devinait, grouillantes, des choses innommables.

Raoul Signoret au bord de la nausée détourna le regard. La puanteur était insupportable. Les frères Rabinel n'étaient guère plus vaillants. On comprend pourquoi, à tâtons, en évitant de contempler la vision d'horreur, ils n'étaient pas parvenus encore à placer les restes de la pauvre fille dans leur filet. Raoul se saisit d'une gaffe et, tant bien que mal, évitant de regarder de face la charogne, il parvint à la pousser vers l'ouverture de la nasse. Les deux frères tirèrent sur les cordages pour enfermer le corps putrescent dans sa prison de mailles. D'un commun accord, les quatre hommes décidèrent de ne pas le hisser à bord du *pointu*. Ils se contenteraient de le haler vers le rivage.

Un fourgon de la morgue venait d'arriver en haut de la calanque, prévenu par la police. Deux employés déployaient un brancard de toile noire et descendaient vers le rivage.

Au moment où les deux embarcations prenaient le chemin du retour, Raoul entendit une voix juvénile le héler. Du haut du pont de la Fausse-Monnaie, au-dessus des trois arches monumentales, une petite fille agitait un chapeau de paille et s'accrochait au parapet pour résister aux efforts de sa maman qui voulait la soustraire à un spectacle très au-dessus de son âge.

Adèle Signoret n'en avait pas perdu une miette...

— Éloignez-vous ! Voyons ! Nous ne sommes pas à *L'Alcazar* !

Les mains en porte-voix, dressé à la proue de la barque que Victor Rabinel ramenait à coup d'avirons vigoureux, le journaliste tentait d'éviter aux badauds l'image d'épouvante qui lui avait soulevé le cœur. Peine perdue. La curiosité morbide était la plus forte. Seuls quelques rares riverains de la calanque suivirent la consigne en remontant vers la rue de la Cascade, tout en jetant des coups d'œil en arrière comme à regret. Les autres demeuraient agglutinés sur la grève, le cou tendu comme des oies stupides, guettant l'abordage de la barque des frères Rabinel. Si bien que ce que Raoul craignait arriva : dès que le corps en décomposition fut tiré à terre, l'odeur enveloppa le groupe humain comme une chape poisseuse à l'odeur insupportable. On vit plusieurs dames tourner de l'œil, des messieurs devenus blêmes trouver un coin pour vomir tripes et boyaux, tandis que des cris d'horreur montaient de la grappe humaine.

— Éloignez au moins les enfants ! criait Raoul qui avait sauté sur le sable au grand dam de ses escarpins d'été.

Un mouvement général de reflux s'opéra, tandis que les moins affectés prenaient en charge les dames évanouies et, par des séries de calottes sur les joues, leur redonnaient des couleurs faute de les faire revenir à elles.

Sur la face joviale de Placide Boucard, s'était peinte une expression d'horreur. Inutile de préciser que l'imprudente Célestine Maurin faisait partie des femmes déjà allongées sur le sable sans connaissance.

Le vieux journaliste sportif était si bouleversé qu'il n'avait pas songé à puiser dans la *Nuit de Valpurgis* une illustration musicale pour la vision d'épouvante qui l'avait rendu quasi muet.

S'adressant à Victor Rabinel, qui, sa barque rangée, s'approchait, Raoul demanda :

— Vous pensez que c'est elle ?

L'ex-domestique fit un effort pour regarder le corps hideux que les employés de la morgue empaquetaient dans une toile :

— Qui voulez-vous que ce soit ? Hier, on a retrouvé sa pantoufle qui flottait, aujourd'hui on la repêche. Elle correspond bien à Mariette : petite, bien en chair, des cheveux noirs, longs autant qu'on peut se rendre compte...

— Et la chemise de nuit ?

Rabinel eut l'air de se justifier :

— Je ne l'ai jamais vue sur elle, mais elle ressemble foutrement à celle que j'ai vue flotter souvent au vent sur l'étendage, dans le fond du jardin de Me Deshôtels.

Les employés de la morgue enfournaient leur macabre colis dans leur fourgon sans l'avoir extrait de son filet. « On vous le ramènera », promirent-ils aux frères Rabinel qui s'inquiétaient de leur matériel.

Raoul Signoret s'étonna :

— Comment se fait-il qu'elle soit déjà dans cet état ? Il n'y a pas plus d'une semaine qu'elle est à l'eau si on l'a tuée le soir où le notaire a été pendu...

— Avec la chaleur qu'il fait... répondit l'ex-patron pêcheur. Ça va vite, vous savez ?

Seule une odeur pestilentielle persistante, quasi palpable à force d'intensité, témoignait encore de la vision atroce que tous les témoins venaient d'affronter.

Des murmures, des exclamations, des cris commencèrent à se faire entendre au sein de la foule encore compacte des curieux qui, le moment de stupeur muette dissipé, recommençaient à s'interpeller.

Un homme vêtu de sombre, la barbiche en bataille sur un visage osseux, surmonté d'une coupe rase « à la bressane[1] » poivre et sel, proférait d'une voix forte des imprécations visant l'ex-gouvernante de Me Deshôtels :

— Je vous l'avais bien dit qu'elle avait aussi zigouillé la petite ! Elle n'a pas voulu laisser de témoin. Ah, la salope ! C'est une race de barbares, on ne les changera jamais ! Il faut voir comment les uhlans se comportaient avec les petites Françaises, en 70… Et leurs officiers qui faisaient leurs besoins dans les tiroirs des maisons occupées !

« Un ancien combattant », songea Raoul. Un de ces glorieux matamores commandés par Bazaine, qui conduisirent au désastre l'armée française, laminée par une armée prussienne dont un autre va-t-en-guerre, le général Lebœuf, avait affirmé *« qu'elle n'existait pas »*. Revint en mémoire du reporter l'apostrophe du père Hugo : *« Trochu[2], participe passé du verbe trop choir. »* Le matamore, encouragé par l'assentiment des braves gens de Maldormé qui

1. Dressant les cheveux coupés court à la verticale, on l'appelait aussi « coupe en brosse ».

2. Louis Jules Trochu, général français, président du gouvernement de défense nationale le 4 septembre 1870, il démissionna une semaine avant la capitulation.

approuvaient bruyamment ce démagogue de calanque, continuait de plus belle.

— Il faut lui couper la tête à *La Bochesse* ! Ça en fera toujours une de moins à tuer le jour de la revanche !

— Il a raison, il faudrait la zigouiller tout de suite, grommela sourdement une brute épaisse aux yeux injectés par l'abus d'alcool.

Un autre ajouta :

— Laissez-la-moi, deux minutes et j'en fais de la saucisse pour accompagner leur saloperie de choucroute.

Des voix anonymes et lâches venues de la foule approuvaient bruyamment ces appels au meurtre.

Boucard, à mi-voix, fit les présentations à l'attention de Raoul :

— Celui qui a parlé en premier, c'est Giacomo Cauro. Il est scaphandrier « pieds lourds », un peu maquereau aussi. Il n'y a pas mieux que les anciens immigrés pour ne pas supporter les nouveaux venus. L'autre, le fabricant de saucisses, c'est Baude, le boucher. Un gros con.

À côté de l'orateur, se tenait un homme au visage glabre, au teint crayeux, aux bajoues louis-philippardes, au regard fuyant, encore jeune mais à qui une calvitie précoce donnait une tonsure de moine capucin et une silhouette enveloppée dix années de plus que son âge. Il se contentait d'opiner aux propos, la tête baissée vers le sol. Boucard souffla à l'oreille de Raoul :

— C'est Vaudois, le filleul de Deshôtels et son principal clerc.

Avoir un auditoire pendu à ses lèvres semblait enivrer le tribun ex-galonné.

— La guillotiner, ce serait encore lui faire trop d'honneur. Il faudrait qu'elle ait le temps de souffrir. Tenez, la pendre à la branche d'un de ces pins devant tout Malmousque rassemblé me semblerait une idée séduisante. Pour faire un exemple. Pendant qu'elle gigoterait au bout de sa corde, elle aurait tout le loisir de penser à ce qu'elle a fait endurer au pauvre notaire ! Avec moi, ça ne traînerait pas !

— Comme à Sedan ou à Metz[1], sans doute !

La voix claire de Raoul Signoret qui venait d'interpeller le matamore vibrait de colère face à tant d'imbécillité satisfaite.

Le tribun en eut le sifflet coupé.

— Monsieur, je ne vous connais pas !

— Moi non plus, monsieur, lança le journaliste en s'approchant. Et je m'en réjouis. Cependant, je vous demande de cesser vos appels au meurtre. Il existe dans ce pays une justice républicaine pour rendre des jugements équitables après examen des faits.

— Parlons-en de votre république ! lança le fier-à-bras.

Le reporter vint lui parler sous le nez.

— La loi de Lynch n'a pas cours chez nous, monsieur. Je vous dénie le droit de juger les gens sur leur appartenance ethnique, nationale ou autre.

L'autre se rebiffa :

— Monsieur, je suis un ancien officier et je me suis battu contre les *Boches*, je les connais. En 70…

Raoul lui coupa la parole :

---

1. Lieux de capitulation de Napoléon III et du maréchal Bazaine.

— Qu'est-ce que vos exploits passés ont à voir avec Mme Ullmann ?

L'ex-militaire insista :

— Mais, en 70...

— Sur quel champ de bataille étiez-vous en 70 ? Borny ? Rezonville ? Gravelotte ? Saint-Privat[1] ?

— Monsieur, je ne vous permets pas...

— Je me passe de votre permission, abruti !

La barbiche frémit sous l'injure.

— Monsieur, vous venez de m'insulter devant témoins. Je vous somme de retirer vos paroles et de me présenter vos excuses, sinon...

— Sinon ?

— Je me verrai dans l'obligation de vous demander réparation par les armes.

Raoul Signoret se mordit les lèvres pour ne pas éclater de rire devant ce bouffon cramoisi par la colère. L'ex-officier s'approcha du journaliste. Il mima un simulacre de garde-à-vous en claquant des talons, mais habillé en civil cela lui conférait plutôt une allure de pantin de bois ridicule que de militaire offensé. Il tendit sa carte de visite à Raoul :

— Commandant Gustave Bortoli. Monsieur, j'attends vos excuses, proférées à voix assez haute pour que les braves gens qui m'entourent et me connaissent comme un homme d'honneur puissent les entendre.

Raoul le regarda droit dans les yeux :

— Je ne retire rien de ce que j'ai dit.

— Vous considérez donc que traiter en public un

1. Tous noms de défaites cuisantes de l'armée française avant la capitulation de Sedan.

ancien officier de l'armée française d'abruti n'est pas une injure ?

— Dans votre cas, ce n'était pas une injure : c'était un constat.

— Vous persistez donc.

— Je persiste. Et pour peu que vous insistiez, j'ai d'autres qualificatifs en réserve.

La colère du commandant Bortoli éclata :

— Je vous les ferai rentrer dans la gorge, blanc-bec ! Vous me rendrez raison par les armes ! Étant l'offensé, je choisis le pistolet à trente mètres.

Le journaliste ne se départit pas de son calme.

— Quand vous voudrez.

— Votre carte, monsieur.

Raoul la lui tendit. Bortoli y jeta un coup d'œil et eut un ricanement bref.

— Journaliste au *Petit Provençal*... Un socialiste. M'étonne pas ! Eh bien, monsieur, j'espère pour vous que vous tirez aussi juste que vous avez la langue venimeuse, parce que, moi, je ne vous raterai pas.

— C'est ce que nous verrons, commandant.

— MON commandant !

Raoul répéta d'un ton égal en détachant les syllabes.

— C'est ce que nous verrons, monsieur.

L'œil de Bortoli fulgura.

— Jeune homme, mes témoins seront au siège de votre journal dès demain. Vous verrez avec eux les modalités et le lieu du combat. Votre jour et votre heure seront les miens. Je ne vous salue pas !

Sur ces fortes paroles, le commandant en retraite Gustave Bortoli opéra un demi-tour réglementaire qui fit crisser les semelles de ses bottines sur le sable et s'éloigna dignement, suivi comme son ombre par Rodolphe Vaudois, le scaphandrier Cauro et une cour d'admirateurs de son mâle courage qui jetaient des regards sournois au blanc-bec.

Seule une femme vêtue de sombre au visage triste regardait d'un œil farouche la troupe qui s'éloignait aux basques du militaire.

Au moment où Bortoli, échauffé, croisait son regard, il lui lança comme on crache au visage de quelqu'un :

— Malmousque est un quartier de gens respectables, madame Boudineau. Les assassins et les débiles mentaux n'y ont pas leur place. Quand on a un fils comme le vôtre, on l'enferme, on le cache, parce qu'il fait honte à tout le monde. Quand allez-vous nous en débarrasser ?

Sous l'attaque brutale le visage de la femme subit une transformation à vue. Elle abandonna son air triste et résigné et se métamorphosa en furie. Raoul l'entendit lancer une sorte de malédiction :

— Vous avez trouvé une nouvelle raison de baver sur les gens, *maufatans*[1] ! Pour qui vous vous prenez, Bortoli ? Vous êtes comme les autres, qu'est-ce que vous croyez ? Quand elle vous a fait, votre mère, à trois centimètres près, vous étiez une merde !

La violence crue de l'image percuta les esprits et les divisa. Une partie applaudit, pas fâchée de voir l'ex-commandant mouché de la sorte, une autre mêla ses injures à ses cris d'horreur. Qu'avait donc cette femme pour garder en elle autant de rancœur ? Boucard apporta la réponse sans qu'on l'ait questionné :

1. Malfaisants.

— C'est Florine Boudineau. Son fils, *Riri,* est simple d'esprit et ces salopards pétitionnent pour le faire enfermer.

Le Bouc était aussi blême que sa barbe et ses cheveux.

— Raoul, je pense que tu es allé un peu loin.

— Tu veux dire que je me suis retenu !

— Mais enfin, petit ! Un duel. Tu te rends compte ? C'est ridicule. C'est plus de saison. On n'est pas sous Richelieu.

Le reporter argumenta :

— Sans remonter à Gambetta, que fais-tu de Rochefort, Clemenceau, Jaurès, Déroulède, Drumont ? Et Cassagnac qui en disputa vingt-deux et les gagna tous ! Je n'allais pas me dégonfler face à cette baudruche ?

— Mais… tu sais comment on fait pour se battre dans les règles ?

— J'apprendrai. Les maîtres d'armes ne sont pas faits pour les chiens.

L'air désolé de son vieux confrère émut Raoul Signoret.

— T'en fais pas, Placide. J'ai vu ses yeux. Je serais étonné que ce vieux *khroumir* tire droit.

Le reporter n'en était pas plus certain que ça, mais il tenait à rassurer Boucard que cette succession d'émotions avait bouleversé.

— Que veux-tu dire ?

— C'est un type qui *tire sur le bambou.* Il a dû faire l'extrême-orient.

— Tu veux dire qu'il fumerait *l'opion* ?

— Exactement. Il a les pupilles dilatées. C'est un

signe. Depuis l'affaire Danglars[1], je suis devenu un spécialiste. Je les détecte mieux qu'un médecin colonial.

Boucard ne fut pas rassuré :

— Tu devrais quand même aller le trouver, il habite en face, à cinquante mètres de chez Deshôtels, tu lui fais des excuses en tête à tête et on arrange le coup comme ça.

Raoul sourit et prit l'ex-reporter sportif par l'épaule :

— Pas question, ma vieille. Je veux pouvoir me regarder dans la glace.

— Mais tu vas te faire tuer, couillon ! Tout ça pour une question d'honneur mal placé. Tu as pensé à ta femme, à ta fillette ?

— Je ne fais que ça.

Les deux hommes remontaient lentement par la rue de Plaisance vers le pont de la Fausse-Monnaie. Adèle, toujours agrippée à son parapet, faisait des grands signes à son père, qui les lui rendait en s'efforçant de sourire. De temps à autre, Raoul Signoret se retournait et levait la tête vers le ciel.

Boucard s'inquiéta :

— Tu as repéré quelque chose ?

— Je regardais d'où soufflait le vent.

— Un *mistralet* pas bien méchant. Avec cette chaleur, ça n'est pas de refus.

Le reporter acquiesça par une évidence.

— C'est bien ça, il souffle du nord-ouest.

Le vieux journaliste eut un rire bref et chambra son confrère :

1. Voir *Le Secret du docteur Danglars* (tome III des *Nouveaux Mystères de Marseille*), Le Livre de Poche n° 35028.

— Connaisseur en météorologie, à ce que je vois ! Mais tu sais, ici, il souffle rarement du sud, le mistral...

L'ex-rédacteur sportif n'insista pas. La constatation vaseuse de son confrère venait sûrement du trouble éprouvé lors de la découverte du cadavre de la pauvre Mariette Chabas.

Les escaliers pour rejoindre la promenade de la Corniche furent rudes au souffle court et à l'embonpoint du *Bouc*, si bien qu'il put mettre sur le compte de l'effort le visage torturé qu'il présenta à Cécile lorsqu'il lui fit ses politesses. Raoul était un peu tendu. Cependant, l'excuse avancée – ce spectacle répugnant auquel il venait d'assister – épargna à Cécile de s'inquiéter lorsqu'elle aperçut la mine anxieuse de son époux.

Les Signoret rejoignirent la voiture de remise stationnée en face de la rue des Flots-Bleus. Ils réveillèrent le cocher qui s'était assoupi sur son siège et quittèrent Boucard, laissé sur le bord du trottoir comme un vieux chien abandonné dont il avait l'air abattu. La silhouette ronde s'effaça au premier tournant de la promenade. Tant que le fiacre était resté en vue, l'ex-reporter sportif avait agité son bras frénétiquement, comme s'il voulait signifier à son confrère sa crainte que cet adieu fût le dernier.

*

— Tu ne reprends pas de ce succulent lapin aux olives, Raoul ? Tu m'étonnes.

— Vous m'excuserez, mon oncle, mais j'ai un peu l'appétit coupé par ce que j'ai vu.

La tablée qui réunissait la tribu Signoret-Baruteau, au cabanon de la Madrague-de-Montredon, ce dimanche-là, ne baignait pas dans l'ambiance joyeuse qui lui était habituelle. Le reporter n'avait, bien sûr, pas dit un mot de l'altercation avec le commandant Bortoli et du duel qui en découlait, mais il ne pouvait s'empêcher d'y penser et ne participait pas avec son entrain habituel à la conversation, ni ne répliquait aux vannes de son oncle, toujours en verve dès qu'il présidait une réunion familiale regroupant autour de lui les êtres qu'il chérissait le plus au monde : sa « garde rapprochée » comme il disait : *Thérésou,* sa femme, sa sœur, Adrienne, mère de Raoul et les trois « Signoret junior ».

Alors, le grand flic, oubliant sa charge et les soucis de son métier, n'était plus que l'oncle-gâteau qui fondait dans la béatitude familiale. Il était heureux comme un pape. Un pape Borgia, naturellement, car les plaisirs terrestres – singulièrement ceux de bouche – l'eussent conduit à la damnation éternelle, s'il avait cru en quelque chose. Après avoir jeté un regard de regret sur les portions de lapin orphelines dans la cocotte de fonte noire, dont il aurait sans façon pris un troisième morceau – un râble qui, assurait-il, sous l'œil réprobateur de Thérèse Baruteau, « lui faisait de l'œil » – le policier conclut philosophe :

— De toute façon le lapin en sauce se réchauffe très bien. Il n'y a rien de perdu.

Puis, en souriant à l'avance, il annonça à l'attention de ses neveu et nièces :

— *Thérésou,* en votre honneur, s'est lancée dans quelque chose de nouveau : en lieu et place de l'habituel plateau de fromage, elle a préparé une *cervelle de canut*[1].

— Ah, non, s'il vous plaît, canut ou pas, pas de ça aujourd'hui !!

Le mot cervelle avait ramené le reporter à des visions de cauchemar. L'exclamation avait fusé avant même que Raoul ait pu la retenir.

Devant l'air désolé de sa tante Thérèse, il s'excusa aussitôt et se leva pour lui baiser les mains.

Eugène Baruteau, abasourdi par ce cri d'épouvante inattendu, se demandait ce qu'il avait bien pu dire d'énorme pour susciter une réaction aussi violente chez son neveu bien-aimé.

---

1. Recette lyonnaise de fromage blanc battu dans lequel on incorpore un hachis d'échalotes, ail, persil, estragon, ciboulette et cerfeuil. On verse dedans un peu d'huile d'olive et un verre de vin blanc, crème fraîche, sel et poivre.

5.

Où l'on s'initie aux techniques du duel au pistolet avant le rendez-vous fatal, interrompu par l'arrivée inopinée de la police...

— On voit que vous faites du sport. Vous avez une aptitude naturelle à occuper l'espace, à vous positionner d'instinct, qui va nous faire gagner du temps.

Paul Gombert dirigeait le stand Louis-Dutfoy de la Société Mixte de Tir de Marseille. Un club bien fréquenté du quartier de Saint-Giniez, où les bourgeois marseillais des deux sexes venaient séparément s'entraîner à placer des balles de plomb dans une cible située à vingt-cinq mètres. On y entrait par le chemin vicinal de Mazargues[1] et, le bâtiment d'accueil franchi, on se trouvait sur un pas de tir en pleine verdure, dans un terroir campagnard suffisamment éloigné des habitations environnantes pour ne pas gêner les riverains de l'avenue du Prado.

Le maître d'armes tournait autour de son nouvel élève pour jauger ses qualités et défauts. Le premier

1. Aujourd'hui avenue de Mazargues.

examen lui avait révélé un spécimen naturellement doué. La boxe française et surtout la pratique de la canne de combat avaient appris au journaliste les attitudes de base nécessaires à qui s'apprête à participer à une épreuve sportive, quelle qu'en soit sa nature : attitude mentale de concentration et de réflexion, attitude physique et conscience de son corps, de ses possibilités et de ses limites.

C'est le professeur de boxe française de Raoul Signoret, l'ancien champion Jules Bessède, qui avait recommandé son élève à Gombert, lui-même maintes fois champion de France de tir au pistolet et à la carabine, dans les trois positions : couché, à genoux et debout. Raoul était entre de bonnes mains. Il avait caché à Bessède les raisons de son soudain engouement pour le tir à la cible, arguant que les qualités de contrôle de soi que ce sport exige ne pouvaient que compléter et renforcer celles que requiert la pratique assidue de la boxe française, mais à Gombert, sous le sceau du secret, le journaliste avait bien été obligé d'avouer ses raisons : il n'avait que huit jours pour apprendre les rudiments d'une pratique dont il ignorait tout. Le maître d'armes avait promis la discrétion… et la célérité dans l'enseignement des principes indispensables pour se conserver en vie.

*

Huit jours auparavant, au lendemain de l'altercation avec le commandant Bortoli, Raoul Signoret avait vu entrer dans la salle de rédaction du *Petit Provençal* deux messieurs à la mine grave. Habillés comme des ordonnateurs de pompes funèbres, ils avaient demandé à le rencontrer.

Raoul était à son bureau, entouré de confrères bavards, faisant face à son habituel « voisin de banc », le vieux rédacteur Auguste Escarguel, d'habitude préposé à la rubrique *Faits et Méfaits*, mais pour l'occasion promu – le temps de l'Exposition coloniale – à recenser sans se lasser *Les visites du Jour* et *Nos hôtes illustres.*

Les deux messieurs graves s'étaient approchés du reporter et l'un d'eux avait tenté de se présenter :

— Monsieur Signoret, nous sommes les témoins de...

Il n'avait pu aller plus loin, Raoul s'était dressé comme un diable à ressort en s'écriant :

— Les Témoins de Jéhovah[1] ! Je vous attendais !

Le reporter avait pris les deux hommes ahuris par le bras et leur avait fait exécuter un demi-tour, les poussant aussitôt vers la sortie :

— Nous allons trouver un endroit plus discret pour discuter.

Escarguel, le porte-plume en l'air, suivait l'étrange scène la bouche ouverte et l'air plus perdu que d'ordinaire.

— Avancez, messieurs, je vous rejoins.

Raoul s'était penché vers son vieux confrère et, pour éviter les questions inutiles, lui avait confié, l'air mystérieux :

— Je vais enquêter sur cette secte qui nous vient d'Amérique et promet la fin du monde pour bientôt.

Escarguel était abasourdi :

— Sans blague ? C'est pour quand ?

1. Secte apocalyptique fondée aux États-Unis en 1872, par Charles Russell. Elle a commencé à prêcher en Europe vers 1900.

Le reporter avait lancé la première date qui lui était venue à l'esprit :

— Le 2 août 1914 !

Escarguel, la naïveté incarnée, n'avait pas cherché plus loin et soupiré :

— Eh !... C'est pour bientôt... Dans huit ans, si je compte bien. Il faut se dépêcher...

Raoul Signoret avait abondé :

— C'est la raison pour laquelle mon enquête ne souffre aucun retard, si je veux être dans le coup.

Le reporter avait planté là son vieux confrère perplexe, qui se grattait pensivement la tête avec le bout de son porte-plume.

Raoul avait rattrapé les deux témoins plantés au milieu de la rédaction comme deux croque-morts. Les reprenant par le bras, il leur avait fait exécuter un nouveau demi-tour qui les avait laissés étourdis :

— Veuillez me pardonner, messieurs. Je suis désolé de mon accueil. Inutile d'ébruiter la raison de votre présence ici.

— Où allons-nous ? s'était inquiété l'un d'eux.

— Dans un bistrot à côté, si vous le voulez bien.

L'autre s'était raidi, l'air offensé.

— Monsieur ! L'atmosphère d'un café ne convient guère à la dignité de la mission qui nous est confiée !

Raoul avait senti une bouffée d'impatience monter :

— Je n'ai pourtant rien d'autre à vous proposer. Pour des raisons que vous comprenez, les locaux du journal nous sont interdits, je ne vois que l'alternative de la rue, ou d'une salle discrète et confortable où nous pourrons discuter des modalités du duel sans ameuter les populations.

Les deux hommes conservaient l'attitude et la

mine choquées de gens conscients de leur importance sociale que l'on convierait à se mêler à la plèbe.

— Monsieur, il s'agit d'une affaire d'honneur et nous ne voyons pas sujet à dissimulation.

Le ton de Raoul Signoret s'était fait agressif :

— Mon honneur relève de la sphère privée. Je ne vois pas la nécessité de le porter en bandoulière comme certains.

Le reporter réalisait qu'avec ces deux buses il n'avait pas intérêt à le prendre de haut. Déjà, autour du trio, des têtes curieuses d'en savoir plus se dressaient à l'écoute.

— Messieurs, reprit-il, je sais avoir affaire à des *gentlemen*. Je fais appel à votre compréhension. Je n'ai pas le choix...

Le terme de gentlemen avait fait son effet sur ces esprits étroits imbus de leur importance.

Ils avaient fini par en rabattre, mais accompli le court trajet du journal à la *Brasserie Pavillon,* située à deux rues de là, comme si on les conduisait de force vers le *quartier réservé*[1].

La salle, le ton chaud des boiseries, les cloisons à mi-hauteur ménageant des alcôves, la tenue des garçons, les avaient rassurés sur la fréquentation du lieu. L'établissement était si vaste, si « comme il faut », que les témoins du commandant Bortoli se laissèrent guider. Les banquettes de moleskine étaient confortables et la bière *Velten* servie à température idéale. La conversation put donc s'établir entre gens de bonne compagnie.

1. Périmètre de la prostitution « officielle » de 1878 à 1943. Voir *L'Énigme de la Blancarde* (tome I des *Nouveaux Mystères de Marseille*), Le Livre de Poche n° 35016.

— Où sont vos témoins ? demanda l'un. C'est avec ces messieurs que nous devons nous entendre.

« Ça recommence... », songea Raoul.

— Je n'ai pas eu le temps de les désigner, avoua-t-il. C'est la première fois que je vais assister à un duel en professionnel. J'en suis désolé. Alors, faisons simple, je vous en prie. Je me représente moi-même. Ainsi, j'évite les intermédiaires et nous gagnons tous du temps. Je désignerai mes témoins plus tard. Sans doute choisirai-je deux de mes confrères. Je ne les ai pas encore consultés.

Raoul songeait à Boucard et à Escarguel.

— Mèèèèè... bêla l'autre, en guise de protestation.

Le reporter n'en tint pas compte.

— *Monsieur* Bortoli meurt d'envie de me loger une balle dans le corps. Je vais lui en fournir l'occasion. Ne m'en demandez pas plus... Mes témoins seront présents sur le pré, je vous en fais la promesse.

Il fut enfin convenu que le duel aurait lieu à l'aube du mardi en huit, à cinq heures trente, de façon à revêtir le caractère le plus discret possible et dans un endroit suffisamment isolé pour ne pas attirer l'attention d'éventuels curieux. C'était une affaire d'honneur entre deux individus qui n'entendaient pas donner à l'événement une publicité hors de propos. Sur ce point, l'accord avait été bilatéral.

Les témoins de l'ex-militaire avaient alors proposé la pinède jouxtant le domaine du Roi d'Espagne, près de Mazargues, comme lieu de l'affrontement.

À ce nom, Raoul Signoret n'avait pu s'empêcher d'évoquer Louis Pierotti, secrétaire de rédaction du *Petit Provençal,* tué en ces lieux mêmes, le 14 juillet 1889, au cours d'un affrontement inégal, par Blaz de Villas, partisan du général Boulanger, redoutable escrimeur, à la suite de la publication d'un article qui lui avait déplu. Depuis six ans, le boulevard qui conduisait à la pinède portait le nom de l'ancien journaliste. Un frisson parcourut l'échine du reporter. La mort de son ancien était-elle un prétexte à refuser que le duel prévu se déroulât à l'endroit même où Pierotti avait été assassiné ? D'autres que Raoul Signoret auraient cédé à un sentiment de superstition. Au contraire, le reporter vit dans cette coïncidence une raison de plus pour ne pas reculer. Il regarda les deux hommes tour à tour.

— C'est parfait. Dites mon accord à *monsieur* (il insista) Bortoli. Je compte sur votre sens des convenances pour entourer l'événement d'une discrétion absolue jusqu'à mardi prochain. Dans ma position professionnelle et compte tenu de mes attaches familiales, la moindre fuite ferait avorter le projet. Je ne pense pas que ce soit ce que souhaite mon adversaire.

Les deux témoins avaient assuré Raoul de leur parfaite loyauté et de celle de celui qu'ils représentaient.

— À mardi, alors !

Le reporter avait refusé de les laisser régler les consommations.

Est-ce une impression ? Il avait semblé à Raoul Signoret que, sans être chaleureuses, les salutations de départ des deux hommes étaient empreintes d'une certaine empathie.

*

— Cher monsieur Signoret, la première chose à avoir en tête, quand vous serez en position de tirer, c'est offrir à l'adversaire le moins de surface possible. Pour cela, je ne connais qu'une attitude : se présenter à lui de profil. Vous êtes droitier ?

— Oui.

— Tant mieux.

— Ah ?

— Eh oui ! Car vous allez lui présenter votre côté droit.

— Quel avantage ?

Paul Gombert précisa :

— Le cœur n'est pas en première ligne, si je puis dire. C'est toujours ça de gagné. Car vous savez que les règles du duel vous interdisent de jouer au matador. Vous devez rester immobile jusqu'à ce que votre adversaire ait lâché son coup. Soit vous tirez en même temps que lui, soit, vous attendez qu'il l'ait fait pour l'ajuster. Je ne le conseille pas à un débutant. C'est réservé aux duellistes d'élite. Ou à ceux qui sont certains que leur adversaire est un manchot. Méfiez-vous des militaires, anciens ou pas. En général, ils ont de l'expérience.

En écoutant le maître d'armes lui prodiguer des conseils pratiques et de bon sens, Raoul Signoret avait beau faire le brave, il sentait son cœur se serrer. Il mesurait – un peu tard – quelle imprudence avait été la sienne en acceptant sans réfléchir le défi de Bortoli. Il pouvait parfaitement se retrouver dans une semaine avec une abeille de plomb dans la poitrine où elle lâcherait son venin mortel. Le visage de Cécile s'inscrivit dans sa tête et le rire en grelot d'Adèle retentit à ses oreilles. Qu'adviendrait-il d'elles si on leur ramenait sur une civière le corps sans vie de leur…

Le reporter serra les dents et secoua ces idées noires. Paul Gombert avait saisi un pistolet par le canon et le tendait à Raoul, crosse en avant. L'arme était un *Caron* dû à l'armurier Flobert, un 22 court qui mesurait tout de même près de trente centimètres et dont le poids surprit Raoul. Sa crosse-banane permettait une bonne prise en main. Le journaliste, qui avait ôté son veston et se trouvait en bras de chemise et en gilet, se concentra tout en attendant les ordres du maître d'armes.

— La position de départ est dos à dos avec l'adversaire. Vous tenez votre pistolet canon en l'air en repliant votre bras contre le torse. Le directeur du combat comptera à voix haute jusqu'à quinze. Vous commencerez à vous éloigner l'un de l'autre. Vous marchez sans vous retourner, bien sûr. Quand le directeur du combat énonce le dernier nombre, vous êtes à une trentaine de mètres de votre adversaire. Vous faites vivement demi-tour, placez votre bras tendu à hauteur d'œil et ouvrez le feu sans attendre qu'on vous y autorise. Tout cela doit être accompli sans retard, mais sans précipitation, en bloquant votre respiration. Vous n'aurez pas le temps de prendre la ligne de mire. C'est un tir à l'instinct. Pressez alors la queue de détente sans brusquerie mais avec une pression continue. Si l'un des deux est touché – ou les deux ! – on arrête les frais. Si aucun n'est blessé, on recharge les armes et on recommence. Ils vous proposeront sans doute d'échanger quatre balles…

Gombert marqua un imperceptible temps de silence, avant d'ajouter :

— … ou moins… Voyons ça, si vous le voulez bien. Mettez-vous dos à la cible que vous voyez là-bas. Elle est à vingt-cinq mètres. Votre adversaire sera à trente.

Raoul aperçut une silhouette noire figurant le tronc d'un homme.

— Au signal *top !* vous vous retournez et vous tirez. Ne crispez pas l'épaule.

Raoul se mit en place, canon vers le ciel, et prit une large inspiration. Sa main était ferme sur la crosse quadrillée. Sa pensée était tout entière concentrée sur ce qu'il allait faire. Il avait une parfaite sensation de tout son corps de sportif. Comme s'il s'agissait de décocher une savate à un adversaire au cours d'un assaut de boxe française. Au fond, il y avait des fondamentaux applicables à toutes les disciplines.

Au *top !* lancé par Gombert, il fit volte-face, plaça son bras tendu dans la ligne de son œil ouvert fixé sur la silhouette de la cible et fit feu. Tout cela avait été exécuté « dans le mouvement », sans hésitation, ni hiatus, comme l'avait conseillé le maître d'armes.

Les trois autres balles furent lâchées successivement.

Une fumée bleue entourait les deux hommes, piquait un peu les yeux et l'odeur de poudre brûlée se répandait sous l'auvent protégeant le tireur.

— Aux résultats ! dit Gombert. Posez votre arme sur la tablette, là, et allons voir ensemble.

Le maître d'armes précéda son élève sur le pas de tir et détacha la cible en émettant un sifflement discret.

— Vous aviez déjà pratiqué ?

— Pas depuis le service militaire. Je n'étais pas le plus mauvais, alors.

Gombert sourit.

— Il vous en reste quelque chose...

Les quatre balles étaient groupées sur la moitié gauche de la cible à hauteur du cœur. Guère plus de quinze centimètres séparaient les plus écartées.

Le maître d'armes eut une moue admirative.

— Très bien. Je n'ai pas grand-chose à vous apprendre. Si on tient compte que ce *Caron* porte un peu à gauche, je n'aimerais pas me trouver en face de vous mardi prochain...

Il sourit à son élève.

— On remet ça demain matin ?

Raoul avait saisi la main tendue.

— À demain.

*

Dans l'aube tiède de ce matin de juillet Raoul Signoret pédalait vers Mazargues sur sa bicyclette *Gladiator,* cadeau de Cécile. Un superbe modèle pliable[1] qui avait coûté près de 200 francs. On aurait dit un de ces *sportsmen* enragés qui s'adonnent à leur passion au lever du jour avant d'aller rejoindre leur travail aux heures ouvrables. Il était près de cinq heures. Le soleil n'avait pas encore passé son nez par-dessus la chaîne de Saint-Cyr qui sépare Marseille de Cassis, mais le jour était bien levé. En quittant son domicile de la place de Lenche, dans les Vieux-Quartiers, le reporter avait pris la direction de

1. Voir *Le Spectre de la rue Saint-Jacques* (tome V des *Nouveaux Mystères de Marseille*), Le Livre de Poche n° 31139.

la Corniche. Histoire de respirer un grand bol d'air marin avant l'épreuve qui l'attendait.

Cécile ne se doutait de rien, en apparence. Le secret avait été bien gardé. Raoul avait prétexté à son départ précoce la reconstitution de l'assassinat du notaire Deshôtels organisée à l'aube par le juge d'instruction, afin d'éviter les réactions hostiles des habitants de Malmousque envers Liselotte Ullmann. Il avait pourtant semblé au journaliste que son épouse affichait une certaine nervosité. Il l'avait mise – tandis qu'ils partageaient un copieux petit déjeuner – sur le compte de ces inconvénients physiologiques propres aux femmes qui les mettent parfois de méchante humeur. Raoul s'efforçait de montrer une physionomie souriante et paisible. Il avait pourtant noté qu'au moment des adieux Cécile s'était longuement accrochée à lui, l'avait embrassé avec une sorte de fièvre inhabituelle, et, plongeant son regard dans le sien, elle l'avait longuement contemplé, muette. Ce qui avait permis au reporter de noter que les yeux de sa femme brillaient, comme si elle allait pleurer.

Raoul avait hâté son départ prétextant sa crainte d'arriver « après la bataille », mais, depuis le pavé de la place de Lenche, quand, à son habitude, il s'était retourné vers les fenêtres de l'appartement, il avait été étonné de ne pas apercevoir la silhouette bien-aimée lui dire au revoir avec de grands gestes du bras et des baisers lancés vers lui par une main ouverte en offrande.

Le jour du duel approchant, le journaliste n'avait présenté aucun signe de fébrilité particulière. Il se contrôlait parfaitement. C'était étrange, d'ailleurs. Un peu comme si l'événement ne le concernait pas.

Comme s'il était sûr de franchir l'obstacle sans encombre. Gombert l'avait mis en garde du danger d'une déconcentration précoce, qui pouvait bien lui jouer un tour pendable à l'heure H.

À présent, Raoul Signoret roulait vers le lieu du combat sans éprouver une angoisse particulière. Mieux : il souriait à l'avance en pensant à la tête des témoins le voyant débarquer dans la clairière choisie pour le duel en tenue de cycliste : casquette plate, veste de tweed léger et knickerbockers, sur des chaussettes montantes en fil d'Écosse ! Il n'avait pas eu le choix. Vêtu d'une redingote et d'un pantalon rayé, coiffé un haut-de-forme, il lui eût été impossible de faire croire à Cécile qu'il se rendait à une reconstitution criminelle !

À la hauteur du pont de la Fausse-Monnaie, le reporter n'avait pu s'empêcher de faire une courte halte, contemplant le jour se lever sur l'anse de Maldormé dont les eaux paisibles et si bleues ne rappelaient en rien la scène dramatique vécue dix jours auparavant lors du repêchage de la malheureuse Mariette Chabas. Il eut une pensée pour son vieux confrère Boucard, qui, après l'avoir continûment sermonné pour qu'il « renonce à cette folie » avait accepté, après bien des hésitations, d'être l'un de ses témoins. Il devait déjà rouler à bord d'un fiacre vers la pinède du Roi d'Espagne, pour rencontrer les témoins de l'adversaire et le directeur du combat.

Raoul avait eu beaucoup plus de mal à convaincre Auguste Escarguel d'être le second de ses témoins et surtout de garder le secret sur l'événement.

Au prétexte de lui offrir un rafraîchissement dans un bistrot discret proche du journal, le reporter avait confié au vieux rédacteur son projet et le rôle qu'il espérait l'y voir jouer. À peine avait-il lâché sa confidence, qu'il avait craint de voir son confrère tomber foudroyé, victime d'un arrêt cardiaque. Escarguel s'était à demi dressé, ouvrait la bouche comme s'il suffoquait et émettait des sons inarticulés entrecoupés de soupirs profonds. L'existence paisible de ce gentil cloporte journalistique qui ne quittait que rarement son bureau venait d'être fracassée. Il bredouillait, bégayait, éructait, ne parvenait pas à émettre un son intelligible, sauf les deux syllabes de ce mot terrifiant pour lui, être tout de douceur : duel ! Il les répétait comme un vieux disque rayé par l'aiguille du gramophone. Sa voix en avait pris une sonorité nasillarde.

— Un duel ! Un duel ! Miséricorde ! Mais c'est épouvantable !

Raoul avait mis un long moment à calmer cette agitation sénile. Quand Escarguel retrouva un peu de sa couleur initiale et l'usage d'une parole ordinaire, ce fut pour supplier son jeune confrère de renoncer à cet acte insensé, de penser à son épouse, à sa fillette « et à monsieur votre oncle Baruteau », mais surtout à ne pas le mêler ni de loin ni de près à ce désastre annoncé.

Raoul, qui avait attendu la dernière minute pour demander ce service à Escarguel, n'avait plus guère le temps de se chercher un autre témoin avant le jour J. D'autre part, celui-là était dans la confidence, qui sait si, dans sa panique, il n'allait pas ébruiter l'affaire au prétexte de « sauver la vie » de son jeune confrère ? Il fallait à tout prix le persuader d'accepter, afin qu'il soit tenu au secret, au moins jusqu'au lendemain.

Afin de ne pas attirer l'attention des buveurs,

Raoul parlait à voix basse, presque à l'oreille du vieux rédacteur qui hochait la tête avec l'air d'un chien à qui son maître vient de donner un coup de pied dans le ventre et qui n'en connaît pas la raison. Il se tenait courbé sur le bois de la table, une sueur froide aux tempes et gémissait : « Soyez raisonnable, Signoret. Ne faites pas ça, je vous en supplie. » Raoul était bouleversé d'avoir aussi imprudemment ravagé cette existence paisible. Pourtant, malgré l'affection qu'il portait à son collègue, l'affaire était lancée, il ne pouvait plus reculer. À voix basse, avec tout son pouvoir de persuasion, il s'efforçait d'argumenter pour faire céder les réticences du pauvre Escarguel, aux cent coups.

Que lui dit-il pour qu'enfin le vieil homme cède à son projet ? Nous n'en saurons rien, car tous deux chuchotaient avec des mines de conspirateurs, mais toujours est-il qu'on entendit bientôt Escarguel, à bout d'arguments, dire d'un ton qui manquait encore d'assurance :

— Eh bien, il en sera comme vous voulez. Je viendrai. Il ne sera pas dit que je vous laisserai seul à une heure aussi grave. Comptez sur moi, Signoret.

Il se leva comme un somnambule, vacilla sur ses jambes mal assurées et dit à Raoul en lui serrant la main avec effusion :

— Je vous demande de m'excuser auprès de la rédaction en chef, mais j'ai besoin de me remettre de mes émotions. J'ai terminé mes dépêches du jour, soyez aimable de les relire et de les remettre au secrétariat de rédaction à ma place. Je rentre chez moi me reposer.

Escarguel logeait rue Sainte, dans une tanière de

célibataire, à deux encablures du siège du *Petit Provençal*.

— Je vous raccompagne, proposa Raoul.

Escarguel haussa la voix :

— Surtout pas, surtout pas ! Ne vous dérangez pas pour moi. Je me sens tout à fait capable. Gardez vos forces pour demain.

Il reprit les mains de Raoul dans les siennes et les serra longuement en hochant la tête.

— À demain.

Raoul se rassit, ému et contrarié d'avoir bouleversé une existence réglée comme du papier à musique.

Il commanda un second bock en réclamant l'addition.

S'il n'avait pas été aussi préoccupé, il aurait remarqué qu'au lieu de prendre à droite vers la rue Sainte, en sortant du bistrot, Escarguel, de son trot de souris, avait bifurqué carrément à gauche, vers le port...

*

Tandis qu'à vigoureuses pédalées il approchait de la Promenade de la Plage, tout en admirant le ciel d'un bleu mêlé de rose au-dessus des croupes de Marseilleveyre, s'il avait eu l'idée de se retourner de temps à autre, Raoul Signoret n'aurait pas manqué de remarquer qu'il était suivi à distance respectable mais constante par un autre cycliste vêtu comme lui d'une tenue de *sportsman*, dont le souci premier semblait être de ne pas se laisser distancer. En fait, l'autre pédaleur solitaire ne l'avait pas quitté des yeux depuis leur départ quasi simultané de la place de Lenche, où, sur un signe de Cécile, il avait repéré son gibier et pris son allure afin de le garder à portée de vue. Lorsque Raoul s'était arrêté un instant sur le pont du Vallon de La Fausse-Monnaie, on avait vu notre homme en profiter pour entrer un instant dans la salle d'un bistrot qui ouvrait ses volets de bois et demander à téléphoner.

Traversant le hameau du Lapin Blanc, après le village de Bonneveine, le reporter du *Petit Provençal* aborda bientôt le Chemin du Sablier qui conduit à la pinède du Roi d'Espagne. Le sol arénitique obligeait à ralentir nettement l'allure. Arrivant au carrefour où Raoul avait tourné à droite, le suiveur s'assura de la présence du reporter et de la direction qu'il avait empruntée, mais au lieu de « prendre sa roue », il fila tout droit, à toutes pédales, vers Mazargues. Il avait maintenant confirmation du lieu de rendez-vous du journaliste. Il s'en doutait d'ailleurs, depuis que tous deux avaient pris la direction de la Corniche. Les endroits proches de la ville où un duel pouvait se dérouler dans une relative discrétion n'étaient pas légion et, comme notre homme, d'autres cyclistes discrets s'étaient tenus prêts à filer le reporter quelle que fût sa destination.

Lorsque Raoul Signoret, légèrement essoufflé par l'effort, déboucha dans la clairière, trois fiacres étaient déjà là, rangés dans une allée cavalière. Le premier avait emmené l'ex-commandant et ses témoins, le second le bâtonnier de l'Ordre des Avocats du barreau de Marseille, Me Jean-Christophe Duron d'Auchis et un médecin. Dans le troisième enfin, Placide Boucard et Auguste Escarguel avaient fait le trajet ensemble en égrenant des souvenirs professionnels pour combattre leur commune angoisse.

L'arrivée de Raoul en tenue de cycliste face à des messieurs graves vêtus de redingotes grises, de pantalons rayés et coiffés de hauts-de-forme ne manqua pas de surprendre. Aucun règlement ne stipulait qu'il fallût se déguiser en pingouin pour venir prendre une balle dans le corps. Le reporter ignora donc la mine pincée de son adversaire et de ses amis. Il justifia son accoutrement par la nécessité de ne pas inquiéter sa famille par une tenue dans laquelle un journaliste officie rarement et l'excuse invoquée d'un reportage à une heure précoce pour pouvoir quitter le domicile conjugal sans affoler ses proches. Le bâtonnier Duron d'Auchis admit ses raisons tout en conservant une mine offusquée.

Cinq heures vingt-cinq. Il était temps.

— Messieurs ! Préparez-vous, dit l'avocat d'une voix sonore.

Les deux adversaires ôtèrent leurs veston et redingote et apparurent en chemise blanche. Ils défirent leur nœud de cravate, se débarrassèrent de leurs couvre-chefs respectifs et écoutèrent les consignes du directeur du combat. C'était – au mot près – celles énoncées par le maître d'armes Gombert.

L'avocat alla dans le fiacre qui l'avait amené et en revint porteur d'un superbe coffret de bois sombre qui luisait dans la lumière du petit matin. Il l'ouvrit, et, dans un présentoir gainé de velours cramoisi, Raoul aperçut une remarquable paire de pistolets d'un calibre impressionnant : 13 millimètres, dus à Devisme, dont le canon octogonal dépassait les vingt centimètres de long. La culasse était joliment gravée de fleurs et de fruits, ce qui faisait de cette arme de mort un véritable objet de collection. Les chiens apparents, que l'on armait avec le pouce, affectaient la forme d'une tête d'oiseau. Les armes se chargeaient par le canon, à l'aide d'une baguette et d'une bourre. On avait poussé le luxe jusqu'à prévoir sur le pontet[1] un repose-doigt destiné à appuyer le majeur, tandis que l'index exerçait la pression sur la détente. L'arme tenait ainsi parfaitement en main.

Tandis qu'il écoutait les ultimes consignes, Raoul observait discrètement son adversaire. Ses mains tremblaient. La peur n'y était pour rien. La dilatation de ses pupilles trahissait les ravages de la drogue sur son organisme. Sans doute y avait-il recouru cette nuit même pour se donner du cœur au ventre. Le reporter voyait très bien la scène. Boucard lui avait raconté que la compagne de Bortoli, ramenée de Cochinchine dans la cantine du commandant, avait les yeux bridés, le teint jaune et l'esprit dévoué au seigneur et maître des filles de son pays.

— ... on arrête au premier sang, achevait de dire le bâtonnier Duron d'Auchis. Messieurs, en place !

Le médecin, qui était resté mutique et en retrait jusqu'alors, vint se placer à hauteur des duellistes qui se positionnaient dos-à-dos afin d'être à mi-chemin quand les adversaires auraient atteint leur place de tir et pouvoir se précipiter vers l'un ou l'autre en cas de besoin.

Lentement, le directeur du combat commença à marquer les pas qui éloignaient les duellistes l'un de l'autre en égrenant ses chiffres.

---

1. Pièce semi-circulaire qui protège la queue de détente et évite qu'on appuie intempestivement sur ce qu'on appelle à tort « la gâchette ».

Un... deux... trois...

Sur le bord de la clairière sous les arbres, Boucard et Escarguel se tordaient les mains.

Quatre... cinq... six...

Le vieux rédacteur avait tourné la tête et fermé les yeux « pour ne pas voir ça ».

Sept... huit... neuf...

À quinze, les deux adversaires firent volte-face. Les bras s'abaissèrent synchrones à l'horizontale. Une détonation claqua. Une seule. La balle passa en sifflant à droite de la tête de Raoul Signoret pour aller se ficher dans le tronc d'un pin. Les assistants étaient figés. On attendait la seconde balle. Le reporter était toujours en position de tir, le bras tendu. À trente mètres de là, l'ex-commandant Bortoli, le bras droit revenu le long du corps, le pistolet braqué vers le sol, attendait stoïquement le bon vouloir de son adversaire. Il était à sa merci.

— Lâchez votre coup, monsieur Signoret, intima Me Duron d'Auchis.

Raoul abaissa son bras pour détendre ses muscles et lentement le remonta vers la ligne de mire. Arrivé à l'horizontale, au lieu de bloquer sa respiration et de s'immobiliser, il poursuivit son mouvement vers le ciel et tout à coup pressa la queue de détente, au moment où son arme formait un angle de 150 degrés avec le sol. Sa balle se perdit dans la chevelure d'un pin qui surplombait son adversaire et toucha de plein fouet une imprudente tourterelle turque placée par le hasard sur sa trajectoire. Le volatile foudroyé tomba comme une pierre, heurta le front dégarni de l'ex-commandant et, poursuivant sa chute, glissa le long de son plastron blanc qu'il macula d'une longue traînée de sang ! Des sourcils à la ceinture, l'ex-militaire était balafré de pourpre, teinte assortie à celle que venaient de prendre ses joues.

Pour ne pas laisser éclater le fou rire qu'il sentait monter en lui, Raoul Signoret se mangeait les joues et, pour retrouver un semblant de dignité, il abaissa son arme. Se tournant vers le bâtonnier, il lâcha pince-sans-rire :

— Vous avez dit « arrêt au premier sang… ».

Cette réflexion saugrenue eut pour effet d'humilier un peu plus son adversaire qui venait de dégager en touche d'un coup de pied rageur le cadavre ébouriffé et sanglant de la tourterelle au cou cerclé de plumes noires, comme s'il lui devait sa mortification publique.

Me Duron d'Auchis fronça les sourcils et sur le ton du *magister* grondant le cancre, il rappela Raoul aux réalités de l'heure :

— Allons, monsieur ! Il y a des limites à l'insolence ! Un peu de tenue et de respect de l'adversaire, je vous prie… Nous allons réarmer, reprenez vos places.

L'ordre n'eut pas le temps de recevoir un début d'exécution. On entendit soudain sur la terre battue du boulevard Pierotti la percussion multiple et grandissante de chevaux lancés à plein galop, accompagnée par le grincement des essieux de voitures malmenés par les irrégularités de la chaussée ensablée.

Trois fiacres noirs de la police déboulèrent dans la clairière dans un nuage de poussière, telles les diligences de la *Well's Fargo* poursuivies par les féroces Comanches des illustrés qui avaient enchanté la jeunesse de Raoul Signoret. Les lourdes berlines stoppèrent dans l'éprouvant crissement des mâchoires d'acier de leurs freins sur les roues cerclées de fer. Un nuage de poussière épaisse monta vers la cime des pins.

Des inspecteurs jaillirent des voitures en criant : « Au nom de la loi, arrêtez ! »

Les uns se placèrent dans la ligne de tir, tandis que les autres entouraient les adversaires, les sommant de ranger les pistolets.

Raoul Signoret était abasourdi. Comment se faisait-il que…

La réponse vint de l'homme dont la silhouette massive vêtue de clair venait de s'encadrer à la portière du fiacre du milieu. Le poids de son corps posé sur le marchepied fit pencher le landau. C'était lui qui fournissait naguère son neveu préféré en illustrés racontant par le texte et l'image la Conquête de l'Ouest américain…

Le commissaire divisionnaire Eugène Baruteau chef de la Sûreté marseillaise s'avançait vers le groupe figé dans un silence de mort. Son regard était impressionnant. Sa moustache encore plus. Même les cigales, qui avaient commencé leur horripilante stridulation, semblaient avoir baissé d'un ton.

La voix forte du policier monta dans l'air empoussiéré de la clairière :

— Que signifie cette mascarade ? Où vous croyez-vous, tous autant que vous êtes ? Qu'est-ce que c'est que ces mœurs de barbares ? Ma parole, vous êtes tous devenus fous !

Les assistants baissaient la tête, semblant attendre la fin de l'orage sans oser répliquer.

Apercevant le bâtonnier Duron d'Auchis, la colère du policier monta encore d'un cran.

— Et vous, maître, avec les fonctions qui sont les

vôtres, ne croyez-vous pas qu'au lieu de vous prêter à ce jeu dangereux et stupide, de le cautionner par votre présence, votre devoir eût été de l'empêcher à tout prix ?

Le visage de l'avocat avait pris la couleur de la rosette sur demi-nœud en argent – insigne de Commandeur de la Légion d'Honneur – qui ornait le revers de son habit. Il regardait obstinément le bout de ses bottines vernies avec l'air gêné de l'élève surpris à fumer aux cabinets par le préfet des études.

Baruteau se racla la gorge et reprit de plus belle :

— En tous cas, vous connaissez le tarif : 100 francs d'amende pour chacun d'entre vous. Témoins compris. Sans parler des six jours de prison qui vous pendent au nez si le juge de paix est mal luné. Encore heureux que je ne vous fasse pas tous coffrer séance tenante !

Le divisionnaire héla deux de ses inspecteurs :

— Prenez les identités de tous ces messieurs, sans oublier les témoins. Il ferait beau voir que dans la ville dont j'ai la sécurité en charge on puisse encore impunément se livrer à de telles pratiques moyenâgeuses ! Nous sommes au XXe siècle, vieux garnements que vous êtes ! Faut-il vous le rappeler ? Vous allez remonter immédiatement dans les voitures qui vous ont amenés. Direction le commissariat de Mazargues. Exécution !

Lui-même s'apprêtait à remonter dans son fiacre, quand il ajouta sans se retourner :

— Monsieur Signoret, vous me ferez le plaisir de vous trouver demain dans mon bureau du Commissariat central à neuf heures du matin précises. Je vous y attendrai pour vous tirer les oreilles.

Les premiers paysans de ce terroir campagnard déjà au travail eurent donc la surprise de voir passer dans les chemins qui longent leurs champs de légumes et leurs vergers, une théorie de six fiacres avançant à la queue leu leu, à vitesse réduite, que suivait un cycliste habillé de tweed fermant la marche.

Durant le trajet, Raoul Signoret eut tout le temps d'échafauder quel scénario avait permis à son oncle de découvrir le pot aux roses. Il en imagina plusieurs, sans jamais deviner à qui il devait la mésaventure.

Avant de regagner son logis, où l'attendait Cécile, le reporter-cycliste fit un détour par le Cours Saint-Louis où les bouquetières commençaient à installer leurs fleurs fraîches devant leurs kiosques aux volets de bois vert, copieusement arrosées en prévision de la journée de canicule qui s'annonçait, succédant à bien d'autres. Raoul avait gros à se faire pardonner. Il prit cinquante roses rouges, tout le stock que Rosette, dont il était le client habituel, possédait. Elle lui fit une ristourne et – en connaisseuse des mœurs et habitudes masculines – commenta en riant :

— Vous, vous espérez encore vous faire pardonner par Madame de *quèque* chose de pas bien que vous avez fait non ?

— On ne peut rien vous cacher, Rosette.

Guider sa bicyclette pour échapper aux traîtrises conjuguées des rails de tramways striant la chaussée de la rue Cannebière[1] et de ses pavés glissants n'était pas aisé en conduisant d'une main, l'autre étant mobilisée par le gros bouquet. Le journaliste se piqua maintes fois, si bien que lorsqu'il s'approcha de sa femme, qui l'attendait debout sur le palier du premier étage, il lui lança, en montrant sa main blessée par les épines, cet avertissement qu'elle ne comprit vraiment qu'un moment après :

— On a arrêté au premier sang !

Cécile, pâle, s'efforçait à sourire, mais le cœur n'y était pas tout à fait.

Elle prit le bouquet, tout en disant :

— Jure-moi que celle-là tu ne me la feras plus jamais…

Raoul baissait la tête, penaud.

Il avait l'air si malheureux qu'elle faillit le prendre dans ses bras pour le consoler.

Elle réussit à se contrôler.

— Tu étais au courant ? demanda-t-il.

— De A à Z.

— Sais-tu qui a prévenu l'oncle Eugène ?

— Oui. C'est moi. Comme tu dis si bien, « le téléphone est une miraculeuse invention ».

— Mais toi, qui t'a prévenue ?

— Mon petit doigt.

— Allez…

Cécile se rebiffa :

— Non, monsieur Signoret ! Non seulement vous m'avez mise, par orgueil mal placé, en situation d'être une veuve prématurée et de faire de notre fille une orpheline précoce, mais vous avez joué, pour la

---

1. Orthographe d'époque.

première fois de notre vie commune, au cachottier. C'est le plus grave, à mes yeux.

Elle le contemplait, attendrie par son air repentant. Alors, pour ne pas capituler tout de suite, elle ajouta :

— En parlant d'yeux : désormais, c'est œil pour œil, dent pour dent. Vous ne saurez jamais l'identité de la personne qui a vendu la mèche.

Comment et de quelle manière, ceci une fois posé, la jeune femme accorda son pardon à son brigand de mari relève de leur vie privée. Nous n'insisterons pas.

Mais Cécile tint parole. Jamais elle ne révéla le nom de son informateur.

Raoul Signoret, malgré ses recherches et recoupements, ignora toujours que le cycliste qui le *filait* tout le long du trajet vers le Roi d'Espagne était un policier en mission de renseignement ; qu'en fonçant directement sur Mazargues, après s'être assuré de la destination de son suspect, il avait, depuis le bistrot, puis le poste de police, averti par téléphone le commissariat central. Eugène Baruteau attendait son appel. Il avait placé pendant la nuit des fiacres bourrés d'inspecteurs dans la cour de la gendarmerie de Mazargues, proche du commissariat où il était arrivé à quatre heures du matin. Ceci pour qu'au premier signal ils galopent vers le lieu de l'affrontement et y mettent un terme immédiat.

En revanche, la jeune femme ne sut jamais qu'une balle avait été tirée sur Raoul avant l'arrivée de l'oncle Eugène et de ses hommes. Le policier avait gardé l'information pour lui.

Cécile demeura persuadée que le duel n'avait

jamais eu lieu alors que ce matin-là elle avait été bien près de perdre prématurément l'amour de sa vie.

De son côté, le journaliste du *Petit Provençal* n'apprit jamais le nom de l'informateur de Cécile. Ceci pour une bonne raison. Pas un instant il n'aurait imaginé que – dans l'état de déliquescence physique et mentale où il l'avait quitté le jour où il lui avait demandé d'être son témoin – le gentil, l'inoffensif Auguste Escarguel, qu'il croyait en train de se remettre de ses émotions chez lui, avait eu la présence d'esprit de se rendre sans délai au domicile des Signoret d'où Cécile, mise au courant de ce qui se tramait, avait alerté l'oncle Eugène.

On ne se méfiera jamais assez de l'eau qui dort.

6.

Où l'on assiste à une réunion publique réclamant la peine de mort pour « La Bochesse », tandis que notre héros démontre qu'il n'a pas peur des « pieds lourds ».

L'œil d'Auguste Escarguel brillait d'excitation quand Raoul Signoret débarqua vers dix heures du matin dans la salle de rédaction du *Petit Provençal*. Dans la vie minuscule du vieux rédacteur, le moindre événement prenait les dimensions d'un grand reportage. Et depuis qu'il avait été chargé – à titre temporaire – de la rubrique quotidienne des mondanités et des à-côtés de l'Exposition coloniale, dont le succès ne se démentait pas, il s'émerveillait comme un vieil enfant de tout et de rien. Il était hilare à l'avance lorsqu'il annonça :

— Mon cher Raoul, savez-vous ce qu'on a rapporté au comptoir des objets trouvés de l'Exposition coloniale ?

— Un président de la République ?

Le visage d'Escarguel se figea :

— Pourquoi dites-vous ça ?

— Parce que M. Fallières ne nous a toujours pas rendu visite.

— Mais il doit venir le 15 septembre !

— Il serait temps ! L'exposition, ouverte en avril, ferme le 15 novembre. Ce sera la visite de l'avant-dernière heure.

Escarguel revint à l'objet de son excitation.

— Je vous donne en mille ce qu'on a rapporté aux objets trouvés.

— Je *clave*[1].

L'œil de nouveau frisant, Escarguel, émoustillé, détacha les mots :

— Un corsage et une jupe assortie qui composaient un ensemble !

— Et alors ?

— Eh bien, on n'a pas retrouvé la dame qui aurait dû être dedans[2] !

— Et alors ?

— Et alors, Raoul ? Dans quelle tenue a-t-elle quitté l'Exposition ? Je n'ose imaginer !

La stridulation de cigale qui tenait lieu de rire au vieux rédacteur se déclencha. Le reporter joua l'offusqué :

— *Gu !* Ce n'est plus de votre âge !

Escarguel prit la mine d'un élève qui se fait pincer par le maître avec une revue légère dans son cartable.

— Si on ne peut plus rigoler, maintenant !

Le téléphone sauva Raoul Signoret d'une autre nouvelle sensationnelle : la visite incognito à l'exposition de la Loïe Fuller – qui se produisait alors au

---

1. Je donne ma langue au chat.
2. La nouvelle est parue dans la presse marseillaise de l'époque.

Grand Casino de la Plage – mais sans ses grands voiles de danseuse qui avaient fait écrire à Jean Lorrain, peu avare de comparaisons : « *C'est une statue antique qui se dresse incandescente sous un voile de nacre vive, sous un jet de verre en fusion.* »

Au bout du fil, c'était Placide Boucard.

— Raoul ? C'est ton correspondant particulier à Malmousque. J'ai un tuyau qui pourrait t'intéresser. Cet après-midi se tient à *La Capricieuse*, c'est le restaurant qui a les pieds dans l'eau sur la Calanque de Malmousque, une réunion de ce qu'on pourrait appeler le *Comité Anti-Bochesse*. Il y aura là ton collègue le commandant Bortoli, mais aussi Vaudois, le filleul de Deshôtels et puis tous les braves gens qui verraient bien Liselotte passer sa belle tête dans la lucarne fatale un de ces quatre. Tu peux compter sur l'épicière, Mme Jourdan, sur l'électricien Barret et le cordonnier Fournier, sur Baude, le boucher du Chemin de la Batterie, sur le charpentier Grassi, sans oublier l'ignoble Cauro et je ne te parle pas des propriétaires-rentiers, des veuves dorées sur tranches, qui ont toujours peur pour leurs sous, quel que soit le sujet du jour, et sont contre tout ce qui est pour, quand ce n'est pas l'inverse.

— C'est pour quelle heure, leur sauterie ?

— À deux heures et demie.

Raoul grogna :

— P... ! Avec cette canicule ! Ils ne pouvaient pas faire ça le soir à la fraîche ?

— Il paraît qu'ils veulent faire circuler une pétition contre *La Bochesse*. Ils la présenteront cet après-midi.

— Bon, je vais venir. Je passe te prendre chez toi ?

— Bien sûr, je ne veux pas rater ça.

*

Placide Boucard habitait impasse Assani, au cœur de la presqu'île, une maison de pêcheur à un étage dont l'arrière donnait sur l'anse de Malmousque, fjord miniature perdu en Méditerranée.

La « température sénégalienne » annoncée sur Marseille par les journaux était fidèle au rendez-vous. Elle était aggravée par les incendies dus à une exceptionnelle sécheresse. Marseille était entourée d'une ceinture de feu. Ça brûlait dans le massif des Calanques, du côté de Morgiou, mais aussi à la Nerthe, au-dessus de Niolon et sur les flancs de la chaîne de l'Étoile. D'immenses panaches de fumées grises voilaient le soleil, tandis qu'une pluie de cendres poudrait choses et gens, parfumant la ville d'une odeur entêtante de bois calciné. Raoul Signoret arriva en nage chez son vieux confrère. Le mistral en oubliait de souffler, si bien que le reporter accepta sans se faire prier une halte salutaire pour profiter un moment du semblant de courant d'air que l'ex-reporter sportif avait réussi à établir dans une maison dont les murs épais ménageaient une relative fraîcheur pour qui arrivait d'une marche sous le cagnard.

— *Qué novi*[1], mon bon ? demanda le journaliste du *Petit Provençal.*

— La *vox populi* de la presqu'île est de plus en plus persuadée que *La Bochesse* est l'auteur des deux meurtres. Le second ayant découlé du premier. Ou si tu veux, les gens t'expliquent comme s'ils y avaient

1. Quoi de neuf ?

assisté qu'une fois le notaire occis, la petite bonne a payé de sa vie le fait qu'elle était la seule personne présente dans la maison le soir du crime. Étant entendu que le fils Deshôtels a un alibi confirmé par toutes les filles de *Chez Aline,* rue Bouterie, où il passe le plus clair de ses nuits, si j'ose cette audacieuse antinomie.

Raoul fit une moue entendue :

— Ouais... Dans ce monde-là, tu sais, un pareil témoignage vaut son prix et, pourvu qu'on l'y mette, on l'obtient sans peine. Mais ce que dit le fils du notaire semble vrai – mon oncle me l'a confirmé. Ses inspecteurs ont recueilli des témoignages de gens qui ne savent rien leur refuser et ont confirmé la présence d'Alfred Deshôtels dans cette célèbre maison « à gros numéro[1] » à l'heure où on serrait la gargamelle de son père. Mettons donc ce cloporte de côté pour l'instant, si tu veux bien. Qui mène la campagne contre Liselotte Ullmann ?

— En sous-main, probablement le filleul du notaire, collaborateur et maintenant successeur, Rodolphe Vaudois. Mais il n'est pas en première ligne. Il laisse les grandes gueules du quartier parler en son nom.

— C'est-à-dire ?

— Ton ami, le commandant en retraite Bortoli, qui n'a pas digéré de n'avoir pas su faire taire celui qui avait publiquement défendu *La Bochesse,* mais surtout Cauro, le scaphandrier, le boucher Baude et le charpentier Grassi. Cauro est un violent. Il a tellement tapé sur sa première femme qu'elle a fini par

1. Les bordels étaient en général signalés aux clients éventuels par des numéros de grande taille, souvent illuminés.

mettre la Méditerranée entre elle et son bourreau en s'embarquant avec leurs deux enfants pour Oran. Le scaphandrier a trouvé dans ce lâchage une excuse supplémentaire à son ivrognerie, mais il avait pris de l'avance en picole du temps de leur vie commune.

— Elles sont nombreuses, nos amies les bêtes ?

— Une bonne cinquantaine, quand même. Ce qui fait du monde dans un quartier tout petit comme le nôtre. D'autant que le troupeau suit. Ceux-là ne militent pas mais approuvent de loin.

— Où veulent-ils en venir ?

— Je te l'ai dit. Ils veulent faire circuler une pétition auprès des autorités judiciaires et municipales réclamant « une punition exemplaire pour la criminelle ». Et ils mènent donc campagne au porte-à-porte auprès des commerçants, des voisins, des résidents occasionnels. Ils ont même envoyé des communiqués aux journaux.

— Je sais, dit Raoul, *Le Petit Provençal* a refusé de les publier.

— *Le Petit Marseillais* aussi, dit *Le Bouc*. Preuve qu'il y a dans cette ville des journalistes conscients de leur devoir. Mais *La Gazette du Midi* et *La Croix de Marseille* l'ont accepté. Et pour peu que le mouvement prenne de l'ampleur...

Raoul Signoret avait retrouvé une température normale pour la saison. Une bonne citronnade fraîche pressée par Boucard l'y avait bien aidé.

— Si on allait leur couper un peu le sifflet en leur amenant la contestation ? proposa-t-il.

— M'étonnerait que tu les convainques, répliqua l'ex-rédacteur sportif.

— Je ne me fais pas d'illusions, mais c'est une réunion publique, non ? Alors, si tu veux bien, on y va à titre personnel. Je ne vois pas sous quel prétexte on nous en interdirait l'entrée.

La beauté du panorama offert par la véranda de *La Capricieuse*, ouverte sur la mer et qui y plongeait ses pilotis de bois, était à se mettre à genoux. Mais Raoul Signoret n'était pas là pour faire ses dévotions. Elles auraient pu être mal interprétées par l'homme qui se tenait debout derrière une table sur laquelle il appuyait ses bras tendus, encadré par deux autres hommes assis, les bras croisés et l'air farouche. En face de l'orateur, sur des chaises empruntées à la salle de restaurant contiguë, une trentaine de personnes écoutaient religieusement le mâle discours du commandant Bortoli, habitué à aboyer des ordres simples à saisir et ne devant pas être contestés. On ne distinguait guère plus de cinq ou six hommes dans l'auditoire, composé essentiellement de femmes d'âge mûr, et, parmi elles, celles que Boucard désigna à son confrère comme le « clan des veuves ». Elles étaient nombreuses à Malmousque, comme si l'air de la presqu'île favorisait leur longévité aux dépens de celle de leurs ex-compagnons.

Le commandant Bortoli demeura bouche ouverte quand il reconnut aux côtés de Placide Boucard, dont la rondeur lui était familière, l'athlétique silhouette de l'homme qui l'avait si cruellement humilié quelques jours plus tôt, au cours de leur duel.

Toutes les têtes s'étaient tournées vers les arrivants. Par bonheur, aucun des présents n'avait assisté au combat et Bortoli avait pu donner aux curieux sa version de l'événement : quatre balles échangées pour rien et une poignée de main pour être quitte. Si bien que la première surprise passée, il reprit sa harangue, tandis que les deux journalistes s'asseyaient au dernier rang.

« … C'est pour toutes les raisons que je viens d'énumérer, chers amis, qu'il nous faut réclamer un verdict sévère à ceux qui auront la tâche de juger la représentante d'une race honnie qui vient chez nous, non seulement pour y disputer leur pain aux Françaises, mais y commettre des actes abominables. Nous devons alerter les responsables et leur dire que l'opinion marseillaise, dont vous êtes les représentants les plus qualifiés, parce que les plus concernés par ce double drame, n'admettra pas qu'une justice exemplaire ne soit pas rendue. Il importe qu'on châtie *Frau* Ullmann sans faiblesse ! »

L'emploi calculé du mot allemand, jeté avec une sorte de violence méprisante, fit son effet.

L'auditoire, approuvant avec un bel ensemble de la tête, éclata en bravos frénétiques.

Encouragé par cette salve, le commandant eut la générosité feinte, d'un geste large du bras droit levé, de réclamer que cesse cette manifestation spontanée d'adhésion. Mais on voyait bien qu'il était bouffi d'orgueil. Sa face osseuse et terne en était comme transfigurée.

Il reprit sa harangue sur un autre ton, plus douloureux, comme confidentiel :

« Il ne fait pas de doute qu'abusant de l'empire qu'elle avait pris sur Me Deshôtels… »

Là, il fit une pause et prit un air de circonstance, en poursuivant par une incise :

« Je dois ici déplorer que le notaire ait fait preuve – paix à son âme ! – d'une trop grande faiblesse de caractère !… »

Il reprit le cours normal de sa harangue :

« … qu'en abusant de son empire sur Me Deshôtels, disais-je, la misérable en ait profité pour assassiner un homme sans méfiance qui l'avait accueillie sous son toit, avec sa générosité coutumière, lui avait accordé aveuglément sa confiance et en a été si cruellement puni. »

Le commandant se tourna alors vers Rodolphe Vaudois, qui se tenait assis à sa gauche, la tête penchée sur l'épaule, muet, le regard perdu dans son « immense chagrin » public, ostentatoire et indécent.

« Me Vaudois, dont nous partageons tous le deuil, me confiait tantôt que le mobile paraît évident : l'appât du gain, mes chers amis, il faut nommer les choses par leur nom, puisque des titres de rente et des bons du Trésor, représentant des centaines de milliers de francs-or, ont – comme par hasard ! – disparu du coffre où Me Deshôtels les serrait. Mais il y a encore plus grave – si j'ose m'exprimer ainsi – car qu'y a-t-il de plus abominable que d'ôter la vie à son prochain ?… »

« C'est un connaisseur qui parle », pensa Raoul Signoret.

L'orateur haussa le ton et détachant les syllabes, il scanda :

« Le tes-ta-ment du notaire a aussi dis-pa-ru ! Un testament où, croit savoir Me Vaudois, cette femme criminelle avait réussi – au prix de quelles ruses diaboliques ? – à faire inscrire son rang dans les legs envisagés par Me Deshôtels, tout juste après celui des héritiers légitimes. »

Un murmure d'horreur parcourut l'auditoire. Fallait-il que cette créature maléfique ait envoûté le notaire !

Bortoli posa sur l'assistance son regard de chef,

habitué à dominer le groupe, afin de mesurer l'effet de ses fortes paroles et, sans doute satisfait de l'examen, il continua sur un ton plus mélodramatique :

« Quant à la malheureuse enfant que Me Deshôtels employait comme bonne, beaucoup d'entre vous ont pu voir dans quel état cette misérable l'a réduite, afin de supprimer toute possibilité d'un témoignage sur ses forfaits. Mariette Chabas avait dû découvrir les agissements inqualifiables de ce monstre qui porte en elle toute la sauvagerie propre à sa race. Elle l'a payé par une fin atroce qui a dramatiquement tranché cette jeune vie à peine éclose. »

Si la manœuvre de l'ex-commandant n'avait pas été aussi méprisable, Raoul Signoret eût éclaté de rire à l'écoute de ces périodes oratoires tarabiscotées, ponctuées d'adjectifs propres à faire frissonner l'auditoire. Elles étaient calculées pour semer l'épouvante chez des gens aux capacités intellectuelles limitées, qu'il fallait convaincre en provoquant une émotion primaire. Celle qui ôte toute réflexion à la foule, et lui donne une logique de troupeau. Le but semblait atteint : le discours terrifiant de l'ex-militaire, portant ostensiblement ses décorations à la boutonnière, valait parole d'évangile pour ses partisans.

Depuis un moment, le reporter s'agitait sur sa chaise paillée. Il sentait monter en lui une colère de plus en plus difficile à contenir. Il prit pourtant le temps de retrouver son calme avant de lever la main. Décontenancé, Bortoli hésita un instant à donner la parole au journaliste, mais ne trouvant pas de prétexte à se dérober, et craignant de passer pour un lâche, il s'y résolut, non sans avoir averti :

— Monsieur, si vous êtes venu ici pour apporter

le désordre et la contradiction, sachez que nous ne nous laisserons pas impressionner.

Les deux mines farouches qui l'entouraient et que Boucard devait désigner à son confrère comme le boucher Baude et le charpentier Grassi, jetèrent une paire de regards furibonds sur l'intrus.

— Je n'ai pas l'intention d'impressionner, ni de convaincre qui que ce soit, *monsieur*, répliqua Raoul Signoret. Mais, si je ne m'abuse, vous tenez une réunion publique d'information, je viens donc m'informer. Et je vous rassure tout de suite, je ne compte pas donner la moindre publicité à vos propos dans le journal auquel j'appartiens. Je suis ici à titre privé.

L'ex-commandant se raidit :

— Alors, posez votre question et finissons-en.

Raoul prit un temps et demanda :

— J'aimerais qu'on m'explique pourquoi Mme Ullmann, qui a réussi, à vous croire, une sorte de captation d'héritage, aurait eu intérêt à subtiliser le testament de Me Deshôtels. Il me semble au contraire qu'elle avait toutes les raisons pour ne pas y toucher. En prenant connaissance dans les règles de son contenu on officialisait son droit à l'héritage. C'est en le dérobant qu'elle s'en serait exclue.

Bortoli et Vaudois échangèrent un regard embarrassé. Le commandant se ressaisit le premier, mais ce fut pour éluder :

— Et les titres de rentes, qu'en faites-vous ?

Raoul ne le lâcha pas.

— Vous ne répondez pas à ma question, *monsieur*. Le testament…

— Et vous, vous commencez à nous emmerder, monsieur !

Le boucher Baude, le front bas et la mâchoire

épaisse, venait d'entrer dans l'échange avec sa brutalité habituelle.

Le reporter ne se laissa pas impressionner :

— C'est très possible, mais ça ne répond toujours pas à la question posée.

À son tour, le scaphandrier Cauro venait de se dresser de sa chaise. Il passa un cran dans la grossièreté en tutoyant le reporter :

— Parce qu'y a pas de réponse à te donner, merdeux. Pour qui tu te prends ? Continue comme ça, et je te flanque dehors avec mon pied au cul, ça sera vite fait.

Rodolphe Vaudois, l'air sincèrement effrayé, s'était levé à son tour, le teint encore plus blafard et avait pris les deux hommes par le bras.

— Calmez-vous, mes amis, je vous en prie.

Baude, tête baissée, semblait en recul, mais Cauro n'entendait pas en rester là.

— *Quesse* y vient nous casser les couilles, ce cul-cousu ? Il est même pas du quartier. De quoi je me mêle ?

Un homme corpulent, assis au premier rang, se retourna et lança d'une voix aigre qui contrastait avec son physique :

— C'est un ami des *Boches*, sans doute. Il n'y avait qu'à l'écouter l'autre jour défendre cette salope, quand on a repêché la petite. Probablement qu'il se régale aussi à écouter la musique casquée de M. Wagner !

— Jacquin, officier d'administration, souffla Boucard à l'intention de son confrère. Un admirateur de Drumont.

Comme pour confirmer l'information, l'homme ajouta :

— Il y a gros à parier qu'il défend aussi Dreyfus ! Un traître de Juif que l'on vient de réintégrer dans l'armée. Quelle époque !

Un murmure outré parcourut l'assistance.

— Un traître qui a été innocenté depuis sept ans et définitivement réhabilité par la cour de cassation, lança Raoul, sans illusions sur la portée de cet argument.

— Pas étonnant, répliqua Jacquin. Avec tous les Youpins qui sont au gouvernement !

Les autres applaudirent.

Baude, encouragé, revint dans l'affrontement avec ses obsessions. Il brandissait un journal du jour :

— Vous avez vu ce scandale ? Un projet de loi veut faire nommer Dreyfus chef d'escadron et Picquart[1] général de brigade ! Ah, elle est belle la justice. Pauvre France !

Bortoli en profita pour reprendre la main :

— En tous cas, les vrais patriotes savent où est la vérité. C'est pourquoi, chers amis, je vais vous demander de signer la pétition que voici. Elle exige la peine de mort pour la coupable…

Il saisit sur la table une feuille de papier qu'il tint face à la salle pour la montrer à la manière des crieurs de journaux :

— … Je vais vous demander ensuite de la faire circuler chez vos voisins et amis. Quand nous aurons recueilli suffisamment de signatures, nous la porterons chez le juge qui instruit l'affaire, ainsi que chez monsieur le procureur.

1. L'officier des renseignements qui découvrit en 1895 la culpabilité du commandant Esterhazy, innocentant *de facto* Dreyfus.

La feuille passa de main en main. Chacun tenait à la parapher.

Quand vint le tour de Raoul le reporter se leva d'un bond et s'avança devant la table des orateurs. Avant que l'ex-commandant ait pu réagir, il se retourna vers l'assistance et lança d'une voix vibrante d'indignation :

— Cet appel au lynchage est indigne d'une nation civilisée. Vous n'avez pas à vous substituer à la justice. J'en appelle à votre conscience, s'il vous en reste un brin. L'enquête est en cours, rien ne vous qualifie à préjuger, sauf le parti pris de ceux qui vous manipulent.

Bien que conscient de l'inutilité de son geste, le reporter déchira la pétition et jeta les morceaux à terre.

Fou de rage, avec une vélocité étonnante pour un homme de sa corpulence, Cauro fit le tour de la table et fonça droit sur le reporter qu'il saisit par les revers de sa veste. Il était convulsé de fureur. Les yeux fous, la bave à la bouche, il éructa :

— Je vais te la faire bouffer, la pétition, petit con. Ramasse-la. Après, tu fous le camp, avant que je te massacre.

Raoul, sans se départir de son calme, dit simplement :

— Lâchez-moi tout de suite.

L'autre postillonna :

— Tu rigoles ! Ramasse-la, je te dis, ou je te casse en deux.

Le scaphandrier lâcha un des revers de la veste du journaliste et, en tirant sur l'autre tenta de faire baisser le buste de Raoul vers le sol en lui mettant une main sur la nuque. Placé comme il l'était, avec l'abdomen proéminent du scaphandrier collé à lui, il était difficile au reporter de tenter un de ses coups favoris en boxe française, *le revers jambe arrière,* avec lequel il s'était à maintes reprises sorti de situations périlleuses[1]. À regret, il se résigna à recourir à une riposte de voyou.

Cauro, bien campé sur ses courtes jambes écartées, pour assurer son équilibre, avait adopté une posture idéale pour que lui soit décochée la réplique propre à lui faire abandonner sa proie. Le reporter fit un quart de tour sur lui-même pour se trouver face à face avec son agresseur dont il recevait dans le visage l'haleine chargée. Le genou droit de Raoul remonta brusquement jusqu'à ce que sa rotule bute contre l'entrecuisse du gros homme. Celui-ci, totalement surpris par ce coup inattendu, en resta sidéré. Son souffle se suspendit. Ses yeux s'exorbitèrent. Une abondante suée ruissela sur ses joues de goret, sa bouche s'agrandit dans un cri muet, et il aurait fait part à l'assistance de l'atroce douleur qui tordait ses traits s'il avait pu émettre un son, tandis qu'il s'affaissait à genoux, l'air incrédule, en se tenant le bas-ventre à deux mains.

Dans un silence total on entendit la voix calme du reporter demander aux hommes présents :

— Se trouve-t-il encore quelqu'un parmi vous pour vouloir me faire manger la pétition ?

L'assistance demeurait figée, tandis que Cauro, un moment auparavant si sûr de sa force, vagissait douloureusement sur le plancher de bois de la salle, replié en position fœtale.

1. Voir les précédents volumes des *Nouveaux Mystères de Marseille.*

Le teint de Rodophe Vaudois avait viré au gris cireux. Il regardait le journaliste avec un air incrédule. Le commandant tentait de faire bonne figure en jetant à Raoul un œil furibard, mais il ne bougeait pas, tandis que le charpentier Grassi se rasseyait prudemment, rassuré par la largeur de la table qui le séparait du reporter. Seuls les gémissements de Baude montaient dans le silence observé par l'assistance pétrifiée.

Les seuls à réagir avec précaution furent l'électricien Barret et le cordonnier Fournier, qui tout en jetant des coups d'œil inquiets à celui qui avait mis la brute dans l'état où elle était, entreprirent de la relever pour la faire asseoir sur une chaise avancée par l'épicière de la rue Malmousque, Mme Jourdan. Une veuve était partie réclamer au propriétaire de *La Capricieuse* un verre d'eau pour « ce pauvre Cauro ».

— Désolé d'avoir troublé cette sympathique réunion, lança Raoul, narquois, en direction du commandant et du notaire. Je vais faire plaisir à monsieur – il désigna le scaphandrier, tordu de douleur sur sa chaise – je vais me retirer.

Il quitta à pas lents la salle du restaurant, suivi comme son ombre par Boucard.

Tant que le bruit de ses bottines ne se fut pas atténué, l'assemblée demeura statufiée comme si elle craignait le retour inopiné du journaliste.

Dès qu'ils eurent regagné la rue Malmousque, les deux compères éclatèrent de rire comme pour libérer leur tension.

— P… ! quel coup de rabot dans les roubignolles ! dit *Le Bouc*, admiratif. S'il lui en reste encore un peu, il va pas s'en servir de quelque temps, notre ami le *pieds lourds*. J'espère que la nouvelle Mme Cauro a du doigté.

Puis, s'écartant de Raoul pour mieux le regarder, il ajouta :

— Tu sais que tu es doué pour te faire des amis dans le coin, toi ?

7.

Où l'on en apprend un peu plus grâce aux résultats d'autopsie des corps du notaire et de sa bonne, sans pour autant en déduire des certitudes...

Les silhouettes des deux personnages attablés au fond de la salle du *Café de la Presse*, au début de la rue Breteuil, étaient familières aux habitués de cet établissement tout proche du siège des deux principaux journaux rivaux de Marseille : *Le Petit Marseillais* et *Le Petit Provençal.* L'une d'entre elles était massive et bedonnante. L'autre se caractérisait par des épaules athlétiques et une taille svelte. Le premier arborait une moustache imposante et noire, celle du second était blonde et effilée.

Si bien qu'à peine la commande faite, pas un consommateur présent n'ignorait qu'Eugène Baruteau, patron de la Sûreté, était en « conférence » avec son neveu, Raoul Signoret.

Devant des bocks de bière blonde les deux hommes faisaient le point sur l'enquête ordonnée par le Parquet à la suite du décès suspect du notaire Théophile Deshôtels et de la découverte du corps noyé de sa jeune bonne, Mariette Chabas.

Les regards fielleux des « chers confrères », accoudés au comptoir d'étain, étaient dardés sur la « table de conférence », accompagnés de commentaires venimeux sur le honteux « régime de faveur » dont bénéficiait le reporter du *Petit Provençal.*

Penché sur le bois ciré pour ne pas avoir à élever la voix, le policier apportait au journaliste les derniers développements de la double enquête parallèle conduite par la Sûreté qui cherchait à établir si les deux affaires étaient liées.

— J'ai préféré te donner rendez-vous à une heure où je te sais à jeun, précisait Eugène Baruteau, car ce que j'ai à te raconter relève surtout de la médecine légale et ça n'a rien de ragoûtant. Je commence par qui ?

— Suivons l'ordre chronologique, suggéra Raoul Signoret.

Baruteau prit dans sa serviette de cuir avachi le dossier Deshôtels.

— Alors !... Comme tu peux le comprendre, à l'âge atteint par notre notaire, qui marchait d'un bon pas vers ses soixante-treize printemps, on n'est plus pourvu de la vigueur séminale d'un gaillard dans ton genre. Mais...

Cabotin, mesurant ses effets comme un conteur d'élite, le policier marqua une brève pause. Elle annonçait une nouvelle propre à exciter la curiosité de l'interlocuteur. Il la révéla :

— Mais... Me Deshôtels ne crachait pas pour autant sur la bagatelle, si j'en crois ce que je vais te confier. Cependant, sa position sociale, son catholicisme militant et ostentatoire, sa réputation auprès des familles, lui défendaient d'aller satisfaire ses envies de chair fraîche dans les maisons de débauche qui sont faites pour ça et où il aurait pu croiser certains de ses clients aussi dévots que lui. Il procédait donc à ce qu'on appelle sur le port de Marseille « de l'importation de viande sur pied ». Plusieurs témoins, depuis longtemps à son service et au courant de ses habitudes – je parle de son domestique, Victor Rabinel et de sa cuisinière Célestine veuve Maurin –, ont révélé à mes inspecteurs qu'après son veuvage, Théophile Deshôtels avait eu périodiquement recours aux services tarifés de filles vénales ramenées à domicile par son fils Alfred, grand habitué des endroits où on les recrute. Moyennant un petit supplément, les sous-maîtresses soustrayaient une brebis de leur cheptel et la louaient pour une nuit au notaire.

Baruteau prit une gorgée de bière pour humidifier ses muqueuses buccales que cette longue tirade avait desséchées. Les poils noirs et drus de sa moustache agirent comme une herse et retinrent la mousse qui lui faisait à présent des bacchantes de Père Noël. Il prit un mouchoir blanc bien plié dans sa poche de veste et se tamponna longuement.

— Jusque-là, rien que de très ordinaire, remarqua Raoul.

— Certes, admit le policier. Mais les années passèrent. Et notre notaire batifoleur, tel Don Diègue après le soufflet, maudissant sa « vieillesse ennemie », comprit qu'il ne pouvait plus assumer comme avant ses *« Présentez, armes ! »*.

Le policier déclama :

« Mon bras(quemart) *qui tant de fois a sauvé cet empire*

Trahit donc ma querelle et ne fait rien pour moi[1]. »

Baruteau, pas mécontent de sa trouvaille, précisa :

— C'est encore Don Diègue, bien sûr, qui s'exprime par ma voix.

Raoul s'esclaffa devant ce détournement de chef-d'œuvre. Entre deux hoquets, il réclama la suite. Elle vint :

— Me Deshôtels eut alors recours à des adjuvants d'une autre nature. Mais pas, comme toi et moi, aux *Perles Zitta contre l'impuissance.* Le légiste a trouvé dans ses vieilles entrailles un fragment d'aile de mouche cantharide qui, comme tu ne le sais peut-êt...

Raoul Signoret ne voulant pas être en reste d'exemples littéraires, interrompit son oncle :

— C'est un usage classique à Marseille depuis qu'un certain François-Donatien de Sade y fut poursuivi par la fille Coste pour avoir forcé la dose dans des bonbons fourrés à la cantharide qu'il lui avait fait avaler au cours d'une nuit de débauche dans une « petite maison » de la rue d'Aubagne[2].

Baruteau leva un sourcil.

— Tu étais au courant ?

— J'ai lu ça dans ma jeunesse.

— Toi ? Je ne t'ai jamais pris avec Sade à la main.

— Je le cachais sous la couverture des *Mémoires d'un âne*, de la comtesse de Ségur.

1. Citation en majeure partie tirée de Corneille, *Le Cid*, acte I, scène v.

2. Le 30 juin 1770, une poursuite par contumace fut lancée contre le marquis de Sade et son valet Latour, sur dénonciation de trois prostituées marseillaises qui l'accusaient d'avoir tenté de les empoisonner au cours d'une séance de débauche collective avec des pastilles à l'anis fourrées de cantharide.

— Née Rostopchine ? Tout s'explique. Où en étions-nous ?

Aux érections flageolantes d'un certain tabellion.

Baruteau ricana, égrillard :

— Je vois que tu suis bien. Le notaire eut bientôt recours à des simulations de strangulations qui, comme tu le sais sans d…

— Je suis au courant aussi. Je pratique ça chaque soir. Mais comment est-on sûr que Deshôtels y recourait ? Quelqu'un a avoué sa participation ?

— Non, mais tu sais que le propre de la domesticité c'est d'avoir l'œil au trou.

— De la serrure, voulez-vous dire ?

Le policier joua faussement l'offusqué :

— Arrête avec tes allusions salaces ! Il y en a bien assez comme ça dans cette affaire. Nous ne sommes pas dans une salle de rédaction, que diable !

— Qui a vu la chose, alors, et avec qui le notaire s'y livrait-il ?

— C'est Rabinel. Pas le partenaire, *l'espincheur*[1]. « L'aide-soignante » du notaire était à l'époque une fille que le domestique ne connaissait pas quand il se livra au constat.

— Il a fait sa connaissance, depuis ?

— De la fille ? Non, parce que le vieux Deshôtels, qui avait dû se rendre compte qu'on se rinçait l'œil à ses dépens, avait fait boucher la serrure avec une plaque de fer et l'avait remplacée par un guichet. Il est toujours en place.

— Et il le fermait lui-même, m'a-t-on dit.

1. Celui qui regarde à la dérobée.

— Exact. Rabinel l'a confirmé.

— Vous en déduisez quoi ?

— Que probablement Deshôtels a poursuivi des pratiques qui lui évitaient l'effort de se mettre lui-même en condition, puisque le début de strangulation provoquait les mêmes effets.

— Encore fallait-il freiner à temps...

— Tu l'as dit. Et c'est là que les Athéniens s'atteignirent. Quelqu'un a oublié le frein à main. Le fameux soir précédant le matin où on a découvert le notaire pendu à l'espagnolette, celle qui lui rendait ce petit service a dû y aller un peu fort et couic ! pour de bon.

Raoul, pour faire enrager son oncle, objecta :

— Vous dites « celle », pourquoi pas « celui » ?

— Allons donc !

— Vous en avez vu d'autres en quarante ans de police, non ?

— Raoul ! L'affaire est suffisamment scabreuse pour que tu n'en rajoutes pas une louche. C'est avec une femme qu'on pratique ce genre de distraction. Elles seules ont le doigté nécessaire. Et l'esprit suffisamment compassionnel envers les faiblesses des hommes.

— Admettons. Et cette sœur de charité, à votre avis... laissez-moi deviner... Elle n'aurait pas l'accent teuton sur les bords ?

— Qui veux-tu d'autre que ce soit ?

— Vous vous acharnez tous sur elle, mon oncle, ce n'est peut-être pas aussi simple.

Baruteau charria son neveu :

— Ça y est. Voilà le défenseur de la veuve et de l'orphelin qui entre en scène ! Ma parole, elle t'a tapé dans l'œil, cette bonne femme ! Qu'as-tu à la défendre, la *Gretchen* ?

— Je la défends par principe, d'abord. Contre la vacherie humaine, ensuite. Je la défends enfin contre l'opinion publique qui se satisfait de certitudes toutes faites, qui se méfie de tout ce qui n'est pas dans la norme. Qui fabrique des assassins à bon compte. Qui appelle à la vengeance plutôt qu'à la justice.

Le policier se redressa sous l'assaut :

— Réfléchis un peu, Raoul ! Et ne va pas chercher midi à quatorze heures. Si Deshôtels persistait dans ses petites distractions séniles, qui voulais-tu qui soit complice de ses manies, sinon *La Boch*... enfin, Liselotte Ullmann ? Je me pose la question : ne l'aurait-il pas engagée pour ça ? Va savoir ! Car d'après les dires des domestiques, elle était plutôt une dame de compagnie qu'une gouvernante. Elle ne se mêlait en rien de la maison. Tu connais la configuration des lieux. Dès que le notaire était bouclé par lui-même dans sa chambre, qui donne sur le palier du premier étage, la seule personne qui pouvait, sans témoins, le retrouver, c'est sa gouvernante qui disposait d'un escalier intérieur particulier, dérobé à la vue des autres. Discrétion assurée ! La nuit, les seuls êtres vivants dans la maison, si on excepte le notaire, étaient le fils, la plupart du temps absent ou *niasqué*[1] et la petite bonne qui couchait dans le galetas du troisième. Pour rejoindre éventuellement le vieux saligaud, il fallait passer par la cham-

1. Fin saoul.

bre de l'Allemande. Personne ne pouvait le faire sans qu'elle s'en rende compte.

Raoul objecta :

— Sauf si on l'avait *ensuquée* auparavant avec un narcotique. On l'a trouvée dans un état semi-comateux, je vous le rappelle.

— Tu délires, mon neveu. Qui aurait pris le risque de la droguer ? On pouvait se faire repérer par le fils Deshôtels dont la chambre est en face de celle de son père et qui entrait et sortait à point d'heure.

— Tu parles ! Il rentrait bourré comme un matelas de crin toutes les nuits.

— Raoul ! Pour avoir le dernier mot tu tordrais le cou à la logique et serais de mauvaise foi.

— Non, mon cher oncle. Vous tenez le rôle de l'accusation, moi celui de la défense. C'est comme ça qu'on juge les gens équitablement.

— Tu ne peux pas nier que cette femme soit la suspecte numéro un ! Elle nous joue la comédie de l'agression pour ne pas avoir à se justifier. Surtout que je ne t'ai pas dit le reste, qui me paraît accablant pour elle.

— Faites donc alors, que je puisse me bâtir une opinion étayée sur des preuves.

Le policier, qui savait en avoir pour un moment, fit, d'un geste, renouveler les consommations. Le garçon les servit en un clin d'œil.

— Je ne sais pas si nous avons raison de nous remplir de bière, dit Raoul, faussement sérieux.

— Pourquoi ?

— J'ai lu ce matin dans mon journal qu'un laboratoire anglais a découvert chez des brasseurs d'outre-

Manche de la strychnine tirée de la noix vomique pour remplacer le goût amer du houblon[1].

— Rien ne m'étonne venant d'une peuplade qui sert le gigot de mouton bouilli avec une sauce à la menthe. Pauvre bête, quand j'y pense !... Mais tu ne crois pas les brasseurs marseillais capables d'une pareille vilenie ?

— Non. Ils y mettent seulement de la cantharide.

— Alors, à ta santé !

Les bocks tintèrent et les rires fusèrent. Un peu de mousse tomba sur le bois ciré que Raoul « épongea » en posant dessus le sous-verre en carton. Baruteau se pencha sur son dossier :

— J'ai ici le rapport d'analyses des déjections retrouvées sur les draps de Mlle Ullmann, ainsi que du contenu de la tasse placée sur la table de nuit. C'est le même produit, tu le sais.

Raoul acquiesça d'un battement de cils et précisa :

— Je crois me souvenir : charbon pilé, huile d'aspic, térébenthine, et je ne sais plus quoi...

— Tu as bonne mémoire. Mais que remarque le premier couillon venu ? C'est-à-dire moi ? Cette mixture, pour être répugnante, n'est en aucun cas un poison. Ou alors, il faudrait en avaler un tonneau avec le robinet. Risque pas, puisque Liselotte n'en a pas avalé une cuillère. Le médecin qui lui a administré un vomitif est formel. Il n'y en avait pas dans ce qu'elle a rejeté. La tache noire qui maculait le drap, bien qu'elle fût à hauteur de son visage, ne pouvait pas provenir d'un vomissement.

— Pas de traces de cantharide, non plus ?

1. Nouvelle parue en juillet 1906 dans la presse marseillaise.

Baruteau parcourut rapidement la feuille :

— Rien de ce genre dans le compte rendu d'analyse. Je te signale que c'est le notaire qui avait besoin d'adjuvants. Pas elle.

Raoul écoutait et prenait des notes. Il demanda :

— Vous en concluez quoi ?

— Que la *Gretchen* nous a *embabouinés*[1] avec une histoire à dormir debout. On l'aurait endormie et on aurait tenté de l'empoisonner. Elle était dans le cirage, elle a cru voir des hommes en noir qui ont essayé de lui faire boire la mixture et qui, voyant qu'ils n'y parvenaient pas, lui ont mis dans la bouche un morceau de bois pour lui faire desserrer les mâchoires, avant de monter pendre le notaire, bref, tout ça est cousu avec du câble blanc. En vérité, elle est allée un peu trop fort à la manœuvre, ce soir-là et Deshôtels lui a claqué dans les doigts. Quand elle a vu le désastre, elle a monté cette mise en scène grossière qui la désigne comme coupable au premier *badagou*[2] venu.

— Que dit-elle quand on lui met tout ça sous le nez ?

— Elle nie tout en bloc et s'accroche à sa version. Elle aurait même entendu du bruit dans la chambre du dessus avant de sombrer dans le coaltar. Elle n'en démord pas. Une mule. Tu connais les *Boches*...

Le reporter ricana, amer :

— Moins que le commandant Bortoli, moins que Rodolphe Vaudois et les « braves gens » de Malmousque. Ils ont sondé les reins et les cœurs de ces barbares et déplorent qu'ils aient le culot de s'instal-

1. Séduire avec des mensonges.
2. Simplet.

ler en France après ce qu'ils nous ont fait en 70. Ils ont même recensé les étrangers, comme ils disent : Otto Knapp qui habite la villa *Norvège*. Hans Siebel, un courtier qui loge rue des Braves. Et cette Sophia Eltvedt, dont le pavillon est baptisé *Nordkap*. Et ne parlons pas de *La Bochesse*. Vous ne trouvez pas ça louche, vous ? Cette concentration dans la presqu'île ? Savoir s'il ne s'agirait pas d'espions de Guillaume II ?

Baruteau rigola :

— Ils cherchent le secret de la bouillabaisse marseillaise, c'est pour ça qu'ils s'installent à proximité de Roubion, tu ne le savais pas ?

Un détail lui revint en tête.

— Ah ! J'allais oublier. Je suis sûr que tu allais me le demander, je réponds par avance. Aucune trace de strangulation manuelle, sur le cou fripé du notaire. C'est avec le mouchoir roulé qu'on lui a serré la gargamelle. Ce qui plaiderait encore pour un petit jeu pervers qui aura mal tourné et qu'on veut maquiller en suicide.

Baruteau referma son dossier.

— Je suppose que tu as besoin de biscuit sur la noyade de la petite bonne ?

— Ainsi, je ne vous dérangerai pas deux fois.

Baruteau mit dans son sourire toute l'affection qu'il éprouvait pour son diable de neveu.

— Tu ne me déranges jamais, Raoul. Tu le sais. Dis-toi bien une bonne fois que je n'ai rien de personnel contre cette femme. Mais c'est tellement gros, ce qu'elle nous raconte, que je ne voudrais pas te voir user ta belle jeunesse pour rien.

Raoul n'insista pas.

— Venons-en donc à la petite noyée.

Revivant dans sa tête l'horreur de la scène du repêchage, le reporter suggéra :

— Passez-moi les détails, mon oncle, j'étais aux premières loges quand on l'a ramenée à terre. Ce que j'aimerais savoir, c'est si on a découvert sur elle d'autres signes que ceux d'une noyade simple, si je peux dire.

Baruteau jeta un œil à son dossier :

— Pas de traces de strangulation, si c'est à ça que tu fais allusion. De même, il est certain qu'elle n'a pas été violée et ne semble pas avoir eu des rapports sexuels, du moins peu de temps avant sa mort, car tout porte à croire que, malgré son jeune âge, la petite avait vu *péter le loup*. Donc, s'il n'y a pas de traces récentes, il y a de fortes chances qu'elle n'ait pas participé à la petite séance récréative qui fut fatale à notre tabellion. En revanche, elle a reçu à la base du crâne, au-dessus des cervicales, un coup du lapin mahousse. Ce qui pourrait signifier qu'on l'a peut-être tuée, au moins assommée sévèrement avant de la plonger à la baille. Ai-je répondu par avance à tes interrogations ?

— Je dirai mieux : vous me mâchez le travail, mon oncle. Un supplément d'information, tout de même. On n'aurait pas trouvé dans son organisme trace d'une quelconque substance toxique ?

— À quoi penses-tu ? À la cantharide du notaire ?

— Par exemple. Ou à un narcotique, voire un poison.

— Le légiste l'aurait signalé...

Raoul Signoret pensa tout haut

— Alors, pourquoi l'a-t-on tuée ?

— Elle a vu une chose qu'il ne fallait absolument

pas qu'elle ait vue. À partir de cet instant, elle avait signé son arrêt de mort. Tout simplement.

Baruteau s'ébroua :

— Pouah !… Quelle histoire. Allez, parlons d'un autre sujet bien plus agréable. Ma *Thérésou* a prévu des pieds et paquets[1] pour midi et tout ça va me couper l'appétit.

— Et pourtant, il vous en faut, ne manquerait pas de préciser ma chère tante.

Le policier regarda son neveu dans les yeux.

— Oh ! Laisse-la dire…

---

1. Pieds de moutons et tripes roulées en paupiettes garnies d'un hachis de petit salé, d'ail et de persil.

8.

Où l'on assiste à l'arrivée de l'étape marseillaise du Tour de France cycliste (quatrième du nom) après avoir rencontré le « tramway » de Riri-le-Fada...

Raoul Signoret vint rejoindre son vieux confrère Placide Boucard dans sa calanque où tanguaient et roulaient, au rythme rageur de la houle formée par les rafales du mistral, les *pointus* traditionnels des travailleurs de la mer. Il avait promis de l'accompagner vers l'événement majeur de cette journée du 17 juillet. L'ex-journaliste sportif du *Bavard* était en transes : on attendait les coureurs du quatrième Tour de France sur le boulevard Rabatau ! L'arrivée de la sixième étape devait avoir lieu l'après-midi même, devant l'entrée de l'Exposition coloniale, vers quatre heures et demie ! Les coureurs venaient de Nice, qu'ils avaient quittée à cinq heures vingt du matin. L'heure exacte du sprint final sur le boulevard n'avait pu être établie avec précision, car le vent maître qui prenait les concurrents de face leur avait fait accumuler du retard et ajoutait à leur calvaire. Sur des routes en terre battue, la poussière les aveuglait et masquait parfois jusqu'à la chaussée.

En attendant l'arrivée de l'étape, pour faire patienter la foule, on avait programmé un grand *meeting* cycliste rassemblant les vedettes locales.

Sur soixante-quinze au départ, les concurrents du Tour de France n'étaient plus que vingt-cinq, mais il restait encore du beau linge parmi eux : René Pottier, vainqueur de la première édition, déjà maillot jaune dans celle-ci, Eugène Christophe, Lucien Petit Breton et Hippolyte Aucouturier. Tous étaient déjà entrés vivants dans la légende de la Grande Boucle. L'engouement des Marseillais pour le Tour de France, ajouté à la fréquentation dominicale de l'Exposition coloniale, on était assuré d'un concours de foule record.

Tout en terminant sa tasse de café offerte par *Le Bouc*, Raoul Signoret, debout devant la fenêtre, admirait le coup d'œil sur l'étroite calanque de Malmousque, si différente de sa « sœur » Maldormé, largement ouverte sur la rade.

— Tu es remis de tes émotions, au journal ? demanda l'ex-rédacteur du *Bavard*.

— Pas tout à fait, confia le reporter du *Petit Provençal*. Ça nous a mis cul par-dessus tête, cette affaire.

Les deux journalistes évoquaient un fait divers dramatique[1] qui avait eu lieu dans la nuit du dimanche précédent. Un jeune clicheur du *Petit Provençal*, Louis Bajat, rentrant chez lui vers trois heures du matin, son bouclage achevé, avait tué à coups de revolver, dans la rue de la Croix, deux jeunes gens

1. Authentique.

appartenant à un trio d'ouvriers de retour d'une nuit de fête, au cours de laquelle ils avaient fait de nombreuses escales bien arrosées. Que s'était-il passé ? Une querelle après boire ayant mal tourné ? Un coup de folie de Bajat ? Le survivant du trio, Louis Pellautier, avait raconté à la police que le meurtrier de ses amis les suivait depuis un moment et que, lui-même étant demeuré en arrière pour rouler une cigarette, avait été dépassé par un homme qui avait rattrapé ses copains de ribote. Il avait entendu deux coups de feu, au moment où ses amis s'engageaient dans la petite rue de la Croix. À son arrivée, le meurtrier s'enfuyait et il n'avait pu que constater le décès de Maurice Vandeville et Léonard de Negri, tués sur place.

Le lendemain, Bajat s'était constitué prisonnier, sur les conseils de son chef d'atelier avec qui il avait pris une consommation au *Café de la Presse,* rue Breteuil, avant de le raccompagner à son domicile, rue Fort-Notre-Dame. Face aux policiers, c'est une tout autre chanson qu'avait chantée le clicheur que son chef décrivait comme un ouvrier sérieux et sobre. C'est lui, au contraire, qui avait été agressé par les trois compagnons éméchés. L'un avait feint un malaise, le second l'avait saisi à la gorge, tandis que le troisième tentait de lui *faire* sa montre comme l'indiquait sa poche de gilet arrachée. Bajat, qui avait été agressé au même endroit cinq mois plus tôt, affolé, avait saisi dans sa ceinture le revolver qui ne le quittait plus la nuit et fait feu en pleine tête sur deux de ses agresseurs, manquant le troisième qui n'avait pas demandé son reste. Il avait aussitôt couru au domicile de son chef d'atelier raconter le drame. La version de Bajat était corroborée par le fait que les balles avaient été tirées à bout portant sur Vandeville et de Negri, et non à distance comme l'affirmait Pellautier. Ce fait divers tragique avait fauché deux jeunes vies et ruiné à jamais celle des deux rescapés, tous deux irréprochables jusqu'alors. En outre, non seulement le drame avait bouleversé l'ensemble du personnel du *Petit Provençal*, mais détourné Raoul durablement de l'affaire Deshôtels / Ullmann.

Comme par un fait exprès, le lendemain, 4 juillet, trois gangsters, le bas du visage dissimulé par des foulards, dans la plus pure tradition des *outlaws* américains, avaient attaqué un fourgon postal en plein jour rue Sibié et dérobé 4 000 francs-or[1], blessant un convoyeur.

Raoul avait été là aussi à l'ouvrage, délaissant par force Maldormé, son pendu et sa noyée.

Le reporter espérait pouvoir enfin reprendre son enquête à Malmousque dès le lendemain. Pour l'heure, impossible de parler de grand-chose d'autre avec Boucard, obnubilé par *son* Tour de France.

— Quoi de neuf dans notre affaire, Placide ?

— Tu n'en as jamais assez, toi ! Ça te suffit pas, ce qui t'est tombé sur le râble depuis quinze jours ?

— C'est réglé. Il n'y a plus de mystère. Bajat sera jugé, on lui trouvera, je pense, des circonstances atténuantes, quant aux gangsters de la rue Sibié, ils ont été balancés à la police par une bande rivale et attendent à la prison Chave qu'on s'occupe d'eux. Tandis qu'ici, à Malmousque, c'est toujours l'incertitude.

1. 12 800 euros.

C'est ça qui m'excite. La police patauge, j'aimerais bien…

Boucard l'avait interrompu :

— À propos de police, comment ça s'est passé la *savonnade* de tête avec ton oncle après le duel ?

— Il m'a fait les gros yeux, comme tu peux le penser. J'ai eu droit à un sermon de première classe, avec rappel de mes devoirs de citoyen, d'époux et de père, mais l'orage éloigné, il a passé l'éponge. On est une fois encore tombés dans les bras l'un de l'autre. Sa colère, sur le moment, était réelle, mais je pense que c'est à cause du souci qu'il s'était fait pour moi. Il décompressait en hurlant, si tu veux. Sous ses airs de père Fouettard, c'est une crème d'homme. Surtout envers un neveu qu'il considère comme le fils que Dame Nature lui a refusé. Je suis certain qu'il était déjà intervenu pour que le juge de paix nous la foute, quand il nous a présentés à lui. C'est tout juste s'il ne nous a pas fourni d'excuses, celui-là, tu te souviens ? Quand je l'ai entendu nous dire : « du moment que le seul sang versé est celui d'une tourterelle, la sanction que je pourrais appliquer devrait relever du délit de braconnage en dehors des périodes d'ouverture de la chasse », j'ai compris que l'affaire serait étouffée.

Le Bouc ricana :

— Il faut dire qu'on avait des complices fréquentables : un bâtonnier de l'Ordre des avocats, un *mirlitaire* qui avait offert sa maigre poitrine aux balles des *Boches* pour nous protéger…

Il renforça sa démonstration en entonnant le début fameux du chœur des soldats de son cher *Faust* :

« Gloire immortelle de nos aïeux,
Sois-nous fidèle, mourons comme eux ! »

Raoul cligna de l'œil :

— Et n'oublions pas deux rédacteurs d'élite, Escarguel et toi, c'est ça qui en a le plus imposé au petit juge ! Il s'est dit qu'il valait mieux avoir la presse avec soi.

Boucard tira sa montre :

— Raoul, il est deux heures. Si nous voulons apercevoir un bout de la moustache gauloise d'Eugène Christophe, ne tardons pas trop. Il doit y avoir un monde fou.

Les deux hommes quittèrent la maison et, par la rue Malmousque, se dirigèrent vers l'arrêt du tramway.

Comme ils s'apprêtaient à grimper les escaliers permettant de se hisser jusqu'à la Corniche, ils croisèrent un convoi inattendu. Il se composait d'une seule « motrice », un garçon d'une vingtaine d'années aux yeux profondément enfoncés dans l'orbite, le visage allongé, le cheveu ras, l'air absorbé, la bouche écumante de salive qui s'époumonait à imiter tous les bruits d'un tramway ordinaire : le grincement des essieux sur la voie, la trompe du wattman, la trompette plus aigre du receveur, les cris de rouspétance des voyageurs, sans oublier le geste large du conducteur de la rame maniant la manivelle de cuivre actionnant le rhéostat. De temps à autre, il stoppait dans sa progression et passait à l'arrière du « convoi » pour – un œil fermé et la langue tirée – remettre en place la roulette imaginaire de la perche qui venait de sauter de son fil. Henri Boudineau, dit *Riri-le-Fada,* occupait l'essentiel de son temps à « faire le tramway » dans les rues sans risque de la presqu'île. Le malheureux était resté simple d'esprit après une méningite contractée peu après sa naissance. Mme Boudineau, couturière à façon, l'élevait seule. Son mari, courtier en grains, être délicat, n'ayant pas eu le courage de prendre en charge un débile mental, les avait plaqués tous les deux pour se remettre ailleurs en ménage et refonder une famille dotée d'enfants présentables que l'on pouvait revendiquer comme « normaux » auprès des voisins et clients.

Une partie des résidents « comme il faut » de Malmousque aurait souhaité qu'on les débarrassât de « cet idiot », dont l'allure et les manières pouvaient effrayer leur progéniture, en l'enfermant dans un établissement propre à l'accueillir. Mais quelques braves gens de la presqu'île, se sentant une âme de villageois, par compassion pour Florine Boudineau dont le courage faisait l'admiration, avaient adopté le « fada » comme un des leurs. On s'était habitué à *Riri*, et faute d'être le fils reconnu de son père, il était un peu l'enfant de chacun d'eux. On le surveillait du coin de l'œil, afin qu'il ne risquât ni mauvaises rencontres, ni mauvaises manières de la part des galopins que leurs instincts pervers poussaient à humilier un être démuni de défenses. Plusieurs roustes mémorables distribuées par les témoins outrés par les misères infligées à l'innocent avaient suffisamment marqué les esprits pour qu'on ne s'y risquât pas trop. À l'entendre remplir rues et impasses de coups de trompes, grincements et onomatopées divers, on s'assurait de la présence et de l'intégrité physique de *Riri,* sans qu'il fût besoin de le surveiller en particulier.

— Ça va mon *Garri* ? Il marche bien ton tramway, aujourd'hui ?

L'innocent serra le frein à main et avisa Boucard :

— C'est *ré-pa-ré*, répliqua-t-il, de sa voix saccadée, nasillarde et haut perchée qui rappelait la raille du *gabian*[1].

Boucard, attendri, sourit à l'infirme mental.

— Ah, tant mieux...

L'ex-rédacteur sportif du *Bavard* se tourna vers son confrère et expliqua avec le plus grand sérieux : hier la corde qui maintient la perche s'était rompue. Il a fallu la changer, le convoi était bloqué dans la rue des Braves.

Riri Boudineau dévisagea Raoul. Un nouveau visage l'intriguait. Il s'approcha du reporter et sans crier gare, lui enfonça l'index tendu dans l'estomac en faisant *« tac- tac ! »*.

— C'est sa façon à lui de saluer les gens, expliqua *Le Bouc* en riant. L'ennui c'est quand il fait ça à un garçon de café qui porte un plateau rempli de verres et de bouteilles... Ou à une *damote* un peu pincée qui revient de la pâtisserie avec un paquet de gâteaux.

Le reporter rendit ce salut insolite en faisant de même, au grand bonheur de l'innocent qui souriait de toutes ses dents distribuées au hasard dans sa mâchoire.

— Te voilà adopté, dit Boucard. Tant mieux, parce que, quand une tête ne lui revient pas, il arrive

1. Le cri du goéland argenté de Méditerranée.

à *Riri* de se livrer à des exhibitions qui offusquent les gens dits intelligents.

Raoul sourit au simple d'esprit et mit dans son regard toute la compassion dont il était capable.

— Bonjour *Riri,* je m'appelle Raoul.

— *Rrrââôu !* fit le jeune homme en écho, rappelant le chat à la saison des amours.

Les présentations étaient faites.

Riri desserra le frein à main de son tramway et après un coup de trompe le fit redémarrer.

— Pauvre garçon, murmura Raoul, ému.

— Il est inoffensif, précisa Boucard. Le seul petit problème, c'est qu'il est un peu travaillé par la chose et qu'il a la main parfois baladeuse quand il croise une personne du sexe, comme on dit. Il y a des mères qui craignent pour leurs filles et qui le feraient volontiers enfermer. Mais où veux-tu le mettre ? Au boulevard Baille[1], chez les fous ? C'est pas humain. Alors, on le garde, notre *Riri.* Quitte à avoir un œil sur lui. Un fada dans un village, ça porte bonheur, dit-on. Les partisans de l'enfermement n'ont qu'à déménager. Ou prendre soin de fermer les volets.

— Pourquoi dis-tu ça ?

— Parce qu'on retrouve souvent *Riri,* sorti en douce de chez lui, à la nuit tombée en train de se rincer l'œil si, par ces chaleurs, une fenêtre de chambre à coucher est restée ouverte et la lumière allumée. Que veux-tu y faire ? C'est sa seule distraction, pauvre garçon. C'est aux autres de faire attention. Surtout que je me demande toujours, s'il n'y en a pas pour être émoustillés à la pensée que pendant

1. L'asile d'aliénés se trouvait à l'extrémité de ce boulevard où se dresse aujourd'hui le CHU La Timone.

qu'ils font leurs affaires, *Riri* est en train de les *espincher.* Après, ils viennent jouer les offusqués. Ils menacent d'une plainte en justice la pauvre Florine Boudineau, qui est obligée de se mettre à plat ventre pour excuser son fils. Comme si elle n'était pas suffisamment emmerdée par la vie comme ça, la malheureuse !

Raoul, songeur, se disait que si un village faisait de son *fada* un porte-bonheur, il pouvait aussi en faire son bouc émissaire. Tout ce qui n'est pas « aux normes » dérange les « braves gens ». L'inconnu leur fait peur. *Estrangiés* ou débiles mentaux, c'est la même répulsion irraisonnée qui les rend si agressifs. N'avait-on pas accusé *Riri*, raconta Boucard, d'être l'auteur du feu de broussailles qui, l'année précédente, avait ravagé une partie du plateau ? Jusqu'à ce qu'on trouve les vrais coupables : des garnements qui avaient enflammé des herbes sèches en tirant sur un bourdon avec un pistolet à amorces.

Le *Circulaire Corniche,* plein comme un œuf, stoppa à son arrêt. Les deux journalistes montèrent sur la plate-forme avant, il n'y avait plus une place assise. Le wattman était plaqué contre le tablier et menaçait de faire descendre le surplus de voyageurs.

Le convoi avait à peine redémarré qu'il s'arrêta, roulant sur son élan, sans que le conducteur y fût pour rien.

— Y a encore un couillon qui m'a tiré la perche ! fulmina l'employé à casquette blanche et à uniforme d'amiral de la *Royal navy*.

Le receveur se précipita à l'arrière du convoi.

Dans la rue de la Batterie des Lions, *Riri-le-Fada*

s'éloignait à toutes jambes, en faisant des bonds de cabri.

Il bêlait à tue-tête de sa voix de *gabian* :

— *La pèèèèr-ce ! Cass-sséééée !*

*

À vue de nez, il devait bien y avoir cinq mille spectateurs entassés le long du boulevard Rabatau, quand les deux journalistes, jouant des coudes, rejoignirent Vespini, leur confrère du service des sports du *Petit Provençal*, chargé du compte rendu d'étape. Dans une sorte de cahute en bois installée par le journal, il avait trouvé un refuge relatif où il pouvait recevoir les dépêches arrivées par le câble électrique, lui donnant des nouvelles de la course.

C'est ainsi, au grand étonnement de Raoul, qu'il annonça à ses confrères :

— C'est Passerieu qui a gagné.

— Comment ? Ils ne sont pas encore arrivés et déjà tu donnes le nom du vainqueur ? Tu es plus fort que Mme Mari[1] *« la voyante-somnambule aux pouvoirs mystérieux »*, toi !

Boucard compléta le texte de la « réclame » parue dans le journal :

— … *« celle qui renseigne sur tout, passé, présent, avenir et guérit les maladies 29, rue de Rome ».*

La naïveté de Raoul fit sourire Vespini. Il expliqua :

— La course a été neutralisée à La Penne-sur-Huveaune. Le temps de se refaire une beauté pour

1. Fameuse voyante marseillaise à la Belle Époque.

être présentables, et les coureurs vont venir piquer un sprint sur le boulevard, mais c'est pour le spectacle. Le classement de l'étape est déjà établi. Je l'ai donné au journal. Me reste plus qu'à prendre quelques mots du vainqueur et *barka* !

Sur la tablette où se trouvait le téléphone reliant le reporter sportif, Raoul aperçut le numéro du jour du *Petit Provençal.* La *Une* faisait large place à l'événement. Y était reproduit le credo d'Henri Desgrange, le « père » du Tour de France. Le ton était hugolien : *« Du geste large et puissant que Zola, dans "La Terre", donne à son laboureur, "L'Auto" journal d'idées et d'action, a lancé à travers la France les inconscients et rudes semeurs d'énergie que sont les routiers professionnels. »*

Comme pour répondre à l'envolée du patron de *L'Auto,* un cri immense a jailli de la foule : *« Les voilà ! »*

Les farouches « semeurs d'énergie », l'air féroce, casquettes plates « à la méchant » et bacchantes dans le guidon venaient de déboucher du Rond-Point du Prado. Capelines à voilettes, canotiers et panamas s'étaient tournés avec un bel ensemble vers les coureurs qui, pédalant comme des perdus sur leurs lourdes machines, se tiraient la bourre dans un sprint échevelé. On distinguait dans le groupe la tache claire du maillot jaune sur les larges épaules de Pottier qui avait déjà gagné quatre des cinq étapes courues. Il se contenta d'être aux fauteuils d'orchestre et laissa le gain du sprint au vainqueur du jour pour être conforme avec le classement officiel. Passerieu franchit la ligne fictive sous les vivats redoublés des Marseillais. Tout cela s'acheva dans une joyeuse pagaille.

Vespini avait bondi et, coiffant ses confrères lors d'un cent mètres remarquable, avait pris le héros par le bras :

— Quelques impressions pour les lecteurs du *Petit Provençal* ?

Raoul écoutait, ravi :

— J'aurais bu la mer et les poissons, expliquait Chasserieu. Le mistral nous a desséchés. J'ai dû avaler trente litres d'eau depuis Nice. J'aurais pu lâcher Pottier après Saint-Maximin, j'étais bien en jambes, mais je n'ai pas voulu rester seul sur la route. J'ai préféré garder cet aimable compagnon auprès de moi. Quitte à le « gratter à l'emballage ».

Vespini satisfait livra le champion à ses confrères.

— Je file au journal, dit-il à Raoul en saluant ses amis. On vous voit au départ ?

— C'est quand ?

— Après-demain. Ils partent de l'octroi de Saint-Antoine. Mais attention ! Le départ de l'étape est fixé à minuit !

— Tu galèjes ?

— Pas du tout. Ils ont quatre cent vingt bornes à faire jusqu'à Toulouse. S'agit pas de traîner en route, s'ils veulent arriver avant la nuit.

Raoul était ahuri :

— Mais sans loupiotes, sur des routes non éclairées, comment vont-ils faire ?

Vespini avait déjà filé. Boucard fournit son hypothèse :

— Tu as vu que sur soixante-quinze au départ, il n'en reste déjà plus que vingt-cinq. Les autres, ils les ont sûrement perdus en route. Ou alors, ils feront comme Carrère, Garban et Tivache, qui ont été mis hors-course à Dijon : ils prendront le train[1] !

*

Le départ des coureurs vers Toulouse fut nettement plus discret que l'arrivée à Marseille. Seuls quelques enragés couche-tard, dans cette banlieue ouvrière où on se levait de bonne heure, entouraient les contrôleurs du journal *L'Auto* – chargés de faire signer aux concurrents la feuille de présence – assis à une table prêtée par le bistrot voisin.

Après avoir ramené Boucard jusqu'à Malmousque à bord du fiacre de remise qu'il avait retenu, Raoul Signoret raccompagna son confrère jusqu'à son domicile de l'impasse Assani, lui donnant rendez-vous pour le lendemain.

C'est en retournant vers la Corniche, au moment où il croisait la rue des Quatre-Vents, que le reporter aperçut, sortant de l'impasse Capricieuse, une silhouette furtive qui lui sembla être celle de *Riri* Boudineau. Sans plus réfléchir Raoul se jeta dans l'ombre d'une entrée et attendit que le promeneur solitaire fût passé devant lui. Un clair de lune à son second quartier, qui jouait au projecteur sur la presqu'île, confirma sa première impression. C'était bien *Riri,* en vadrouille nocturne. Il s'éloignait sans se presser. Son « tramway » avait dû être remisé au « dépôt » et l'innocent avançait en faisant de petits

1. Authentique.

bruits de bouche, entrecoupés de fredons sans signification précise.

Raoul Signoret lui emboîta le pas en le suivant à distance. Il remontait vers le chemin du Génie. À un tournant, le reporter perdit un instant le jeune homme de vue et, quand il déboucha dans la rue de la Douane, il n'y avait plus personne. Le journaliste demeura un moment immobile et parcourut des yeux lentement le paysage nocturne. Sur sa droite, il y avait une villa cossue dont une fenêtre était encore éclairée. La croisée était ouverte, ce qui n'était pas étonnant par ces chaleurs. Ce qui l'était plus, c'étaient les gémissements qui en provenaient. Alors, en habituant ses yeux à l'obscurité, le reporter devina du coin de l'œil plus qu'il ne vit, se découper sur le rectangle de lumière émanant de la villa une silhouette masculine, qui se tenait perchée sur le mur de clôture du terrain entourant le bâtiment, accrochée d'une main à la branche d'un pin qui le surplombait. L'innocent, l'air fasciné, les traits tendus, émettait un gémissement continu en ne perdant pas une miette de ce qui se passait à l'intérieur de la villa. Un spectacle qui était encore invisible aux yeux du reporter.

Raoul s'approcha avec d'infinies précautions pour ne pas faire crisser la terre battue sous ses semelles et put voir la scène qui passionnait le simple d'esprit.

La villa – sans vis-à-vis – était bâtie sur une portion du plateau terminal de la presqu'île, au centre d'un terrain en déclivité par rapport au niveau de la rue de la Douane, si bien qu'il suffisait de monter sur le muret comme l'avait fait *Riri* pour voir ce qui se passait dans la chambre située au premier étage.

On conçoit que la saynète qui s'offrait à la discrétion d'un être dépourvu des plaisirs ordinaires de la vie sexuelle ne pouvait qu'exciter un jeune homme de vingt ans pourvu par la nature des moyens de les satisfaire, mais privé par sa débilité mentale de toute possibilité d'y accéder.

Derrière un fin rideau de gaze qui ne permettait pas de distinguer nettement leurs physionomies, mais renseignait suffisamment sur leurs anatomies, une homme et une femme, entièrement nus, se livraient à une frénétique copulation. Grimpé à son tour un peu en arrière sur le mur de clôture, Raoul Signoret put s'en convaincre. Il était à trois mètres de *Riri,* mais celui-ci était trop absorbé pour avoir deviné une présence derrière lui.

La position de l'homme et surtout la partie de sa morphologie qu'il présentait au premier regard ne permettaient pas de mettre d'emblée un nom sur cette silhouette qui ahanait sur sa compagne de jeu. Mais, renseigné par Boucard et sachant que la maison était celle de Rodolphe Vaudois, ci-devant principal clerc et maintenant successeur de feu Me Théophile Deshôtels, Raoul Signoret se persuada que cette paire de fesses molles et blanchâtres qui trémulaient comme un flan aux œufs appartenait au filleul du notaire.

Le journaliste se laissa aller à une pensée triviale.

« Il a le cul aussi flasque que les joues. »

Ce qui n'était guère charitable.

Quant à sa partenaire, il était plus difficile de lui attribuer une identité, à supposer qu'on la connût. On ne voyait d'elle que ce que voulait bien en laisser voir un corps d'homme grassouillet affalé sur elle, qui lui écrasait le buste de tout son poids.

On ne distinguait que les jambes de la femme,

enserrant la taille de son compagnon – qu'elles prenaient en tenaille –, une portion de son flanc gauche et une coulée de cheveux très blonds, très longs, qui se détachaient sur les draps bousculés. Le reste était invisible. Seuls ses gémissements de plaisir attestaient de la participation active de la bacchante à la distraction proposée par son partenaire.

Raoul Signoret eut le temps de noter que la femme paraissait fort jeune et que le *néo* notaire, si à cheval sur les principes moraux et portant son célibat ostensiblement, ne dédaignait pas de s'y retrouver aussi sur le corps d'un tendron afin de jouer avec lui à la bête à deux dos.

Les deux amants arrivèrent bientôt à la conclusion logique de leur agitation synchrone. À cet instant *Riri*, toujours accroché à sa branche, les yeux exorbités, poussa une sorte de feulement prolongé que Raoul, ému, attribua à tort à un état d'excitation qui arrivait à sa conclusion paroxystique en même temps que celle des deux amants.

Le reporter profita de ce moment généralement accompagné de manifestations sonores de satisfaction pour sauter à terre, plus silencieux qu'un chat. *Riri* Boudineau haletait, tandis que des larmes parcouraient les ravines de ses joues creuses.

— Pauvre garçon, murmura Raoul.

Il demeurait vaguement gêné d'avoir été le témoin d'une scène qui se passe aisément de spectateurs à moins qu'on ne fasse partie de la tribu des voyeurs. Mais surtout il était apitoyé par l'infirme, réduit à profiter du plaisir des autres pour grappiller un peu du sien.

Riri Boudineau, à son tour, rejoignit la terre ferme. Il s'éloigna bientôt. Le reporter, dissimulé dans l'ombre de la haie, le laissa prendre quelques mètres d'avance puis, courant vers la rue de la Batterie de Malmousque, il fit en sorte – par un détour – de déboucher dans la rue du Génie au moment où le simple d'esprit y arrivait.

— Mais c'est mon ami *Riri,* que je vois là !

Le jeune homme ne sembla pas autrement surpris de rencontrer « par hasard » le reporter au beau milieu de la nuit. Dépourvu d'imagination, rien ne pouvait l'étonner, ni l'apeurer. Incapable de se projeter dans le temps, il vivait l'événement dans l'instant où il se produisait et l'accueillait sans se poser de question.

L'innocent tendit son index vers la ceinture de Raoul :

— *Tac-tac !*

Le journaliste fit de même.

On pouvait aborder la conversation. Sans détours superflus.

— Dis-moi, *Riri,* elle était belle la dame, toute nue, hein ?

Les yeux noirs de l'innocent s'affolèrent et tournèrent en tous sens dans l'orbite profonde. Il secoua la main dans le plan vertical à toute vitesse, comme quand on veut signifier quelque chose d'excitant.

— *Crès-crès* b...beau !

De sa main droite, il tapota sa poitrine à hauteur du cœur :

— *Moua... a-mour-rrheu !*

« Le malheureux », songea Raoul.

— Tu la connais ?

— Hé ?

— La dame qui était avec le monsieur. Tu la connais ?

— Vi ?

— Comment elle s'appelle ?

Riri, y fourrant trois r et deux t, dit à voix forte :

— *Arrrèt-theu !*

— Pourquoi veux-tu que j'arrête ? Tu ne veux pas me dire son nom ?

— *Arrrèt-theu !*

Raoul n'insista pas. *Riri* posa sa main aux ongles rongés sur le bras du reporter et lui dit un ton plus bas :

— *Ça...ba.*

Le reporter sourit :

— J'ai compris : *ça va. J'arrête.* Tu es content ? C'est ça que tu voulais ?

— *Arrrèt-t eu. Ça...ba.. Vi.*

Riri regardait Raoul avec les yeux d'un bon chien qui attend en vain une caresse de son maître.

Le reporter se résigna. Il n'y avait plus rien à tirer du pauvre garçon.

Comment le journaliste du *Petit Provençal* aurait-il pu comprendre à cet instant qu'Henri Boudineau, dit *Riri-le-Fada*, venait de tout tenter – en dépit de ses faibles moyens – pour lui fournir la réponse à la question posée ?

9.

Où grâce au témoignage des deux domestiques on s'aperçoit que chacun de ceux qui gravitaient autour du notaire assassiné pourrait faire un coupable présentable...

En entrant dans la salle du *Chalet de Maldormé*, en cette fin de matinée, Raoul Signoret fut heureux de constater que *Le Bouc* avait fait du bon travail : Victor Rabinel et Célestine Maurin l'attendaient, assis à côté du journaliste à une table du fond. Il avait fallu tout le pouvoir de persuasion de l'ex-reporter sportif du *Bavard* pour amener les deux vieux serviteurs à accepter cette rencontre. Ces êtres simples avaient été fortement perturbés par les interrogatoires des inspecteurs qui les avaient regardés sous le nez comme s'ils avaient aidé l'assassin à pendre le notaire à son espagnolette. Pour des honnêtes gens sans malice, être convoqués par la police c'était être d'avance désignés comme des coupables. Depuis, ils avaient « la vergogne » devait confier à Boucard la cuisinière de Me Deshôtels. Il y avait des gens dans le quartier pour les considérer comme de possibles complices du crime. Déjà, Mme Poletti, une voisine de trente ans, avait « *levé le bonjour* » à Célestine.

— Comme si on était pas assez *escagassés* comme ça par cette histoire ! avait dit Rabinel, il faut encore qu'ils *croyent* qu'on était dans le coup.

Le reporter du *Petit Provençal* s'avança en souriant, remercia avec chaleur et fit tout pour mettre les serviteurs en confiance.

Il proposa des consommations. La cuisinière se réfugia derrière une limonade menthée, les trois hommes optèrent – sur suggestion de Boucard – pour un Dubonnet citron eau de seltz bien de saison.

Raoul mit les choses au point, afin de rassurer ses interlocuteurs après les avoir de nouveau remerciés de leur collaboration :

— Que ce soit bien clair : je ne parlerai pas de vous dans le journal. Vous ne risquez rien. Mais j'ai besoin d'informations que vous seuls pouvez me donner. Je pense que vous êtes les mieux à même d'éclairer ma lanterne. Vous savez bien que tout est trouble dans cette affaire et, comme vous le constatez, la police elle-même patauge. Je n'ai pas la prétention d'être plus fort qu'elle, mais j'aimerais bien qu'on m'aide à « débrouiller la ficelle » en répondant à mes interrogations.

— Si on peut, dit Rabinel, c'est volontiers. Mais vous savez, nous autres nous sommes de petites gens et…

— Il y a des petites gens, comme vous dites, qui en valent bien des grandes, répliqua Raoul qui était sincère. Ce n'est pas une question de niveau social. Vous valez sûrement plus que certains à qui je pense et qui, malgré leurs sous et leur morgue, ne vous arrivent pas à la cheville sur le plan de la morale et de l'honnêteté.

« Il est bien, ce garçon », put-on lire dans le regard que Célestine Maurin posa sur Raoul Signoret. Boucard avait raison.

Rabinel hochait la tête, l'air de dire « moi aussi, j'en connais ».

— Alors, si vous le voulez bien, proposa Raoul, on va passer en revue tous ceux qui, de près ou de loin, gravitaient autour de Me Deshôtels. On commence par qui ?

— Par qui vous voudrez, répondit Rabinel.

— Alors, partons du centre du cercle et nous gagnerons peu à peu les bords. Le fils. Alfred Deshôtels. Qu'en pensez-vous ?

C'est l'ex-domestique qui répondit avec sa franchise naturelle :

— Que j'aimerais pas avoir le même. Moi, les deux miens, ils sont pas allés beaucoup *aux écoles,* ils gagnent pas des cent et des mille, mais je peux être fier d'eux. Ils sont travailleurs, honnêtes et leurs femmes n'ont pas à se plaindre.

— J'en conclus donc, dit Raoul, qu'Alfred Deshôtels est célibataire, paresseux, prodigue…

Rabinel fronça le sourcil.

— Ça veut dire dépensier, expliqua Boucard.

— … et que sur le plan de la morale, il mène une vie de débauche.

Rabinel approuva le tableau :

— Ça ! Je l'ai jamais vu une fois à jeun, celui-là ! Il passe ses nuits rue Bouterie, j'ai pas besoin de vous dire ce…

— C'est de notoriété publique, dit Raoul. Ce que j'aimerais savoir, c'est ce qu'en pensait son père.

— Il était désespéré, confia Célestine.

Rabinel précisa :

— Je l'ai entendu parler un jour à Mme Ullmann et il disait que si ça continuait il le déshériterait.

— Ah ! Voilà qui est intéressant ! Et il en avait menacé son fils ?

— Ils s'attrapaient tout le temps, vous voulez dire ! Il y a quinze jours encore, on a entendu des cris. On est pas du genre à écouter aux portes, Célestine et moi (ils se consultèrent du regard et la cuisinière approuva de la tête), d'ailleurs y en avait pas besoin. On entendait tout, sans le vouloir. Me Deshôtels était dans la chambre d'Alfred et il criait, parce qu'à midi moins le quart son fils était encore au lit. Il lui disait « pas un sou ! Tu m'entends ? Pas ça ! ». Je crois que monsieur Alfred réclamait une avance sur l'héritage venant de sa mère, qui comme vous le sav...

— ... est décédée, je suis au courant, compléta Raoul.

Rabinel poursuivit :

— Le notaire criait : « Pour que tu ailles le dépenser avec des filles publiques ? Je n'ai pas travaillé toute ma vie pour assister à ça les bras ballants. Tu devrais avoir honte ! » Monsieur Alfred est sorti de sa chambre comme un furieux, a claqué la porte à la volée sur le nez de son père et je l'ai entendu dire dans sa moustache : « qu'il crève vite, ce vieux salaud ! », avant qu'il s'enferme dans la salle de bain.

— Ah ! Bien ! Vous l'avez dit à la police ?

Rabinel rigola.

— Ils me l'ont pas demandé. Ce qu'ils voulaient c'était *de* savoir si moi, j'avais trempé dans le coup.

Y avait que ça qui les intéressait. Alors, je leur ai rien dit sur ce qu'ils me demandaient pas.

Raoul sourit :

— À moi, vous me le dites, alors que je ne vous demandais rien.

Rabinel regarda le reporter droit dans les yeux :

— Vous, c'est pas pareil…

Le Bouc avait bien manœuvré. La confiance était totale.

— Merci. Je suis très touché. Ce crédit que vous me faites m'autorise donc à vous poser une question sans détour. Croyez-vous Alfred Deshôtels capable d'avoir tué son père ?

Rabinel se frotta longuement le menton faisant crisser les poils drus de sa barbe sous la paume. Il hésita quelques secondes, puis lâcha :

— Il est capable de tout. Mais pour dire *de* vrai, je le crois surtout capable de rien. Même pas de ça. C'est un gros *mouligas*. Pour faire ça à son père, il faudrait avoir des…

Il s'arrêta à temps et jeta un coup d'œil à sa collègue, Célestine.

— … enfin vous voyez quoi, je veux pas le dire devant une dame. Il les a pas. C'est une loque.

Boucard intervint :

— Avec les fréquentations qu'il avait, tu crois pas qu'il aurait pu se faire aider ?

— Se faire aider par des voyous, tu veux dire ?

— Pourquoi pas ?

Rabinel eut une moue dubitative :

— *La Bochesse* se serait rendu compte de quelque chose. Ou Mariette.

À peine avait-il formulé sa phrase, il se rendit

compte, en regardant le visage de ses interlocuteurs, de son étourderie.

— Oh ! pute borgne ! Je *déparle,* moi ! J'avais pas pensé à ça, mais Mariette a été retrouvée noyée et *La Bochesse* ensuquée. Juste celles qui auraient pu entendre quelque chose. Vous croyez que...

Raoul calma son émotion en posant sa main sur son avant-bras :

— Nous ne croyons rien, monsieur Rabinel. Nous notons des choses, sans en tirer encore des conclusions. C'est trop tôt. Ça sert à ça, une enquête, vous voyez ?... Mais revenons à notre ami Alfred. Comment s'est-il comporté quand il a découvert Mme Ullmann et le corps de son père ?

Le visage de l'ex-domestique s'anima. Ses sourcils s'élevèrent. Les yeux exorbités, il dit sans reprendre souffle :

— J'avais un peu oublié, mais maintenant que vous m'y faites penser, ça me revient. Ce qui m'a le plus étonné, quand je l'ai vu débarquer dans la chambre de *La Bochesse* en demandant qui avait crié, c'est qu'il n'avait pas l'air plus étonné que ça en la voyant couchée sur son lit avec toute cette tache noire sur les draps. Il a pas demandé d'explications. Ensuite, quand je l'ai fait monter dans la chambre du notaire, il a pas réagi comme un fils qui voit son père pendu. Il est allé lui tâter le cœur et il m'a dit « on va prévenir la police », sur le ton ennuyé d'un qui s'en fout un peu. Ça m'a fait *de* peine pour Me Deshôtels, ce manque de cœur.

— Vous voulez dire qu'il n'avait pas l'air concerné ?

— Non, c'est pas ça. Il avait l'air emmerdé, pour tout vous dire, mais pas... je trouve pas les mots.

— Pas pris au dépourvu ?

Le visage de Rabinel s'éclaira :

— C'est ça ! Comme s'il était pas étonné de ce qu'il trouvait, quoi, vous voyez ce que je veux dire ?

— Vous voulez dire : « comme s'il s'y attendait » ?

— C'est exactement ça. Comme s'il s'y attendait…

Raoul se fit l'avocat du diable :

— Peut-être était-il bourré plus que d'habitude ?

Rabinel acquiesça :

— C'est vrai qu'*embugué*[1] comme il est d'ordinaire… Il était frais comme un pageot de quinze jours. Mais enfin, *de* voir une chose pareille, ça aurait dû le dessaouler, non ?

Raoul Signoret prit bonne note et poursuivit :

— Voyez-vous, cher monsieur Rabinel, je ne cherche pas à prouver quoi que ce soit, donc qu'Alfred Deshôtels est l'assassin de son père, mais il ne faut rien négliger. Continuons donc à explorer le contenu de notre cercle. Qui veut me parler de Mme Ullmann ? Vous, madame Maurin ?

L'ex-cuisinière, plus habituée à goûter ses sauces et touiller dans ses casseroles, qu'à prendre la parole en public, tenta de se dérober :

— J'ai rien à dire, moi de cette femme. Sinon que j'ai jamais eu à m'en plaindre. Elle m'a jamais fait de mauvaises manières. Toujours polie. « *Bonjour madame Maurin* » qu'elle me disait.

1. Mot de vigneron provençal. *Embuguer* un tonneau neuf, c'est faire boire le bois jusqu'à ce qu'il ne puisse plus rien absorber. Par comparaison, cela désigne l'état d'imprégnation alcoolique d'un individu.

— Vous compreniez bien, quand elle vous parlait ?

— Pardi ! Elle parlait sûrement le français mieux que moi ! *Sans presque pas* d'accent.

— On dit qu'elle était assez sur son quant-à-soi ?

— Sur son quoi ? !

— Je veux dire un peu distante, un peu revêche.

Les traits de Célestine se détendirent.

— Pas revêche, non. Mais c'est vrai qu'on aurait dit que c'était elle la patronne. Elle était un peu pincée. Elle vous parlait de haut, si vous voyez.

— Ça se manifestait comment ?

— *Bè*, vous savez, les Allemands, c'est pas des gens comme nous. C'est difficile d'être collègues avec *euss*. On se sent pas à l'aise. D'autant qu'elle était pas du genre à mélanger les torchons et les serviettes : elle était la dame de compagnie du notaire, et nous ses domestiques.

Raoul jugea le moment venu d'aborder un sujet un peu plus délicat. Il y alla par paliers. En commençant sur un ton anodin :

— À votre avis à tous les deux, quelles étaient les relations *personnelles* du notaire avec Mme Ullmann ?

Le reporter avait appuyé sur « personnelles » en regardant ses interlocuteurs dans les yeux

La rougeur qui apparut sur les joues rondes de la cuisinière révéla qu'elle avait fort bien compris le sens de la question. Pourtant, elle joua l'innocence :

— Bonnes. Ils s'entendaient bien à ce que j'en sais. Je crois que Me Deshôtels avait surtout besoin de quelqu'un qui lui tienne la maison en marche et qui l'empêche de se sentir trop seul, depuis qu'il était veuf. Et de ce côté-là, Mme Ullmann faisait l'affaire. Elle marquait bien. Vous la connaissez ?

Raoul fit non de la tête :

— Elle a de l'allure. C'est une belle femme, pas vrai Victor ?

— *Voueï...*

Rabinel, inconsciemment, mima avec ses mains et sa tête une fière silhouette féminine en figure de proue, la poitrine avantageuse, avant d'acquiescer :

— Belle femme, c'est vrai...

Il demeura un instant rêveur. Célestine poursuivit :

— Quand le notaire recevait des amis, c'était pas comme s'il était veuf. Elle faisait la maîtresse de maison. D'ailleurs, on dit qu'il l'avait mise sur son testament.

— Qui dit ça ?

— Tout le monde, à Malmousque.

— Et Alfred, comment était-il, avec elle ?

C'est Rabinel qui répondit :

— Oh, lui, il s'en foutait, comme du reste. Juste un jour, ils se sont *empaillés,* parce qu'elle lui faisait honte de se mettre dans ces états. Elle lui disait que ça faisait du tort à son père. Mais c'est pas allé bien loin. Lui, il l'a envoyée paître, en lui disant de rester à son rang d'employée et du coup, ils ne s'adressaient plus la parole s'ils pouvaient faire autrement.

— C'est-à-dire ?

— Ils se laissaient des mots. C'est nous qui les portions à l'un ou à l'autre.

Raoul remit le sujet qui le préoccupait sur la table :

— Je vais vous demander de bien réfléchir avant de me répondre, madame Maurin. En vous répétant que ce que vous direz restera strictement entre nous.

Vous savez ce qu'on raconte sur les relations supposées de Me Deshôtels et Mme Ullmann...

Les joues de la cuisinière s'empourprèrent carrément. Elle dit à mi-voix :

— C'est une honte...

— Qu'est-ce qui est une honte ? Ce qu'on dit, ou ce qu'on suppose qu'ils faisaient ?

Célestine demeura un moment silencieuse. On la voyait en proie à une souffrance intérieure qui lui tordait le visage. Puis d'un coup elle lâcha :

— Les deux. *C'est-t-honteux !* Jamais une femme comme ça pourrait faire des choses pareilles, aussi dégoûtantes, ou alors...

— Ou alors ?

La cuisinière parut prendre son élan avant de lâcher :

— Ou alors, y a pas de Bon Dieu !

Dans la bouche d'une femme qui avait chevillée à l'âme la superstition religieuse des gens simples, cela valait engagement solennel. Pour être persuasive et faire valoir la sincérité de ses convictions, Célestine Maurin venait tout simplement de mettre en jeu sa part de paradis. Ça n'était pas rien.

Raoul Signoret en fut ému. Il cessa de mettre la brave femme sur le gril et se tourna vers Rabinel :

— Nous allons parler entre hommes. N'écoutez pas, Mme Maurin. Monsieur Rabinel, vous savez quels étaient les loisirs particuliers de Me Deshôtels quand il se trouvait dans l'intimité. Pensez-vous, comme certains n'hésitent pas à l'affirmer, que Mme Ullmann aurait pu être – comment dire ? – sa partenaire de jeu ?

À ces mots un sourire apparut sur le visage de l'ex-domestique.

— Écoutez, je tenais pas la chandelle… moi, je les ai vus jouer au jacquet ou faire des réussites, mais pas à ce que vous dites.

Raoul ne le laissa pas biaiser.

— On prétend pourtant que vous auriez vu certaines choses…

— Qui vous a dit ça ?

— La police, à qui vous l'auriez confié…

Rabinel n'insista pas. Il baissa la tête et évita de croiser le regard de Célestine.

— C'est vrai qu'un jour j'ai vu le notaire en compagnie d'une qui avait l'âge d'être sa petite-fille.

Boucard intervint :

— Il se faisait serrer la gargamelle ?

Le regard de Rabinel vacilla. Il éluda :

— Je me rappelle pas bien. Mais depuis cette époque on avait bouché la serrure et c'était avant que *La Bochesse* arrive dans la maison. Alors…, pour elle, je vais pas dire ce que je n'ai pas vu.

Raoul n'insista plus :

— Ce n'est pas ce que je vous demande, rassurez-vous. Mais êtes-vous aussi formel que votre amie Mme Maurin ? On n'imagine pas Mme Ullmann en train de jouer à étrangle-notaire ?

Rabinel opina :

— C'est vrai qu'elle avait guère la tête à ça. On l'aurait plutôt vue en maîtresse d'école, ou en bonne sœur dans un couvent protestant, si vous voyez ce que je veux dire. Mais… on sait jamais, avec les gens…

Il n'avait pas tout à fait tort, dans son bon sens, le brave Rabinel. Dans les « couvents protestants » les bonnes sœurs sont rares, mais on en a vu ailleurs qui, le moment venu, savaient dans l'intimité jeter leurs cornettes par-dessus les moulins... Ou leurs pantalons... Raoul songeait à la tête de parfait honnête homme de Rodolphe Vaudois, avec son allure d'ordonnateur de pompes funèbres et ses manières d'ancien de l'œuvre Jean-Joseph Allemand[1] et qui, le soir venu, faisait des galipettes fenêtres ouvertes avec une fille à peine majeure, si toutefois elle l'était.

Il en vint donc naturellement à l'examen du cas du filleul et désormais successeur du notaire.

— Qui peut m'en parler ? demanda Raoul.

— Tous les deux, assura Célestine. Monsieur Rodolphe avait toute la confiance de Me Deshôtels. D'ailleurs, c'était lui qui faisait marcher l'étude. Me Deshôtels, la seule chose qu'il regrettait, c'était de ne pas voir son fils à la place de monsieur Rodolphe. Ça lui faisait *de* peine à se dire qu'un jour l'étude porterait plus son nom. C'est pour ça qu'il continuait à y aller tous les jours et à s'occuper des vieux clients. C'était sa manière à lui de retarder le moment où il faudrait passer la main sans qu'il puisse donner les clefs de l'étude à son fils.

Raoul sauta sur l'occasion :

— À propos de clefs, je me suis laissé dire que Me Deshôtels avait confié celles de son coffre-fort à Mme Ullmann.

— C'est vrai, dirent les deux ensemble.

Raoul précisa :

— Mais c'est Me Vaudois qui avait la combinaison. Donc, on ne pouvait ouvrir le coffre-fort de la villa de Maldormé qu'en présence des deux. Chacun

1. Œuvre de jeunesse fondée par ce prêtre en 1799, toujours en activité.

avait la moitié du « secret », si je puis dire. Vous ne trouvez pas ça bizarre, cette méfiance du notaire ?

Rabinel, pratique, répliqua :

— C'était pas méfiance, c'était prudence. On met pas tous ses œufs dans le même panier. Il était de la campagne, Me Deshôtels. Des Basses-Alpes.

— Réfléchissons tout haut et ensemble, proposa le reporter. Pour nous, tout le monde est coupable et tout le monde est innocent, pour l'instant. On fera le tri entre les bons et les méchants plus tard. Pour le moment, on déplace les pions sans se préoccuper de la bonne bouille ou de la sale tête des gens. Alors, voyons les choses sans parti-pris. Pour ouvrir le coffre de Me Deshôtels, il faut rapprocher le pion Vaudois et le pion Ullmann. Vous êtes bien d'accord ?

— Naturellement, dit Célestine.

Raoul poursuivit son raisonnement :

— La question que l'on peut se poser est de savoir jusqu'où peut aller le rapprochement entre la dame de compagnie et le filleul de Me Deshôtels.

Rabinel réagit le premier :

— Vous voudriez dire que ces deux-là auraient fricoté ensemble ?

— Je vous pose la question.

— Qu'ils auraient pu avoir intérêt à se rapprocher sur le dos du notaire ?

— On peut dire comme ça. Encore une fois, nous examinons des hypothèses. Nous n'affirmons rien.

L'ex-domestique regarda le reporter avec intensité, comme s'il le découvrait :

— Ma parole, vous êtes un peu sorcier vous !

— Pourquoi dites-vous ça ?

— Parce que, au début, le Vaudois, il a tourné autour de *La Bochesse*.

— Et alors ?

— Elle l'a envoyé paître. Elle a tout déballé à Mᵉ Deshôtels et menacé de faire sa valise. L'autre s'est calmé. Depuis, il lui faisait la gueule, mais j'ai plus entendu parler de rien.

— Bien ! dit Raoul, ça c'est pour la galerie. Mais rien ne nous empêche de penser que Mᵉ Vaudois aurait pu s'entendre avec Mme Ullmann, en douce, derrière le dos du notaire. Par exemple hâter sa fin pour que le testament – où tous les deux devaient se savoir bien placés – soit ouvert, mettre les mains sur les titres de rentes, les partager moitié-moitié et « si tu dis rien, je ferme ma boîte ».

— À part que le testament s'est envolé, remarqua Rabinel.

Placide Boucard qui était resté un long moment silencieux entra dans le cercle en s'adressant à Raoul en particulier :

— Une précision, votre Honneur. Je n'ai aucune raison de me faire l'avocat de Mme Ullmann, mais je remarque tout de même une chose : elle ne peut pas ouvrir seule le coffre, puisque la combinaison est dans la tête de Mᵉ Vaudois. En revanche, lui, s'il parvient à lui faucher les clefs, il peut s'en sortir tout seul. Pour cela, il suffit de neutraliser la dame de compagnie, de mettre la main sur les clefs, tandis qu'elle est dans les alléluias, de les replacer ensuite où il les a prises et de garder tout pour lui. Or, si je ne m'abuse, on a bien retrouvé Mme Ullmann ficelée sur son lit avec la tête farcie, non ?

— Bien vu, mon cher Watson ! s'écria Raoul provoquant l'étonnement des deux domestiques qui se demandaient qui pouvait bien être ce nouveau protagoniste dont ils n'avaient jamais entendu parler.

— Quelle histoire ! gémit Célestine qui finissait sa limonade menthée tiédie.

Elle se mit à pleurer doucement dans son mouchoir.

Raoul Signoret voulut la rassurer :

— Ne disons pas que c'est la vérité, disons que tout ça tient debout sur le plan du raisonnement pur. Nous verrons s'il faut s'y accrocher ou non. Mettons ça dans notre poche, pour le moment. Il nous reste à examiner le cas de quelqu'un dont nous n'avons pas encore parlé.

— Qui ça ? demandèrent en même temps la cuisinière et le domestique.

— Mariette Chabas.

— C'est vrai ! s'écria Victor.

— Peuchère ! geignit Célestine. Vous avez vu ce qu'on lui a fait ?

— Qui, on ?

— Si on savait…

Au moins, ces deux-là ne mettaient-ils pas tout d'emblée sur le seul dos de *La Bochesse*.

— Qui peut me dire quelque chose de neuf sur cette petite ? D'abord ses relations avec chacun des protagonistes du drame ? Qui commence ?

Célestine, qui prenait confiance en elle, leva le doigt comme à l'école qu'elle avait peu fréquentée, il y a bien longtemps.

— Avec moi, elle était gentille. Elle avait l'âge d'être ma petite-fille. Dix-sept ans, la *peuchèrette*. C'est jeune pour faire une morte. Avec ça, travailleuse.

— Et avec Mme Ullmann ?

Rabinel intervint :

— C'était pas le grand amour. Il faut dire que *La Bochesse*, sur le plan des principes, elle rigolait pas.

— Pourquoi ? Mariette n'en avait pas ?

— Oh, c'était pas la mauvaise petite, mais elle avait – comment vous dire ? – pas froid aux yeux.

— Coureuse ?

— Disons que les garçons l'intéressaient. C'est… c'était de son âge. *La Bochesse* avait tendance à la surveiller de ce côté-là et la petite, ça lui plaisait pas. Surtout elle aimait pas *de* la voir tourner autour de ce bras cassé d'Alfred. Vous comprenez, il faut savoir d'où elle venait, Mariette : de la campagne et une campagne rude, pauvre comme la terre qui la porte. Des Basses-Alpes, comme le notaire. Me Deshôtels, qui, connaissant la mère de Mariette, l'avait *faite* venir. Orpheline de père, elle avait été placée à treize ans…

— Et lui, Alfred ? Quelle était son attitude envers Mariette ?

Rabinel se chargea de répondre :

— Oh, lui, je dis pas qu'un petit coup lui aurait fait peur, mais le père et *La Bochesse* avaient l'œil. Autrement, dans la vie courante, il avait autant d'intérêt pour elle que pour un paillasson. Et grossier avec ça… Mais elle se laissait pas faire : elle lui répondait. Cela dit, si elle avait pu mettre le grappin dessus et sur les sous qui allaient avec, sûr qu'elle aurait pas fait sa difficile.

— Et avec le notaire ?

La question offusqua l'ex-domestique.

— Vous voulez dire… Oh, quand même !…

Raoul prit un air entendu :

— Étant donné que Me Deshôtels, malgré son âge, ne crachait pas dessus non plus, qui sait si, moyennant finances, il n'était pas capable de la débaucher ?

— Écoutez, répondit Rabinel, de ce côté-là, j'ai rien à dire, parce que je ne sais rien. J'ai rien vu.

Le reporter passa à autre chose :

— Il nous en reste un, toujours le même : Vaudois. Comment Mariette était-elle avec lui ?

Célestine prit le relais :

— Alors là, c'est pas pareil. J'ai vu la petite lui faire de l'œil carrément. Et l'autre, devant son parrain, il faisait semblant de pas s'en apercevoir, mais fallait voir comment il la regardait en douce. Les yeux, ils *z'y* sortaient de la tête. J'ai fini par m'en mêler. Je l'ai grondée, Mariette, *pareil que* si c'était la mienne. Comme elle m'aimait bien, elle s'est pas rebiffée. Elle s'est calmée. C'était pas des façons pour une fille de sa condition. C'est vrai, entre nous, qu'est-ce qu'elle pouvait espérer ? Se faire faire un petit et se faire mettre à la porte avec un certificat qui lui aurait fermé toutes les maisons bourgeoises de Marseille. C'est ce que je lui ai dit. Elle a eu l'air de comprendre et, ma foi, j'ai plus rien eu à lui reprocher. Quand il était là, elle se tenait tranquille. Et lui, il laissait plus traîner ses mains à côté de sa chaise pour lui pincer le derrière comme avant, lorsqu'elle servait à table.

— Ah, on a oublié de vous dire ! ajouta Rabinel – en échangeant un coup d'œil malicieux avec sa *collègue* Célestine – Mariette avait un amoureux. Mais celui-là, il était pas dangereux.

— Ah bon, c'était qui ?

— *Riri-le-Fada.* Il regardait la petite comme la Madone. Même qu'il lui faisait des cadeaux, hein, *Tine* ?

— C'est vrai, dit Mme Maurin, l'air soudain attendri. Du plus loin qu'il la voyait, *peuchère*, il courait en criant. Il l'appelait par son nom, il venait lui embrasser la main, comme à une princesse. Des fois, il lui cueillait des fleurs qui dépassaient des clôtures. Il se faisait *crier* par les gens. Il fallait voir dans quel état il les mettait, ses fleurs, le *pôvre* garçon. Mais comme on dit, c'est l'intention qui compte. C'était une adoration. Mariette ça la touchait beaucoup. Elle était patiente avec lui.

— Il doit être bien malheureux, *Riri,* maintenant, nota Raoul. Quelle a été sa réaction quand on a repêché le corps ? Il était là ?

— Oui, il était là, confirma Rabinel.

— Il n'a jamais rien dit, répondit Célestine. Peut-être, il s'est pas rendu compte. Il l'aura pas reconnue dans l'état où elle était. Tant mieux. Le Bon Dieu a bien fait les choses : en le privant de tête, il empêche *Riri* d'être malheureux.

Le Bouc ne laissa pas passer :

— Ah ? vous pensez qu'il a bien fait les choses, votre Bon Dieu ? Il aurait mieux fait pour commencer de le fabriquer comme les autres, le pauvre *Riri.* Il serait encore moins malheureux.

Célestine se rebiffa :

— Dites, monsieur Boucard, c'est pas sa faute tout de même !

— À qui ? Au Bon Dieu ? C'est pas sa faute, vous trouvez ? Je croyais qu'il savait tout faire, celui-là…

Célestine haussa les épaules.

Pour mettre fin à ces considérations métaphysiques, Raoul proposa de renouveler les consommations. Les deux serviteurs refusèrent et prétextèrent l'heure pour s'éclipser en disant qu'on les attendait chez eux pour manger.

Raoul les remercia une fois de plus, renouvela l'assurance de sa discrétion, épaulé par Boucard et les deux journalistes demeurèrent en tête à tête.

— Aujourd'hui, c'est moi qui t'invite, dit le reporter à son vieux confrère. Colette aura peut-être encore un bocal de ses succulents *pinins*.

— Tu sais, dit *Le Bouc*, qu'elle fait aussi des conserves de poivrons à l'huile à manger sur la tête d'un mort...

— Pourquoi pas d'une noyée, pendant que tu y es ?

Une grimace atroce déforma les traits du vieux journaliste.

— Toi, tu voudrais me couper l'appétit pour en avoir plus.

— Oui, et alors ?

L'ex-reporter sportif avala sa salive :

— Alors, c'est raté.

Il restait des *pinins*. Et puis aussi quelques truffes noires dont Colette fourra une omelette baveuse de six œufs. Les tommes de chèvre du Rove eurent ce coup-ci une fin glorieuse et le petit rosé fruité fit merveille sur ces mets rustiques qui lui étaient si bien assortis.

— Il faudra que j'amène mon oncle, un de ces jours, dit Raoul. Il est du genre à apprécier l'endroit et les talents de la patronne.

En attendant les cafés – seul point faible de l'incomparable Colette –, Boucard fit le point.

— Si je t'ai bien suivi, tous – hommes et femmes,

maîtres et serviteurs – pourraient faire un assassin de notaire présentable.

— Oui, dit Raoul. Y compris nos amis Célestine et Victor.

Boucard sursauta :

— Oh, comme tu y vas, *Garri* ! Quel intérêt auraient-ils eu, eux, puisque aucun des deux n'héritait ?

— Certes, ils n'avaient aucun intérêt *direct* à la disparition de Me Deshôtels, reconnut Raoul Signoret. Mais on aurait pu leur en faire miroiter un indirectement. « Vous nous aidez à expédier le vieux *ad patres* et il y a tant pour vous dédommager du dérangement. » Une complicité, ça s'appelle. Dans ce cas, chacun de ceux que nous venons de passer en revue en était capable. Et pouvait avoir des raisons de faire la proposition à Victor et à Célestine.

Boucard en resta bouche bée.

— Ben toi, alors…

Raoul, repu, se rejeta en arrière contre le dossier de sa chaise qui craqua de toutes ses jointures :

— *Tourne-vire*, je ne sors pas de là : le ou les assassins de Me Deshôtels sont parmi ces cinq-là.

— Cinq ? s'étonna *Le Bouc*. Il manque quelqu'un. Tu comptes pas *La Bochesse* ?

— Non, mon vieux. Pas jusqu'à preuve du contraire.

— Qu'est-ce qui te rend si sûr ?

— Le fait qu'elle fasse figure de coupable idéale. Elle fait trop bien l'affaire, tu comprends ? Tout ça est trop beau. Trop simple. Et pour moi, c'est la seule qui n'ait pas de mobile réel. Bien que je ne croie pas une seconde à la mise en scène de l'attentat dont elle aurait été victime.

Boucard écarquilla les yeux :

— Alors, là ! J'y comprends de moins en moins !

— Je t'expliquerai, promit Raoul. La seule certitude qui me manque, c'est de savoir si, dans le quintette que j'ai retenu, ils ont tous joué en formation de chambre ou s'il y avait parmi eux des solistes.

Sur ces paroles sibyllines, Raoul Signoret abandonna à son sort son vieux confrère qui se grattait l'arrière du crâne avec perplexité, la bouche ouverte comme un cratère sur sa face de lune.

10.

Où l'on en apprend un peu plus sur le passé de Liselotte Ullmann, grâce à son avocat, en qui Raoul Signoret retrouve un ami d'enfance.

— Raoul Signoret ?

— En personne.

— C'est Bernard Pignet.

— Bernard ! Un revenant ! Pourquoi ne nous voyons-nous pas plus souvent ?

— Parce que la vie sépare ceux qui s'aiment. Mais si tu le veux comme moi, nous allons nous revoir bientôt.

— Pourquoi ? Tu as acheté un bistrot ? Tu m'invites à l'inauguration ?

— Non, mon cabinet est toujours rue de Belloi. Une rue dont tu dois ignorer sans doute l'existence, puisque tu ne passes jamais me voir.

— Toujours avocat ?

— Toujours. Et c'est la raison de mon coup de fil. Je suis le conseil de Mme Liselotte Ullmann, née Neidlinger, qui m'a désigné pour assurer sa défense par devant la cour d'assises des Bouches-du-Rhône. J'ai cru comprendre d'après tes articles du *Petit Provençal* que tu refusais de hurler avec les loups.

Raoul n'en revenait pas.

— Et c'est la raison de ton appel. Ça alors...

Je ne te le fais pas dire.

Ainsi, les hasards de la vie rapprochaient-ils deux amis de lycée, deux frères, pourrait-on dire, puisque tous deux fils uniques, ils s'étaient jadis choisis par affinité. Au Grand Lycée, ils ne s'étaient guère quittés, toujours ensemble dans et hors du *bahut,* voisins de banc, s'épaulant au travail, passant ensemble avec succès leur baccalauréat, découvrant et aimant les mêmes auteurs, les mêmes musiques, tombant amoureux des mêmes filles, mais sans jamais entrer en concurrence, chacun cédant la place à celui qui semblait avoir les meilleures chances de succès. Cette amitié virile et tendre à la fois avait résisté à la séparation universitaire, Bernard optant pour le Droit, Raoul pour les Lettres, les deux facultés aixoises étant, par bonheur, voisines dans la rue Gaston-de-Saporta. Mais la première fracture s'était produite à l'heure du service militaire : Bernard avait été réformé pour une malformation cardiaque congénitale qui ne l'avait jamais gêné dans le civil ; Raoul avait été tenu éloigné de Marseille par son incorporation dans un régiment du Train des Équipages dont la caserne avait vue sur la ligne bleue des Vosges, celle qu'il faudrait bientôt reconquérir pour en déloger les Boches.

Après ? Ah, après... il y avait eu la recherche d'un travail, la fondation d'une famille, toutes choses qui font passer au second plan les insoucieuses amitiés de jeunesse, vous lient les poignets, vous emplissent la tête d'inquiétudes de grande personne et rangent les affections juvéniles dans le carton aux souvenirs.

Chacun des deux hommes se l'était cent fois

promis : je l'appelle demain. Je passe le voir la semaine prochaine. Nous renouerons le lien distendu. Nos femmes, nos enfants feront connaissance et apprendront à s'apprécier. Vœux pieux balayés par l'urgence, favorisés par la paresse. Bernard, par journal interposé, avait encore l'impression de rester en contact. Raoul pensait souvent à cet ami d'exception. Et pourtant... Ces deux-là vivaient professionnellement à moins de huit cents mètres l'un de l'autre et ne s'étaient jamais croisés. Me Pignet s'était spécialisé dans le droit maritime. On y plaide rarement aux assises. Les chroniqueurs judiciaires s'intéressent peu aux questions de fret non conforme ou de pavillons de complaisance. On pouvait donc vivre toute une vie dans la même ville deux existences parallèles sans jamais se rencontrer. Tous les amis de jeunesse perdus de vue en étaient la preuve vivante. On pensait faire un long chemin ensemble et puis, avec le temps, ce grand maître, les liens se délitaient d'eux-mêmes. Il eût pourtant suffi de forcer le hasard, mais on n'en avait pas saisi l'occasion. Sans se l'avouer, on en avait perdu le goût, l'envie. Pour avoir – quelques rares fois – vécu l'expérience de retrouvailles inattendues après des années de séparation, Raoul Signoret en avait gardé un souvenir amer. On n'abordait jamais que des choses fanées, sans les renouer au présent. Deux hommes, devenus des étrangers, se racontaient en se tapant sur les cuisses des farces de garnements en culottes courtes qui ennuyaient leurs épouses. Et puis, même ce plaisir-là s'épuisait très vite. On n'avait plus rien à se dire. Alors, sans bruit, mais sans regrets superflus, par une sorte d'accord muet et tacite, la rupture se faisait définitive.

Mais avec Bernard Pignet c'était autre chose. Il semblait au reporter que leur dernière rencontre datait d'hier. La voix, le ton étaient inchangés. Et le plaisir partagé de renouer ce qui n'aurait jamais dû être défait.

Depuis quelques années, Me Pignet, lassé sans doute des questions d'assistance en mer et autres contrats d'affrètement, s'était reconverti dans le Droit pénal. C'est pour cette raison que Raoul Signoret avait aperçu par un matin blême du mois d'avril 1899 la silhouette de son ami d'enfance, marchant, le visage déformé par l'angoisse, derrière son client que l'on conduisait à l'échafaud lors d'une exécution publique. C'était l'anarchiste Berano, guillotiné devant la prison Chave[1]. Scène atroce. Elle avait paralysé Raoul, qui craignait, retrouvant Bernard, d'avoir à la revivre.

Et voilà qu'une femme venue d'Allemagne réussissait ce que vingt-cinq années de concitoyenneté n'étaient pas parvenues à opérer.

— Comment en est-elle venue à s'adresser à toi ?

— Je pourrais te répondre « parce que je suis le meilleur », mais ce n'est pas vrai. Des connaissances communes nous ont mis en contact. Des protestants.

— Tu fréquentes les parpaillots, toi ?

— Mais j'en suis un, Raoul !

Le reporter n'en revenait pas. Il est vrai que les questions religieuses n'encombraient guère leurs discussions passionnées de jadis. À dix-huit ans, ils refaisaient un monde exempt de religions. Ils privilégiaient art, littérature et surtout musique dont le

1. Voir *Le Secret du docteur Danglars*, *op. cit.*

futur avocat était par tradition familiale un passionné.

— Je te savais réformé militaire, mais pas religieux. Ou j'avais oublié.

— Tu vois, répondit l'avocat, des gens le savaient à Marseille. Il en va des protestants comme de toutes les minorités opprimées. On se serre les coudes.

Raoul asticota son ami :

— Opprimés, opprimés, c'est vite dit ! Quand ils l'ont pu, tes petits camarades n'ont laissé à personne le soin de ratatiner les papistes. J'ai souvenir d'un certain Baron des Adrets[1] qui a laissé quelques souvenirs cuisants en Provence.

— Pas autant que ceux que Maynier d'Oppède a laissés aux vaudois du Lubéron[2], sans parler des Dragons du Roi-Soleil en Cévennes. Être protestant à Marseille, malgré la réussite de certains grands négociants, c'est toujours peu ou prou être un *estrangié du dehors.* Tu connais la profession de foi que proclame le refrain du cantique traditionnel : « *Provençau e catouli*[3]. »

— Bon, dit Raoul, on va ni refaire les comptes, ni refaire l'histoire. Tu sais comme moi que dans leur logique folle, les hommes se sont toujours étripés au nom de religions qui prônaient le « *tu ne tueras*

1. François de Beaumont (1506-1587), capitaine dauphinois, célèbre pour sa férocité.

2. En avril 1545, Jean Maynier, baron d'Oppède (Vaucluse), organisa une véritable croisade pour chasser « vaudois et luthériens » des bords de Durance et du Comtat. Bilan : neuf villages détruits, trois mille morts et des milliers de déportés aux galères.

3. « Provençal et catholique. »

point ». On n'y peut rien. En revanche, il y a quelque chose que tu pourrais pour moi.

— Quoi donc, mon ami ?

Raoul pouffa, car il savait bien que son interlocuteur singeait là par le ton qu'il avait pris, l'interrogation émise dans une chanson paillarde que tous deux – avec d'autres – braillaient au temps des folles soirées estudiantines : c'était *« Chasseur, as-tu vu ? »* où deux nemrods se livrent à des confidences d'ordre plus qu'intime.

— Tu pourrais me renseigner utilement sur la personnalité de ta cliente. J'avoue n'être point parvenu à me faire une opinion claire à son sujet. Est-elle une sorte de walkyrie terrifiante qui mène son monde à la cravache, assortie d'une femelle dominatrice qui profitait des petites faiblesses séniles du notaire ou une femme bien sous tous rapports, injustement calomniée, attirée dans un piège qui la présente comme le monstre qu'elle n'est pas ?

Au bout du fil, Raoul Signoret entendit son ami soupirer.

— Ce n'est pas facile à résumer en quelques mots.

— Dois-je en conclure, voire espérer, que tu souhaites en parler plus longuement avec moi dans un lieu propice à la discrétion et au calme ?

— J'allais t'en prier.

— À ton cabinet par exemple ?

— Pourquoi pas ?

— Tout de suite ?

— Le plus tôt sera le mieux.

*

Le cabinet de Me Bernard Pignet était celui que son père, Émile, avait occupé plus de quarante années, lui-même succédant à son géniteur, premier avocat de la famille. Au rez-de-chaussée d'un immeuble bourgeois s'ouvrait, dans un couloir sombre éclairé par une statue de bronze brandissant une torche illuminée à l'électricité, un cabinet composé de trois pièces. On accédait au hall de réception de forme carrée où se tenait en embuscade derrière un comptoir de bois Marguerite Estévenin, tout à la fois réceptionniste, mémoire vivante de son patron, téléphoniste et sténo-dactylo, comme l'attestait la présence sur son bureau d'une monumentale machine à écrire *Remington* qui faisait un bruit de mitrailleuse perceptible depuis la rue quand cette femme énergique et diligente tapait un dossier ou le texte d'un jugement. Marguerite officiait déjà du temps d'Émile Pignet et – qui sait ? – peut-être avait-elle toujours été là, dès la construction de l'immeuble – Vestale et Cerbère de toute éternité – car on ne lui donnait pas d'âge avec sa tenue sombre et de coupe sévère, quasi ecclésiastique et un visage allongé, derrière des lunettes d'institutrice et sous un volumineux chignon gris qui avait dû toujours l'être.

À sa gauche, une porte capitonnée à double battant, afin d'assurer la confidentialité des conversations de l'avocat avec ses clients, s'ouvrait sur le bureau de Me Pignet, aux murs garnis de hauts meubles-classeurs et d'une bibliothèque spécialisée où rutilaient les dos du Dalloz, des versions successives des codes civil et pénal, assortis de revues juridiques classées par année. Ils laissaient juste assez de place à une autre des passions de l'avocat : les plans anciens du port et de la ville de Marseille qui permettaient d'en suivre l'évolution et le développement. Au milieu de ces gravures sévères éclatait le feu d'artifice chromatique de la superbe affiche que le peintre David Dellepiane venait de consacrer à l'Exposition coloniale. On y voyait, avec le port phocéen en toile de fond émergeant de la lumière topaze d'une aube brumeuse de chaleur, une barque à balancier gréée d'une voile rouge, avec à son bord les douze représentants des nationalités présentes à la manifestation venus apporter les richesses des colonies à la *Porte de l'Orient.*

À l'entrée de Raoul, Bernard se leva pour venir l'accoler avec chaleur et émotion.

Avant d'éclater de rire, ils dirent ensemble : « C'est pas trop tôt ! »

— Tu n'as pas changé, dit Bernard, sincère. J'admire ton élégance.

— Toi non plus, répliqua Raoul. Tu as gardé ta tignasse.

— Grâce à *Royal Windsor, le célèbre régénérateur des cheveux*, récita l'avocat. Non, je plaisante, c'est de famille.

Il reprit place derrière son bureau en désignant un des fauteuils au journaliste.

— On commence par quoi ? Un résumé des quinze dernières années ? Ou bien boulot-boulot tout de suite ?

— Boulot, répondit Raoul, car je crains que notre inventaire ne nous mène trop loin. Remettons à plus tard le récit des chapitres qui nous manquent. Je suppose que tu n'as pas que moi à voir aujourd'hui.

D'un signe de tête Me Pignet acquiesça.

— Alors, allons-y. Parle-moi de l'état d'esprit de

ta cliente. Comment réagit-elle ? Que dit-elle des accusations dont on la charge ?

L'avocat passa la main sur son visage en signe de lassitude.

— Rien. Elle ne dit rien. Sinon, une chose qu'elle répète sans se lasser : je suis étrangère à tout ça. C'est une calomnie pure et simple. Je refuse même de me justifier.

Raoul émit un petit sifflement. Me Pignet poursuivit :

— Tu vois comme c'est facile à défendre, un cas pareil ! Elle dit que son innocence doit éclater et confondre ses accusateurs. Elle ne réclamera aucune indulgence, car elle a la conscience pure. Comme peut l'avoir une luthérienne.

— Je vois.

De la jointure de ses doigts repliés Me Pignet frappa sur le bois de son bureau.

— Une *teste* dure comme ça !

— Et sur les petites espiègleries vespérales de Deshôtels, que dit-elle ?

— Que c'est une honte, non pas de la soupçonner d'y avoir participé, mais tout simplement d'y penser. À plus forte raison de prétendre que le notaire avait des distractions perverses. Elle affirme qu'on veut salir sa mémoire, que tout ça est ourdi par des êtres malfaisants qui paieront leurs vilenies par une damnation éternelle. Je vois d'ici la tronche du président des assises s'il m'entendait plaider sur ce thème pour la défendre.

Raoul Signoret, imaginant le tableau, fut pris d'un fou rire incoercible. Quand il eut repris son calme, il demanda :

— Qui sont ces « on » qui veulent tant de mal à la mémoire du notaire et à elle-même au passage ?

— Ah ! Elle n'en sait rien et ne veut pas le savoir. Elle est d'une fierté maladive ! C'est un peu comme si tout ça ne la concernait pas. Elle est au-dessus de ces basses contingences. J'ai l'impression qu'elle n'a pas bien idée de ce qui l'attend.

Raoul chercha dans sa mémoire :

— Je ne sais plus qui a dit : « Il n'est rien de plus agaçant que les martyrs. Après les persécuteurs. »

— C'est Proudhon. Il venait de rencontrer Liselotte Ullmann, ma parole, quand il a sorti ça. Enfin, je ne te fais pas un dessin. C'est pas un cadeau. Elle ne va pas m'aider. Pour elle, sa déclaration d'innocence *urbi et orbi* vaut toutes les plaidoiries et doit écrouler le mur des préjugés plus sûrement que les trompettes les murs de Jéricho.

Raoul eut une moue qui en disait plus long qu'un discours :

— Il faudrait pouvoir la promener dans les rues de Malmousque en ce moment. Elle verrait que les préjugés ont encore un bel avenir. Il y a des bûchers et des gibets pour *La Bochesse* dans la majorité des têtes de ces braves gens.

Le reporter passa au sujet suivant :

— Dis-moi, Bernard, Rodolphe Vaudois, tu le sens comment ?

— Il s'est porté partie civile et il va la charger comme un tombereau.

— Ça ! dit Raoul, on peut lui faire confiance. Ce type-là me débecte, je ne saurais expliquer pourquoi. Ça m'a l'air d'un Tartuffe de premier choix. Il a monté un comité de soutien qui est en fait un comité anti-Liselotte. Il a quelques adhérents que je n'aimerais pas rencontrer au coin d'un bois. Je m'en suis payé un, l'autre jour, mais ils sont nombreux à écouter les sirènes de l'intolérance et de la xénophobie. En attendant l'Alsace-Lorraine, ils croqueraient bien dans une *Bochesse* pour se mettre en bouche.

— Je suis au courant, hélas, soupira l'avocat.

— Dis-moi aussi, pendant que j'y suis : je suppose que tu es au courant des précédents ennuis judiciaires de ta cliente outre-Rhin ?

— Parbleu, je le suis. Mais en principe, ce n'est pas au programme.

— Avec ça qu'ils vont se gêner d'y faire allusion, les autres ! Qui est l'avocat de Vaudois ?

— Oustrières.

— Bigre ! C'est un coriace.

— Et un roué, ajouta l'avocat. Je me demande si je ne vais pas retourner à mes petits bateaux, moi. Ça me tirait moins souci.

Raoul Signoret protesta pour la forme :

— Tu ne peux pas la laisser tomber, maintenant.

— Non. Je disais ça juste pour me faire plaindre. On ne va pas se rendre avant d'avoir combattu. Et puis, comme dit le Cyrano de Rostand : « C'est bien plus beau lorsque c'est difficile. »

Raoul corrigea :

— Pas « difficile », « inutile ».

— Pardon ?

— Rostand a écrit : « C'est bien plus beau lorsque c'est inutile. »

— Tu as raison. Il devait penser à ma future plaidoirie. Mais je la prononcerai quand même.

Le reporter retrouvait son Bernard, idéaliste et généreux.

— Alors, dis-m'en un peu plus sur ce qui s'est passé avec son premier mari.

Me Pignet se leva et prit dans un meuble-classeur un dossier dont l'étiquette tracée en lettres gothiques ne laissait pas de doute sur son origine :

— Me Windgassen, mon confrère du barreau de Nuremberg, m'a fait passer les conclusions du jugement. Je te la fais courte, parce que c'est assez compliqué. Une affaire d'empoisonnement supposé qui a déclenché une querelle d'experts qui, comme tu le sais, ont l'art d'embrouiller ce qui paraît simple. D'après ce que j'ai compris à travers ce qui me reste de mon allemand scolaire, le couple Ullmann ne s'entendait plus, c'était notoire et le mari est mort subitement en se tordant de douleur. On a tout de suite pensé à un empoisonnement. D'autant plus, qu'on avait retrouvé chez Liselotte Ullmann une certaine quantité de vert-de-gris gratté sur des casseroles de cuivre. Elle affirmait que c'était pour empoisonner les taupes de son jardin. On a pensé qu'elle avait pu en faire avaler à son mari. Un autre expert, compte tenu des résultats de l'autopsie et de l'état des perforations de la muqueuse stomacale, a affirmé qu'il s'agissait d'un empoisonnement à l'acide prussique. Bien qu'il n'en ait pas retrouvé trace. C'est ça le sommet de son raisonnement.

— Je vois, dit Raoul. Leurs avis sont aussi fiables en Germanie que chez nous.

L'avocat poursuivit :

— Mais comme, dans ce cas, la mort est instantanée et que le père Ullmann, invité par un client, n'avait pas déjeuné chez lui ce jour-là, il n'était pas possible qu'après avoir absorbé de l'acide prussique au petit déjeuner, il ne décède qu'à trois heures de l'après-midi. Enfin, on découvrit une hérédité morbide dans cette famille : le père d'Ullmann était mort dans des circonstances semblables et un de ses frères était décédé cinq ans auparavant de la même affection congénitale, les muqueuses digestives ravagées. Bref, toute l'accusation s'est écroulée et voilà comment notre Liselotte a été blanchie. Par la cour d'assises. Mais pas par la *vox populi* tudesque.

— Je lui fais confiance. La vacherie humaine ne connaît pas de frontières.

Me Pignet approuva de la tête.

— Si bien qu'elle a jugé préférable d'en mettre une entre ses tourmenteurs et elle.

Raoul tiqua :

— Pour retrouver leurs pareils sur les bords de la Grande Bleue. Il y en a qui les collectionnent...

— C'est vrai ! C'est donc pour fuir les persécutions de la famille de son mari qu'elle est venue en France et s'est retrouvée à Marseille grâce à une chaîne d'entraide de pasteurs protestants allemands et français qui prennent en charge les gens en difficulté. Liselotte Ullmann a trouvé du travail grâce à l'Œuvre des Servantes protestantes de la rue Dellile, qui l'a recommandée au notaire Deshôtels par l'intermédiaire d'un des clients de son étude, un protestant, lui aussi.

— Je vois que l'entraide fonctionne mieux chez les luthériens que chez les papistes, nota Raoul.

— Par force, dit Me Pignet. Tiens, sais-tu pourquoi Mme Favier a créé l'infirmerie protestante de la rue du Platane[1] en 1840 ?

1. Aujourd'hui rue d'Eylau. Elle est devenue l'hôpital Ambroise-Paré.

— Non.

— Parce qu'être protestant et pauvre à Marseille, c'était à l'époque être traité comme un chien dans des hôpitaux aux mains des religieuses-soignantes et des prêtres qui, profitant de votre faiblesse, cherchaient à vous faire abjurer.

L'avocat n'ajouta rien et se plongea dans une réflexion amère à en juger par les plis soucieux qui étaient apparus sur son front. Raoul Signoret poursuivit son questionnaire :

— Je me suis laissé dire qu'elle avait un fils ?

— Oui, il a bientôt neuf ans. Son prénom est Thomas. Ça a l'avantage de se prononcer dans les deux langues et de ne pas être trop repérable par les germanophobes.

— Où est-il ?

— À l'asile Marie, rue Paradis. Un orphelinat de garçons protestants. On l'a retiré du Petit Lycée, bien sûr.

— Pauvre gosse… Qui s'en occupe ?

— Des personnes charitables de la communauté mandatées par le pasteur Ludwig Walther du temple de la rue Bel-Air.

— On peut aller le voir ?

— Thomas ? Je suppose, répondit l'avocat. Tu as une idée pour lui ?

— Si on pouvait le sortir un peu avec Cécile ma femme et notre fille Adèle, ça lui changerait les idées. Ce sont les vacances, ça ferait un compagnon de jeu pour Adèle, ils sont d'âge voisin. Il est au courant de quoi exactement, ce petit ?

— De ce que sa maman est persécutée par des gens qui n'aiment pas les Allemands, mais que bientôt il la retrouvera. C'est un bonhomme solide et courageux, tu verras. Bien élevé et très réfléchi. Un vrai petit homme.

Le reporter sourit à son ami retrouvé et ferma son carnet à couverture de moleskine noire.

— Allez ! fais pas cette tête, on va la sauver ta cliente en même temps que ta réputation d'avocat d'assises.

Bernard Pignet eut une moue dubitative :

— Je n'en suis pas aussi persuadé que toi.

— À nous deux, rappelle-toi, on s'était juré de changer le monde. Il faut, maintenant que nous sommes grands, tenir parole.

Un sourire à la fois affectueux et triste apparut sur le visage de l'avocat :

— On ne sera pas trop de deux encore une fois. Si le Bon Dieu pouvait nous aider, on serait trois…

— Ah ! Là !… je ne peux rien pour toi, dit Raoul en riant. Tu es mieux placé que moi, parce que nous sommes un peu en froid le Bon Dieu et moi. Mais à toi, il n'osera pas refuser. « Aide-toi, le Ciel t'aidera. » Ça se dit aussi en luthérien ? Allez ! Tu vas y arriver.

Bernard Pignet se leva et saisit les mains de son ami. Son sourire était revenu.

— Merci à Liselotte Ullmann qui a favorisé ces retrouvailles.

Raoul était de cet avis :

— C'est précisément pour la remercier qu'il faut rendre une maman à Thomas !

11.

Où devant une cour d'assises pressée d'en finir et dont l'opinion est faite à l'avance, on assiste à l'effondrement des arguments de la défense...

Enfin, il la voyait ! Cette femme qui, depuis des semaines, occupait son esprit, troublait son sommeil, dont le nom revenait dans toutes les conversations était là, devant Raoul Signoret. À quelques mètres de lui.

Jusqu'ici, elle lui rappelait l'Arlésienne, celle d'Alphonse Daudet, au cœur d'un drame où chaque personnage parle d'elle, sans qu'on n'aperçoive jamais le ruban de sa coiffe. Et voilà qu'elle s'incarnait, avec ce faux air de l'impératrice Elisabeth d'Autriche, la fameuse *Sissi* dont le destin tourmenté et la fin tragique avaient fait le bonheur des amateurs de romances princières ! Dans le box des accusés de la cour d'assises d'Aix-en-Provence Liselotte Ullmann se tenait droite, le teint pâle, entièrement vêtue de noir, d'une robe fermée jusqu'au col. Elle portait sur la coulée cuivrée de ses cheveux descendant jusqu'au milieu du dos un chapeau assorti orné de deux ailes de plumes noires et son allure, comme ses yeux bleu glacier qui parcouraient l'assistance avec inquiétude mais sans frayeur, faisaient irrésistiblement penser à Brunehilde anxieuse sur son rocher, guettant le retour de Siegfried. Le buste rejeté en arrière, elle était de ses deux mains gantées arrimée au rebord du box, face à une foule hostile dont on sentait par vagues la haine monter vers cette silhouette fière qui semblait la défier.

L'instruction avait été conduite au triple galop, si bien que la date du procès avait pu être fixée au 12 septembre. Un record de vélocité. Cela signifiait que pour l'accusation tout était clair. Il n'y avait plus qu'à punir vite en jetant aux chiens l'honneur d'une étrangère, afin de satisfaire l'opinion publique très remontée.

Les quatre premiers rangs étaient occupés majoritairement par des gens de Malmousque, parmi lesquels le reporter du *Petit Provençal* reconnut nombre de visages appartenant aux personnes qui assistaient naguère aux appels au meurtre lancés par le commandant en retraite Bortoli encadré par ses séides : le filleul du notaire, Rodolphe Vaudois, mais aussi le boucher Baude, le scaphandrier Cauro et le charpentier Grassi. Au premier rang, sur son banc, se distinguait la silhouette avachie du fils du notaire, Alfred Deshôtels, partie civile, promenant un œil morne sur l'assistance. Sur d'autres visages croisés dans les rues de la presqu'île, le journaliste ne mettait pas encore un nom.

Les trois juges en toge et le jury assis en demi-cercle derrière eux, qui leur faisait comme une couronne mouvante, contemplaient eux aussi l'accusée comme on examine un animal de concours pour en jauger les qualités et les performances. Le président, Léonard Aubenas, avec son visage rougeaud, se penchant tour à tour à l'oreille de ses deux assesseurs, ressemblait à un maquignon confiant des commentaires à ses palefreniers.

Raoul Signoret détaillait la physionomie de l'accusée, ses traits réguliers, sa beauté un peu froide mais indéniable, sur laquelle – alors qu'elle faisait l'objet d'un examen impitoyable de la part d'un public venu assister à son châtiment – se lisait une noblesse qui intimidait les plus farouches de ses contempteurs.

Juste au-dessous d'elle, comme l'étrave d'un navire dont l'Allemande eût été la proue, la mince silhouette – elle aussi enrobée de noir – de Bernard Pignet, l'ami de Raoul et le défenseur de Liselotte, se dressait comme une lame. Le teint clair de l'avocat était à peine plus coloré que son rabat. La vivacité de ses gestes trahissait une nervosité particulière.

Par contraste, la silhouette replète de Me Oustrières, avocat de la partie civile, couronnée d'une tonsure grise clairsemée et ornée d'une moustache de phoque, assis avec nonchalance sur son banc, le dos appuyé aux boiseries qui le surmontaient, les doigts de la main droite pianotant sur le bras de son fauteuil, reflétait le calme du vieux briscard d'assises, rompu aux joutes verbales, sûr de son talent comme de son dossier.

Le président Aubenas, après avoir frappé de son maillet pour réclamer le silence, n'eut pas à demander à l'accusée de se lever, puisqu'elle se tenait debout depuis son entrée dans le box. Le magistrat ordonna sans tarder au greffier de lire l'acte d'accusation. Raoul Signoret l'écouta d'une oreille plus que distraite, car il en connaissait tous les termes. Le greffier les énumérait laborieusement en butant sur les mots d'une voix lasse et monocorde qui provoquait des réactions dans l'assistance :

— Plus fort ! On n'entend rien !

On sentait les participants à la curée désireux de n'en pas perdre une miette et d'en avoir pour leur dérangement. Certains avaient quitté Malmousque à cinq heures pour être au train d'Aix à six. Ils avaient patienté dans un énervement croissant durant près de deux heures devant les portes du palais de justice qui n'ouvraient qu'à huit heures quarante-cinq. Aussitôt, on s'était rué vers la salle d'audience, les femmes n'étant pas les dernières à piétiner les chaussures des autres ou à jouer des coudes pour être « bien placées ». Après le passage de la horde sauvage, les huissiers avaient ramassé cannes et canotiers, chapeaux et réticules qui jonchaient les dalles de la salle des pas perdus.

Raoul Signoret émergea brutalement de sa rêverie au moment où la voix du greffier débitait du même ton indifférent les derniers mots terribles : *« ... faits passibles de la peine de mort »*.

Un murmure de contentement parcourut l'assistance, comme après un bon mot au théâtre.

Machinal, le président Aubenas ponctuait la rumeur qui montait vers Liselotte Ullmann de petits coups de maillet sans conviction. Il s'adressa à elle, craignant peut-être, devant le manque de réaction de l'accusée, qu'elle n'ait pas tout saisi. Il résuma :

— Ainsi, madame, vous êtes accusée d'avoir commis un homicide volontaire sur la personne de M. Théophile Deshôtels. Veuillez vous asseoir...

L'Allemande, toujours droite et raide, sembla s'effacer par une trappe de théâtre. Elle conserva un regard fixe, passant au-dessus de l'assistance.

Le président paraissait décidé à mener les affaires rondement. Sans perdre un instant, il fit appeler les témoins. Sur le banc de la presse, les porte-mines et les stylographes s'agitèrent. On notait les identités et quelques détails physiques s'y rapportant sur des carnets à couverture de moleskine noire. Il y avait une vingtaine de noms. Côté accusation, essentiellement des gens de Malmousque et des personnes désignées par la famille du notaire. Côté défense, Raoul nota soigneusement les noms de Fritz Helling, consul général d'Allemagne à Marseille et de Ludwig Walther, pasteur de l'Église évangélique allemande située rue Bel-Air, venus soutenir leur compatriote et fidèle.

Les témoins ayant quitté la salle d'audience, la voix du président enchaîna une sorte de présentation de l'accusée à l'assistance.

— Accusée levez-vous. Vous vous appelez Liselotte Neidlinger, veuve Ullmann, vous êtes née le 23 septembre 1869 à Potsdam. En 1896 vous avez épousé M. Erich Ullmann brutalement décédé en 1898…

L'adverbe était de trop. Il ne figurait certainement pas sur la fiche signalétique que lisait le magistrat. C'était un ajout personnel du président. Raoul en conclut que l'opinion de ce dernier était faite.

À cet instant Léonard Aubenas fit une pause et regarda fixement l'accusée.

— Est-ce exact ?

Le saugrenu de la question choqua une nouvelle fois le reporter du *Petit Provençal.* Comme si le magistrat « n'en parlait jamais mais y pensait toujours ». Qu'attendait-il de la réponse de Liselotte ? Qu'elle répondît : « En effet, monsieur le président, c'est cette année-là que j'ai empoisonné mon mari » ? À ressentir l'onde d'excitation qui parcourut les travées, accompagnée de murmures et de têtes penchées vers les voisines, on voyait bien que le président de la cour d'assises n'était pas le seul à évoquer *in petto* « l'affaire » conjugale qui avait contraint l'accusée à quitter l'Allemagne. La question était moins saugrenue que perverse. Et surtout destinée à déstabiliser l'accusée.

Le président reprit sa lecture :

— Vous avez eu de votre mariage un enfant âgé aujourd'hui de huit ans. Outre ces renseignements d'état civil avez-vous d'autres indications concernant votre existence passée ? En ce cas, il faudrait fournir à messieurs les jurés[1] tout ce qui vous paraîtrait utile.

L'accusée tourna son regard clair vers ses juges. Le jury immobile en demi-cercle derrière le président lui évoquait les chevaliers du Graal derrière Amfortas au premier acte de *Parsifal* qu'elle avait eu le privilège d'entendre à Bayreuth. Liselotte Ullmann demeura un instant silencieuse, regarda chacun en face, puis dit simplement d'une voix douce mais ferme :

— Je n'ai rien à dire, monsieur le président.

Me Pignet, comme piqué par une mouche, leva la tête vers sa cliente et, dans un geste machinal, posa sa main sur sa main gantée. Raoul Signoret pensa que cette sèche réponse faite au président n'était pas

1. Rappelons qu'à l'époque seuls les hommes peuvent être jurés.

celle dont ils étaient convenus durant la préparation de la défense.

Raoul entendit le président grommeler sous sa moustache : « Voilà qui va nous faire gagner du temps. »

Ce qui paraissait être le premier souci du magistrat.

L'accusée eût-elle proféré une insulte envers la cour, elle n'aurait pas provoqué une réaction plus hostile de l'assistance. On entendit s'élever de ses rangs une sorte de mugissement d'horreur.

Le président Aubenas y mit fin de trois coups de maillet sans conviction. Le magistrat rappela qu'il ne tolérerait aucune manifestation et qu'il était prêt à faire évacuer la salle si besoin. Le calme revint. Excepté dans les esprits. Ils étaient aussi surchauffés que l'air de la salle de la cour d'assises.

Il n'était pas tombé une goutte de pluie depuis trois mois. L'été ne semblait pas vouloir lâcher prise de sitôt. Dans la salle d'audience régnait une touffeur de serre. Les dames avaient sorti les éventails des sacs, les messieurs s'éventaient avec leurs canotiers ou panamas. Eût-on pu ouvrir les fenêtres, la chape d'air brûlant qui recouvrait Aix n'eût pas rafraîchi l'atmosphère d'un petit degré. De toute manière, les hautes ouvertures cintrées donnant sur la rue Peyresc étaient en permanence condamnées par le tumulte dû au marché qui se tenait sous les fenêtres mêmes du palais de justice. On avait bien essayé d'établir un courant d'air, mais les appels des *partisanes*[1], hélant le client pour vanter la fraîcheur de leurs fruits

1. Marchandes de légumes sur les marchés de plein air.

et légumes, nuisaient à la sérénité et la solennité des débats. Si bien que ce fut d'une première audience écourtée que le président Aubenas sonna le terme en libérant une assistance qui mijotait dans son jus depuis l'ouverture des portes de la salle, en lui donnant rendez-vous pour deux heures de l'après-midi.

*

On ignorait ce qu'avait mangé Me Oustrières au déjeuner, mais Auguste Robane, *l'alter ego* de Raoul au *Petit Marseillais*, redoutable amateur de bons mots, calembours et réflexions saugrenues, diagnostiqua dès que le défenseur de la famille Deshôtels se leva pour demander la parole :

— On dirait qu'il y avait du lion au menu, ce midi. Oustrières a pris son air féroce.

L'avocat de la partie civile se plaça devant les jurés et s'adressant au président Aubenas demanda, l'air faussement patelin :

— L'accusée pourrait-elle nous dire pour quelle raison elle a quitté son pays natal pour s'installer en France après son veuvage ?

Bernard Pignet, qui devinait le piège à venir mais ne vit pas la trappe qu'ouvrait son confrère sous ses pas, bondit de son banc et s'écria :

— Monsieur le président, je m'oppose avec la plus grande force à ce qu'il soit fait ici allusion à des faits amnistiés. La cour d'assises de Nuremberg a acquitté ma...

Me Oustrières, dont la voix de tribun était habituée à dominer les débats, interrompit son confrère. L'air faussement contrit, il s'adressa au président Aubenas :

— Je retire ma question, monsieur le président. Mon estimé confrère a raison. Cela n'a rien à voir avec ce qui nous préoccupe aujourd'hui. Mais permettez-moi de dire que j'ai été heureux, à l'occasion, d'apprendre de la bouche même de la défense, que la cour d'assises de Nuremberg avait acquitté Mme Ullmann.

L'avocat fit une brève pause, pour que la phrase qui suivit prenne son plein effet. Il prit Me Pignet à témoin :

— Car c'est vous mon cher confrère qui avez prononcé les mots cour d'assises. Non ?

Me Pignet baissa la tête.

Me Oustrières se tourna vers les jurés. Il martela les mots avec un air jubilatoire :

— Si Mme Ullmann a comparu devant une cour d'assises c'est donc qu'elle était accusée de quelque chose, mais je ne veux pas savoir de quoi. Et vous non plus, messieurs les jurés, vous ne voulez pas le savoir.

Il lança, moqueur, à son confrère.

— Me Pignet, je reconnais bien volontiers ma bévue et vous prie de m'en excuser.

C'était finement et perversement joué. Les murmures qui montaient des travées attestaient de l'efficacité de la manœuvre. L'avocat de la défense qui n'avait pas ce goût pour la comédie, apanage des *ténors* du barreau, s'était fait jouer comme un débutant. Le mal était fait. Il pèserait lourd sur le verdict. Les trois juges semblaient en jubiler d'avance.

Il n'était qu'à voir la mine ironique du bon tour joué de Me Oustrières contemplant son confrère, pour comprendre que l'accusation venait de marquer un point. Ceux qui, par hasard, n'auraient pas su que

Liselotte Ulmmann avait été un moment soupçonnée d'avoir empoisonné son mari, l'apprendraient bien vite de la bouche de ceux qui étaient au courant.

Raoul contemplait navré la mine défaite de son ami qui devait à cet instant se maudire de sa maladresse. Face à un adversaire aussi redoutable, il fallait se méfier à tout instant de ses propres réactions.

Le président reprit les rênes :

— Monsieur l'avocat général ?...

La face de dogue de l'avocat général Kramer, qui jetait sur ses contemporains sans distinction le regard implacable du justicier comme s'il distinguait en chacun d'eux un futur coupable, remua de droite à gauche. Il accompagna sa mimique d'un geste de la main comme on refuse le plat qu'on vous propose. Il n'interviendrait pas pour l'instant. À quoi bon se fatiguer puisqu'on venait de lui mâcher la besogne ?

La suite de l'audience fut consacrée à l'audition des médecins-experts, les docteurs Tarnier et Brouardel, qui avaient procédé à l'autopsie du corps du notaire et effectué les analyses. On appela également à la barre l'inspecteur Dromard du commissariat du Prado qui avait fait les premières constatations lors de la découverte du pendu. Le policier rappela la disposition du corps accroché à la crémone, les mouchoirs noués ensemble pour former deux anneaux dont l'un était suspendu à l'espagnolette, l'autre faisant garrot autour du cou du notaire, la chaise renversée à proximité. À la question du président, l'inspecteur précisa que le lit était ouvert et le matelas affaissé dans sa partie médiane comme s'il gardait l'empreinte d'un corps, les deux chaussures sur la descente de lit, la présence sur le pied de lit du bandage herniaire que portait habituellement le notaire, le mouchoir plié sous le traversin, qui lui aussi portait trace d'une tête comme en attestait la dépression qui le marquait en son centre. Enfin, le policier affirma que la pièce était fermée de l'intérieur, qu'il était donc impossible d'y pénétrer par un autre accès que la porte en haut de l'escalier privé reliant la chambre du notaire à celle de sa gouvernante. Il précisa également que si celle-ci avait toute possibilité de pénétrer chez son employeur, l'inverse était impossible, puisque la clef se trouvait de son côté, à elle.

Me Pignet intervint :

— La porte de la chambre de Me Deshôtels donnant sur le palier du premier étage n'était-elle pas fermée de l'intérieur par un verrou à barre qui coulisse horizontalement ?

— C'est exact, répondit le policier. Le verrou avait été poussé la veille au soir par le notaire lui-même, selon le témoignage de son domestique Victor Rabinel.

— Je me suis laissé dire, expliqua l'avocat de la défense en se rapprochant du témoin, qu'il était parfaitement possible à l'aide d'un lacet passé en boucle autour du bouton, de tirer le verrou en étant à l'extérieur de la pièce. Donc, d'en sortir et de refermer derrière soi comme si on n'y avait jamais pénétré. C'est, paraît-il, d'un usage courant chez les monte-en-l'air qui veulent égarer les recherches. Vous avez dû le constater au cours de vos enquêtes ?

— En effet, répondit le policier. C'est, dirai-je, le b.a. ba.

Le défenseur se tourna vers les juges.

— Monsieur le président, Mme Ullmann a dit et répété devant le magistrat instructeur que peu avant de sombrer dans un sommeil narcotique, elle avait entendu marcher dans la chambre de Me Deshôtels. Il est donc parfaitement possible que quelqu'un – l'assassin du notaire – ait été présent, caché dans la pièce, au moment où Me Deshôtels se couchait et, son forfait accompli, en soit sorti par le palier du premier étage dont il a refermé le verrou à l'aide d'un lacet, sans repasser par la chambre de ma cliente.

Me Oustrières n'allait pas laisser passer sans réagir ce qui n'était qu'une hypothèse. Il déplia sa courte taille et se dressa goguenard :

— Vous aurez remarqué, messieurs les jurés, que Mme Ullmann, selon les besoins de ses justifications, entend ou voit les choses et les gens quand ça l'arrange. Tantôt elle est sans connaissance, et alors incapable de dire quelles étaient les ombres qui l'ont ligotée et transportée sur son lit, où on a tenté de lui faire boire une mixture destinée à l'empoisonner, tantôt elle entend comme vous et moi et perçoit des bruits de pas dans la pièce au-dessus et même des chocs de meubles déplacés. Elle en déduit aussitôt qu'il s'agissait des déplacements du ou des assassins qui, après avoir étranglé le notaire, le suspendaient à l'espagnolette pour laisser croire à un suicide.

L'avocat de l'accusation, évitant de croiser le regard de son confrère, ajouta ironique :

— Quant à Me Pignet, vous admirerez avec moi combien son savoir est grand sur les méthodes propres aux monte-en-l'air pour se jouer des verrous. Pour ma part, je débute ma formation et je reconnais mes lacunes sur la question.

On entendit des gloussements en provenance des travées.

Le duel oratoire entre les deux avocats en resta là. Le président Aubenas interrogea longuement le docteur Brouardel, qui, à la suite du docteur Poucel, premier sur les lieux à l'appel du fils Deshôtels, avait accompagné le juge de paix pour procéder aux premières constatations sur le corps du notaire encore suspendu par le col.

— Pensez-vous que Me Deshôtels ait pu se suicider par pendaison ?

Le docteur Brouardel fut catégorique.

— Cela me semble impossible à admettre pour plusieurs raisons. D'abord la petite taille du notaire et la hauteur de la crémone à laquelle il était pendu rendent obligatoire l'usage d'une chaise…

Me Pignet se dressa :

— On l'a retrouvée près du corps, cette chaise.

Le président vint au secours du praticien :

— Laissez le docteur Brouardel nous expliquer, maître. Ce n'est pas en l'interrompant que vous éclairerez les débats.

Le praticien poursuivit :

— Me Deshôtels qui souffrait d'une sciatique chronique invalidante n'a certainement pas pu se hisser tout seul sur la chaise retrouvée renversée auprès de son cadavre…

Le président demanda :

— S'agirait-il d'après vous d'une mise en scène pour laisser croire…

Brouardel se récria, l'air outré :

— Monsieur le président, mon rôle est d'examiner et de rapporter. Pas de conclure sur une culpabilité. Je suis médecin, non policier.

« Et toc ! » souffla Auguste Robane à l'intention de Raoul Signoret en le poussant du coude. Le chroniqueur du *Petit Marseillais* n'avait pas mesuré la portée de son émission, ce qui lui valut un coup d'œil venimeux de la part du président qui avait entendu.

D'un ton rogue le magistrat insista :

— Mais enfin, docteur, vous nous dites qu'il était impossible à Me Deshôtels de grimper sur une chaise pour se pendre tout seul. C'est donc que vous concluez que cette chaise renversée a été mise là pour égarer les enquêteurs.

Brouardel ne se laissa pas impressionner.

— C'est vous qui concluez cela, monsieur le président. Moi, je constate. Ainsi, je peux vous dire qu'il me paraît impossible que M. Deshôtels ait lui-même noué les mouchoirs qui ont servi à le pendre, tellement ils étaient serrés. Son médecin traitant m'a assuré que le notaire souffrait de rhumatismes au point de ne pas pouvoir lacer lui-même ses bottines.

Cette précision – elle apportait de l'eau au moulin de l'accusation – sembla ravir le président de la cour d'assises qui, avec une parfaite mauvaise foi, s'exclama :

— Ah ! Vous voyez bien que vous tirez des conclusions quand vous le voulez !

Le docteur Brouardel ouvrit la bouche pour répondre, puis y renonça, songeant sans doute qu'il n'est pire sourd que celui qui ne veut pas entendre.

Me Pignet se leva de nouveau pour faire remarquer que les nœuds avaient pu se resserrer au moment où le poids du corps pendu distendait les tissus. Sa remarque tomba dans un silence indifférent. L'opinion de la cour et des jurés était faite.

L'interrogatoire du second expert, le docteur Tarnier, porta sur les analyses chimiques effectuées aussi bien à l'occasion de l'autopsie de Me Deshôtels que sur les traces suspectes retrouvées sur le couvre-lit de Liselotte Ullmann.

L'expert fut formel : en aucun cas la substance noire et visqueuse retrouvée à hauteur du visage de l'accusée et aussi dans un fond de tasse posé sur la table de nuit n'avait été ingérée par Liselotte Ullmann. La question de sa toxicité ne se posait donc pas. « On » avait répandu cette substance sur le lit.

— Pour laisser croire à une tentative d'empoisonnement ? suggéra Me Oustrières.

Pas plus que son confrère l'expert ne se laissa entraîner à conclure. Il se borna à évoquer ce « on » indéfini, qui ne faisait référence à personne en particulier, mais qui, pour la cour, l'accusation et les jurés désignait clairement la coupable.

Me Pignet, s'approchant de l'expert figé à la barre, s'étonna de ne pas avoir vu figurer au dossier les résultats des analyses effectuées sur les déjections expulsées par Liselotte Ullmann après la prise du vomitif administré par le docteur Poucel, premier sur les lieux.

Le docteur Tarnier baissa la tête comme un élève pris en faute.

— C'est qu'elles n'ont pas été faites.

— Pourquoi donc ? s'étonna l'avocat.

— Parce que, expliqua le praticien, lorsque le docteur Poucel est arrivé, la domestique avait déjà ôté le premier couvre-lit, taché par le liquide noir. Mon confrère lui avait alors expressément conseillé de le mettre de côté pour le confier à la police. C'est sur le second couvre-lit propre, placé sous le corps de Mme Ullmann, que cette dernière a vomi. On ne m'a remis que le premier couvre-lit aux fins d'analyses. Et lorsque quelques jours après j'ai appris l'existence du second et l'ai réclamé pour examen, on m'a répondu qu'il était trop tard, car on l'avait déjà lavé, croyant qu'il n'y avait plus lieu de le conserver intact puisque personne ne l'avait emporté.

L'avocat de la défense se retourna vers les juges.

— Monsieur le président, j'attire votre attention sur cette lacune grave de l'enquête et de l'expertise. Ainsi, on peut à loisir nous accuser d'avoir monté un scénario simulant une tentative d'empoisonnement, en revanche, quand ma clientèle assure qu'on lui a fait absorber un narcotique dont il eût été aisé de retrouver trace sur le tissu du second couvre-lit, par l'analyse des déjections qui l'avaient maculé, on se contente de répondre d'un air navré qu'on a « oublié » de la faire.

Le président Aubenas consulta ses assesseurs, ce qui le dispensa de répondre à l'apostrophe de l'avocat, puis il déclara l'audience levée fixant sa reprise au lendemain neuf heures.

Raoul Signoret retrouva Bernard Pignet dans la salle des pas perdus. L'avocat avait la mine épuisée. La chevelure en bataille, la bouche mauvaise, il s'avança vers son ami, l'air accablé, en mettant le pouce en bas, rappelant le geste de César réclamant la mort du vaincu. *Vae victis !* Il portait sa robe roulée sous le bras comme s'il s'apprêtait à s'en débarrasser dans la première poubelle venue.

— J'ai été lamentable. Oustrières m'a roulé dans la farine comme il l'a voulu. Oh, je m'en veux !...

Raoul était désolé :

— Il n'y avait rien d'autre à faire, Bernard. C'est joué d'avance. Tu as tout le monde contre elle.

— Peut-être, il n'empêche que j'ai été minable. Je vais retourner au droit maritime, moi. Je ne suis pas taillé pour le pénal. Pas assez retors.

Oustrières qui passait à proximité fit un salut grand siècle à son malheureux confrère.

— Ne vous désespérez pas, cher ami. Je n'aimerais pas me trouver à votre place.

Il s'éloigna en sifflotant.

— Il se fout de moi, ou il est sincère ?

— Les deux mon général, répondit Raoul.

— On va s'en jeter un à la *Brasserie du Palais* ? C'est déjà assez triste de perdre un procès, si en plus il faut mourir de soif...

Les deux hommes marchèrent vers les fauteuils de rotin qui leur tendaient les bras.

— Ça nous ramène au temps de nos chères études universitaires, dit l'avocat. Te souviens-tu de Marie-Agnès Jouglard ?

— Celle dont nous nous disputions les parcimonieuses faveurs ? demanda Raoul.

— Celle-là même. Tu l'as revue ?

— Non, jamais.

— Tu n'as rien perdu. Dans un concours de vaches normandes elle raflerait à coup sûr le premier prix.

— Non ! C'était une sylphide...

— Elle était mignonne, à l'époque, c'est vrai. Elle a un peu engraissé, c'est un euphémisme.

— Je me souviens surtout, dit Raoul, qu'elle avait autant de sensualité que ta cliente.

Cette réflexion ramena l'avocat aux soucis de l'heure.

— Et celle-là, non ? Tu as vu comment elle m'aide à assurer sa défense ? Elle me regarde me noyer et elle n'a pas un mot, pas un geste… Tiens, je me fais l'effet – le talent en moins – d'être Me Labori, l'avocat de Dreyfus, parlant de son étrange client : « J'aimerais cent fois défendre un coupable plutôt que cet innocent-là ! »

12.

Où un coup de théâtre en pleine cour d'assises vient conforter l'opinion et les jurés dans leur volonté de châtier « La Bochesse ».

Dans le compte rendu de l'audience du 13 septembre 1906, Raoul Signoret écrivit dans les colonne du *Petit Provençal* :

« La seconde journée du procès Ullmann débuta par le défilé des témoins à charge et à décharge. Le camp des premiers était de loin le plus fourni. L'avocat général avait demandé à entendre les premiers témoins du drame, la cuisinière et le domestique du notaire. Dans leur déposition, Célestine Maurin et Victor Rabinel furent des modèles de rigueur morale. Avec la simplicité des honnêtes gens, ni l'une ni l'autre ne chercha à se mettre en valeur. Ils racontèrent les choses comme ils les avaient observées et ressenties, sans pathos, en artisans consciencieux.

En dépit des multiples tentatives du président et de l'avocat général pour les transformer en accusateurs de la gouvernante allemande, ils refusèrent de se prononcer sur une éventuelle "collaboration" de Liselotte Ullmann aux "séances" très particulières organisées par le notaire dans sa chambre, se contentant de souligner à maintes reprises que leurs relations avec l'accusée, si elles manquaient sans doute de cordialité, avaient toujours été placées sous le signe du respect et de la politesse. Et quand le président Aubenas, sortant de l'équité qu'aurait dû lui imposer sa fonction, demanda à Rabinel si, "à son avis" il croyait Mme Ullmann "capable de s'être prêtée" aux caprices de son employeur, le domestique, offusqué, surmontant le sentiment de crainte que lui procuraient le décorum et la solennité de débats judiciaires dont il était peu familier, sortit de sa réserve pour répliquer : "Ce n'est pas à nous de le dire." Se trompant sur le sens des mots, le juge insista : "C'est à qui, alors ?" Rabinel lui donna alors une leçon de rigueur morale et de loyauté. Deux mots dont le magistrat semblait avoir perdu l'usage. En regardant le président dans les yeux, l'ex-domestique dit sans bafouiller : "Monsieur le juge, je ne suis pas instruit comme vous. Mais j'ai appris à ne pas mentir. Mon pauvre père y veillait. Je ne sais rien d'autre que ce que tout le monde raconte à Malmousque. Mais moi, j'ai rien vu, je ne sors pas de là. Personne me fera dire le contraire. Pourtant j'étais bien placé. Et même, je vais vous dire : ça m'étonnerait que Mme Ullmann ait fait ce qu'on dit avec Me Deshôtels. C'est tout ce que j'ai à dire." »

(*Le Petit Provençal* du 15 septembre 1906)

Aubenas, vexé, avait lancé, venimeux, au témoin :

— Ce n'est après tout que votre avis. Rien ne nous prouve…

Rabinel ne s'était pas laissé impressionner :

— Eh bè ? Vous me le demandiez, mon avis, tout à l'heure ? Je viens de vous le donner !

Raoul se serait levé pour aller embrasser le brave homme et le féliciter de son courage.

Le président rentra ses griffes pour reprendre son air de Raminagrobis et fit patte de velours.

— C'est bien, la cour vous remercie.

Il suivit d'un regard noir l'ex-domestique qui gagnait le fond de la salle pour assister debout à la suite du défilé.

L'heure suivante fut consacrée à l'audition de tous ceux « qui avaient quelque chose à dire » sur *La Bochesse*. Tous les collecteurs de ragots, les collectionneurs de turpitudes, les colporteurs de bassesses, les langues de vipères du quartier, vinrent à la queue leu leu baver sur Liselotte Ullmann. Tous les « on leur avait dit », « on disait que », « on savait bien », les renifleurs de linge sale, les guetteurs derrière les persiennes, les *je-n'ai-rien-vu-mais-on-m'en-a-parlé,* s'en donnèrent à cœur joie. Ils tenaient leur quart d'heure de gloire. Après quoi leurs petites vies de cloportes malfaisants reprendraient leur cours avec un goût nouveau.

Raoul Signoret ne fut pas surpris d'entendre l'ex-commandant Bortoli en appeler au patriotisme pour détailler les soupçons qu'il faisait peser sur « *Frau* Ullmann ». Il se faisait en quelque sorte le rapporteur autorisé et officiel des bruits qui circulaient avec insistance parmi la population de la presqu'île. Ses états de service faisaient de lui une sorte de caution de la morale publique. Selon l'ancien militaire, cette femme dominatrice n'avait fait qu'une bouchée de Me Deshôtels. Elle l'avait réduit en esclavage sexuel en exploitant à son profit ce que le militaire appelait « les faiblesses » du notaire. « Pensez, cet homme âgé, veuf, qui voit arriver chez lui cette créature diabolique, qui joue de son pouvoir de séduction, cette femme… cette femme… » Bortoli ne trouvait pas dans son vocabulaire le qualificatif adéquat et répétait « cette femme… » comme un disque rayé. Emporté par son ressentiment envers *La Bochesse,* la bave à la bouche et l'œil exorbité, il s'enflamma d'un coup. « Ah, je la vois d'ici ! Nue, déchaînée, affolant ce pauvre Deshôtels… Inventant de nouvelles obscénités pour mieux l'asservir… »

Me Pignet n'en supporta pas davantage :

— Monsieur le président, je vous demande de faire cesser le déballage des indécentes obsessions du commandant Bortoli. À chacun ses fantasmes, mais il s'agit ici d'un témoignage. Qu'a vu, qu'a entendu le témoin ? Rien de concret. Il ne fait que rapporter des potins de quartiers, des médisances sans fondement, agrémentés de ses commentaires personnels, en pensant que ses décorations sont une sorte de caution à ce qui ne relève en vérité que de l'affabulation morbide.

Bien qu'il écoutât les éructations de l'ex-militaire avec une visible complaisance, Aubenas fut bien obligé de souscrire à la requête du défenseur. On commençait à s'agiter dans les travées et des rires gras, des réflexions graveleuses fusaient de toutes parts.

Les deux témoignages suivants, ceux du scaphandrier Cauro et du charpentier Grassi, ne firent que reprendre les « intimes convictions » du commandant Bortoli, en plus rustique. On sentait que ces trois-là avaient répété leurs textes ensemble. Les deux butors ne cherchaient pas à cacher leur haine envers l'accusée et pour eux, le seul fait de *« s'encroire »* et de regarder les gens de haut était un indice majeur de culpabilité.

Mais la plus venimeuse fut l'épicière, Louisette Jourdan, vieille femme frustrée, peu gâtée par la nature. Elle bava abondamment sur « cette étrangère qui voulait tout commander chez nous ». D'après elle, Me Deshôtels lui avait plusieurs fois confié qu'il ne savait plus comment se débarrasser de sa gouvernante. Il en avait peur. Et « même qu'une fois, elle l'avait frappé », comme en témoignait *la boudufe*[1] que le notaire arborait sur la pommette droite.

Un cri fusa du fond de la salle :

— Elle ment ! Il était tombé dans le cabinet de toilette !

Victor Rabinel, indigné, venait spontanément rétablir la vérité.

Le président Aubenas, outré, fusilla l'intervenant du regard.

— Vous n'êtes pas autorisé à prendre la parole sans permission. Ici, c'est moi qui la donne ou la reprends. Vous avez été interrogé, maintenant taisez-vous. Ou la prochaine fois, je vous fais expulser !

Louisette Jourdan, la bouche tordue par le dépit d'être contestée, s'était retournée vers Rabinel. Leurs regards se croisèrent et Raoul put lire sur les lèvres de l'ex-domestique les mots : « vieille salope ».

L'interrogatoire de l'épicière reprit avec le relais de Me Oustrières qui, la questionnant sur les sources de ses informations, finit par obtenir de la vieille femme le nom de « la petite Chabas », la jeune

1. L'ecchymose, la bosse.

bonne du notaire qui avait vu et entendu « des choses pas propres ».

Durant ce défilé, face à de telles manœuvres durant lesquelles l'espèce humaine se déshonorait en montrant ce qu'elle a de plus bas, Liselotte Ullmann demeurait impassible. Son défenseur se retournait fréquemment vers elle, quand un ragot particulièrement odieux était détaillé à la barre. Il sollicitait une réaction. Mais elle, conservait son regard dans le vague. Pas un de ses traits ne frémissait face aux insinuations les plus scabreuses. Force d'âme ou insensibilité pathologique ? On eût dit que tout cela ne la concernait pas.

L'assistance se fit plus attentive quand Rodolphe Vaudois fut appelé à la barre. La face molle du filleul et successeur de Me Deshôtels, penchée sur l'épaule droite, incarnait le chagrin qui l'accablait. Ses yeux mi-clos sur des pensées funestes, sa vêture sombre, soulignaient la profondeur de son deuil. Il fut parfait dans le rôle du disciple affligé. Bien que n'appartenant pas en propre à la famille Deshôtels, il portait sur ses seules épaules voûtées la totalité du chagrin tribal, remplaçant avantageusement le déplorable Alfred, le fils du notaire, qui, à demi écroulé sur son banc, rattrapait son manque de sommeil et achevait de cuver ses libations nocturnes, se désintéressant de tout ce qui se passait ou disait autour de lui.

L'interrogatoire de Vaudois par le président et Me Oustrières porta essentiellement sur les « affaires de famille ». Était-il vrai que sur le testament qu'on n'avait pas retrouvé, l'accusée était parvenue – circonvenant l'esprit affaibli par l'âge du notaire – à occuper un rang enviable dans la dévolution successorale ?

Vaudois, avec sur sa physionomie la franchise de l'âne qui recule, fit d'abord mine de s'abriter derrière le secret professionnel. Sa discrétion naturelle, ses devoirs moraux envers la mémoire de son parrain « l'empêchaient de... », « le contraignaient à... ». Puis, quand il eut bien étalé ses scrupules et ses états d'âme tartinés de conscience professionnelle, il lâcha son venin comme les autres. Oui, Liselotte Ullmann avait circonvenu l'esprit du notaire ; oui, jouant de son ascendant sur le tabellion, elle était parvenue à se positionner comme une héritière de bon rang, passant même devant certains héritiers naturels.

Vaudois se tut un instant, demeura un moment tête baissée, ce qui eut pour effet recherché de faire monter d'un cran l'intérêt, aussi bien du côté de la cour que de celui du public. On se demandait s'il n'était pas pris d'un malaise. En réalité, il préparait sa « bombe ». Et il la fit éclater au moment où relevant la tête, il lâcha à l'attention du président :

— Mais par bonheur, j'ai pu faire revenir Me Deshôtels à la raison. Sa santé s'était altérée, ces derniers mois. Il pensait à sa fin possible. Est-ce cela qui le fit réfléchir à ses responsabilités envers ses proches ? Je ne sais. Toujours est-il qu'un soir, dans le plus grand secret, il me fit venir à son domicile pour rédiger avec mon aide un nouveau testament, rendant caduc le précédent. Là, sous mes yeux, il rétablit son fils dans ses droits et, avec cette générosité qui lui était naturelle, voulut bien me faire figurer en bon rang parmi ses héritiers. C'est cette générosité inépuisable qui poussa mon parrain à ne pas laisser pour autant Mme Ullmann démunie, puisqu'elle figure tout de même sur ce nouveau testament, mais, naturellement, loin derrière les légitimes héritiers.

Vaudois, sûr de son effet, poursuivit alors sur un ton plus ferme :

— Me Deshôtels détruisit sous mes yeux le testament qu'il avait rédigé dans un moment d'aberration mentale, sous l'influence de cette femme…

Le témoin fit une nouvelle et brève pause, puis tendit un index vengeur vers l'accusée.

— Cette femme que j'accuse aujourd'hui d'avoir dérobé le testament qui la remettait à son rang subalterne ! Voilà la raison de la mort de Me Deshôtels. C'est la vengeance atroce d'une femme qui voit ses plans déjoués.

À cet instant, on se serait cru sur les travées d'un stade de football au moment où le ballon pénètre dans la cage de but.

Une sorte de cri sauvage monta des travées, assorti d'injures et de gestes désordonnés.

Dans un effort désespéré, la défense tenta une ultime parade en demandant au témoin pour quelle raison il n'avait jamais – au cours de l'instruction – fait état de la rédaction de ce nouveau testament qu'il sortait comme le lapin du chapeau de l'illusionniste.

Mais plus personne n'était dans l'état d'esprit d'écouter la moindre explication rationnelle. Pas plus le public que les juges.

Vaudois, qui triomphait, se contenta de répondre :

— Je gardais la vérité pour l'audience.

Sans que la cour y voie sujet à étonnement.

— Où est-il ce testament ? s'écria Me Pignet. Montrez-le-nous !

Vaudois se tourna vers l'accusée vers qui il tendit un index accusateur.

— Elle l'a certainement volé ! Et détruit !

Le président eut toutes les difficultés du monde à ramener l'assistance à la raison.

Le calme rétabli à grand-peine, on en vint ensuite à l'évocation des petites séances vespérales du vieux notaire. Le filleul assura avoir reçu des confidences à ce sujet qui ne laissaient guère de doutes sur la participation active de Mme Ullmann à ce huis clos d'un genre particulier. Qui avait fait ces confidences ? Vaudois – là encore – se fit prier suffisamment pour exciter la curiosité de l'assistance et de la cour, avant de lâcher le nom de la petite bonne. Mariette Chabas – assura-t-il – avait été également conviée, moyennant finance, à apporter au notaire l'aide dont il avait besoin pour satisfaire son caprice, mais, horrifiée, elle avait décliné avec force le rôle dégradant qu'on voulait lui faire jouer, quand une autre n'avait pas eu son scrupule. En disant ces derniers mots, Rodolphe Vaudois s'était de nouveau tourné vers l'accusée, mais celle-ci ne daigna pas le regarder, toujours aussi étrangement absente du débat dont elle était le centre.

En entendant pour la seconde fois en quelques minutes prononcer par les témoins le nom de Mariette Chabas comme caution à leurs arguments, Me Pignet eut une réaction dictée par l'agacement :

— Je me permettrai de faire remarquer à la cour que le témoignage d'une morte est chose bien commode quand on veut porter une accusation sans avoir à en fournir les preuves. On peut mettre dans la bouche de la disparue tout ce qui peut charger l'accusée. On est sûr de n'être pas contredit ou contesté. Je trouve que l'on prête une oreille bien complaisante à tous les clabaudages, médisances, dénigrements qui viennent de nous être impunément infligés, seulement étayés par des racontars, des ragots de bistrots ou d'épiceries, quand les témoignages impartiaux de deux personnes bien vivantes, elles, mieux placées que quiconque pour les rapporter – je parle ici de Célestine Maurin et Victor Rabinel – ont été à peine écoutés et encore moins pris en considération.

Le défenseur de Liselotte Ullmann *« s'était fait les poumons »,* comme ne manqua pas de le dire à Raoul l'inépuisable Auguste Robane, mais il venait de se faire un ennemi supplémentaire en la personne du président de la cour d'assises, manifestement visé pour avoir « à peine écouté » et non « pris en considération » les témoins qui pouvaient servir la défense. Le coup d'œil d'Aubenas à Me Pignet valait tous les discours sur la vengeance.

C'est dire que les témoignages du consul général d'Allemagne à Marseille, Fritz Helling, et du pasteur Ludwig Walther furent impuissants à redresser le fléau de la balance que brandit Thémis sur les bas-reliefs qui décorent les murs des tribunaux.

Le diplomate parut à la barre dans la tenue qu'il pensait indispensable à la dignité de sa fonction : il était en redingote noire par une température de 35°, ce qui relevait du stoïcisme. Mais surtout, sa raideur naturelle, sa diction saccadée, le monocle vissé à son œil gauche, sa barbiche impeccable, son col cassé, tout contribuait à lui conférer pour la foule présente l'apparence d'un *Boche* de caricature.

Le consul général se contenta d'une déclaration qu'il lut, où, d'après les renseignements fournis par l'Ambassade d'Allemagne en France, *Frau* Ullmann présentait toutes les garanties de moralité et de bonne vie et mœurs. Inutile de dire qu'elle fut à peine écoutée.

Soulagé de n'avoir pas à prolonger cette inutile déposition, le président remercia chaleureusement « son Excellence » et la congédia aussitôt.

Plus émouvante et plus vraie fut l'intervention du pasteur Walther.

— C'est un *Fritz* ? avait demandé Robane à son confrère du *Petit Provençal.*

— Un Alsacien.

— Il a un nom de *Fritz.*

— C'est très étonnant en effet, mais laisse-moi écouter.

Le pasteur expliquait :

— Il existe dans notre Église une chaîne d'amitié et de solidarité entre pasteurs, par-dessus les frontières et au-delà des politiques nationales, expliquait Ludwig Walther. Les maillons qui composent cette chaîne, nous les forgeons avec notre foi commune. Chez nous, il n'y a pas les Allemands d'un côté, les Français de l'autre. Nous lisons la même Bible, nous partageons les mêmes convictions, la même foi. C'est moi qui ai accueilli et aidé Mme Ullmann à son arrivée à Marseille. Si je n'avais pas été rassuré par mon confrère Liebert, pasteur de l'église luthérienne de Bamberg, je n'aurais pas pris le risque de recommander cette femme à Me Deshôtels par l'intermédiaire d'un de ses clients qui est un ami personnel. Or, je possédais sur Mme Ullmann des renseignements précis qui ne laissaient aucun doute sur sa moralité. En outre, j'ai pu mesurer, pour l'avoir côtoyée depuis sept ans, la générosité et la bonté d'âme de cette femme qui milite dans les associations caritatives protestantes de Marseille, qui, ses jours de sortie, visite régulièrement les malades de l'infirmerie de la rue d'Eylau, où sont soignés les patients de notre confession et qui, malgré la modestie de sa situation, a maintes fois porté des secours matériels, en vêtements ou en nourriture, à des frères et sœurs plus démunis qu'elle.

Le tableau était idyllique, la sincérité de cet homme de foi touchante, mais il allait trop à l'encontre de l'image toute faite que le public et les juges avaient de l'accusée, pour avoir un réel pouvoir de persuasion. Il eût impliqué une révision trop déchirante des idées reçues. Personne ne semblait décidé à en tenir compte. Surtout pas les juges.

À la demande de la défense on fit revenir à la barre le docteur Brouardel pour l'interroger sur les observations faites par lui sur le corps du notaire.

C'était le moment attendu par tous. Celui où il allait bien falloir aborder le détail des pratiques amoureuses particulières du vieillard rhumatisant. On ne pouvait décemment s'y dérober. D'autant plus que Me Pignet, désireux de refaire son retard, déclarait tout net son intention d'aborder sans plus tarder ce sujet scabreux.

— Monsieur le président, c'est un secret de Polichinelle parmi la population de la presqu'île de Malmousque, que les mœurs singulières de Me Deshôtels le faisaient recourir à des adjuvants qui, dit-on, ont fait leurs preuves, mais ne sont pas sans danger.

L'avocat de la défense fit face à la salle.

— Sans entrer dans d'obscènes détails, je me dois ici de rappeler – quitte à choquer la pudeur des dames présentes à l'audience – qu'il est connu qu'une strangulation légère entraîne une excitation séminale propre à obtenir par des moyens détournés une satisfaction sexuelle que les façons ordinaires vous refusent.

Pour vouloir éviter un vocabulaire par trop évocateur, Me Pignet était en train de semer en route une partie de l'auditoire. Parmi les jurés – où figuraient plusieurs hommes venus de la campagne, peu habitués aux allusions et finesses des prétoires – des plis soucieux étaient apparus sur des fronts charnus et transpirants. Des rides d'incompréhension encadraient des bouches ornées de moustaches. Dans la salle, ceux qui ne saisissaient pas le sens de ces mots savants cherchaient auprès de leur voisin ou voisine celui ou celle qui pourrait les éclairer. D'autres, plus au fait, émettaient des rires gras ou glissaient des sous-entendus égrillards, si bien qu'au fur et à mesure que l'avocat parlait montait des travées un brouhaha, fait de dizaines de chuchotis, de rires sous cape, d'exclamations étouffées, de plaisanteries douteuses.

Le maillet du président Aubenas ramena un certain calme dans la classe dissipée, mais plus personne n'écoutait le défenseur de Liselotte Ullmann. Pourtant, celui-ci poursuivait consciencieusement ses explications. Il s'était tourné vers les jurés qu'il espérait plus attentifs :

— Il est évident qu'on ne peut pas se livrer à de pareilles expériences sans l'aide d'un tiers. On tente de vous faire admettre que ce tiers-là ne pouvait être que Mme Ullmann. Depuis le premier jour, ma cliente repousse avec horreur ces insinuations si contraires à sa morale religieuse et privée. C'est sa parole contre celle de ses accusateurs. Pourquoi les croirait-on plus qu'elle ?

Raoul était attendri devant tant de sincère naïveté. Son ami Bernard avait bien besoin de faire tanner son cuir au soleil brûlant du pénal. Il était encore bien tendre pour émouvoir un jury aux idées toutes faites et des magistrats rompus à toutes les ficelles de leur redoutable métier par des années de pratique. Dans un procès d'assises, tous les coups sont permis. Surtout les coups en vache. La sincérité n'est jamais un thème de plaidoirie.

Le chroniqueur du *Petit Provençal* faisait à Me Pignet les réponses qu'il lisait sur les visages des petits-bourgeois et des rentiers de Malmousque. Pourquoi ne pas la croire, elle ? Parce qu'elle est une femme étrangère, voyons ! Circonstance aggravante, une jolie femme. Parce que malgré cet orgueil dont elle fait montre, ce n'est après tout qu'une employée cherchant à salir la mémoire du maître qui la faisait vivre. Mais surtout parce que c'est une *Bochesse.* On peut s'attendre à tout avec cette race de voleurs qui nous ont pris l'Alsace-Lorraine après nous avoir mis à genoux. Ah, ils se croient tout permis ? On va leur montrer qu'on ne se laissera plus faire à présent ! La revanche est à notre portée. On commence avec elle.

Le front baissé, comme un courageux petit taureau, l'avocat de la défense creusait les arguments de sa contre-offensive.

— Docteur Brouardel, avez-vous retrouvé, dans le lit de Me Deshôtels ou sur la chemise de nuit qu'il portait, des traces d'une activité séminale ?

— Il peut pas dire « de foutre », comme tout le monde ? glissa Robane en pouffant derrière sa main.

— Aucune, répondit le praticien.

Il hésita une seconde puis lâcha avec un demi-sourire qui démentait son maintien strict :

— Mais ça ne signifie rien. Il est possible de recueillir les conséquences d'une activité sexuelle par d'autres moyens ou d'autres voies, si vous voyez ce que je veux dire.

Ceux qui avaient compris ricanèrent, les autres ponctuaient leur questionnement de *keskidi ? keskidi ?* qui rebondissaient en échos à travers la salle d'audience.

— Il n'empêche, poursuivait – imperturbable – l'avocat de la défense, qu'on peut déduire de cette absence de traces que ce soir-là Me Deshôtels ne sera pas allé au bout de ses… intentions. À cet âge, le résultat recherché ne s'obtient pas chaque fois.

— Peut-être, admit l'expert. Mais rien ne nous l'assure.

— Je pensais, continua Me Pignet, que s'il en était ainsi c'est peut-être parce que Me Deshôtels avait été étranglé *avant.*

L'avocat appuya sur le dernier mot.

— Avant quoi ? interrogea l'avocat général, qui devait être le seul à n'avoir pas compris, sortant brusquement de son silence.

— Avant qu'on ne le pende à l'espagnolette pour laisser croire à un suicide.

Me Oustrières réclama la parole qui lui fut aussitôt accordée.

— Je vais vous surprendre, dit-il en s'adressant aussi bien à la cour qu'aux jurés, mais je suis entièrement d'accord avec mon estimé confrère. On a tout fait pour laisser croire à un suicide de Me Deshôtels. Je suis d'accord, sauf sur un point, capital à mes yeux : ce n'est pas un hypothétique assassin qui a pendu le notaire Deshôtels.

Il fit volte-face et tendit un bras vengeur vers l'accusée :

— C'est cette femme-là qui seule avait accès direct à la chambre où le notaire a été pendu, mais ne daigne pas s'expliquer devant vous. C'est elle qui a maquillé le crime en suicide. Regardez-la, messieurs les jurés. Elle est à la fleur de l'âge. N'a-t-elle pas la vigueur nécessaire pour transporter le corps pantelant d'un vieillard de soixante-douze ans qu'elle vient d'étrangler avec une poigne d'homme et le suspendre à la crémone à l'aide de mouchoirs noués serrés ?

Un murmure horrifié parcourut les travées.

Robane ne perdit pas l'occasion d'en placer une nouvelle :

— Si j'ai bien suivi, ce n'est plus *La Bochesse* qu'on devrait l'appeler, mais *L'Espagnolette* !

Le banc de la presse fut secoué d'un fou rire collectif d'autant plus difficile à dissimuler qu'il était contenu.

Le président Aubenas lança un regard noir dans sa direction.

Oustrières tenait l'auditoire en main :

— Oh, je n'irai pas jusqu'à affirmer qu'elle ait tué volontairement son employeur. C'est vous messieurs les jurés qui devez, en votre âme et conscience, nous le dire. Ce que je dis, moi, c'est qu'ayant commis, par maladresse ou brutalité, un homicide, elle a tout fait pour le camoufler en suicide, voire en faire porter la responsabilité sur d'autres.

Une nouvelle longue plainte horrifiée monta de l'assistance.

Pour ne pas laisser l'avantage à son adversaire,

Me Pignet fit dévier l'interrogatoire de l'expert en évoquant les restes de cantharide retrouvés dans les viscères du notaire.

Le président Aubenas fixa l'avocat de la défense avec des yeux furibards. Comme s'il était déplacé d'évoquer cela à l'audience.

Me Oustrières qui avait saisi le regard du magistrat et ce qu'il signifiait en profita pour reprendre la main.

— Monsieur le président, permettez-moi de faire remarquer à mon confrère que nous ne sommes pas devant votre cour pour savoir si Me Deshôtels est mort empoisonné. Cette question est donc déplacée. Me Deshôtels – faut-il le rappeler ici – est mort étranglé. On l'a retrouvé pendu. Je ne sache pas que ce qu'il a pu absorber avant son décès soit pour quelque chose dans la cause de sa mort. L'usage qu'il faisait de certains adjuvants pour retrouver la vigueur de sa jeunesse relève de la sphère privée et je trouve indécent qu'il y soit fait allusion au cours d'une audience publique. On cherche à salir la mémoire du notaire en étalant ses prétendues turpitudes. Le procédé est d'une bassesse que je me garderai de qualifier.

Le président Aubenas approuvait de la tête l'argumentation de la partie civile à laquelle il paraissait acquis d'avance, au fur et à mesure que l'avocat la développait.

Sans se préoccuper de l'interruption de son adversaire, Bernard Pignet poursuivit alors que des travées montaient des protestations :

— Il est notoire que le notaire avait eu fréquemment – bien avant l'arrivée de Mme Ullmann à Marseille – recours aux services de filles publiques qu'il faisait ramener à son domicile. Et qu'en dépit de son âge et de ses infirmités, il y recourait encore tout dernièrement si j'en crois certains témoignages.

Sans aller jusqu'à le désigner nommément, l'avocat tenta de croiser le regard d'Alfred Deshôtels. Peine perdue. Il somnolait, la bouche ouverte. Il n'est pas certain que même par un jour pareil il ait eu la décence de venir à l'audience à jeun après une nouvelle nuit de débauche.

— Ces filles, nombre d'habitants de Malmousque ont pu en observer l'arrivée ou le départ de la villa, poursuivait le défenseur. C'était même un sujet de plaisanterie – un de plus. On se passait la nouvelle en se poussant du coude : « Tiens, le notaire se fait encore moucher la chandelle, ce soir. » Ces visiteuses entraient et sortaient de la chambre de Me Deshôtels par la porte du palier au premier étage. Jamais aucune d'entre elles n'emprunta l'escalier intérieur conduisant à la chambre de Mme Ullmann au rez-de-chaussée. Elle s'y serait opposée. Si bien que, si ma cliente – par force – fut mise au courant des pratiques intimes de son employeur, jamais elle n'y fut mêlée, pas plus – a-t-elle loyalement reconnu devant le magistrat instructeur – qu'elle ne fut sollicitée par le notaire pour y participer. Son témoignage est dans le dossier, il est à votre disposition.

Aubenas intervint :

— Où voulez-vous en venir, maître ?

— À ceci, monsieur le président. Qui nous dit que parmi le va-et-vient de ces étrangères à la villa qui, probablement, ne venaient pas jusqu'à Malmousque de nuit sans être accompagnées par qui l'on devine, ne se trouve pas le ou les assassins de Me Deshôtels ? Je trouve l'enquête bien légère sur cette question, pourtant d'une importance considérable pour l'établissement de la vérité.

Dans la salle, chacun y allait de sa réflexion ou de ses doutes exprimés à mi-voix, si bien que Me Pignet prêchait dans le désert sous l'œil goguenard de son confrère – dont les mimiques amusaient la galerie – et le regard de saurien de l'avocat général Kramer qui paraissait s'ennuyer ferme.

Il étouffait un bâillement quand le président Aubenas sonna l'heure de la récréation, donnant rendez-vous à chacun pour entendre les plaidoiries et le réquisitoire. Le jugement serait rendu le soir même.

Le programme que le magistrat s'était fixé serait tenu. Il avait dit à ses collègues avant de commencer : « Deux jours à deux audiences par jour et l'affaire est réglée. »

*

Comme prévu, l'ultime audience du procès Ullmann fut tout entière consacrée aux interventions du procureur général et des avocats de la partie civile et de la défense. Leurs comptes rendus figurent largement dans les journaux marseillais du lendemain et chacun peut s'y reporter dans les collections des archives de la Chambre de Commerce. Nous les épargnerons donc au lecteur, d'autant que les divers intervenants n'apportèrent aucun élément nouveau dans leurs plaidoiries, encore moins de ces coups de théâtre toujours espérés, propres à créer la sensation, à secouer l'opinion, à transformer le ronron procédurier en un drame à rebondissements, à faire basculer les assurances des juges et des jurés dont l'opinion était faite depuis l'ouverture des débats.

Le procureur Kramer calqua son argumentation sur celle de la partie civile à qui il coupa quelques-uns des effets préparés par Me Oustrières, si bien que ce dernier dut improviser. L'avocat, rompu à l'exercice, connaissant les ficelles du métier pour empoigner l'opinion en lui contant des histoires de croquemitaines, le fit en décrivant par le menu, comme s'il y eût assisté, la façon dont la machiavélique et implacable Allemande s'y était prise pour faire passer le notaire de vie à trépas, tout en ayant l'air de souscrire à son programme de réjouissances séniles. « Elle jouait à l'esclave soumise alors qu'elle était avant tout une servante-maîtresse, habile à voir son intérêt et à se doter des moyens – de tous les moyens, jusqu'au meurtre inclus – pour l'obtenir. » Cette péroraison fit sensation sur le jury comme sur l'assistance, muette d'émotion.

Me Pignet, répugnant à recourir à ces procédés indignes de la haute idée qu'il se faisait de son métier et de son rôle, plaida le manque flagrant de preuves concrètes, l'absence de témoins fiables, l'attitude morale et les principes de sa cliente, mais ces arguments n'intéressèrent personne. Un brouhaha diffus s'était répandu dans la salle d'audience, fait de centaines de chuchotements, de réflexions glissées à mi-voix, de commentaires fielleux qui prouvaient bien que la peine que se donnait le défenseur était vaine.

Avant de quitter l'audience en compagnie du jury, le président Aubenas donna sans conviction la parole à l'accusée puisque le code de procédure pénale le veut ainsi.

À la surprise de tous Liselotte Ullmann se leva et parcourut l'assistance du regard. Sa voix monta, d'abord faible, puis s'affirmant. Sans une ombre d'accent, elle déclara :

— Monsieur le président, je suis innocente du crime que l'on m'impute. Tout ce que j'ai entendu depuis hier relève de la calomnie pure et simple. La calomnie est entrée dans ma vie dès mon arrivée chez Me Deshôtels. Je n'ai cessé de recevoir des lettres d'injures, des menaces anonymes. Je n'en ai jamais tenu compte. J'ai sans doute eu tort. J'ai ma conscience pour moi, cela me suffit. C'est tout ce que j'ai à dire.

La brièveté de l'intervention prit tout le monde de court. Le président toussota, coiffa son mortier, on crut qu'il allait ajouter quelque chose, mais il se leva, soulagé d'en finir, suivi par les jurés comme une couvée de canards maladroits qui se cognaient aux chaises et se bousculaient pour quitter la salle.

La rumeur qui monta des travées s'enfla, puis finit par s'apaiser. Les commentaires étaient à bout d'arguments. On attendit le retour des absents dans une atmosphère chargée d'électricité.

Le délibéré ne prit pas plus de trois quarts d'heure. Raoul Signoret connaissait la signification de cette brièveté. Les jurés s'étaient trop rapidement mis d'accord pour que ce soit sur un verdict de clémence.

En effet, le président du jury lut les réponses : toutes étaient positives sur la culpabilité de l'accusée. Les circonstances atténuantes avaient été refusées. Le reporter du *Petit Provençal* vit comme dans un cauchemar la silhouette monstrueuse de la guillotine se dresser entre lui et Liselotte Ullmann. Sur son banc,

Bernard Pignet avait la tête baissée appuyée sur sa main. Il figurait l'image de la désolation.

Le président reprit la parole pour l'énoncé du verdict. Raoul Signoret s'attendait à ce point au pire qu'il fut presque soulagé de percevoir dans un brouillard de mots seulement les derniers, tandis que des cris montaient de la salle :

« ... la condamne à vingt années de réclusion criminelle... ».

Des clameurs, des insultes, des hurlements mêlés à des applaudissements montèrent des travées vers la condamnée.

— C'est pas assez ! C'est au moins perpète, qu'elle mérite !

Liselotte Ullmann s'était dressée telle une statue antique et l'émotion – sans doute – la fit spontanément se réfugier dans la langue maternelle.

— *Ist unmöglich*[1] *!*

Avant de retomber en larmes sur son siège elle cria :

— *Hören Sie auf, im Gottes willen ! Ich bin unschuldig*[2] *!*

Les plus excités, surpris par la sonorité de ces étranges paroles, crurent-ils à des insultes ? Ces mots inconnus dont ils ignoraient le sens, les prirent-ils pour une ultime provocation ?

Des cris éclatèrent, accompagnés de sifflets et de poings levés. Quelques-uns parmi les plus remontés, dont le charpentier Grassi et le boucher Baude, s'approchèrent sans pitié en hurlant *« À mort, La Bochesse ! »*

1. Ce n'est pas possible !
2. Écoutez-moi pour l'amour de Dieu ! Je suis innocente !

Le président Aubenas s'était à son tour dressé, outragé comme si on s'en était pris à sa fonction. Dans un tumulte croissant, il désigna Grassi, criant à l'attention des gardes qui attendaient des ordres :

— Saisissez-vous de cet homme !

Une cour d'assises ne pouvant recourir à une comparution immédiate, Grassi fut mis au frais en attendant qu'un tribunal correctionnel statue sur son sort. Le commerçant récolta six mois de prison ferme, malgré ses protestations et celles de ses congénères.

Si bien que l'audience s'était achevée dans une totale confusion.

— Quel gâchis ! s'exclama Me Pignet en retrouvant Raoul qui l'attendait dans la salle des pas perdus.

Le reporter prit son ami par les épaules.

— Tu as fait l'impossible.

— Mais ce verdict, Raoul ! S'ils sont persuadés que c'est elle, elle mérite la mort. S'il y a un doute, vingt ans, c'est l'éternité. On la condamne sur des ragots ! Sans preuves, sans témoignage digne de ce nom !

— Elle sauve sa tête, Bernard...

— Tu parles... Vingt ans ! Quand elle sortira, ce sera une vieille femme. Et son gosse ? Tu y penses, à son gosse ? Qu'est-ce qu'il va devenir, Thomas, pendant tout ce temps ?

Raoul Signoret avait sa petite idée sur la question. Mais ce n'était ni le moment ni le lieu de l'exposer.

Même à un ami comme Bernard...

13.

Où l'on se demande s'il est raisonnable de déjeuner d'une bouillabaisse, d'un tournedos béarnaise, d'un chapon truffé, de haricots verts à la crème et d'un parfait au moka, quand on a un grand dîner de gala prévu pour le soir même...

— Il va avaler tout ça, Fallières ?

— Oouh ! tu as vu le gabarit et la bedaine du nouveau Président[1] ? Il faut le remplir, cet homme. N'oublie pas qu'il est du Sud-Ouest, on y aime les nourritures roboratives.

L'air ahuri, par-dessus l'épaule de son confrère André De Rocca, Raoul Signoret contemplait la *Une* du *Petit Provençal* daté du 16 septembre 1906, tout entière occupée par le portrait du Président de la République, barbiche immaculée et longues ondulations artistement assorties.

Armand Fallières, huitième président de la IIIe République, débarqué de son train spécial, était

1. Il avait été élu en janvier 1906.

à Marseille depuis le matin pour visiter l'Exposition coloniale ouverte depuis six mois !

De Rocca détaillait à haute voix à l'intention de ses confrères les menus – publiés par les journaux marseillais – que l'on servirait au Président et aux membres du gouvernement venus – enfin ! – honorer une manifestation qui ne les avait pas attendus pour drainer vers les allées du parc créé pour elle plus d'un million et demi de visiteurs arrivés du monde entier.

— Écoutez ça, les amis ! Au déjeuner : *Bouillabaisse Isnard – tournedos béarnaise – chapon de Bresse truffé...*

— Un tournedos après la bouillabaisse ? s'étonnait Auguste Escarguel. Quel gâchis !

— Attendez, *Gu*, ça c'était la mise en bouche. Je reprends et poursuis : *chapon de Bresse truffé, salade, haricots verts à la crème, parfait au moka, desserts* (au pluriel), *café, liqueurs.* Et pour faire descendre tout ça : *Sauternes, Château-Léoville, Corton, Grand Crémant.*

— Quelle horreur ! gémit le vieux rédacteur.

— Moi, le quart de ça me suffit pour dormir une semaine, comme les pythons ! s'exclama Albano, du service des sports.

— Attends, conseilla De Rocca, tu n'as pas tout vu. Le soir, ils remettent ça à la Préfecture. Écoute un peu, on n'y croit pas : *Consommé Sévigné, bouchées Pétrarque, saumon de Loire crème Nantua, cœur de filet Maréchale, perdreaux pochés Régence, aspic de foie gras en Bellevue, sorbet Mireille* – ça c'est pour faire un peu de place – et ça repart : *pintade fermière truffée, macédoine russe, glace Salammbo, desserts, café, liqueurs*[1].

— Ah, les salauds ! clama un autre. Je comprends pourquoi ils s'accrochent tant à leurs mandats !

De Rocca acheva sa litanie.

— Je vous fais grâce des vins parce que rien qu'à lire leurs noms, j'ai le foie comme un alambic. Finalement, le menu de midi était assez léger, comparé à ce qu'ils enfournent le soir. Là, tu vas te coucher avec les dents du fond qui baignent !...

— Moi, dit Pécheral, du service économique, ça me ferait deux semaines, et encore je pourrais inviter des copains.

— Quand je pense, dit Raoul Signoret en se levant, que la République se goinfre sous les ors d'un palais construit pour plaire à Badinguet, tandis qu'on enterre aujourd'hui Adrien Ferrari, trente-deux ans, mort après quatre jours d'agonie, pour avoir voulu sauver un encaisseur du Crédit Lyonnais attaqué par des bandits... Il a donné sa vie pour 1800 francs par mois... Il laisse une femme et quatre enfants. Combien de mois de salaires pourrait-on offrir à sa veuve avec ce qui va être englouti par ces *gavalars*[2] décorés ? Tiens ! ça me dégoûte.

Le reporter jeta le journal sur la table et se dirigea vers la sortie de la salle de rédaction.

— Pour clamer haut et fort mon indignation républicaine, je me mets en grève jusqu'à demain.

Auguste Escarguel, qui prenait tout au mot, se levait déjà pour raisonner son jeune confrère.

---

1. Ces menus ahurissants ont été réellement servis. Ils ont été publiés dans les journaux marseillais de l'époque.

2. Goinfres, gloutons.

— Ne vous inquiétez pas, *Gu,* je plaisante. L'actualité judiciaire me laisse un peu en paix, j'en profite pour aller de ce pas prendre le *Circulaire Corniche* et déguster la soupe au pistou que nous mitonne Colette, la patronne du *Chalet de Maldormé,* en compagnie de mon oncle et de Boucard. Vous vous souvenez de Boucard ? *Le Bouc*, du *Bavard* ?

Tous connaissaient cette figure du journalisme marseillais.

— Tu vas pas couper à un couplet de *Faust* au dessert, blagua De Rocca.

— S'il ne commence pas avant ! répliqua Raoul en coiffant son panama. Il a dû déjà me servir les trois premiers actes. Pour peu qu'ils fassent un duo avec mon oncle, je ne suis pas tiré d'affaire...

La ville tout entière avait fait toilette pour accueillir l'hôte de l'Élysée. Partout des mâts avaient été dressés, portant des oriflammes, des festons patriotiques, des astragales officielles et des girandoles électriques. Les chaussées avaient été lavées et les clochards ou autres mendiants priés de se faire discrets. On voyait des gardiens de la paix à tous les carrefours et les motrices de tramways elle-mêmes arboraient de petits drapeaux tricolores qui palpitaient au moindre souffle de vent.

Raoul Signoret grimpa sur la plate-forme avant de la motrice *Buffalo*, qui ressemblait à un jouet pour grandes personnes. C'était la place de prédilection du reporter pour mieux contempler le spectacle toujours renouvelé qu'offraient le Vieux-Port et la rade pourtant connus par cœur. Les grands voiliers alignés comme à la parade, mât de beaupré tourné vers le quai, côtoyaient les barquettes des pêcheurs et les balancelles venues d'Espagne. Franchi le pont-ouvrant du bassin du carénage, au pied de Saint-Victor dont les créneaux rappelaient le temps lointain où la basilique avait sa place dans les défenses de Marseille, la montée en pente douce du boulevard Charles-Livon, qui passait en tranchée entre les deux parties du Fort Saint-Nicolas, masqua le paysage marin, mais ce fut pour mieux le retrouver à partir de la plage des Catalans, porte d'entrée de la Promenade de la Corniche. Le panache noir fusant des deux cheminées du *Shangalien* des Messageries Maritimes, partant pour Saïgon, se déployait dans le sillage du paquebot blanc, telle une traîne de deuil, comme si le grand navire cherchait à retarder le moment des adieux à son port d'attache. Le *Circulaire Corniche* approchait de Malmousque. Déjà apparaissaient les sentinelles rocheuses du Frioul et du Château d'If. Tout en offrant son visage à l'haleine iodée de la mer, qui le rafraîchissait des effets d'une canicule prolongée décidée à faire durer l'été six mois au lieu de trois, le reporter repensait au drame qui avait conduit Liselotte Ullmann en prison pour longtemps. Après toutes ces semaines de tension, il se sentait brusquement vacant. Il n'aurait su, à cet instant, expliquer pourquoi, mais il avait l'impression irraisonnée que tout n'était pas fini. Est-ce pour cela qu'il avait pris prétexte de la découverte des talents culinaires de la patronne du *Chalet de Maldormé* afin d'attirer sur les « lieux du crime » son oncle qu'il savait gourmand ? La soupe au pistou et le rosé fruité de Colette favoriseraient-ils une réflexion commune ? Raoul était bien placé pour savoir qu'une fois le rôle de la Sûreté achevé et le relais pris par la Justice, le commissaire divisionnaire

Baruteau n'aimait guère revenir sur une affaire qu'il estimait classée. Mais sait-on jamais ? Le neveu n'avait-il pas à deux reprises, à la Blancarde – pour l'assassinat de Mme Magnan – et au Rouet – dans l'affaire du docteur Danglars[1] – obligé son oncle à reprendre l'enquête de zéro ?

Quand Raoul Signoret pénétra dans la salle du *Chalet de Maldormé*, Placide Boucard était déjà là, assis à sa table habituelle, dans le fond. Le moral avait l'air au beau fixe. Il accueillit son jeune confrère avec une citation de l'inépuisable *Faust.*

« Je voudrais bien savoir quel était ce jeune homme
Si c'est un grand seigneur et comment il se nomme… »

Le reporter entra dans le jeu et fit une révérence :

— Raoul Signoret du *Petit Provençal.*

Le Bouc imita la voix flûtée de Marguerite :

« Les grands seigneurs ont seuls des airs si résolus. »

Puis reprenant son timbre normal :

— Assieds-toi, mon collègue. Ton oncle sera des nôtres ?

— Parbleu, fit Raoul. Dès qu'il s'agit de manger, il ne rate aucun rendez-vous.

Comme pour lui donner raison, la porte d'entrée s'écarta sur la silhouette massive du commissaire Baruteau. Il était fort élégant dans un costume d'alpaga clair où l'habileté des tailleurs de la *Belle*

1. Voir *L'Énigme de la Blancarde* et *Le Secret du docteur Danglars, op. cit.*

Jardinière était parvenue à loger sa panse imposante. Le policier aperçut son neveu et un large sourire s'ouvrit sous la touffe noire de sa moustache. Raoul fit les présentations.

— Mon cher Boucard, dit Baruteau, mon sacripant de neveu m'a tendu un piège grossier en pensant que seule ma gourmandise m'aura conduit en ces lieux hospitaliers. Mon petit doigt me dit qu'il a des choses à débattre avec moi. Elles n'ont rien à voir avec la composition de la soupe au pistou, et il souhaitait du renfort à ses côtés pour monter à l'assaut. D'où votre présence à cette table. Me trompé-je ?

Le Bouc, qui ne se laissait pas impressionner par le premier venu, fût-il directeur de la Sûreté, répliqua sur le même ton de comédie :

— Monsieur le commissaire divisionnaire, je reste comme deux ronds de flan devant votre puissance de déduction. Mais l'un n'empêche pas l'autre. Commençons par la question la plus importante. Êtes-vous de l'école du fromage râpé ?

Baruteau recula le buste et la main sur le cœur proféra solennellement :

— Monsieur Boucard, celui qui, devant moi, mettrait du fromage râpé dans le pistou, je lui *lève le bonjour* pour la vie. Ma mère le proscrivait. C'est comme la langouste dans la bouillabaisse : c'est du gaspillage.

— Vous me rassurez, dit *Le Bouc.* Pourtant, Reboul[1] en met.

Le visage du policier s'affligea.

1. Auteur du mémorable *La Cuisinière provençale*, ouvrage centenaire, toujours réédité (Éd. de l'Aube).

— Je sais… Mais il dit que c'est une soupe d'origine génoise. C'est peut-être la recette italienne qu'il donne. En tous cas, ma pauvre mère se serait déshonorée en y recourant. Disons qu'il y a deux écoles, j'appartiens à celle de la pureté et de l'ascèse. Rien de superflu. Donc : *sans râpé.*

— Moi aussi, assura le vieux rédacteur. J'en conclus que vous n'y mettez pas de pâtes.

— Bien sûr ! Pour les mêmes raisons. La recette maternelle n'admettait, outre les pommes de terre, que des légumes frais : courgettes, poireaux, céleri, haricots blancs, haricots rouges à écosser, parfois un navet ou deux.

— Elle bannissait le coulis au profit de la tomate fraîche ?

— Dieu garde !

— Allons au bout des choses, proposa Placide Boucard : madame votre mère n'y mettait pas non plus de ces haricots verts pour gens du Nord ?

— Des écheleurs, monsieur Boucard. Uniquement des écheleurs.

L'examen avait satisfait l'ex-journaliste sportif. Il sourit, rassuré, au policier.

— Bien ! Je crois que nous pouvons rompre le pain ensemble, monsieur le divisionnaire. Nous sommes de la même école.

— C'est aussi mon avis, répondit le policier avec un clin d'œil à son neveu.

Comme pour illustrer par un point d'orgue ces échanges culinaires, Colette – suivie par son époux qui amenait le rosé comme on porte un ciboire – posa sur la table une imposante soupière pleine d'un potage épais servi à peine tiède, comme il se devait par ces temps de chaleurs, d'où s'exhalait la puissante senteur du basilic longuement pilé, mêlé à l'huile d'olive et à l'ail dans un mortier de marbre, jusqu'à obtenir cette pommade odorante qui fait l'originalité de ce qui, sans elle, ne serait qu'une variante du *minestrone*.

Sans attendre, Colette plongea sa louche dans le mortier de légumes mêlant les couleurs et les parfums dans un camaïeu visuel et olfactif qui fit saliver les convives. Elle procéda à la répartition dans les assiettes avec des gestes d'officiant au moment de la communion. On s'attendait à l'entendre dire avec chaque louchée : *« Prenez et mangez, car ceci est ma recette... »*

Un moment de recueillement plana sur la tablée, seulement troublé par des bruits de succion sur les cuillères à soupe.

Après la première série d'assiettées, *Le Bouc* servit une tournée de rosé dont la bouteille transpirait à l'égal des convives qui commençaient à suer leurs calories. *« Prenez et buvez... »*

Baruteau huma le vin, y trempa les lèvres, claqua de la langue et rendit son verdict :

— Étonnant, ce fruit qu'il a ! J'en inviterais bien quelques flacons dans ma cave. Où le trouve-t-on ?

— À la Bédoule, dit Boucard. C'est du vin de propriétaire franc comme l'or. C'est pas pour un rosé pareil que les vignerons du Languedoc crieraient au sucrage.

— Il vaut combien ?

— L'hectolitre vous revient à dix francs.

— C'est donné. Mais cent litres... Où les mettre ?

Raoul intervint :

— Et si on partageait à trois ? On y va ensemble

dans votre superbe auto, mon oncle, et ça ne nous fait guère qu'une quarantaine de bouteilles chacun.

— Tope là, dit Baruteau en scellant l'accord par une nouvelle gorgée.

L'enthousiasme qui accueillit la deuxième tournée de soupe au pistou ne faiblissait pas. Le ballet des cuillères alternait avec celui des serviettes qui tamponnaient des reliquats de soupe captifs des poils de moustaches. Par l'ouverture du passe-plat, Colette observait la tablée d'un œil attendri et reconnaissant.

— Fameuse ! s'exclama pouce levé dans sa direction le chef de la Sûreté marseillaise. Depuis celle de ma pauvre mère, je n'en avais pas mangé de meilleure !

Colette rosit de plaisir. Elle nota que le policier avait placé les deux recettes à égalité. Un homme qui ne met pas la cuisine de sa mère au-dessus de la vôtre vous fait le plus beau des compliments.

Repu, bien que la perspective d'une troisième assiettée ne lui fasse pas peur, « histoire de ne pas vexer la patronne en laissant des restes », Baruteau en vint à la raison de la rencontre.

— Si nous abordions l'ordre du jour ? proposa-t-il.

Il s'adressa en particulier à Boucard.

— Mon neveu, qui n'hésite jamais à être déraisonnable, s'est mis en tête de ne pas en rester là à propos de l'affaire Ullmann. Il m'a déjà fait le coup plusieurs fois, ça ne m'étonne donc guère de sa part. Mais de la vôtre, mon cher Boucard, un peu plus. Vous me paraissez être doté de cette équanimité que l'âge confère. Or, me dit Raoul, vous êtes tout *dévarié* pour avoir observé des choses qui, des choses que… Bref, dites-moi quoi.

L'ex-journaliste du *Bavard* ôta sa serviette, ouvrit son bouton de col et après avoir lampé une gorgée de rosé, commença ainsi :

— Eh bien, voilà. Des bruits recommencent à circuler pour empoisonner l'air de notre presqu'île. Ils concernent la mort de Mariette Chabas. Jusqu'à ces jours-ci, elle était passée à l'arrière-plan de l'affaire Ullmann. Ceci d'autant plus – sans vouloir vous désobliger monsieur le divisionnaire – que la police semble marquer le pas...

— Je dois le reconnaître, admit Baruteau, beau joueur.

— Or, poursuivit *Le Bouc*, maintenant que l'opinion n'a plus *La Bochesse* à se mettre sous la dent, voilà que certains laissent entendre que le jeune Henri Boudineau, un débile mental, que tout le monde ici surnomme *Riri-le-Fada*, ne serait pas étranger à la mort de la bonne de Me Deshôtels. Vous savez comment sont les gens, ils...

— Je sais, coupa le policier. Je sais que la vacherie humaine est la chose du monde la mieux partagée. Qu'est-ce qui, d'après vous, les pousse à suspecter ce... comment l'appelez-vous ?

— On lui dit *Riri*.

— *Riri-le-Fada*, oui. Quels sont les arguments avancés par ceux qui l'accusent ?

Boucard eut une moue navrée.

— D'abord, le pauvre garçon est un peu travaillé par la bête. Vous me direz, à vingt ans, il n'y a rien là d'anormal. C'est ce que disent les gens prétendus normaux. Ils n'appliquent pas cette indulgence aux malades mentaux. Mais *Riri* n'a pas de malice. C'est-à-dire, il est dépourvu d'hypocrisie. Alors, il se conduit parfois comme un petit animal. Il a des gestes, des attitudes... Vous voyez ce que je veux dire. On l'a trouvé parfois en train de se *séguer*[1] sans complexe dans un coin. Alors, vous pensez...

— Il a déjà agressé quelqu'un ?

— Jamais, non ! Il est très doux. Mais il se rend pas bien compte, vous comprenez ?

— Je comprends. Mais pourquoi l'accuse-t-on à propos de la noyade de la petite ?

— Parce que *Riri* était particulièrement attaché à Mariette. Il disait avec ses pauvres mots qu'il était *amour-rheux*. Elle, ça la faisait rire, mais elle était touchée, au fond. Elle était plutôt gentille avec lui. Il lui offrait des bouquets. Pauvre garçon !

Le visage de Boucard se ferma.

— Chez certains, ça suffit pour croire et dire que *Riri* a voulu... enfin, vous voyez quoi... avec Mariette et que comme elle voulait rien savoir, il l'a poussée à l'eau. Comme elle ne savait pas nager...

Baruteau soupira.

— Vous ne pourrez jamais empêcher les langues de vipères de sécréter leur venin. C'est vieux comme le monde.

— Oui, mais c'est justement de ça que je parlais à Raoul : comme par hasard, ce sont les mêmes qui accusaient *La Bochesse* qui accusent maintenant *Riri*.

— C'est-à-dire ?

— La bande de *maufatans*[2] qui grouille autour du filleul, Vaudois. Ceux qui réclamaient la guillotine pour *La Bochesse* : le commandant Bortoli, Grassi, le charpentier, la vieille punaise Louisette Jourdan, l'épicière, Cauro, le scaphandrier-barbeau et Jacquin,

1. Se masturber.
2. Malfaisants.

l'admirateur d'Édouard Drumont. Et si Baude, le boucher, n'est pas avec eux, c'est parce qu'il médite pour six mois en cabane de l'inconvénient de crier « à mort ! » devant une cour d'assises. Toujours les mêmes, quoi.

— Je le déplore avec vous, dit Baruteau, mais vous conviendrez qu'il n'y a pas là matière à reprendre l'enquête de zéro.

— Vous non, mon oncle, convint Raoul qui écoutait jusqu'alors sans rien dire. Il faudrait obliger la Justice à reconnaître ses bévues. Ne rêvons pas. Mais nous autres, plumitifs mercenaires et justiciers d'occasion, qui nous empêche de garder un œil sur ce nid de vipères ? Car mon ami Placide ne vous a pas tout dit. Il paraîtrait que Vaudois aurait mis sa villa en vente. Et mieux encore : qu'il s'apprêterait à passer la main à l'étude Deshôtels, dont il vient à peine de prendre les commandes. Vous ne trouvez pas ça bizarre ?

Baruteau eut une moue de perplexité.

— Je ne vois pas où vous voulez en venir, tous les deux. Qu'il liquide sa maison de Malmousque ne me paraît pas a priori suspect. Après ce qui s'est passé ici, il a tout simplement envie de déménager, cet homme. C'est son droit. Quant à l'étude, que voulez-vous que je vous dise ? C'est son droit aussi de la bazarder. Il va peut-être s'associer à un autre notaire. J'admire votre passion et votre générosité, mes enfants, mais je crois que vous êtes victimes de votre imagination. En tous cas, je ne me vois pas venir demander à Me Vaudois les raisons de ses décisions.

— Sans doute, nous paraissons naïfs ou exaltés, comme vous voudrez, mon oncle. Mais Vaudois se comporte comme quelqu'un qui liquide un héritage. En principe, le légataire, sans dispositions précises et claires de la personne décédée, c'est le fils, mais pour l'instant tout est bloqué sous réserve d'inventaire puisqu'il n'y a pas de testament.

— Plus pour longtemps, mon petit, plus pour longtemps

— Comment ça ?

— Eh, oui ! Il y a du nouveau. Des choses qu'on ne trompette pas dans les journaux, mais qui ont une réalité. On a retrouvé le testament de Deshôtels.

— Non !

Baruteau accueillit l'exclamation de surprise de son neveu avec une visible satisfaction.

— Comme je te le dis.

— Où ça ?

— Dans la villa. En fouillant dans les affaires de feu le notaire. Ce sont des choses qui arrivent souvent. On croit qu'il n'y a rien et puis le défunt avait fait préparer sa pochette-surprise, planquée entre deux piles de draps ou fourrée sur l'étagère du haut d'un placard.

— Qui l'a découvert ?

— Le fils. Comment l'appelez-vous ?

— Alfred, précisa *Le Bouc*. Justement, celui-là, outre que le chagrin n'a pas eu l'air de l'étouffer, il s'est déjà s'acheté une automobile *Darracq type X* qui vient juste de sortir. Un jouet à 35 000 francs. Comme si le pactole lui était déjà tombé sur la tête. Ou qu'il s'attendait à le recevoir.

— Bah ! dit Baruteau, il aura trouvé la lessiveuse où le notaire planquait ses louis d'or pour échapper au fisc. Il habite toujours sur place, ce garçon ?

— Oui, dit l'ex-journaliste. Il a même gardé les

deux domestiques de son père, Rabinel pour l'entretien général et le gardiennage et Célestine Maurin, réengagée à 35 francs par mois pour le petit ménage, l'entretien du linge et la cuisine. D'après eux, c'est un orphelin joyeux. Il continue de plus belle sa vie de bâton de chaise.

— D'accord, on va garder un œil sur lui pour vous faire plaisir. Mais je crains que vous ne puissiez pas faire grand-chose. S'il y a un testament, vous êtes marrons.

Baruteau partagea « en frères » le restant de soupe au pistou et, après avoir chaleureusement félicité Colette pour lui avoir restitué les goûts de son enfance, il fit honneur au plateau de fromages tandis que les deux autres « calaient ». Tous trois se retrouvèrent au point d'orgue d'un panier de fraises de Baudinard[1], aussi charnues que savoureuses, « cueillies du matin » selon les assurances de la patronne.

Le chef de la Sûreté marseillaise consulta sa montre pour signifier que la « conférence gourmande » s'achevait.

— Je vais vous laisser, j'ai un *moulon*[2] de dossiers qui n'attendent que moi sur mon bureau.

Avant de quitter la table, il ajouta :

— Je ne crois pas qu'il y ait là matière à reprendre les choses de zéro.

Il s'adressa plus particulièrement à Boucard :

— Je pense que mon cher neveu vous a inoculé le microbe de la *soupçonnite* aiguë dont il souffre

1. Village proche d'Aubagne, réputé pour la qualité de sa production.

2. Un tas, une pile.

depuis qu'il est chroniqueur judiciaire. Vous vous faites des idées, tous les deux. Tel qu'il est aujourd'hui, le dossier ferait rigoler tout le monde.

Il serra la main de l'ex-reporter, embrassa Raoul comme du bon pain et dit simplement :

— Navré...

Un fois seuls, les deux journalistes demeurèrent un instant silencieux.

Le Bouc avait l'air d'un vieux chien à qui on vient de retirer son os. Il croisa le regard de Raoul.

— Tu penses que c'est foutu ?

— Aujourd'hui, peut-être. Mais demain peut-être pas. Je n'ai pas aligné tous mes biscuits.

— Ce qui veut dire ?

Raoul se demanda un instant s'il devait confier à son confrère ce qui le turlupinait. Et puis, il se persuada qu'il ne risquait rien à penser tout haut devant un homme qu'il avait pris en amitié autant qu'en estime.

— Te souviens-tu du jour où tu m'as fait remarquer qu'à Marseille le mistral soufflait rarement du sud ?

Le visage de Boucard s'éclaira d'un sourire. La scène lui revenait à l'esprit.

— Oui ! C'était le jour où on a repêché la *pôvre* Mariette. Tu venais de constater avec un sérieux papal que le mistral soufflait nord-nord-ouest. Et ça, depuis plusieurs jours. Ça m'a fait rigoler, c'est pour ça que je t'ai chambré.

— Eh bien, rigoleras-tu autant quand j'aurai fini de te dire ce qui me chiffonne depuis ce jour-là ?

— Dis toujours...

Raoul prit une longue inspiration comme s'il retardait sa confidence. Il commença par des propos sur la topographie côtière marseillaise :

— L'anse de Maldormé s'ouvre plein sud, nous sommes d'accord ?

— D'accord. Depuis le commencement du monde, ajouterai-je.

— Peut-être pas aussi loin, car le niveau de la mer a varié au cours des âges, mais depuis suffisamment longtemps pour ce que je vais tenter de démontrer. Un objet flottant librement – le cadavre d'un noyé, par exemple – ne peut guère entrer dans l'anse de Maldormé quand le vent vient du nord. Au contraire, il aura tendance à filer vers les plages du Prado, voire, si c'est un mistral franc, nord-sud, jusqu'à la Pointe-Rouge. Pas d'objection ?

— Aucune, pour l'instant.

— Continuons, alors. Si ce que je viens de dire est vrai et vérifiable, le corps de Mariette Chabas, qui, en principe, était à l'eau depuis une semaine, durant laquelle le mistral n'avait pas cessé, n'aurait pas dû se trouver où on l'a repêché, ce matin-là, mais bien plus au sud de la rade.

Raoul vérifia sur le visage de son vis-à-vis l'effet de sa démonstration. Boucard suivit bouche ouverte sa réflexion. Il objecta.

— Sauf, s'il était tombé à l'eau du côté de la calanque de Malmousque.

— Objection rejetée, dit Raoul, car dans ce cas, il serait allé se coincer dans les rochers du côté nord de la presqu'île et n'aurait pas flotté jusqu'à l'endroit où on l'a trouvé.

— Admettons. Ça se tient. Continue.

— Mariette Chabas a été mise, jetée, poussée – prends le mot qui te convient – à l'eau, soit à la pointe de la presqu'île, soit du côté Maldormé. *Capito ?*

— *Si.*

— Eh bien, *no !*

— *Perchè no ?*

— Parce que dans ce cas, avec le mistral, je viens de te le dire, elle aurait dérivé bien plus loin et c'est un pêcheur de la Vieille Chapelle ou de la Madrague qui l'aurait repérée.

Le Bouc ouvrit une bouche large comme un porche roman :

— Pute borgne ! Mais tu as raison !

— Je ne te le fais pas dire. Or, elle était là, bien en vue, la petite Mariette, en face de l'anse grande ouverte. Comme si elle faisait tout pour être repérée.

— Qu'est-ce que tu veux dire ?

— Je veux dire qu'elle n'est pas venue là toute seule, poussée par le vent comme une barquette sans amarres. À mon avis, on l'y avait dé-po-sée. Immergée, si tu préfères, un peu avant qu'on la repère.

Boucard se récria :

— Raoul, tu m'escagasses !

— Attends, conserve-toi, tu n'es pas au bout. Je ne te rappelle pas dans quel état on l'a trouvée.

— Épargne-moi, on est à table !

— Ça ne t'a pas intrigué ?

— Quoi donc ?

— Qu'au bout de même pas huit jours, elle soit comme une noyée d'un mois, toute mangée, rongée, vidée par les mange-merde marins ?

— J'avoue que j'ai pas fait attention.

— Comme le médecin légiste, Placide. Mais lui a moins d'excuses que toi. Il aurait dû voir qu'il n'était pas possible qu'elle soit dans cet état après si peu de temps. Il a invoqué la chaleur, le mauvais temps et quoi d'autre, mais il n'a pas tiqué sur la décomposition trop avancée du cadavre. Et personne n'est allé chercher plus loin.

— Et toi, qu'est-ce que tu en conclus ?

— Moi, je cherche, pour l'instant. J'ai un cadavre qui n'aurait pas dû être où il était, ni dans l'état où il était. C'est donc que Mariette Chabas n'a pas été tuée le soir où on pendait Me Deshôtels, *mais bien avant* et que quelqu'un – qui détenait son cadavre – l'a immergée pour que nous la retrouvions là où nous l'avons repêchée. Et tout ça ne correspond guère aux agissements d'un débile mental. Tu comprends ça ?

Le Bouc hocha la tête plusieurs fois, l'air ahuri.

— Même *Riri* comprendrait.

Le vieux reporter sportif demeura un bon moment plongé dans ses pensées.

Il en émergea tout à coup avec une interrogation.

— Il y a quelque chose qui ne colle pas avec la raison, Raoul.

— Quoi donc ?

— Tu dis que Mariette Chabas n'aurait pas été tuée le même soir que le notaire. S'il en avait été ainsi, on l'aurait su, voyons ! On se serait au moins aperçu de sa disparition. La nouvelle aurait circulé. Or, tu sais comme moi que le soir même où on a pendu Deshôtels, c'est elle, Mariette, qui a servi son infusion à *La Bochesse.* Je ne m'avance guère en concluant qu'elle était donc encore de ce monde, la petite ! Par conséquent, ça ne tient plus debout ton raisonnement, Raoul.

— Tu as raison sur le principe, admit le reporter. Pourtant, je ne démords pas de là : le corps de Mariette Chabas avait séjourné dans l'eau bien plus longtemps qu'on nous l'a dit et quelqu'un l'a immergé dans la calanque le matin même du jour où on l'a retrouvé à Maldormé, sinon, il aurait flotté à des kilomètres de là. Ça, personne ne me le lèvera de la tête. Parce que c'est d'une logique irréfutable. C'est de la physique et de la météorologie. Donc scientifique ! Je ne sais pas encore qui est derrière les apparences, mais je mettrais ma tête à couper pour soutenir qu'on nous a joué une farce macabre. Pour l'instant, je n'arrive pas à faire se rejoindre les deux bouts de la raison. Il y a quelque chose qui m'échappe encore. Mais je suis sûr que c'est de ce côté-là que nous devons creuser. Quelqu'un tire des ficelles pour nous embrouiller dedans. À nous de nous détortiller de là. J'ai l'intuition d'être sur une voie qui mènera un jour à la vérité, même si, pour l'instant, je patauge encore dans la gadoue de l'obscurité, si j'ose dire.

Raoul s'appuya sur le dossier de sa chaise.

— Ça te suffit pour aujourd'hui, ou je continue ?

— Merci, dit Boucard, j'en ai de reste.

Le vieux reporter jeta un œil navré sur la soupière vide :

— Je m'en souviendrai, de cette soupe au pistou !

14.

Où notre héros, jouant au plongeur sous-marin, fait une découverte inattendue en poursuivant « Prosper-le-Mérou » jusque dans son repaire.

Lorsque Placide Boucard et Raoul Signoret quittèrent *Le Chalet de Maldormé* en début d'après-midi le soleil tapait si fort que le seul poids de votre ombre à traîner vous aurait fatigué.

— J'ai rendez-vous cet après-midi avec mon épouse et ma fille à l'anse des Cuivres, confia le reporter du *Petit Provençal* à son confrère. Je ne sais pas où ça se trouve. Tu peux me montrer ?

— C'est pas compliqué, dit *Le Bouc*, c'est juste au bas du laboratoire Marion.

Devant l'air intrigué de Raoul, Boucard précisa :

— C'est le nom du laboratoire de zoologie marine. Tu prends la rue de la Douane et tu vas jusqu'au bout. Tu n'as plus qu'à descendre par les rochers. Mais tu vas pas y aller maintenant avec ce cagnard ?

Raoul rassura *Le Bouc* :

— Nous avons rendez-vous à cinq heures, quand le soleil aura un peu baissé. Entre-temps, ma femme va aller chercher le petit Thomas, ça lui fera une sortie.

— Le fils de *La Bochesse* ?

— Oui. Cécile et moi avons décidé de le prendre un peu en charge, au moins pendant les vacances scolaires. Il n'a personne ici, le pauvre minot, à part les dames protestantes qui s'occupent de lui. Il ne peut pas retourner en Allemagne, parce que du côté de sa mère il n'a plus de famille et du côté des Ullmann, persuadés que Liselotte est pour quelque chose dans la mort de son mari, personne ne le réclame. C'est le fils d'une criminelle, disent-ils. C'est ce que le pasteur Walther a raconté à ma femme.

Boucard s'inquiéta :

— Le minot est au courant, pour sa mère ?

— Pour l'instant, on a gagné du temps en lui expliquant qu'elle a dû retourner en Allemagne pour régler des affaires de famille et qu'elle reviendra. Personne n'a eu le courage de lui dire la vérité. Cécile lui écrit souvent pour qu'il se sente moins seul, en attendant le jour où on le jugera mûr pour encaisser le choc.

Le Bouc baissa la tête.

— Pauvre petit... Tu viens un moment à la maison te mettre au frais en attendant l'heure du rendez-vous ?

— Volontiers, dit Raoul, je voulais te le demander.

D'une serviette de cuir il exhiba un costume de bain rayé jaune et rouge.

— Il faut que j'enfile ça, je le ferai chez toi pour ne pas risquer d'affoler les populations féminines de la presqu'île. Il ne leur manquerait plus qu'un exhibitionniste pour baver dessus !

Le Bouc pouffa.

— Vaudois monterait aussitôt un comité *Anti-montreurs de quiquettes !*

Les deux journalistes débouchèrent dans l'impasse où habitait Boucard, au moment où le tramway de *Riri* manœuvrait dans un grand concert de grincements ponctués de coups de trompe.

— Ça te donne pas soif de faire ça toute la journée, mon *Garri* ? s'inquiéta l'ex-rédacteur sportif. Tu veux le sirop ?

— Vi ! répondit l'infirme entre deux coups de manivelle.

Boucard entra chez lui, chercher un verre.

— *Rrrraaaou !* miaula *Riri* en reconnaissant le journaliste.

Il pointa un index à l'ongle rongé.

— *Tac-tac ?*

— Tac-tac !

Le contact était rétabli.

Une idée folle s'empara de l'esprit de Raoul Signoret. Une idée dont – a priori – il ne fut pas fier, mais qu'il ne put se retenir d'exprimer.

— Dis-moi, *Riri,* et ton amie Mariette ?

Le visage de l'innocent, habituellement rigolard, passa sans transition à une espèce de sidération. Sa mâchoire remua dans le vide, comme s'il allait dire un mot, mais rien ne vint. Ses yeux s'affolèrent, réaction courante lorsque quelque chose le troublait. Il regarda Raoul fixement et dit avec dans le ton une sorte de tristesse.

— *Arrrhèt-theux...*

Le Bouc revenait avec un grand verre rempli de grenadine. *Riri* le vida d'un trait. Il lui laissa en alluvion une paire de moustaches rouges pointes en l'air comme celle du *Kaiser*.

Raoul était perplexe.

— C'est bizarre, dit-il à Boucard. Chaque fois que je lui parle de Mariette, il me dit « arrête ! ». Comme s'il ne voulait pas…

— Eh, non, couillon ! s'exclama *Le Bouc* en riant. C'est pas « arrête », qu'il dit. C'est « Mariette ». C'est sa façon à lui de le dire, *peuchère*…

Une petite lampe rouge s'alluma quelque part dans le tréfonds de la cervelle du reporter. En même temps, en dépit de la touffeur de l'air, une sorte de frisson lui parcourut l'échine. Il se secoua.

— J'avais pas saisi, dit-il, l'air ailleurs. Je n'ai pas l'habitude…

Boucard l'observa, intrigué.

— Oh, Raoul, tu n'as pas l'air dans ton assiette. Ça va ?

— C'est cette chaleur, mentit le reporter. Avec le rosé qu'on a bu, je suis tout *ensuqué*[1].

La maison de l'impasse Assani conservait, grâce à l'épaisseur de ses murs, une fraîcheur relative. Elle reposait de la chaleur de four qui régnait sur la presqu'île. Elle aida Raoul à retrouver ses esprits. Une chaise longue lui tendit les bras, l'effet du vin frais commença à se faire sentir, si bien que le journaliste piqua un roupillon réparateur. Il lui évita d'avoir à entretenir une conversation avec *Le Bouc* qui l'observait avec un drôle d'air, et à qui, pour

1. Étourdi, assommé.

l'instant, il aurait été bien en peine de confier les réflexions qui l'agitaient jusque dans son sommeil.

Boucard dut le réveiller.

*

— Les enfants, regardez ! c'est le beau Brummel en tenue de bain qui nous arrive.

Cécile Signoret, la main en visière au-dessus des sourcils, regardait Raoul approcher d'une allure martiale. Il avait revêtu un costume de bain du dernier chic. Il le prenait en ras de cou pour ne le lâcher qu'à mi-cuisses. Les épaules étaient couvertes et les manches arrivaient jusqu'au coude. Un boutonnage ajustait le haut du vêtement de coton au buste, depuis le nombril jusqu'à la hauteur des clavicules. Ses grosses raies transversales, alternant le rouge et le jaune, donnaient au reporter l'allure d'un bourdon géant. La tenue était complétée par le canotier penché sur la tempe droite qui évitait l'insolation promise aux imprudents sortant tête nue et des chaussures d'été en toile et semelles de corde évitaient de s'écorcher la plante des pieds sur des rochers sans cesse aiguisés par le ressac.

En matière d'élégance marine, Cécile n'avait rien à envier à son époux avec sa tenue de bain qui couvrait à peu près les mêmes surfaces corporelles – sauf un chaste décolleté en V dégageant la ligne du cou, et des manches courtes. Elle imitait à la perfection l'uniforme bleu marine des marins français avec son large col rectangulaire blanc brodé de liserés bleus couvrant les épaules. Sur la tête, Cécile portait un bonnet orné d'une rose en taffetas sur le côté qui emprisonnait son abondante chevelure roulée en chignon.

— Il ne te manque plus que le pompon rouge, souffla Raoul en l'embrassant sur les deux joues à cause des enfants. Si tous les mousses te ressemblaient, je m'engagerais pour cinq ans au moins sur le *Calédonien*.

À l'appel de Cécile, Adèle avait bondi et courait vers son « papa chéri » suivie comme son ombre par un jeune garçon blond de son âge. Tous deux étaient aussi en tenue de bain et coiffaient des chapeaux de paille comme en ont les jardiniers.

— Papa, je te présente Thomas. On est devenus *collègues*[1] en deux minutes.

Le garçon prit la main que le reporter lui tendait et, le buste raide, fit un salut de majordome.

Le cœur de Raoul se serrait tandis qu'il contemplait le visage poupin du jeune Allemand dont la blondeur tirait vers le blanc. Des taches de rousseur sur le haut des pommettes révélaient la résistance de son épiderme de Nordique aux morsures du soleil du Midi. Thomas Ullmann était pire qu'orphelin, car il ne pourrait jamais faire son deuil de la disparition d'une mère devenue inaccessible.

— Vous vous amusez bien tous les deux ?

Pour toute réponse, les deux enfants brandirent en même temps la *favouille*[2] qu'ils cachaient dans leur main gauche, à qui Cécile, impitoyable sur les questions de sécurité, donc sans états d'âme, avait cruellement arraché les pinces. Le petit crabe gigotait de ses six pattes restantes et ce jouet vivant qui lui

1. Rappelons qu'ici le mot équivaut à ami.
2. Petit crabe vert de Méditerranée.

chatouillait la paume était pour Thomas Ullmann sujet d'émerveillement.

— On peut y retourner, papa ?

— Oui, mais pas d'imprudences. Thomas sait nager ?

— Oui, monsieur, assura le garçon.

— Adèle barbote à peine. Donc, pas question de vous éloigner. De l'eau jusqu'au ventre, pas plus. Monsieur Thomas, j'ai promis de vous ramener sain et sec, ce soir à l'orph…

Le mot s'étrangla dans la gorge du reporter.

Les deux petits s'étaient déjà envolés vers le rivage, avec des cris de Sioux.

Cécile et Raoul s'assirent sur une roche à peu près plane qui leur permettait de garder un œil sur les enfants.

— Il a l'air drôlement bien élevé, remarqua Raoul.

— Ça ! dit Cécile, j'en connais une qui va pouvoir prendre des leçons. Il dit « s'il vous plaît madame », « merci madame », il s'efface pour vous laisser passer et dans le tramway, il a refusé de s'asseoir parce que j'étais debout. La tienne était déjà installée sur la banquette. Du coup, elle s'est levée aussi. Il va lui faire faire des progrès en matière de civilités.

— Ils n'ont pas fait d'histoires à l'orphelinat ?

— Au contraire ! La nièce du chef de la Sûreté, ça en impose.

— Comment il est, à part ça ?

— Le petit ? Si tu mets de côté son éducation impeccable et son sens atavique de la discipline, il paraît très réservé de nature. Pas spécialement communicatif, si tu veux. Je me mets à sa place, le pauvret. Mais on va l'apprivoiser. Il apprendra à parler comme un Marseillais.

Raoul sourit.

— Comment dit-on « *fan de chichourle* » en prussien ?

Le couple s'allongea tout en continuant sa surveillance. Les cris aigus d'Adèle les rassuraient sur sa présence.

— Tu comptes prendre Thomas de temps en temps ?

— S'ils sont d'accord, à l'orphelinat protestant, une ou deux fois par semaine, au moins pendant les vacances. Ensuite, on verra.

— Ça ferait un petit ami mâle à notre fille, ça serait bien.

— Petit ami ? dit Cécile faussement offusquée. Tu ne songes pas au mariage, pendant que tu y es ?

— Au moins deux enfants de ces deux grandes nations ne penseraient pas qu'à se faire la guerre.

Cécile le taquina.

— Tu oublies les éventuelles scènes de ménage, pouffa Cécile. Ta fille a du caractère, tu le sais.

— Comme sa jolie maman, dit Raoul en lui volant un baiser. J'ai envie de piquer une tête. Tu viens ?

— Je reste en sentinelle. Il faut bien que quelqu'un se sacrifie pour que monsieur s'amuse.

En vérité, Cécile n'était pas une fanatique du bain de mer et, en dépit de sa grâce naturelle, nageait comme une enclume.

Raoul se leva et dit :

— Je vais jusqu'à l'îlot avec le fort, là-bas.

Il désigna du bras le fortin qui se découpait sur les flots.

— Sois prudent. C'est loin.

— Il n'y a pas plus de deux cent cinquante mètres, c'est pas la mer à boire.

— Très drôle... Maintenant, j'ai trois enfants à surveiller, dit la jeune femme en s'allongeant.

Raoul entra d'un coup dans une eau à vingt-sept degrés. Elle mijotait sous le feu d'un soleil qui, depuis quatre mois, ne lui avait pas fait défaut un seul jour. Adèle poussa des cris de joie en voyant son père s'éloigner d'une brasse vigoureuse, tandis que Thomas, plus discret, le saluait comme un paquebot en partance.

Depuis qu'il traînait dans les rues de la presqu'île, Raoul était intrigué par l'îlot de gauche qui avec l'île de Daume, en forme de dragon couché sur la mer, formait ce que les gens du cru appelaient *Les Îlettes*. Un fortin « à la Vauban », massif et bas sur l'eau, occupait la majeure partie des quatre mille mètres carrés émergés. Un sentier de douaniers avait tout juste la place de se faufiler entre les murailles et la mer qui, les jours de *grand largue*, s'écrasait sur elles avec un bruit de détonation en de spectaculaires gerbes d'écume. Boucard avait expliqué à son jeune confrère que l'on devait ces fortifications à Louis XIV désireux de renforcer les défenses de Marseille. Le fortin avait été érigé en 1703 et portait pour cette raison le nom de Fort de Tourville, qui était celui de l'amiral commandant l'escadre du Levant. Farouche chasseur de Barbaresques, il avait dévasté Alger en représailles de raids sur nos côtes.

— Tu comprends, avait expliqué *Le Bouc,* à l'époque, les canons avaient une portée relative et ceux du Château d'If atteignaient péniblement la côte. Un bon capitaine pouvait se faufiler jusqu'à Marseille en longeant le littoral et leur passer sous le nez. Alors, en plaçant des canons sur le fort de Tourville, qui est juste en face, on prenait les navires ennemis en tenailles.

— Et c'est ce qui arriva ?

— Jamais, mais c'est pas une raison.

Depuis, l'envie démangeait Raoul Signoret d'aller voir de près ce fort qui n'avait jamais servi à rien d'autre qu'à abriter des trafiquants en délicatesse avec les douaniers, des braconniers de la mer ou des *calignaïres*[1] en recherche d'intimité favorable à leurs ébats.

Raoul fit un rapide tour du propriétaire. L'endroit n'était guère avenant. D'épaisses murailles aveugles à peine percées de meurtrières donnaient au fort une allure de prison maritime. Les rares ouvertures étaient barrelées et à force de tourner autour, le reporter finit par découvrir l'entrée principale, une porte à deux battants qui avait subi les assauts des éléments et des hommes. Les gonds étaient descellés, des morceaux de panneaux manquaient et les battants étaient maintenus en place par une grosse chaîne aux maillons rouillés, fermée par un énorme cadenas. Raoul jeta un coup d'œil à l'intérieur, mais le contraste entre l'aveuglante lumière de la rade et la demi-obscurité du fort ne lui permit pas d'apercevoir autre chose que des pièces vides, des pierres tombées des voûtes sur la terre battue du sol.

Les îles, mieux valait souvent les imaginer depuis

1. Amoureux.

le rivage ou en rêver de loin que tenter de les découvrir sur place. Ici, c'était le contraire d'un paradis, une sorte de succursale de l'enfer. Alexandre Dumas eût pu tout aussi bien y situer la cellule d'Edmond Dantès et celle de l'abbé Faria.

Pour se rattraper de sa déconvenue, Raoul Signoret se remit à l'eau et plongea comme il aimait le faire jadis aux Pierres Plates, au pied du Fort Saint-Jean, en compagnie des garnements des Vieux-Quartiers. Quel contraste avec la surface ! Une prairie sous-marine descendait en pente douce vers les profondeurs, tapissée de posidonies dans la chevelure desquelles les poissons herbivores s'en donnaient à cœur joie. Les étoiles de mer posées sur le vert sombre des algues renforçaient l'illusion d'être face à un champ parsemé de coquelicots au printemps. Un poulpe offusqué d'être dérangé prit la fuite devant le nageur en lâchant un jet d'encre pour camoufler son départ. Joli lot de consolation, face à la déception éprouvée en surface. Le journaliste remonta pour faire une nouvelle provision d'air et s'enfonça décidément vers les profondeurs. Sa capacité pulmonaire de sportif – sept litres et demi – lui conférait une certaine autonomie.

Tête en bas, Raoul ne se lassait pas d'un paysage de rêve qui, à la lumière filtrée par l'eau, paraissait danser une lente pavane, dans une ambiance onirique.

Tout à coup, le journaliste sursauta. Il se trouvait, par moins huit mètres, face à face avec un paisible mérou de belle taille, qui le regardait d'un œil indifférent, tout en ayant l'air de mâchonner une pâte de guimauve. Sans hâte, l'animal fit demi-tour. Le reporter le suivit par jeu. Le mérou descendait calmement. On devait être à moins dix mètres. Raoul songea à remonter, ses poumons commençaient à regimber. C'est alors que le poisson disparut sous ses yeux, comme avalé par la falaise. Piqué au vif, le journaliste s'approcha. Une ouverture assez large pour laisser passer deux hommes côte à côte s'ouvrait dans la roche. Une grotte, sans doute, qui devait servir de refuge aux animaux marins.

Il n'était pas raisonnable de rester sous l'eau plus longtemps. Le sang de Raoul lui battait aux tempes. Il remonta rapidement et chassa l'air vicié de ses poumons en soufflant comme un cétacé. L'air neuf entra de nouveau dans ses poumons. La tête lui tournait un peu. Il aperçut au bord de l'eau la silhouette de Cécile, debout, qui le guettait et devait commencer à s'inquiéter. Il lui fit signe des deux bras et reprit sa brasse pour regagner le rivage.

Il prit pied, essoufflé mais ravi de son escapade.

— J'ai vu un mérou grand comme ça.

Il écarta les bras, comme les pêcheurs fiers de leurs prises.

Cécile l'imita en prenant une envergure encore plus grande :

— Et moi, j'ai vu un *jobastre* grand comme ça. Un type pas raisonnable. Un mauvais exemple pour sa fille. Quand je ne l'ai pas vu remonter, je me suis fait un sang d'encre. Garnement ! Tu n'as pas honte à ton âge et avec tes responsabilités familiales ?

À cet instant, Raoul Signoret s'entendit héler du haut des rochers, depuis le chemin de la Douane par un homme qui lui faisait de grands signes.

— C'est Rabinel, le domestique des Deshôtels. Il tombe bien. J'ai justement quelque chose à lui demander.

L'ex-pêcheur semblait disposé à descendre jusqu'à la calanque. Le journaliste le vit se diriger vers le sentier de descente de sa démarche déglinguée. Raoul l'attendit.

Pendant ce temps, Adèle menait une offensive d'envergure auprès de sa mère pour la rançonner.

— Maman, y a le marchand de coco et de *glacés*. Achète-nous-z'en un, s'il te plaît, maman chérie !

Le vendeur qui entendait tout, rappliquait en renfort des enfants avec son attirail. Cécile était cernée.

— Demande à Thomas ce qu'il préfère.

— Moi, je prends un *gari*[1], dit Adèle.

— On laisse l'invité choisir d'abord.

Adèle répondit pour lui.

— Il préfère le *glacé*[2], il me l'a dit. Le *gari*, on n'en fait pas dans son pays.

Cécile mit de la monnaie dans la main de sa fille.

— Prenez ce que vous voulez et arrête un peu de me *gansailler*[3].

L'homme prit un morceau de glace dans une caisse doublée de liège qui faisait office de glacière et le râpa au-dessus d'une coupelle. Après quoi il l'arrosa d'une giclée de citron et touilla le tout pour obtenir une glace fondante qu'il tendit à Thomas.

Adèle avait déjà planté sa paille dans la mélasse sucrée et l'aspirait avec des yeux ravis.

Le marchand profita d'un moment d'attendrissement des parents pour proposer du coco aux adultes.

---

1. Un sirop de mélasse dans lequel plongeait un tube de verre recourbé qui servait de « paille ».

2. Glace à l'eau parfumée au choix à la vanille, au citron, au moka.

3. Secouer.

Le breuvage jaillit d'un réservoir de cuivre que l'homme portait comme un sac à dos, muni d'un tube de caoutchouc fermé par un robinet. On le servait dans une timbale en métal – vaguement rincée – dans laquelle tous les clients buvaient. Cécile le partagea avec son époux.

Raoul alla au-devant de Rabinel.

— Content de vous revoir.

— Moi également, monsieur Raoul.

Le reporter bloqua à temps la main calleuse habituée à haler les filets qui allait le prendre dans une poigne de fer.

— Les esprits se calment un peu à Malmousque ?

Le domestique soupira.

— Ils ont eu ce qu'ils voulaient avec *La Bochesse*, maintenant ils s'attaquent à *Riri*... Quelle tristesse !

Raoul acquiesça de la tête, se dispensant de dire ce qu'il avait sur le cœur. Chaque chose en son temps.

— Justement, je pensais à vous, monsieur Rabinel. Figurez-vous que j'ai plongé autour du fort tout à l'heure et je suis tombé sur un mérou impressionnant.

— C'est sûrement *Prosper*.

— Prosper ?

— C'est comme ça qu'on l'appelle, ici. On l'a toujours vu. Il fait tellement partie de Malmousque que s'il se suicide pas, personne le pêchera jamais. Il est comme qui dirait protégé par son âge. Chez nous, on respecte les anciens.

— Dommage, dit Raoul, je me serais bien fait prêter une *fouine*[1] pour aller le taquiner.

1. Petit trident.

Rabinel plaisanta.
— Dieu garde ! vous vous feriez écharper ! Vous trouvez qu'il n'y a pas eu assez de morts à la presqu'île ces temps-ci ?
Raoul sourit au brave homme.
— Rassurez-vous, je suis un pacifiste. Mais dites-moi, au sujet de votre *Prosper*, il n'aurait pas fait son nid dans une grotte ? Je l'ai vu entrer dans une espèce de cavité sous la roche.
L'ex-pêcheur sourit.
— C'est pas une grotte, ça, monsieur Raoul. C'est un tunnel sous-marin. Il doit faire vingt-vingt-cinq mètres, pas plus. Beaucoup le connaissent, ici. Du moins ceux qui savent nager. Il a dû être creusé au moment de la construction du fort. Peut-être pour permettre à la garnison qui se serait fait coincer de s'échapper. Moi, je peux pas vous dire. Mais ce que je sais, pour y être allé maintes fois avec les collègues quand nous étions jeunes, c'est que ce tunnel, il débouche dans le fort. On arrive direct au ras du sol dans la grande salle qui ressemble à une espèce de caveau. Remarquez, pour ce qu'il y a à y voir... Mais le tunnel, c'est le paradis des ramasseurs d'oursins et on y trouve de ces langoustes ! Des vrais *mostres* !
— J'ai bien envie d'y retourner, dit le reporter soudain excité.
— Tu ne vas pas nous faire ça ! s'écria Cécile.
— Juste l'aller-retour. Et si je trouve une langouste, on ira la griller chez l'oncle Eugène, demain.
Déjà Raoul s'éloignait.
— Bonne pêche ! cria Rabinel. Si vous croisez *Prosper,* donnez-lui le bonjour de ma part.
— Je n'y manquerai pas, répondit le journaliste en s'immergeant.

*

Le tunnel s'ouvrait dans la pénombre de la falaise sous-marine comme une bouche d'ombre.

Raoul s'y engagea sans hésiter. Les renseignements donnés par Rabinel l'assuraient de ne pas se piéger dans une nasse, mais il ne voulait pas présumer de ses réserves naturelles d'air. Il s'enfonça dans le passage le plus rapidement possible. Contrairement à ce qui se serait passé avec une cavité naturelle – une grotte engloutie, par exemple, comme il en existait dans la calanque de Sormiou – le tunnel n'était pas tout à fait obscur. Une fois engagé, on apercevait une faible lueur dont l'intensité augmentait au fur et à mesure qu'on avançait dans le boyau. Une lumière d'aquarium donnait à ce que les yeux voyaient les couleurs du rêve. Cela vous ôtait tout sentiment d'angoisse, ou sensation d'oppression. Rabinel n'avait pas menti : de superbes langoustes marchaient sur les parois constellées d'oursins aux reflets violets. Comme une phalène attirée par la lampe allumée, le plongeur remontait vers la clarté et, sans crier gare, il déboucha sur trois marches d'escalier qui permettaient d'atteindre une salle de quatre ou cinq mètres de long sur trois de large, qui ressemblait, en effet, à un mausolée. Il était au cœur du fort de Tourville. La pièce était bordée sur chaque grand côté par un banc de pierre courant sur la longueur. Au fond, à gauche, dans la partie étroite du quadrilatère, s'ouvrait une fenêtre grillagée, comme une ouverture ménagée pour tirer de l'obscurité une abside d'église. C'est elle qui éclairait la pièce vide d'une lumière blafarde. Elle accentuait l'impression de solitude et le silence oppressant qui régnait dans le fort, seulement brisé de temps à autre par le rire de vieilles folles des *gabians,* seuls maîtres de ces lieux désertés. À moins de deux cents mètres de la côte, on se trouvait sur une autre planète.

Le journaliste eut une pensée pour tous les soldats qui s'étaient succédé dans ces lieux inhospitaliers, afin de monter une garde inutile sur un caillou planté dans la rade, en tuant le temps comme ils le pouvaient, plus isolés que Robinson sur son île. Il repensa au *Fou de Ratonneau,* Jean Gourin, dit *Francœur*, qui, un jour de 1765, pris d'une crise de démence à force de solitude, avait tiré au canon sur ses camarades descendus accueillir le bateau du ravitaillement, avant de terminer ses jours enfermé aux Invalides.

Raoul prit appui sur le sol et d'un rétablissement retrouva le plancher des vaches. Derrière lui, l'eau du boyau sous-marin, qui affleurait, clapotait comme celle d'un puits. Le journaliste laissa ses yeux errer sur les parois dépouillées. Il n'y avait vraiment rien à tirer de cette visite, sinon l'étonnement de la découverte d'un lieu aussi étrange qu'ignoré des Marseillais, et pourtant à portée d'un bon nageur, *a fortiori* de la moindre barque.

Le reporter, revenu sur les marches conduisant au tunnel, s'apprêtait à s'immerger de nouveau pour prendre le chemin du retour, quand son œil fut attiré par un objet oblong qui flottait à la surface de l'eau du passage sous-marin et se balançait au rythme du clapot, comme s'il était tombé dans un puits.

Il prit l'objet dans sa main, le secoua à la manière d'un panier à salade pour le débarrasser du trop-plein d'eau qui le baignait et l'émotion le fit vaciller.

Il entendait son sang battre le tambour dans ses oreilles.

Sans plus réfléchir, il se remit à l'eau, en passant dans l'orifice du tunnel, tête première. Les langoustes avaient beau lui faire signe avec leurs longues antennes, les oursins luire de tous leurs piquants lustrés dans la pénombre, résistant à la tentation Raoul ne leur porta aucune attention. Il remonta à la surface comme une fusée et aussitôt prenant son cap vers la calanque des Cuivres, il nagea puissamment en direction du rivage.

Cécile le regarda émerger tout essoufflé.

— Regardez ce que M. Signoret a pêché, les enfants !

Cécile et Thomas rappliquèrent au triple galop.

— Fais voir papa ! Fais voir papa ! criait la fillette.

Raoul, tête basse, récupérait son souffle.

Il tenait dans la main droite une pantoufle de satin rose de forme ballerine, ornée d'un motif de fleurs.

C'était un 36, pied droit.

Rabinel, médusé, la reconnut au premier coup d'œil.

Avec celle qu'on avait retrouvée – un 36 pied gauche – la veille du jour où le cadavre de Mariette Chabas avait été repêché, flottant dans l'anse de Maldormé, on aurait pu faire la paire…

15.

Où l'on repart en expédition sous-marine au fort de Tourville pour en ramener une corde (et une langouste) qui pourrait éclairer bien des mystères.

Cécile Signoret avait l'habitude de ces périodes d'agitation qui troublaient le sommeil de son époux quand une enquête le mettait en transes. Mais ce coup-ci, c'était du sérieux. Depuis huit jours, Raoul ne la laissait pratiquement pas dormir. Le reporter avait beau se maîtriser, le lit conjugal avait des allures de tremplin et les soupirs, l'agitation, les paroles sans suite quand la somnolence prenait un instant le dessus sur l'inquiétude, faisaient de la nuit une interminable épreuve.

Le matin, au petit déjeuner, avec sur le visage les traces de l'insomnie, Raoul se posait à haute voix les questions sans réponse en un monologue éprouvant pour Cécile : « Comment cette pantoufle est-elle arrivée là, dans la grande salle du fort de Tourville ? Il aura bien fallu que quelqu'un l'y mette, ce n'est pas possible autrement. Aucun courant marin généré par le tunnel ne peut aspirer un objet flottant à la surface de la mer, qui est à dix mètres au-dessus de l'entrée.

Sinon, ce n'est pas un déchet isolé qu'on y aurait trouvé, mais tout un dépôt. L'eau était claire et il n'y avait que cette pantoufle dans le tunnel, j'en suis certain. D'ailleurs, sans m'en rendre compte, je l'ai heurtée avec mon front quand j'ai débouché dans la salle. Il est impossible qu'elle ait pu migrer jusque-là, après avoir effectué une plongée de dix mètres, puis avoir remonté le tunnel sur vingt-cinq mètres ! »

Le silence de Cécile n'empêchait pas Raoul de prendre sa femme à témoin :

« Elle est comme les autres, cette pantoufle, soumise aux lois de physique qui régissent les objets flottants inertes. Je ne sors pas de là. Or, elle s'est comportée comme un sous-marin : plongée, navigation en immersion, et remontée à la surface en un point précis. C'est rigoureusement impossible ! »

Cécile tentait, en plaisantant, de calmer les affres de son époux :

— Tu as bien vérifié que ta pantoufle n'avait pas de moteur, ni de gouvernail ?

Raoul, volontiers taquin, n'était pas d'humeur :

— Ah, c'est malin ! Explique-nous, toi, ce qui s'est passé, puisque tu es si forte.

— C'est pas moi l'enquêteur.

— Il t'est arrivé de m'aider naguère.

— C'est exact, avait reconnu Cécile, et je suis prête à continuer. Aussi, vais-je t'exposer une réflexion que je me suis faite et qui n'a pas eu l'air de t'effleurer jusqu'ici.

— Je t'écoute.

— Pourquoi le pied gauche ne s'est-il pas comporté comme le pied droit ?

— Te fiche pas de moi, Cécile, c'est déjà assez compliqué comme ça.

Malgré son sourire, la jeune femme assura :

— Je suis très sérieuse, Raoul. Demandons-nous pourquoi la pantoufle droite s'est retrouvée flottant à l'entrée de l'anse de Maldormé, tandis que la gauche faisait un périple qui la conduisait par un itinéraire impossible dans la salle du fort de Tourville ?

— Et que réponds-tu à ton interrogation ?

Cécile ne souriait plus.

— Comme je ne crois pas aux phénomènes surnaturels – encore moins depuis que j'ai joué au fantôme[1] – je me réfugie dans un raisonnement bassement matérialiste. D'accord avec toi, il y a des lois physiques universelles auxquelles les pantoufles roses, même les plus farceuses, doivent obéir.

— Viens-en au fait, Cécile, je t'en conjure.

— Alors voilà ce que j'ai pensé dans ma petite tête de femelle, classe subalterne de l'espèce humaine. À mon avis, dans le plan initial de – ou des – assassins, les deux pantoufles auraient dû réapparaître en même temps, flottant à l'entrée de la calanque. Pour frapper l'opinion, si tu veux, et préparer les esprits à la suite : « qu'est-ce qu'il se passe ? La petite a disparu et on retrouve ses deux pantoufles roses dans l'eau ? Mais alors elle s'est noyée, ON l'a noyée ! » C'est ce qui s'appelle une mise en condition de l'opinion publique.

Raoul acquiesça de la tête.

— Je vois.

— Mais, quelque chose d'imprévu est venu mettre un grain de sable dans les rouages. La pantoufle droite a été égarée : c'est comme ça que ta tête a

1. Voir *Le Spectre de la rue Saint-Jacques*, *op. cit.*

cogné sur elle en émergeant dans le fort. Elle n'aurait jamais dû se trouver là. À mon avis, l'assassin ne l'a pas retrouvée quand il est venu s'occuper du cadavre. Heureusement pour lui – ou pour eux – la pantoufle droite était toujours en place, au pied de la victime. Ça suffisait pour aller au bout de la mise en scène prévue. La pantoufle rescapée a donc été déposée à l'entrée de l'anse de Maldormé, pour attirer l'attention des riverains. Tu es bien d'accord ?

— D'accord.

— Et le lendemain, *plouf !* apparition du cadavre noyé, devant des dizaines de témoins. Cadavre, qui, je suis de ton avis, n'a été mis « en vitrine » qu'au dernier moment, sinon, il aurait dérivé vers le sud.

Raoul resta un moment silencieux, puis lâcha :

— Tu sais que ce n'est pas idiot, ce que tu dis ?

Cécile s'esclaffa :

— Oh, merci Monseigneur ! « Qu'en termes galants ces choses-là sont mises ! » comme dit l'autre. Si c'était moi, j'aurais plutôt formulé ainsi : « Tu sais que tu es géniale, ma femme adorée. Tu sais que sans toi je ne serais qu'un reporter de deuxième classe, tout juste bon à recopier les dépêches arrivées dans la nuit ? » Voilà qui m'aurait flattée.

— Je sais, je sais, concéda Raoul. Mais alors, ô lointaine descendante par les femmes de Pic de la Mirandole, que faisons-nous de la pantoufle du tunnel ? Comment est-elle arrivée là où je l'ai trouvée ?

— Par une loi physique…

Raoul secoua la tête :

— Je t'ai déjà dit que c'était impossible…

Cécile ne se laissa pas impressionner

— Par une loi physique, dis-je, que mon autre

ancêtre, Archimède, a trouvée tout seul dans sa baignoire. « *Tout corps plongé dans l'eau reçoit...*

Les deux époux complétèrent en chœur :

... une poussée verticale de bas en haut, égale au poids du volume d'eau déplacé ».

— Et alors ? dit Raoul.

— Alors, ta pantoufle est remontée à la surface de l'eau du tunnel parce qu'elle a été perdue en bas du tunnel, à l'entrée.

Raoul n'y voyait pas encore clair.

— Mais comment y est-elle arrivée, à l'entrée ?

— Au pied gauche de celle qui la chaussait.

— Tu veux dire que...

— Oui, tu as bien compris. Je vois à ton œil un peu plus vif qu'à ton réveil, que tu viens d'être illuminé par la pertinence de ma déduction. Allez, encore un effort pour être intelligent, Raoul Signoret !

Le reporter demeurait muet, la bouche ouverte sur sa stupéfaction. Cécile enchaîna en forçant le ton :

— *Les deux pantoufles de satin rose étaient aux pieds de Mariette Chabas quand on a fourré son cadavre dans l'entrée du tunnel sous-marin du fort de Tourville,* en attendant le moment de le laisser réapparaître pour frapper l'opinion et faire porter ce second crime sur les épaules de Liselotte Ullmann.

Elle acheva sa démonstration :

— L'une des deux pantoufles s'est détachée du pied qui la chaussait et elle est tout bonnement remontée vers la surface du tunnel, grâce à notre copain Archimède. Ledit tunnel débouchant dans la salle principale du fort, c'est là que tu l'as trouvée par hasard.

Raoul Signoret était ahuri.

— Nom de Dieu.

— Je ne te le fais pas dire.

Le reporter fut tout à coup pris d'une sorte de transe. Il se dressa comme un diable à ressort, ce qui eut pour effet de renverser sur la toile cirée le bol de café qu'il n'avait pas encore bu, subjugué par les déductions de Cécile. Il se rua sur sa femme au risque de faire basculer la chaise sur laquelle elle était assise.

À cet instant leur fille Adèle débarquait dans la cuisine, l'air ensommeillé.

— Qu'est-ce qui se passe ? Vous vous battez ?

— Non, dit Cécile, dans la tribu des Signoret, jadis, quand un mâle rencontrait une femelle intelligente, il renversait le café sur la table et se jetait sur elle. C'était une tradition. Ton père est en train de renouer avec cette vieille coutume ancestrale.

Indifférent aux sarcasmes de son épouse et à l'arrivée d'Adèle, Raoul poursuivait sa déclaration :

— Mais tu sais que tu es une fille extraordinaire, toi ? Tu sais que tu as raison, cent fois, mille fois raison et que je ne suis qu'un arriéré mental auprès d'un cerveau comme le tien ? J'aurais dû y penser !

Cécile ricana :

— Ah je me disais, aussi ! Nous y sommes : tu viens de réaliser que tu aurais pu y penser tout seul. Voilà ce que masque cette intempestive et tardive déclaration d'amour. Ton orgueil de mâle est vexé de n'avoir pas imaginé *avant* ce que ma cervelle d'oiseau a échafaudé. C'est pourquoi, au lieu de te traîner à mes genoux en bramant « je suis un médiocre », tu prétends que tu étais sur le point de trouver la solution de l'énigme sans l'aide de personne.

Raoul, mi-sérieux, mi-riant, protesta :

— Mais non, mais non ! Je suis ravi, honoré, que dis-je : émerveillé, de vivre auprès d'un tel cerveau d'élite. D'être l'humble compagnon d'un parangon femelle d'investigation policière, de celle qui laisse les déductions de Sherlock Holmes au rang de devinettes pour école primaire. Tiens, c'est bien simple, je vais de ce pas demander le divorce pour avoir le plaisir de redemander ta main.

— À mon père ?

— Euh, n'allons pas jusque-là. Il serait capable de me la refuser, ce coup-ci[1]. Mais revenons à nos géniales déductions.

— MES géniales déductions.

— Y a plus de beurre ni de confiture, rouspéta Adèle. J'en déduis que vous les avez mangés.

Cécile prit un air de fierté :

— Pour la logique du raisonnement et l'enchaînement des idées, cette petite tient de sa mère.

Raoul demanda la parole d'un geste du bras levé :

— Il y a tout de même un bémol à mettre dans ta triomphale partition en ut majeur.

Cécile objecta :

— Ce que tu viens d'énoncer est idiot : en ut majeur, il n'y a ni dièses, ni bémols en vue. Mais passons. Soyons large d'esprit. Voyons ce que tu as à objecter.

— Tu ne dois pas être loin d'une vérité, Cécile. Je ne dis pas encore LA vérité, mais presque. Comme on ne peut pas pénétrer dans le fort par la partie émergée de l'île, à moins d'effraction visible, seul le

1. Voir *L'Énigme de la Blancarde*, *op. cit.*

conduit sous-marin a pu amener discrètement cette foutue pantoufle là où je l'ai trouvée.

— Je me demande pourquoi vous faites tant d'histoires avec cette pantoufle, intervint Adèle, elle est vieille et elle est même pas belle. La femme qui l'a perdue doit guère la regretter.

— Il ne s'agit pas d'esthétique, ma Bichette, dit Raoul attendri. Cette vieille pantoufle représente peut-être un indice important dans une affaire mystérieuse. Ta maman a raison.

— En tous cas, conclut Adèle, c'est pas ça qui va me donner du beurre et de la confiture, si je ne vais pas les chercher moi-même.

— Cette petite a le sens pratique, dit Cécile l'air moqueur. Tout le portrait de sa maman. Par bonheur elle ne tient pas de son rêveur de père.

— Tu sais ce qu'il te dit, son rêveur de père ?

— Je sens que je vais le savoir.

— Il va filer tout de suite chez son policier d'oncle pour lui rapporter tout chaud ce que vient de lui révéler son phénix de femme.

— Avec tout ça, reprit Cécile, tu ne m'as pas révélé l'endroit où tu avais trouvé un bémol dans ma partition.

Raoul se gratta machinalement la tête :

— Eh bien, voilà : tout tient debout dans l'hypothèse que tu as si brillamment défendue, sauf, si je repense à l'état où était cette malheureuse, quand nous l'avons repêchée à l'entrée de l'anse de Maldormé. Il ne me semble pas possible qu'en une semaine les nécrophages l'aient réduite à l'état où je l'ai trouvée. Même s'ils avaient bon appétit.

— Le légiste n'a-t-il pas dit…

— Ce que disent les légistes n'est pas forcément

l'expression de la vérité. Neuf fois sur dix, ils se débarrassent de la corvée et ne poussent pas bien loin leurs investigations. On les comprend. Je ne sais pas si tu as vu de près le corps d'un noyé, mais c'est rien moins que ragoûtant...

Adèle revenait de la resserre avec un pot de confiture neuf et un morceau de beurre trempant dans l'eau pour le maintenir ferme.

Cécile fit signe à Raoul de se taire et dit à voix basse.

— Arrête ! Voilà le Chaperon Rouge. Ce n'est pas le moment de lui faire vomir son petit déjeuner. J'en ai bien assez pour ce matin avec le café.

La fillette s'assit et regarda ses parents devenus muets.

— Alors, et cette pantoufle ?

— Eh bien... éluda Raoul, on a la paire, à présent.

— Tu vas pouvoir les faire rapetasser, alors, répliqua Adèle qui tenait de sa mère le goût de la repartie moqueuse.

La fillette se tourna vers Cécile :

— S'il veut te les offrir pour ton anniversaire, refuse, maman.

Un double éclat de rire accueillit la saillie et tout s'acheva dans une embrassade collective.

*

— Étrange, en effet, cette pantoufle baladeuse, dit Eugène Baruteau en coinçant le moins inconfortablement possible ses vieilles vertèbres contre le dossier de son fauteuil de commissaire divisionnaire. Ta femme est un as de la déduction. En tous cas, elle est meilleure que les *couillonnas* que j'ai envoyés enquêter sur place et qui n'ont pas été fichus de me ramener le plus petit bout de commencement de piste.

— Sans doute se seront-ils laissé influencer par ceux qui sont persuadés que *La Bochesse*, comme ils disent, est là derrière aussi. Or, vous savez bien que c'est impossible, maintenant.

Le policier fronça les sourcils qu'il avait épais.

Parodiant La Fontaine, il commença :

— *Qui te rend si hardi ?...*

— Ben, mon oncle, réfléchissons. Même en supposant que Liselotte Ullmann ait tué la petite Mariette après avoir étranglé le notaire, ça ne peut pas être elle qui a mis la pantoufle à flotter bien en vue pour qu'on la repère, ni déposé le cadavre de la bonne le lendemain, puisqu'à ce moment-là elle se trouvait entre vos pattes délicates, mise à moisir dans les geôles du commissariat central, pour être à portée d'interrogatoire.

Baruteau souffla bruyamment par les narines, signe chez lui d'une réflexion agacée.

— Je ne voudrais pas passer aux yeux de mon cher neveu pour une vieille mule obstinée, mais *Frau* Ullmann peut très bien avoir eu un ou des complices. Ils auront accompli pour elle la seconde partie du programme. Du même coup, ils auraient pu lui fournir un alibi.

Le policier s'énerva tout seul :

— Si elle avait daigné nous accorder des explications, celle-là, au lieu de se barricader dans son blockhaus mental, je pourrais peut-être envisager tes hypothèses d'un autre œil. Pour l'instant, bien que j'aie la paire de pantoufles, ça ne change rien d'évident à la question d'une éventuelle innocence.

Baruteau regarda son neveu avec tendresse.

— Il faut chercher encore, mon Raoul. Une pantoufle, c'est trop léger pour faire rouvrir un dossier qui a abouti à une condamnation. Comme oncle, je ne puis que t'encourager dans ta quête de la vérité, mais, en tant que chef de la Sûreté, je ne peux pas m'engager sur des indices aussi légers.

— On peut en trouver d'autres, mon oncle.

— C'est tout le mal que je te souhaite. Je te vois si *dévarié* par cette affaire, que je souhaite de tout mon cœur te voir réussir et retrouver la paix de l'esprit.

— Comptez sur moi, mon oncle.

*

L'après-midi même, dans son beau costume de bain rayé rouge et jaune, Raoul Signoret se mettait à l'eau dans la calanque des Cuivres, sous les yeux de Cécile et des enfants, Adèle et Thomas Ullmann. L'objectif officiel de la mission était de rapporter une des langoustes repérées lors de la première plongée. L'objectif réel était encore classé *confidentiel numéroté*[1]. Seule Cécile Signoret en connaissait le but.

— Prends la plus grosse, papa ! conseilla Adèle à son père qui s'éloignait du rivage en une brasse vigoureuse.

1. Dans une armée française rongée par « l'espionite » à l'époque, les documents étaient classés par ordre croissant : « confidentiel », « très confidentiel », « confidentiel numéroté » et « secret ».

Prosper montait une garde débonnaire et symbolique devant l'entrée du tunnel. Il était si familier que Raoul put passer sa main sur le dos du *« mostre »*, comme aurait dit Rabinel, en prenant soin de le faire dans le sens où les épines – qui tendaient la nageoire dorsale comme les lattes d'une voile latine – étaient inoffensives. Le mérou s'éloigna sans se presser, comme s'il voulait laisser à Raoul Signoret l'accès libre à ce repaire que les hommes du Grand Siècle avaient creusé pour son confort futur.

Le reporter écarta les plants de posidonie qui tapissaient de vert sombre la roche comme une pelouse devant une villa. Son cœur battit plus vite lorsque ses mains agrippèrent le bout d'un cordage pris dans l'entrelacs des algues. Il se balançait dans le même mouvement lent qui agitait doucement les herbes au milieu desquelles il était blotti. Le journaliste tira dessus et en dégagea une longueur qu'il évalua à deux bons mètres. Le déroulement se bloqua soudain. Quelque chose résistait. Un poids empêchait le cordage d'aller plus loin. Le reporter s'y accrocha en tirant sur ses bras ce qui eut pour effet de le faire descendre vers le tapis de posidonies. Et là, à l'occasion d'une ondulation plus importante que les autres, il aperçut nettement ce qu'il espérait. Le cordage était passé autour d'une grosse pierre, peut-être un morceau de rocher détaché de la falaise, on ne voyait pas distinctement, car tout était recouvert de végétation sous-marine. Le bloc devait peser au bas mot une quarantaine de kilos, sans doute plus. C'était largement suffisant pour maintenir au bout d'un cordage le corps d'une jeune femme noyée, attachée par les pieds à l'autre extrémité, dont on aurait fourré le cadavre dans l'entrée du tunnel comme une dépouille placée dans son tiroir à la morgue, en attendant le moment de lui faire jouer son rôle dans un spectacle de Grand-Guignol...

Raoul Signoret remonta en fusée vers la surface renouveler sa provision d'air frais, fit un signe à Cécile, en vigie au bord de la calanque et replongea aussitôt vers sa trouvaille. À force, il parvint à dénouer le cordage et à le séparer du rocher qui servait d'ancre. Il le laissa remonter tout seul. Pendant ce temps, s'engageant dans le tunnel, il cueillit une langouste de belle taille qui jouait les concierges à l'entrée et malgré les protestations muettes du crustacé, il le ramena sans remords.

Adèle et Thomas accueillirent le décapode avec des hurlements de joie. L'animal, pour se dégager de l'étreinte de Raoul, donnait des coups de queue furieux qui faisaient un bruit de claquoir. Mais le journaliste le tenait fermement par la carapace. Les enfants s'approchèrent avec un mélange d'excitation joyeuse et de crainte.

Raoul Signoret, brandissant le cordage et le crustacé comme des trophées, rayonnait de plaisir. Il échangeait avec Cécile des coups d'œil complices. Elle se pencha vers lui :

— Tu ne m'en feras pas manger, promit la jeune femme avec une grimace de dégoût.

— Pourquoi donc ?

— C'est peut-être elle qui a grignoté Mariette Chabas !

Adèle intervint :

— Pourquoi tu as ramené une corde avec la langouste, papa ?

— C'est pour pouvoir la tenir en laisse, ma chérie. Un arrêté municipal interdit de se promener avec une langouste en liberté dans les rues de Marseille. Tu ne le savais pas ? Maman va lui tricoter une muselière pour être en règle.

16.

Où Raoul Signoret et Placide Boucard se demandent s'ils n'ont pas vu un revenant dans la chambre à coucher du notaire Vaudois...

Avouons-le : Raoul Signoret n'était pas particulièrement fier de contempler de tous ses yeux une scène qui aurait dû bénéficier du huis clos absolu. La jeune femme à califourchon sur le bas-ventre de son compagnon, allongé sur le dos dans une attitude de pacha, les mains croisées derrière la nuque tandis que sa partenaire se démenait comme une bacchante, offrait à la vue du passant la ligne d'un dos évoquant la caisse d'un violoncelle. Sa taille étranglée par la mode du corset, soulignée par la rotondité émouvante d'un double anticlinal de chair ferme, la dotait d'une croupe somptueuse. Sur ses épaules, une coulée de cheveux blonds se répandait librement, achevant de lui conférer une féminité conforme à un rêve d'homme, chez qui, c'est bien connu, un cochon sommeille en permanence.

Depuis la rue, on pouvait aisément deviner ce qui se passait dans la chambre aux fenêtres grandes ouvertes, éclairée par un lustre électrique, dans cette villa habitée par Me Rodolphe Vaudois, notaire, successeur de Me Deshôtels. Ce d'autant plus que les amants n'étaient pas plus discrets sur le plan sonore que visuel et que leur brame – fût-ce à un aveugle – n'eût rien laissé ignorer de leur occupation du moment.

Le reporter du *Petit Provençal* avait pris sa faction dès la nuit tombée sur le muret qui bordait la propriété et permettait d'avoir vue sur la chambre à coucher du premier étage, la villa – rappelons-le – étant légèrement en contrebas de la rue de la Douane.

Qu'est-ce qui avait attiré là le journaliste, précisément à l'heure où Me Vaudois se livrait à ce qui paraissait être une de ses occupations favorites ? Un coup de fil en forme d'alerte de son confrère Placide Boucard, reporter honoraire du journal *Le Bavard.*

— Raoul, tu sais qu'avant d'aller sagement me coucher j'aime bien faire – été comme hiver – un petit tour digestif dans les rues de ma presqu'île natale.

— Je sais ça, mon vieux *Bouc.* Il n'est pas bon, à ton âge, de prendre la position dite *p.p.p.*, « pieds parallèles au plancher »…

Boucard l'avait interrompu :

— On peut dire aussi « pieds perpendiculaires aux parois »… Le résultat est le même.

— Si tu veux. Il n'est pas bon, donc, d'aller au lit sitôt le dernier morceau avalé. C'est risquer des cauchemars dus à un processus digestif non suffisamment avancé. Mais je suppose que tu ne m'appelles pas au téléphone, engin diabolique autant que mystérieux pour les gens de ta génération, uniquement pour me dire que tu as fait une petite promenade avant d'aller au pieu ?

Boucard reprit en écho le ton bouffon de son confrère :

— Certes non, je ne t'aurais pas dérangé pour si peu. Mais cette déambulation vespérale m'a amené, sans l'avoir voulu, à assister plusieurs fois, en passant devant la maison de Me Vaudois en des soirs différents, à une saynète proscrite dans les patronages – du moins ceux que je fréquentais dans ma prime jeunesse. Tu me connais. Elle a attiré mon attention de vieux chien de chasse de l'information.

Raoul intervint toujours sur le même ton d'histrion :

— Ne me dis rien. Toi, tu as vu une petite blonde s'agiter avec la conscience du travail bien fait sur les chairs adipeuses de Me Vaudois pour lui procurer le plaisir qu'il attendait d'elle.

Au bout du fil l'étonnement du *Bouc* devint palpable.

— Ah, ben, merde alors ! Comment tu sais ça, toi ? Je comptais t'en boucher un coin...

— C'est raté, mon cher Boucard. C'est la petite blonde qui s'en fait boucher un, pas moi.

Le vieux reporter insistait :

— Comment tu fais, Raoul ? Tu habites au Panier et tu sais que Vaudois se fait ramoner la clarinette par une petite blonde à Malmousque ? Je suis bien placé pour savoir qu'ils ne font guère dans la discrétion, mais tout de même... Tu es plus fort que Mme Rey, de la rue Paradis, *« la voyante-somnambule aux pouvoirs mystérieux »* !

— Je ne te le fais pas dire, Boucard.

— Non allez, blague à part. Tu étais au courant ?

— Par hasard, Placide, par hasard. Un soir, en sortant de chez toi, j'ai croisé *Riri,* je l'ai suivi, comme ça, sans idée préconçue et il m'a conduit au cœur du sujet.

— Et pourquoi tu m'as rien dit ?

— Parce que je pensais que ça n'avait aucun rapport avec ce qui nous préoccupe.

— Tu as changé d'avis.

— Je crois bien.

— Tu daigneras me dire pourquoi ?

— Sans doute. Dès que j'aurai toutes mes certitudes en poche.

Boucard n'insista pas. Il savait que l'heure viendrait. Il changea de sujet.

— Dis-moi, Raoul, *Riri,* il va se rincer l'œil régulièrement ?

— On peut dire comme ça.

— Et c'était une petite blonde, le soir où tu les as vus ?

— Je ne sais pas si c'était une vraie, mais elle était blonde.

— Eh bien, c'est justement pour ça que je te téléphone. Il semblerait que deux ou trois fois par semaine, Vaudois la ramène en fiacre chez lui à la nuit tombée et… en avant la musique ! En revanche, dans la journée, elle n'a pas l'air d'être là. La villa est fermée et Vaudois à l'étude de la rue Haxo. Donc, c'est qu'il doit la raccompagner en partant au travail le matin. J'ai pas vérifié.

Ce fut au tour de Raoul de demander des précisions.

— Tu n'as pas vu *Riri* en planque devant la villa ? D'habitude, il se perche sur le muret, sous le pin qui dépasse sur la rue de la Douane. Et il s'en met plein la vue.

— J'ai pas fait attention, répondit Boucard. Je t'avouerai que je ne suis pas resté jusqu'au baisser du rideau. J'avais peur d'être repéré en train de faire le voyeur par un noctambule. Et puis, à mon âge, ce genre de spectacle, c'est dangereux pour la tension.

Une idée irréfléchie se présenta dans la tête de Raoul :

— Si tu veux, on pourrait y aller ensemble un de ces soirs. J'aimerais bien qu'on la voie tous les deux, cette petite. Des fois que tu pourrais mettre un nom dessus.

Boucard s'étonna :

— Pourquoi je la connaîtrais ?

— Sait-on jamais ? Marseille est un grand village. Et puis, si on y allait ensemble, au cas où tu aurais un malaise, je pourrais te porter secours.

Le reporter ajouta en riant :

— Je dirais bien à ma femme de nous accompagner pour veiller sur toi, elle est infirmière, mais c'est un peu délicat, tu ne crois pas ?

Au bout du fil le rire égrillard du vieux reporter ressembla à un hennissement.

— Dis-moi, Placide, tu n'as pas eu l'impression de la connaître, cette petite ?

— Pas du tout. Tu me diras, dans la tenue où elle officie, c'est difficile de reconnaître quelqu'une qu'on n'aurait rencontrée qu'habillée. Mais une blonde avec une tignasse pareille, je n'ai encore jamais vu ça dans le quartier.

— Ça doit être un produit d'importation, plaisanta Raoul. Marseille est un port ouvert sur le monde. Et en ce moment, avec l'Exposition coloniale...

Boucard objecta :

— C'est certainement pas là que Vaudois est allé la pêcher. Il en aurait plutôt ramené une moukère ou une Annamite. Une blonde pareille, il a dû la trouver en Scandinavie.

— Eh bien, on va aller voir ça de plus près. Tu as toujours tes jumelles de marine ?

— Parbleu ! Elles me sont plus précieuses que ma montre. Quand on habite au bord de la mer, avec des fenêtres donnant sur le grand large, il y a toujours quelque chose à voir : le nom d'un paquebot sur la carène ou une voile latine jouant dans la lumière du couchant...

— Amène-les.

— Attends, Raoul. Tu as vu mon gabarit et je ne te dis rien sur mes rhumatismes. Je ne me vois pas perché sur un mur avec mes jumelles pour *espincher* une petite toute nue et savoir si je la connais.

— Tu ne seras pas obligé de grimper sur le mur avec moi, puisque tu auras tes jumelles. Tu peux te poster plus loin, à l'écart et à l'aise. Je pense que depuis le poste des *gabelous*, qui est en surplomb sur la rue de la Douane, on doit avoir une vue imprenable sur la chambre à coucher de Vaudois.

— Et les douaniers, qu'est-ce qu'ils vont dire ?

Raoul rassura son ami :

— Pour les convaincre de t'aider, tu pourrais leur prêter tes jumelles... Je suis sûr, après en avoir vérifié l'usage, qu'ils ne feront pas de manières pour te faciliter la tâche.

*

Voilà comment, par ce beau soir de septembre 1906, deux journalistes passionnés par leur enquête se retrouvaient – placés sur le même axe de vision donnant sur la chambre à coucher éclairée de Me Rodolphe Vaudois – l'un tout près, sur le muret clôturant le terrain, l'autre plus loin, sur la terrasse flanquant le poste des douaniers, qui offrait une vue plongeante et perspective sur la rue de la Douane et ses maisons riveraines.

Boucard, qui n'avait pas prévenu les *gabelous* de sa visite, un moment gêné par la demande qu'il avait à leur faire et la raison à leur donner de sa venue, le fut moins que les fonctionnaires eux-mêmes, quand le journaliste aperçut, sur un trépied planté sur la terrasse précédant le bâtiment, une petite longue-vue. Sa direction ne laissait aucun doute sur l'usage qu'en faisaient les fonctionnaires, la nuit venue. Eux aussi avaient depuis longtemps repéré le point de vue offert par la chambre à coucher du notaire. L'activité qui s'y déroulait par intervalles ne faisant pas partie des missions coercitives à eux confiées par le règlement de l'administration, ils ne s'étaient pas cru tenus de la sanctionner, encore moins de la dénoncer. Les soirées sont longues et fastidieuses quand on doit sans cesse avoir l'œil sur le large... Pareille attraction – gratuite de surcroît – récompensait leur patience et leur conscience professionnelle.

Après quelques moments d'embarras de part et d'autre, Boucard et les *gabelous* décidèrent donc de coopérer en surveillant de conserve le spectacle espéré. Ils se promirent même d'échanger les informations éventuellement recueillies. Le vieux reporter put donc sans complexe exhiber les vingt et un centimètres de laiton et d'étain de ses jumelles *Sportière,* véritable bijou d'optique avec leurs œilletons couvrant parfaitement les globes oculaires et leurs larges lentilles permettant une mise au point minutieuse. Les douaniers s'extasièrent devant la beauté de l'engin et la finesse de sa fabrication. Et chacun prit son poste d'observation.

Le double affût des jumelles de marine et l'optique de la lunette douanière braqués sur le même objectif ne devraient rien laisser dans l'ombre du sujet de leur surveillance.

Raoul Signoret était si absorbé par ce qu'il contemplait qu'il ne se rendit pas compte tout de suite d'une présence à ses côtés. L'ombre était arrivée silencieusement derrière lui et s'était installée à son tour sur le muret. C'est le bruit d'une respiration précipitée qui le fit se retourner. Il croisa deux yeux luisants dans une face en lame de couteau et son cœur battit plus vite. *Riri-le-Fada*, silencieux, l'air ravi, regardait le journaliste et lui souriait de toutes ses dents bousculées. L'innocent, vêtu d'une chemise rayée, d'un pantalon de toile et d'espadrilles de corde, n'avait pas l'air plus surpris que ça de trouver *Rrrrraaaaou* installé à sa place, sur son perchoir habituel. Dans le monde inconnu où l'esprit de *Riri* flottait librement, sans les contraintes imposées à un cerveau ordinaire, rien n'était jamais ni surprenant, ni impossible. Tout était naturel. Privé de la faculté d'imaginer, il ne connaissait ni la peur, ni la crainte. Rien ne pouvait l'étonner puisqu'il ne s'attendait à rien. Il vivait de l'instant, dans l'instant. Ce qui lui advenait était dans l'ordre des choses. C'est pourquoi, rencontrer son nouvel ami *Rrrrraaaaou* dans des circonstances aussi peu habituelles n'avait provoqué chez le simple d'esprit aucune réaction particulière, sinon le plaisir de retrouver une figure avec qui il se sentait spontanément en confiance.

Riri avança son index vers l'estomac du reporter, tandis que Raoul Signoret posant le sien sur sa lèvre lui faisait signe d'être discret. L'infirme comprit, puisque c'est à voix chuchotée qu'il énonça son signal de reconnaissance :

— *Tac, tac ?*

Raoul répliqua :

— *Tac, tac.*

Le journaliste descendit sans bruit du muret et fit signe à *Riri* de le remplacer. L'infirme s'avança. Raoul se posta derrière lui, regardant par-dessus l'épaule de l'innocent.

Dans la chambre, la bacchanale continuait. Le reporter se retourna pour tenter de vérifier si Placide Boucard était lui aussi en vigie depuis la terrasse de la *Maison de la Douane*. Il vit quelques ombres se déplacer, mais ne put rien distinguer de particulier.

Devant lui, les épaules de *Riri*, mues par une respiration qui s'amplifiait en augmentant son rythme, montaient et descendaient comme sous l'effet d'une houle. L'innocent ne riait plus. Penché sur lui, Raoul distinguait ses yeux affolés qui s'agitaient en tous sens dans l'orbite. Un filet de bave coulait sur son menton. Il fut pris bientôt d'un tremblement incoercible. Raoul se dit que le malheureux, incapable de se maîtriser, aller faire tout rater. Mieux valait décamper avant d'être découvert. Il s'apprêtait à quitter son poste d'observation pour rejoindre discrètement Boucard, en espérant ne pas se faire repérer depuis la villa. Machinalement, il jeta un dernier coup d'œil au couple dans la chambre. *Riri* émettait à présent une sorte de grognement continu.

Et puis, au moment où, sur le lit, la fille, dans un spasme, tournait la tête vers la droite, offrant pour la première fois son profil aux observateurs, l'infirme émit par deux fois de sa voix haut perchée une sorte de hurlement sauvage, un cri de bête blessée :

— *Arrrhèt-theu !... Arrrhèt-theu !...*

L'effet fut immédiat. La fille se dégagea de son compagnon, dont on aperçut la face blême et les yeux inquiets braqués sur la nuit d'où venait le danger. D'un bond elle fut debout et se précipita vers la croisée. Raoul la voyait enfin de face, quoique cette silhouette nue ne lui apprenne rien, sauf qu'elle avait nul besoin de recourir aux *Pilules orientales* pour *« acquérir la beauté plastique de la gorge et donner à la poitrine des proportions harmonieuses d'un embonpoint modéré »*, ce que les *réclames* des journaux promettaient chaque jour aux Marseillaises. Chez elle, la nature avait pourvu à tout. Elle n'avait guère plus de 17-18 ans et le soleil double de ses seins illuminait la vision qu'elle offrait aux spectateurs de la scène, tandis qu'elle tirait précipitamment les volets de bois sur sa nudité.

La représentation était finie.

Pour Raoul Signoret elle commençait.

En dépit de la touffeur de cette fin d'été qui ne voulait rien céder à l'automne approchant, au moment où *Riri* lançait par deux fois son appel, comme pris d'une douleur subite qui lui tordait le visage, le journaliste avait senti une chape glacée tomber sur lui. Elle l'avait cloué sur place.

Les mots tournaient dans sa tête. Des mots auxquels il ne voulait pas croire encore. Des mots qui valsaient dans sa mémoire. Des mots dits avec l'accent de Placide Boucard, quand Raoul lui avait confié à propos de *Riri :*

— *C'est bizarre, chaque fois que je lui parle de Mariette, il me dit « arrête ! », comme s'il ne voulait pas...*

— *Eh, non, couillon,* avait répondu *Le Bouc* en riant. *C'est pas « arrête », qu'il dit. C'est « Mariette ». C'était sa façon à lui de l'appeler, peuchère...*

Raoul était abasourdi. Se pouvait-il que... ? Non. Cette idée n'avait rien à voir avec la Raison. C'était une idée de malade mental. Une idée folle. Une idée d'innocent qui disait n'importe quoi.

Le reporter secoua la tête comme s'il voulait remettre sa cervelle en place.

Dans la chambre, on avait même éteint la lumière. Inutile de s'attarder.

Raoul s'approcha de *Riri,* toujours sur son perchoir, le cou tendu vers la villa. Une lune à son second quartier éclairait suffisamment la presqu'île pour qu'on pût y distinguer un visage. Sur les joues de l'infirme deux larmes silencieuses coulaient... Il émettait un fredon continu et faisait grincer ses dents. Il paraissait tétanisé. Le reporter lui prit le bras et par geste lui fit signe de descendre du muret. *Riri* obéit sans regimber.

— Tu devrais retourner à la maison, maintenant, suggéra Raoul.

Riri Boudineau baissa le front. D'un revers de manche, il essuya ses larmes et la morve qui allait avec. D'un mouvement de va-et-vient de la tête, il signifia : non.

— Tu veux venir avec moi ?
— Vi.
— Après, tu vas te coucher ?
— Vi.

Le journaliste prit la direction de la *Maison de la Douane*. Sur la terrasse ça s'agitait. Un groupe de douaniers entourait quelque chose qu'il cachait encore à Raoul Signoret. Suivi par l'infirme comme son ombre, le reporter monta les escaliers conduisant à la terrasse et là, il vit.

Placide Boucard, affalé sur une chaise, pâle comme un revenant, *bouffait*[1] à la recherche de son souffle et disait des mots d'apparence sans suite. Cinq douaniers l'encadraient avec des gestes de nourrice. L'un d'eux, le brigadier, tendait à l'ex-reporter un petit verre rempli d'un rhum parfumé, relique non déclarée d'une saisie, qui servait dans les moments importants. Aux pieds de Placide Boucard gisait la carcasse déglinguée d'une superbe paire de jumelles de marine entourée d'une pluie d'éclats de verre provenant de ses objectifs pulvérisés par le choc brutal sur les pavés de la terrasse.

Raoul Signoret se présenta au chef.

— Il a eu un malaise, expliqua sobrement le fonctionnaire en désignant Boucard qui sifflait son rhum et retrouvait un semblant de couleur.

Deux douaniers pouffaient discrètement.

— C'était trop d'émotion pour son âge, dit l'un en poussant son camarade du coude.

— C'est qu'elle avait ce qu'il fallait où il fallait, la petite ! ajouta l'autre avec un rire égrillard.

1. Respirait difficilement.

Le sourcil noir de leur chef les ramena à un peu de décence.

Raoul se pencha sur Boucard.

— Qu'est-ce que tu as eu, Placide ?

Le vieux reporter regarda son jeune confrère et cligna des yeux comme pour lui signifier de ne pas insister.

— Un petit vertige. Ça m'arrive de temps à autre. Le docteur dit que c'est la tension. C'est rien, ça va passer. Tu peux me ramener chez moi ?

— Bien sûr ! Cette question ! On va pas te laisser là...

Raoul désigna le sol :

— Ça m'embête pour tes jumelles...

Boucard regarda à son tour le désastre :

— Oh ! Mince ! Ça me fait de la peine. Et j'en retrouverai pas de pareilles de sitôt. Trente-cinq ans que je les avais...

Raoul prit les choses en main.

— Allez, ne restons pas là, Placide, il faut aller t'allonger. Les émotions, ça va comme ça pour ce soir.

Le Bouc se mit debout, encadré par deux douaniers en serre-livres.

— Ça va aller, monsieur Boucard ?

— Je pense que oui. Raoul, tu me donnes le bras ? Oh, puis il y a *Riri*. Je suis bien entouré.

Il salua la brigade, s'excusa pour le dérangement et d'un pas précautionneux descendit l'escalier vers la chaussée de la rue de la Douane, suivi par l'infirme.

Le brigadier tentait d'en savoir un peu plus auprès de Raoul sur les raisons de la présence de deux journalistes pour espionner les ébats de Me Rodolphe

Vaudois avec une fille qui avait largement l'âge d'être la sienne.

— Elles sont les mêmes que les vôtres, répondit le reporter avec un air entendu. Nous rincer l'œil. Je pense que ni vous, ni nous, n'avons intérêt à ce que ça s'ébruite…

Le brigadier, confus, n'insista pas. Les choses en resteraient là. Le douanier n'avait pas l'air d'un fonctionnaire souhaitant que ses chefs fussent informés des distractions offertes à la brigade durant les heures de service.

Raoul soutenant Placide, suivis comme leur ombre par *Riri* Boudineau, le trio s'éloigna dans la nuit.

Arrivés devant l'impasse Assani, le reporter du *Petit Provençal* laissa son aîné regagner seul sa maison.

— Je remets *Riri* à sa mère et je reviens te voir. J'ai comme l'impression que tu as des choses à me dire, non ?

— On peut rien te cacher… répliqua Boucard, encore chancelant, qui cherchait son trousseau de clefs dans la poche-revolver de son pantalon.

*

La porte n'était pas fermée au verrou. Raoul Signoret n'eut qu'à entrer, après avoir frappé, pour retrouver Placide Boucard allongé sur un des deux transats installés sur la petite terrasse dominant la mer qu'on entendait clapoter quelques mètres plus bas sans la voir. L'ex-reporter du *Bavard* avait sorti une bouteille d'orgeat et une carafe d'eau fraîche, accompagnées de deux grands verres au col évasé. Il s'était déjà servi et sirotait à petits bruits la boisson laiteuse.

— Sers-toi, Raoul. Si tu veux quelque chose de plus costaud, il y a ce qu'il faut dans le buffet.

— L'orgeat m'ira très bien, assura le reporter. C'est un goût d'enfance que j'aime bien retrouver. Je ne sais pas pourquoi, je ne pense jamais à en acheter.

Il regarda longuement son confrère échoué comme un vieux phoque sur la grève.

— Alors ?…

Boucard baissa la tête.

— Alors, mon petit vieux, je ne sais pas par où commencer. J'ai l'impression que *Le Bouc* devient gâteux. J'ai la tête comme remplie d'orgeat sans eau.

Il tapota sa tempe de l'index.

— Ça fait floc-floc, là-dedans.

— Mais encore ?

Boucard demeura un instant silencieux, les yeux baissés vers on ne sait quel rêve intérieur, puis il lâcha :

— C'est pas ma tension qui m'a joué des tours tandis que je faisais le voyeur. J'ai 12/8. Un cœur de jeune homme, dit mon docteur. Non, ce qui m'a complètement *dévarié* c'est ce que j'ai cru voir.

Raoul faisait en sorte de ne pas laisser paraître sa propre tension à cet instant. Il aurait pu dire avant Boucard ce que le vieux reporter allait confier. Prenant sur lui, il demanda sur un ton en apparence détaché :

— Qu'as-tu cru voir ?

La grosse tête ronde balança avant de se fixer.

— Tu vas me prendre pour un fada, Raoul.

— Dis toujours. Je ferai mon diagnostic après.

Boucard retardait encore le moment de la confidence.

Raoul Signoret décida de la provoquer.

— Placide, tu n'oses pas me dire que tu as cru voir un fantôme.

La bouche et les yeux de l'ex-journaliste s'arrondirent de conserve.

— T… Tu… Comment tu sais ça, toi ?

Raoul craignit qu'il fasse un nouveau malaise.

— Calme-toi, Placide. C'est moi qui vais parler. Tu me feras seulement signe si je dis des bêtises.

Boucard fit oui de la tête. Il demeura alors les yeux fixés sur ses chaussures de toile posées sur le repose-pieds du transat, tout le temps où Raoul Signoret traduisit à haute voix ce qu'il était en train de revivre, comme si son jeune confrère lisait dans ses pensées.

— Quand *Riri* a poussé par deux fois ce cri que je prenais pour le mot « arrête » dont tu m'as dit qu'il lui servait à appeler Mariette Chabas lorsqu'il l'apercevait de loin, la jeune femme qui s'en faisait boucher un coin par Vaudois s'est précipitée vers la fenêtre. Et tu as cru la reconnaître. Je me trompe ?

— Non, souffla Boucard.

Raoul reprit :

– *Comme ce que tu voyais n'était pas possible,* ton cerveau s'est emmêlé les pinceaux en donnant ses ordres. Et tout s'est mis à valser. J'ai raison, ou pas ?

Boucard, muet, fit oui des paupières.

— Bien, dit Raoul en s'ébrouant. Ne tournons plus autour du pot et examinons les données du problème. Toi, *tu as cru* reconnaître Mariette Chabas dans la créature qui s'agitait sur Vaudois. Et tu as pensé : je deviens fada. J'ai des hallucinations. Ça ne peut pas être elle, puisqu'elle est morte noyée voici plus de trois mois. Mais un autre, au même moment, croyait la reconnaître aussi. Et lui ne se disait pas « je deviens fada ». Il l'est déjà. Et il s'en accommode. Il est peut-être privé des moyens ordinaires de communication, mais par une sorte de compensation, la nature l'a doté d'un sixième sens. Lui, il est certain de ce qu'il a vu. Il ne se pose pas de questions sur la logique ou l'impossibilité des choses. Pour *Riri*, cette fille EST Mariette. Et il l'a su bien avant nous. C'est pour ça qu'il venait rôder le soir autour de la villa. Moins pour se rincer l'œil que pour revoir sa bien-aimée, celle à qui il offrait des bouquets, celle qu'il hélait dans les rues de Malmousque, du plus loin qu'il l'apercevait : *Arrrhèt-theu !... Arrrhèt-theu !...*

Cette évocation fit sortir Boucard de sa sidération. Il s'agita :

— Mais Raoul, le pauvre petit est simple d'esprit, tu le sais bien ! On ne peut pas...

Raoul le coupa :

— Il est débile mental, c'est sûr. Mais il sent les choses mieux que nous, j'en suis sûr. Il réagit comme un animal. À l'instinct. Cet instinct que nous autres gens normaux et civilisés avons perdu.

Boucard secoua la tête.

— Il dit aussi souvent n'importe quoi.

— Dans ce cas précis, je n'en suis pas aussi persuadé que toi, Placide. Il y a un moment que cette histoire me *gansaille*[1] l'esprit. J'ai passé des nuits blanches à y penser, à rassembler les pièces d'un

1. Me secoue. Ici, dans le sens de « me tourmente ».

puzzle qu'on semblait s'être ingénié à disperser à coups de pied. J'ai commencé à me poser des questions précises quand tu m'as expliqué que *« Arrrhèt-theu !... »*, c'était la façon dont *Riri* prononçait *« Mariette »*. Le soir où, sortant de chez toi, je l'ai débusqué sur le mur de la villa de Vaudois, je lui ai posé une question idiote, mais ce sont parfois les meilleures. Je me souviens lui avoir demandé : « Elle était belle, la dame toute nue, hein ? » Et il a dit : *Arrrhèt-theu !...* Moi, couillon, j'ai cru qu'il ne voulait pas en parler. Et quand j'ai voulu savoir s'il connaissait son nom, il m'a dit *« Arrrhèt-teu,ça ba »*. J'ai compris *« arrête, ça va ! »* alors qu'il répondait *« Mariette Chabas »*. C'était moi le couillon, des deux. Je ne comprenais rien. Lui, il n'avait déjà plus de doute. Pour lui, il n'existe pas de choses impossibles, Placide. Mets-toi ça dans le *teston*. C'est en ça qu'il est plus fort que nous. Il ne fait pas le malin avec la Raison, lui.

— Mais Raoul, ce n'est pas possible, voyons ! Nous l'avons vue Mariette Chabas, noyée depuis une semaine, avec le ventre tout *gonfle*, avec sa chemise de nuit et sa pantoufle rose que Rabinel et Célestine ont reconnues tout de suite !

Ce fut au tour de Raoul Signoret d'objecter :

— Qu'avons-nous vu, Placide ? Sois lucide. Une charogne défigurée après un séjour prolongé dans l'eau d'un été de canicule. À partir des vêtements qu'elle portait, tout le monde a dit « c'est Mariette » puisque ceux qui la connaissaient le mieux l'affirmaient. Mais n'oublie pas qu'ils étaient, comme nous tous, assommés, sous le coup de l'émotion. Et que le scénario avait été bien monté. C'était une fille qui *pouvait* lui ressembler qu'on venait de repêcher. De là à dire que c'était elle... Si je n'avais pas retrouvé par hasard l'autre pantoufle dans le fort de Tourville et si Cécile, ma femme, bien plus fine mouche que nous tous réunis, n'avait pas eu l'intuition que le cadavre qu'on nous avait mis sous le nez n'était peut-être pas le bon, j'en serais encore à gober l'histoire du double crime de *La Bochesse.*

Boucard avait de nouveau pâli. Raoul craignit un second malaise. Le vieux reporter balbutia :

— Mais alors, qui serait l'autre ? La noyée ?

Raoul leva les bras au ciel.

— Ah, ça ! je n'en sais foutre rien. Mais il n'est pas pour l'instant indispensable de le savoir.

C'était trop d'émotions en une seule soirée pour Placide Boucard. Il refusait encore l'hypothèse de Raoul.

— Si on raconte ça à la police, ou aux juges, on va se faire foutre de nous, *Garri.* Tu te vois, croyant avoir démasqué Vaudois, et puis que cette petite blonde soit – je ne sais pas, moi ! – une fille publique bien encartée et connue de la police des mœurs ? On aurait l'air de quoi, nous autres ? Tu sais bien qu'avec la mode toutes les femmes sont faites sur le même moule.

Raoul ne se laissait pas ébranler :

— Mais c'est quand tu as vu son visage et pas ses fesses que tu as tourné de l'œil. C'est donc bien que tu l'as reconnue !

Boucard se débattait comme dans un mauvais rêve.

— Mais non, c'est une illusion dont j'ai été victime. J'étais loin, mal placé.

— Tu étais aux premières loges, au contraire,

avec tes jumelles de marine ! Tu la voyais mieux que nous.

Le vieux reporter tenta une diversion.

— Elle a peut-être une sœur jumelle, va savoir !

— Une sœur jumelle qui, précisément, coucherait avec Vaudois ? Tu as de l'imagination Placide. *Riri,* lui ne s'y est pas trompé. Il n'en existe pas deux comme Mariette. Il l'aurait senti, sinon. Rappelle-toi. On se demandait s'il était là quand on a repêché la noyée de Maldormé. Je me suis renseigné auprès de Rabinel. Il y était. Or, quand on a sorti la fille de l'eau, il n'a pas bronché. Il s'est même éloigné. Si ça avait été Mariette, il se serait jeté sur elle, toute pourrie qu'elle était.

Boucard paraissait assommé. Il ne se défendait plus.

— Allons, Placide, souviens-toi de ce que tu as toi-même dit. Malgré ses cheveux teints en blond, tu as cru voir dans tes jumelles les traits de Mariette Chabas, quand la fille, l'air affolé, a refermé les volets. Tu as même reconnu : « j'ai cru voir un fantôme ». Tu te souviens ?

— Oui… mais enfin, Raoul, c'est peut-être quelqu'un qui lui ressemble beaucoup.

— Elle lui ressemble tellement que lorsqu'elle a entendu le cri de *Riri*, elle a réalisé ce qui se passait. Ce qui l'affolait, c'est moins l'idée qu'un voyeur se rinçait l'œil sur son anatomie, mais que *Le Fada*, dont elle avait dans l'oreille, pour l'avoir entendu mille fois, le cri d'amour un peu particulier avec lequel il la hélait, venait de la démasquer !

Boucard soupira, l'air accablé.

— Oh, pute borgne ! On va pas s'en sortir de ce *pâti*[1].

Raoul se voulut rassurant :

— Mais si, on va s'en sortir, Placide ! On tient un bout du fil. Il faut maintenant tirer doucement vers nous, pour pas qu'il casse. Donc, en priorité, il faut reprendre – l'air de rien – plus que jamais notre surveillance. Il faut avoir des yeux et des oreilles partout dans la presqu'île. Je compte sur toi, ma vieille. Il faut voir ce qui se passe à la villa dans les jours qui viennent. S'il y a encore des va-et-vient, ou si on joue relâche. Embauche aussi Rabinel et la cuisinière, sans trop leur en dire. Ils peuvent être précieux. Demande à Célestine de surveiller son ivrogne de patron. Et à Rabinel de se renseigner sur les raisons qui pousseraient Vaudois à déménager. Il doit bien avoir du personnel de maison ?

— Vaudois ? Une vieille bonne, oui. Amélie Chevassu. Une bazarette de gros calibre. Elle parlerait aux pierres du chemin.

— Eh bien, sers-toi de ses bavardages. Au besoin, propage des bobards et vois comment, dans quel état, ils te reviennent.

Boucard était saoulé de mots, d'émotions. Il s'inquiéta :

— Que comptes-tu faire, petit ?

Raoul Signoret eut un rire bref :

— Ce soir ? Rien. Aller dormir. Enfin, peut-être pas tout de suite… Ces visions affolantes m'ont mis en tête des idées dont Mme Signoret pourrait bien profiter.

1. Cette embrouille.

17.

Où une démarche du domestique du notaire assassiné apprend à notre héros que ses ennemis n'ont pas renoncé à nuire...

Lorsque le téléphone posé sur le bureau de Raoul Signoret sonna dans la salle de rédaction du *Petit Provençal,* en ce début d'après-midi, le reporter pensa avec soulagement : « Sauvé ! »

Délaissant pour une fois l'Exposition coloniale, ses pompes et ses œuvres, ses danses exotiques, ses cavalcades colorées et ses visiteurs de luxe, le vieux rédacteur Auguste Escarguel était lancé dans une *déploration* auprès de laquelle celle que composa Josquin des Près pour la mort de son maître Ockeghem aurait pu faire figure de chanson à boire. Marie, la marchande de journaux, connue de tout Marseille, s'était fait écraser la veille par un fiacre à l'angle des allées de Meilhan et du boulevard du Musée !

— C'est bien triste, mon bon *Gu*, mais elle était sourde des deux oreilles et borgne de l'œil gauche. Dans ces conditions, on fait attention en traversant.

— Mais quelle perte, mon cher Raoul, que cette femme si dévouée à notre titre ! Elle le plaçait toujours en évidence à son éventaire...

C'est à cet instant que la sonnerie avait retenti.

— Monsieur Raoul ? c'est Rabinel. Je suis en bas, chez le planton. Je peux monter ?

— Ne vous donnez pas cette peine, c'est moi qui descends.

Si le domestique de feu Théophile Deshôtels avait « fait le voyage » depuis Malmousque jusqu'à la rue de la Darse, c'est qu'il y avait du nouveau. Raoul Signoret était tout excité en descendant les marches de l'ancien théâtre où le *Petit Provençal* s'était installé comme un bernard-l'ermite dans une coquille vide.

Victor Rabinel attendait le reporter en jetant un œil sur l'édition du jour, sous l'œil du planton, Louis, qui veillait sur la tranquillité des rédacteurs en filtrant sévèrement les visiteurs.

Raoul bloqua la pogne solide de l'ancien pêcheur qui, pour « descendre en ville[1] », avait *mis le costume* – un bleu de Shanghaï frais repassé – et coiffé une casquette de marin.

— Du nouveau, mon cher Rabinel ?

— Des nouvelles qui pourraient vous intéresser.

— Vous vous êtes dérangé rien que pour moi ?

— Non, mentit Rabinel, j'avais des courses à faire et comme j'étais pas loin, je *me suis* pensé...

Raoul le prit pas le bras :

— Vous avez très bien fait. Ne restons pas là, alors. Si vous voulons causer tranquilles, un petit

1. À l'époque tous ceux qui habitaient la périphérie, hors d'un périmètre Canebière, Vieux-Port, rue Paradis, Préfecture, rues de Rome et Saint-Ferréol, « descendaient en ville » quand ils se rendaient dans le centre de Marseille.

rafraîchissement ne pourra pas nous faire de mal avec cet été qui n'en finit pas.

Le reporter conduisit son visiteur au rythme de sa patte folle dans la salle du *Café de Paris,* tout proche du siège du journal, rue de la Darse, sachant très bien que les amateurs de tric-trac et de dominos, absorbés par leurs tournois acharnés, n'écouteraient pas aux portes, pas plus que les clercs d'avoués et les avocats stagiaires qui composaient, avec les voyageurs de commerce et les boutiquiers, le fond de la clientèle, toujours à discuter de leurs affaires ou de leurs dossiers en vidant des bocks. Les deux hommes prirent place sur une banquette de moleskine, au fond de la salle.

— Merci d'être venu jusqu'à moi. Je vous écoute.

Le reporter fit signe au garçon après s'être enquis de la commande auprès de son vis-à-vis.

Deux demis panachés atterrirent bientôt sur le bois ciré.

Rabinel se frotta le menton.

— Je vous livre ça en vrac, hein ? Vous trierez.

— Je vous en prie.

— Eh bien, voilà. D'abord des nouvelles directes et toutes fraîches. Le fils Deshôtels, mon nouveau patron, qui rentrait cette nuit encore plus *niasqué*[1] que d'ordinaire, a raté un virage dans les boucles de la Corniche. Sa belle *Darracq type X* rouge n'est plus qu'une *estrasse*[2].

— Et lui, il est abîmé ?

Le domestique ricana silencieusement :

— On dit qu'il y a un Bon Dieu pour les ivrognes.

---

1. Saoul, bourré.
2. Un chiffon usagé. Ici : une épave.

Son auto est restée en équilibre sur le garde-fou qui borde la promenade à la hauteur de la carrière d'Endoume. Heureusement, parce que les rochers sont dix mètres plus bas. Elle est bonne à jeter, l'auto, et lui, il s'en tire avec un bras cassé, deux côtes enfoncées et la figure toute *grafignée*[1] par le verre du pare-brise qui est parti en mille morceaux. Je vais l'avoir toute la journée à la maison à rouscailler, ça va pas être drôle. D'autant plus que le docteur Poucel lui a interdit de boire. Je vous raconte pas comment il l'a pris !... Il grogne à longueur de temps, il dit qu'il souffre le martyre avec ses côtes et son bras fada. Il faut lui faire de la morphine.

À peine le nom prononcé l'attention de Raoul Signoret avait redoublé. Ce que dit alors Rabinel, on aurait pu penser que le journaliste était en train de le lui suggérer par télépathie, car ce sont les mots que le reporter attendait que le domestique prononça.

— Tiens, ça me fait penser. Il a besoin d'une infirmière pour lui faire sa morphine. Il ne veut pas la mère Jourdan. Elle fait ça depuis quarante ans, les trois quarts des derrières de Malmousque lui sont passés entre les mains, mais monsieur Alfred dit qu'elle a appris à faire les piqûres chez les picadors. Vous ne connaîtriez pas quelqu'un, qui...

— Hop, hop, hop ! s'écria Raoul, ne cherchez plus. J'ai ce qu'il faut à la maison.

— À la maison ?

— Ma femme. Elle est infirmière à domicile.

1. Égratignée.

— C'est la jolie dame que j'ai rencontrée l'autre fois à la plage ?

— Je n'ai que celle-là.

— Elle pourrait se rendre libre ?

— Non seulement elle pourrait, mais si elle apprenait qu'on m'a proposé de trouver une infirmière et que je n'aie pas avancé son nom, c'est à moi qu'elle planterait les banderilles ! Depuis que je la *bassine* avec cette affaire Deshôtels-Ullmann, elle meurt d'envie de voir ça de plus près. Je la connais : vous parlez d'une aubaine pour elle ! Elle va se ruer dessus !

— Ça alors ! J'ai une veine de cocu, moi, dit Rabinel. J'ai bien fait de vous en parler. C'est pour ça que j'étais en ville. Pour trouver une infirmière sérieuse capable de faire des piqûres de morphine sans douleur à un client douillet et casse-bonbons. Je connais personne, moi.

— Vous l'avez trouvée. Elle se nomme Cécile Signoret : c'est la reine de l'intraveineuse, la virtuose de l'enveloppement camphré, la Nellie Melba du pansement, l'Annie du Far West[1] de la pose de sangsues.

— Il faut commencer demain soir, monsieur Raoul. Pour que monsieur Alfred dorme tranquille. Ses côtes cassées lui font un mal de chien.

— Ne vous inquiétez pas, mon cher Rabinel. Je me demande même si Cécile ne va pas exiger de passer la nuit à Maldormé pour être prête à temps. Non, sans rire. Je la préviens dès que je retourne au

1. Sous son nom de scène : *Annie du Far West*, Annie Oakley était venue à Marseille en octobre 1905 avec le Cirque de Buffalo Bill.

journal et vous pouvez être sûr qu'elle sera sur place à l'heure dite. Il est chez lui, votre patron ?

— Pour l'instant, risque pas qu'il bouge.

— Bon, comptez sur elle. Et sur moi. Bref, comptez sur nous. J'en fais mon affaire.

Rabinel était ravi.

— Vous m'enlevez une épine du pied, monsieur Raoul. Je savais pas à qui m'adresser.

Le reporter fit renouveler les consommations.

— Autre chose ?

Sur le visage de Rabinel le sourire de soulagement qui venait de s'inscrire disparut aussitôt.

— Oui, et j'aurais dû commencer par là. Des salauds ont *relégué*[1] le *pôvre Riri.*

Le reporter blêmit.

— Comment ça, *relégué* ?

— Il a pris une *roustasse*, on sait pas de qui. Hier matin, on l'a trouvé la figure contre terre, dans l'impasse Capricieuse. On a cru qu'il était mort. Il était près d'un tas d'ordures et il avait la figure pleine de sang, tout *enfle,* des gnons partout. On lui avait fait une entaille longue comme mon pouce sur le cuir chevelu. Je peux vous dire qu'il a la tête dure, *peuchère.* Il y avait de quoi assommer un bœuf.

L'image en fit surgir une autre dans la tête de Raoul Signoret. Celle d'une brute épaisse avec qui il s'était déjà colleté et qu'il aurait bien aimé avoir en face de lui à cet instant pour se délester de cette bouffée de haine qui lui faisait serrer les poings et les mâchoires.

— Quelle tristesse, dit le reporter en secouant la

1. Abîmé, esquinté.

tête. Ils ont un cerveau, eux, et voilà à quoi il leur sert… Pires que des bêtes. Et beaucoup moins excusables.

— Vous pensez à qui, monsieur Raoul ?

— Oh, j'ai le choix. Mais votre allusion au bœuf qu'on assomme m'a fait penser à Baude, le boucher. Si ce n'est lui c'est donc d'autres de ses frères en bassesse et brutalité. Les grandes gueules qui gravitent autour de la paire Bortoli-Vaudois. Mais il serait étonnant que Me Vaudois ait risqué ses blanches mains grassouillettes, plus faites pour le porte-plume que pour la matraque, dans l'expédition punitive. Pourtant, mon petit doigt me dit qu'il y a des grandes chances pour que le notaire l'ait suscitée et confiée à ses hommes de main.

— Vous avez sans doute raison, monsieur Raoul. D'autant que *Riri,* il a pris la sale habitude d'aller dormir dans le canot de Vaudois, qui est amarré à Malmousque. Le notaire est déjà allé se plaindre à Florine Boudineau. Il dit que son fils risque de tout lui saloper, crasseux comme il est. Il l'a fait partir plusieurs fois à coups de pieds au cul. Mais là, c'est autre chose. Ils y sont allés fort.

— Je crois savoir pourquoi, dit le reporter.

Alors, Raoul Signoret raconta la scène nocturne au cours de laquelle Boucard et lui – sans oublier le rôle capital joué par *Riri* – avaient troublé les ébats du notaire. Au fur et à mesure de son récit sur le visage de Rabinel se peignaient la stupéfaction et l'incrédulité. Il ponctuait le récit du reporter de « Pas possible ! », « Ça alors ! » qui disaient sa surprise.

Le reporter s'abstint toutefois de confier au domestique ses soupçons sur l'identité de la jeune partenaire de Vaudois. Les confidences qu'il venait de faire troublaient suffisamment l'esprit du brave Rabinel sans qu'il fût utile d'en rajouter. En outre, le reporter n'avait pour l'instant nulle envie que son intuition, colportée et déformée dans tout Malmousque par les racontars qu'elle ne manquerait pas de susciter, n'en vienne aux oreilles des intéressés, avant que la police ait mis son nez dans l'affaire. Ce qui ne saurait tarder, car le reporter était décidé de lâcher le morceau à son oncle, dont il aurait – d'un moment à l'autre – besoin pour coincer les coupables. Plus il allait et plus Raoul se persuadait que, depuis le début, l'hypocrite Vaudois tirait les ficelles qui avaient étranglé Me Deshôtels, conduit Liselotte Ullmann devant les assises et, à présent, attenté à la vie de *Riri* Boudineau.

L'innocent avait, malgré ses pauvres moyens, démasqué les imposteurs. Les autres avaient compris quel danger il représentait si jamais il parvenait à se faire comprendre. Voilà pourquoi ils avaient tenté de l'éliminer. Raoul s'inquiéta :

— Où est *Riri*, en ce moment ?

— Chez sa mère. La *pôvre* Florine s'est pris une de ces *estoumagades*[1] ! Quand elle l'a vu dans cet état, elle l'a cru mort. *Peuchère,* comme si elle était pas assez malheureuse comme ça !...

— Qui l'a trouvé ?

— Moi et Farinacci, le douanier corse. Il allait prendre son service à six heures. On a entendu gémir près de *La Capricieuse*. Il était à côté des poubelles

1. Une frayeur qui vous tord l'estomac.

du restaurant. On sait pas depuis combien de temps il était là.

— À quelle heure ferme *La Capricieuse*, d'habitude ? demanda Raoul.

— Vers onze heures du soir.

— Alors, ça s'est forcément passé après.

— Florine l'a pas entendu sortir. Elle a pas pu dire à quel moment il est parti de la maison. Heureusement, les nuits sont encore chaudes, sinon, en plus, il aurait pu attraper la crève.

Raoul tiqua :

— Il faudrait qu'elle le tienne un peu bouclé à la maison, son grand minot, maintenant. Au moins jusqu'au jour où on aura coincé ceux qui l'ont attaqué.

— C'est ce qu'on lui a dit, avec Farinacci. Mais elle répond que c'est pas facile. Il est infatigable, *Riri*. On sait pas quand il dort. Il doit attendre que sa mère soit couchée pour aller faire un tour. Vous savez, c'est une femme qui travaille dur à sa couture et le soir elle coule dans le sommeil comme un fer à repasser.

— Elle ne peut pas boucler la porte ? Au moins quelque temps ?

— Il sort par la fenêtre. Vous connaissez où ils habitent ?

Raoul fit non de la tête.

Rabinel expliqua :

— Leur cabanon, rue Va-à-la-Calanque, est tout en rez-de-chaussée. Y a que deux pièces. Il faudrait mettre des barreaux aux fenêtres, mais elle a pas les moyens. Elle est que locataire et le proprio veut rien savoir pour la dépense. Et puis, on sait pas comment *Riri* le prendrait. Il a l'habitude de vadrouiller. Vous voyez pas qu'il casse tout ? On va quand même pas l'enfermer, comme à l'asile.

Raoul grinça :

— C'est pourtant ce que certains souhaitent…

Rabinel opina :

— Tiens ça me fait penser…

Il porta la main à la poche de sa veste et en sortit un papier froissé et taché :

— On a trouvé ça, à côté de lui.

Raoul fronça les sourcils et parcourut un texte manuscrit, écrit avec une encre qui avait un peu bavé à cause de l'humidité marine.

« Nous, gens de Malmousque, citoyens de Marseille, demandons aux édiles responsables de la sécurité publique de nous débarrasser au plus vite de ce déchet de l'humanité dont le comportement asocial représente un danger pour les habitants de ce quartier. Sa conduite ordinaire est une honte pour les femmes honnêtes et son attitude obscène comme son aspect répugnant effrayent nos enfants.

Ceci est un avertissement sans frais. Il s'adresse aussi à ceux qui voudraient trouver des excuses aux assassins et aux dangers publics. Nous, gens de Malmousque, avons droit à la paix et à la sécurité dues aux citoyens qui n'ont rien à se reprocher. »

— Sur la fin, ils se sont trahis, commenta Raoul, comme pour lui-même. Leur vraie nature, intolérante, transpire dans ce message dégoûtant. Étrangers, débiles mentaux, tout ce qui n'est pas dans leurs normes doit être éliminé.

Emporté par une colère froide qu'il ne pouvait maîtriser, le reporter froissa le billet dans son poing et s'apprêtait à le jeter dans un crachoir placé à proximité, quand il se ravisa. Il lissa du plat de la main le papier chiffonné.

— Si ça ne vous ennuie pas, mon cher Rabinel, je vais conserver cette chose immonde, et la montrer à la police. Si, comme je le souhaite, une enquête est ouverte, elle pourra nous être utile. Les experts graphologues, quoi que j'en pense, pourraient établir certaines comparaisons, propres à démasquer les ordures qui se sont attaquées à un handicapé. J'aimerais aussi faire coincer le « déchet de l'humanité » – pour reprendre leur terminologie abjecte – qui a tenu la plume.

— Vous pensez à quelqu'un en particulier ?

— Ils se sont probablement mis à plusieurs pour composer leur profession de foi. Mais c'est une seule main qui a rédigé le billet. En outre, si le style n'est pas des plus élégants, il n'y a pas de faute d'orthographe, ni de syntaxe et l'expression reflète une pensée qui pour être méprisable est correctement transcrite. Donc, ce n'est certainement pas la brute Grassi et l'ivrogne Cauro qui ont écrit – eux ont dû se contenter de manier matraque et coups de poings –, je pencherais plutôt pour cette ganache de Bortoli, ou l'infâme Vaudois lui-même. Ils auront excité leurs hommes de main, mais se seront bien gardés de mettre les leurs toutes blanches dans l'ordure.

Le domestique hocha la tête.

— Je pense comme vous, monsieur Raoul.

— Je vous en prie, appelez-moi Raoul tout court.

— D'accord. Moi, mon petit nom, c'est Victor.

Le reporter fit signe au garçon pour avoir l'addition.

— Eh bien, mon cher Victor, si vous êtes de mon avis, vous aurez comme moi envie de faire payer à ces saligauds leur lâcheté et leur intolérance.

Rabinel hocha la tête.

— Vous pouvez compter sur moi. Vaudois, j'ai jamais pu l'encaisser, ce *magagnous*[1].

Les deux hommes se levèrent et Rabinel tangua vers la sortie pour reprendre la rue de la Darse en direction de l'arrêt du *Circulaire Corniche* sur le quai de la Fraternité.

Il déposa Raoul Signoret au siège du *Petit Provençal.* Le journaliste fit ses recommandations :

— Alors, c'est entendu, si quoi que ce soit vous fait souci, n'hésitez pas à me prévenir. Le téléphone du journal c'est le 272. Vous pouvez m'appeler à la maison, même tard, si nécessaire. Je viendrai faire un tour à Malmousque demain après-midi en accompagnant ma femme. Bien sûr, pas question de dire son nom au fils Deshôtels. Malgré son cerveau embrumé, il pourrait faire un rapprochement avec moi. Ou bien, on le ferait pour lui. Vous direz que l'infirmière se nomme *Clémence Galtier*[2]. C'est le nom d'espionne de ma femme.

Le mot fit sourire Rabinel.

Raoul donna sa carte au domestique, un peu dépassé, qui la regarda avec un air soucieux.

---

1. Le sens premier est « pourri de l'intérieur ». Pour fourbe, sournois, hypocrite.

2. Voir *La Faute de l'abbé Richaud* (tome II des *Nouveaux Mystères de Marseille*, Le Livre de Poche n° 35015), *Le Secret du docteur Danglars* (*op. cit.*) et *Double crime dans la rue Bleue* (tome IV des *Nouveaux Mystères de Marseille*, Le Livre de Poche n° 35043).

— Vous savez téléphoner ?

— Euh… ou… oui. On appelle la demoiselle des postes et on demande le numéro ?

— C'est ça. L'appareil est accroché au mur, chez les Deshôtels ?

Rabinel fit oui de la tête.

— Alors, avant de décrocher, il faut tourner la petite manivelle sur le côté du téléphone pour appeler la poste. Attendez un petit instant. La demoiselle vous rappelle et vous lui demandez le numéro de votre correspondant.

— C'est vous le correspondant ?

La question fit sourire le journaliste.

— Bien sûr ! À condition que ce soit moi que vous appeliez, sinon c'est un autre qui répond.

Devant l'air emprunté du domestique, le reporter se fit rassurant.

— Ne vous inquiétez pas. Si vous demandez le 272 ou le 623, ça sera moi. Ou ma femme qui me fera la commission. À demain.

Rabinel mit la carte de visite dans sa poche et partit vers le port en claudiquant. Pas sûr qu'il fût pleinement rassuré.

*

Depuis qu'elle était mêlée à l'enquête de Raoul, Cécile Signoret avait l'impression de participer à un grand jeu de piste. Elle avait retrouvé la joie puérile de ses douze ans. Le moment précis où la tante Berthe, la sœur de sa mère, avait débarqué chez les Jacquemet, tenant contre sa vaste poitrine cette grande poupée à la tête de porcelaine blanche que sa nièce lorgnait depuis si longtemps dans la vitrine du marchand de jouets de la rue de Rome. Une « poupée de riche », qui n'avait rien à voir avec les *peitassounes* de chiffons des petites filles de condition modeste. Elle portait une longue robe de velours bleu nuit, soulignée de dentelles, passements, franges et galons dont certains étaient « en or », des dessous juponnant « comme une vraie dame » et des chaussures de cuir qui pouvaient s'ôter. Mais c'étaient surtout les yeux bleus, la bouche rose en bouton et le teint pâle de la poupée, prénommée aussitôt *Mélusine* par la fillette, qui fascinaient Cécile Jacquemet. Quand elle avait quitté ses parents, c'était la seule chose que la jeune femme avait emportée à son départ de l'hôtel particulier de la rue Paradis, après avoir annoncé son intention d'unir son existence à celle de Raoul, au grand dam de son négociant de père, qui l'aurait plutôt vue « placée » chez un concurrent devenu par ce fait associé.

Mélusine, dans sa longue robe de velours bleu nuit (un peu passé), ornait à présent le dessus-de-lit d'Adèle, pas peu fière d'avoir hérité de *« la-poupée-de-maman-quand-elle-était-petite »*.

Cécile Signoret avait accueilli la nouvelle de son embauche comme infirmière auprès du fils Deshôtels avec une fausse ironie qui disait son plaisir de se voir à nouveau mêlée – fût-ce de loin – à une enquête de son époux. Elle ne se privait jamais de lui rappeler le rôle parfois décisif qu'elle avait joué dans quelques-unes d'entre elles.

— Alors, tu te décides enfin à me faire intervenir dans cette affaire ? Eh bien, mon cher, c'est pas trop tôt ! Tu as failli t'en sortir sans moi, cette fois, et je ne l'aurais pas supporté !

— Attends, attends, n'allons pas plus vite que la

musique ! Pour l'instant ta mission est de glisser quelques milligrammes de morphine entre les molécules d'alcool que charrient les veines d'un pochard de première grandeur. Certes, je ne t'empêche pas de jeter un œil sur tout ce qui pourrait attirer ton attention dans cette villa, mais il m'étonnerait, au cas où Alfred Deshôtels aurait commis quelque indélicatesse au moment du décès de son cher papa, qu'on en observe des traces à l'œil nu.

— Certes, mais il se peut que l'on croise des gens ou que l'on entende des paroles pouvant nous mettre sur une voie.

— Là-dessus, je te fais confiance, avait ironisé Raoul. Toujours une oreille ou un œil qui traîne. Si tu crois que je ne sais pas que tu me fais les poches quand je dors...

Cette fausse querelle s'était terminée d'une façon habituelle aux deux époux, toujours aussi amoureux. « *Position p.p.p.* » n'aurait pas manqué de dire Placide Boucard. Et dans une tenue adéquate à cette chaleur que septembre sur sa fin ne parvenait pas à maîtriser. Raoul et Cécile s'y livraient avec tant d'ardeur que le journaliste n'avait pu s'empêcher d'établir des comparaisons en jetant un œil sur la croisée ouverte : « Bientôt nous allons faire autant de scandale public que Vaudois et sa jeune amie. »

Par bonheur, la morale familiale était sauve. C'était un jeudi et, par tradition, Adèle couchait chez Mémé Adrienne, la mère de Raoul. Quant à *Mélusine,* étalée sur le lit de la fillette, on pouvait faire confiance à sa discrétion.

18.

Où Cécile, transformée en infirmière-espionne, rapporte à son « chef » une information de première importance…

Avec son goût pour les comparaisons imagées Eugène Baruteau, chef de la Sûreté marseillaise, fit à son neveu Raoul Signoret l'aveu de son impuissance :

— Je voudrais bien te faire plaisir en mettant la main sur la petite blonde qui s'assoit avec tant de bonne volonté sur le chauve à col roulé du notaire Vaudois, mais je n'ai pas la moindre idée de l'endroit où il la planque. Où veux-tu que j'aille la pêcher ?

— Vos inspecteurs sont-ils allés voir dans le village où sa mère vit encore ?

— Non, mais les gendarmes s'en sont chargés. Et tu sais que dans les *pacoules*[1], le moindre va-et-vient est repéré. La demoiselle n'est pas réapparue depuis des années. C'est-à-dire depuis l'année de son placement chez le notaire, alors qu'elle n'avait pas encore quatorze ans. Sa mère n'a plus de nouvelles depuis

1. Villages (péjoratif).

la mort de Me Deshôtels qui, lui-même, en donnait quand il lui tombait un œil.

— Ils n'auraient pas aperçu une blonde par hasard ?

Baruteau sourit.

— Tu sais que j'arrive à peine à y croire à ton histoire ? Si ça n'était pas toi qui me la racontes... Et s'il n'y avait pas mort d'homme – enfin façon de parler – je prendrais ça pour ta dernière galéjade.

Raoul se rebiffa :

— Je veux bien que vous ayez des doutes sur le discernement de *Riri-le-Fada* – encore que ! – mais si vous aviez vu la figure de mon ami Boucard, qui, lui, a toute sa cervelle, vous n'auriez plus de réticences. Il a cru voir le fantôme de Mariette. Et il n'avait pas la tête de quelqu'un qui plaisante. J'ai cru qu'il *me* faisait une attaque.

— Je le sais. Un de mes inspecteurs est allé l'interroger et Boucard a redit mot pour mot ce que tu m'avais confié. Quant à Vaudois, nous sommes allés le trouver en prétendant qu'une plainte avait été déposée par des voisins offusqués par leur tapage. Il a promis d'être plus discret et pour sa... – comment dire ? – petite camarade de jeux, il prétend que c'est une fille publique ramassée dans la rue, qui vient lui tutoyer le pontife sur commande.

Le reporter ricana :

— Ramassée dans la rue trois fois par semaine ? Il a signé un bail de location ?

Baruteau grogna :

— Que veux-tu mon Raoul, pour l'instant je ne peux que regretter que tu n'aies pas eu l'idée de me faire prévenir de ton initiative, je t'aurais fait accompagner par un inspecteur pour les surveiller. Il aurait pu dresser un procès-verbal pour attentat à la pudeur, puisqu'on pouvait voir la scène depuis la rue. Ainsi, on aurait su le nom de cette *jeunesse* qui montre tant de goût pour le compte-gouttes, établir si c'est une professionnelle ou non et si besoin la *poisser*[1]. On est pas très malins dans la police marseillaise, mais on aurait su dire si c'était le fantôme de Mariette Chabas ou non. D'après la description que tu m'as faite de la *girelle,* nombre de mes jeunes inspecteurs se seraient portés volontaires pour vérifier ça de leurs propres mains.

Raoul Signoret encaissa la leçon administrée sur un ton persifleur par son oncle qui, malgré toute l'affection qu'il lui témoignait, n'aimait pas que son *brigandas* de neveu tente de coiffer la police sur le poteau.

— J'ai cru entendre comme un air de reproche. Me trompe-je ?

— Non, tu ne te *trompe-je* pas. Tu fais trop de zèle, mon Raoul, je te l'ai déjà dit maintes fois. Tu as mis ces gens-là en alerte et l'oiselle s'est envolée. Depuis, en dépit de nos planques, on n'a plus vu de fiacre arriver nuitamment chez Vaudois et le notaire mène à présent une vie de célibataire irréprochable. Il rentre chez lui à sept heures du soir tapantes, dîne à huit, ferme ses volets et couche seul. Malgré les surveillances établies, personne n'a plus entendu ce brame qui troublait les nuits des honnêtes gens de la presqu'île.

— Et l'enquête sur *Riri* ?

— Elle est en cours. Ça va pas être de la tarte,

1. Appréhender.

car les indices sont minces. Le billet aussi anonyme que vengeur retrouvé par le douanier et le domestique auprès du corps du pauvre *cacalouche*[1] ne correspond à rien dans nos archives, ce qui ne m'étonne guère. Le graphologue prétend que c'est une écriture contrefaite. Probablement écrite avec la main gauche. Tout ça ne nous avance pas, je le reconnais.

Raoul ricana :

— À suivre vos arguments, si un jour vous arrêtiez les coupables, vous sauriez qui a fait le coup. Cela me rappelle le dicton que répétait en provençal un vieux voisin de la place de Lenche, quand j'étais petit. Des faiseurs d'évidences, il disait : « *Quand il met la main sur un étron, il dit que c'est de la merde*[2]. » Ça pourrait aller comme devise de la Sûreté marseillaise, non ?

— Toi, dit l'oncle, tu es vexé d'avoir été mouché tout à l'heure. Tu te venges mesquinement.

— Bon, dit Raoul. Je sais ce qu'il me reste à faire. Je vais jouer à *la chèvre.*

— *La chèvre ?*

— L'appât, si vous préférez. Je vais me balader nuitamment dans les rues de Malmousque, on finira bien par me demander ce que je fiche là. Je répondrai par un ou deux bons coups enseignés par mon professeur de boxe française au cas où je croiserais des voyous et je vous les rapporterai tout chauds.

Raoul se leva, son oncle en fit de même et les deux hommes s'accolèrent affectueusement.

— Il faut tout faire soi-même, ici, dit le reporter

1. Simple d'esprit.
2. « *Quand mete la man sus un estron, dis qu'ei de merda !* »

avant de fermer la porte du bureau du chef de la Sûreté.

*

S'il n'avait pas été certain que la guerre avec l'Allemagne n'était pas encore déclarée, Raoul Signoret se serait demandé s'il n'avait pas raté l'ordre de mobilisation générale.

Dans la rade-sud de Marseille, entre le Frioul et la côte, quarante navires de guerre croisaient sous les ordres du vice-amiral Fournier. Cuirassés, contre-torpilleurs, croiseurs, avisos, destroyers, dragueurs de mines et même sous-marins, offraient aux milliers de Marseillais massés sur les moindres recoins de rochers une revue navale de première grandeur. C'était la première fois que pareil spectacle prodigieux était offert à un port marchand, réservé qu'il était par tradition à Toulon. Sous les corsages et les vestons d'été, les cœurs patriotes battaient très fort. Sur mer comme sur terre, les *Boches* n'avaient qu'à bien se tenir !

Bien que peu sensible aux rodomontades militaires – surtout depuis l'affaire Dreyfus – le reporter, comme les autres, était impressionné par ce déploiement de forces – relayé par toute la presse qui en oubliait les fastes de l'Exposition coloniale. Il sonnait comme un avertissement en direction de l'ennemi potentiel : le désastre de 70 ne se renouvellerait pas.

La famille Signoret, continuant à joindre l'utile à l'agréable, était venue passer l'après-midi allongée sur les rochers de Malmousque en tenue de bain, en attendant l'heure de la piqûre à Alfred Deshôtels. Avant de venir, Cécile était passée prendre Thomas

Ullmann à l'orphelinat protestant et c'était un plaisir d'entendre les cris de joie du petit Allemand faire écho à ceux d'Adèle qui le menait par le bout du nez. En contemplant le défilé impeccable des navires de guerre français sous un ciel outrebleu et en écoutant ces rires d'enfants qui se moquaient des frontières et des nationalités, Raoul formait des vœux pour que toute cette ferraille hérissée de canons croule un jour sous la rouille pour n'avoir pas servi. Et ceux que les compatriotes de Thomas construisaient au même moment dans les ports gris de la Baltique, il espérait les voir finir à la casse pour cause d'inutilité.

Le marchand ambulant se frotta d'avance les mains quand il vit accourir vers lui Adèle et Thomas. La fillette persuada ses parents qu'on ne pouvait sans déchoir manquer de faire goûter au jeune Allemand un *sandwich à la glace*, entre deux palmiers[1], spécialité absente des pâtisseries d'outre-Rhin, assura-t-elle avec aplomb. Surtout le vanille-pistache, fruits inconnus dans les pays nordiques. « Par pur savoir-vivre », elle demanda la permission d'accompagner son ami avec un sandwich vanille-chocolat, afin de faire profiter Thomas de son expérience pour tirer le meilleur parti de la dégustation.

Tandis que ces sordides marchandages se déroulaient, le regard amusé du reporter se porta sur la silhouette imposante de Placide Boucard, qui arrivait

1. Ancêtre des cassates portatives tenues entre deux gaufrettes.

de son pas de proboscidien, suant sous son canotier et rouge comme un *gratte-cul*[1].

Les salutations commencèrent par une phrase devenue obligée depuis la fin juin : « Pute borgne *qué fa caou*[2]. Mais ça va pas s'arrêter un jour ? » Tant il est vrai que la moindre baisse du mercure plonge le Marseillais dans le deuil, mais qu'il remonte tant soit peu et il n'en finit pas de gémir, accablé par la canicule.

Puis, l'ex-rédacteur du *Bavard*, puisant dans son opéra préféré – *Faust* – les mots appropriés en les chipant à Siebel, fredonna, après avoir tendu deux roses rouges de son jardin à Cécile :

> « *Faites-lui mes aveux,*
> *Portez mes vœux*
> *Fleurs écloses près d'elle*
> *Dites-lui qu'elle est belle...* »

Raoul Signoret ricana :

— Oh, mais dites-moi, la presqu'île de Malmousque abrite le dernier des paladins !

— Un paladin qui a le sens pratique, rigola Boucard. J'ai apporté une bouteille d'eau avec un col un peu large pour que Mme Signoret puisse conserver mes roses et les emporter à la maison. Tu me rendras la bouteille, Raoul : c'est celle du laitier.

— Quoi de neuf, inspecteur Placide ? lança le reporter du *Petit Provençal* toujours allongé, impres-

1. Le cynorrhodon doit son surnom aux propriétés urticantes de ses graines que l'on fourrait volontiers dans le col des demoiselles.

2. Qu'il fait chaud !

sionné par l'angle de vue que lui donnait sa position sur la bedaine de son vieux confrère.

— Mes tournées d'inspection vespérales m'ont renseigné sur les allées et venues de notre ami Vaudois. La... (il chercha le mot) *petite* ne semble plus être là. À moins qu'il la planque à la cave. En revanche, je l'ai vu deux fois atteler son *coupé* à la fraîche du soir et filer vers une destination inconnue. Le lendemain matin, le *coupé* était de retour. Il le laisse dans le jardin. Et puis, il repart vers huit heures et demie, en tramway, pour l'étude de la rue Haxo.

Raoul Signoret, pensif, frisant sa moustache blonde, demeura un moment silencieux avant de confier le résultat de sa réflexion.

— Ça pourrait vouloir dire deux choses. La première, c'est qu'il a senti le roussi et mis sa cavalière à l'abri des regards indiscrets. La seconde qu'il découche pour aller la retrouver et revient au petit matin pour reprendre sa vie de notaire irréprochable. Ce qui signifierait accessoirement qu'elle le tient bien par la... Il nous reste à découvrir l'endroit où il va. Il nous conduira fatalement au nid des tourtereaux et on pourra coincer la tourterelle.

— Je continue donc à me tenir chaque soir *à l'espère*[1], chef, dit Boucard. Et je vous laisse une clef de chez moi, pour que vous récupériez vos affaires, car je pars de ce pas participer au banquet des retraités du *Bavard.*

— Ça se passe où ?

— Aux Aygalades. Au *Chalet de l'Ermitage.* Il y a un grand parc ombragé, de l'eau partout, c'est

1. Position du chasseur qui guette son gibier.

l'endroit le plus frais et le plus verdoyant de Marseille. En ce moment, malgré la distance, c'est pas de refus. On va pouvoir jouer aux boules à l'ombre, avant le banquet. Je me dépêche : mon confrère Mattei vient me prendre avec son automobile.

— Qu'est-ce qu'il a acheté ?

— Une *Rochet-Schneider*.

— Diable. C'est le fils caché de Rodocanacchi[1] !

— Non, mais il a du bien du côté de sa mère.

— En tous cas, attention à l'arrêté que vient de prendre Chanot, notre maire.

— Quel arrêté ?

— Au dernier conseil municipal, ils ont voté des mesures pour lutter contre les fous du volant.

Raoul récita en roulant les r à la façon des gendarmes :

« *La vitesse des automobiles ne pourra excéder l'allure d'un cheval au trot, attelé ou monté et en aucun cas celle de 12 km/h. Dans les passages étroits et les tournants, elle est fixée à la vitesse d'un homme au pas*[2]. » « Rompez ! »

— Ouh, là ! dit Boucard en riant. Je vais pas traîner, alors. Les Aygalades sont à sept kilomètres de Marseille et la route monte, même à fond, il nous faut au moins trois quarts d'heure. Et pour peu qu'il y ait un tournant, on va manquer les premières parties !

Sur cette ultime plaisanterie, il laissa les baigneurs à leur farniente.

1. Famille de riches négociants marseillais d'origine grecque.
2. Conseil municipal du 19 juillet 1906.

*

L'heure de la morphine prescrite à Alfred Deshôtels approchait. On rassembla les affaires et on prit la direction de la fraîche maison de l'impasse Assani, muée en vestiaire pour la famille Signoret et son jeune invité.

— Je reste avec vous le temps que maman fasse une piqûre à un monsieur, expliqua Raoul à sa fille. Quand elle sera de retour, j'irai faire une petite visite à un jeune homme qui a eu un accident et puis on rentrera tous ensemble à la maison. J'ai commandé des *supions* frits chez Raphaël, pour sept heures. On les prendra au passage et on les mangera ensemble avant de raccompagner Thomas. Le programme vous va ?

Il fut accueilli par les cris de Sioux des deux enfants.

— Tu as déjà mangé des *supions*, Thomas ?

— Je ne sais pas madame, répondit le garçon en se levant pour répondre à Cécile.

— Ce sont des petits poulpes.

— Poulpes ?

— Des pieuvres minuscules. Tu connais le mot pieuvre ?

Le petit Allemand déglutit et ne put masquer une grimace craintive.

— Vous mangez ça, en France, madame ?

— Oui, avec un peu d'ail et de persil, c'est délicieux, très tendre, tu verras.

Thomas s'inclina devant Cécile :

— J'en mangerai, madame.

Raoul échangea un coup d'œil admiratif avec

Cécile. Quelle éducation ! Discipline ! Discipline ! Pour gagner la prochaine guerre contre des gens qui élevaient leurs gosses de cette manière, il y avait encore du chemin à faire…

*

Alfred Deshôtels, les joues caves comme un derrière de pauvre, mal rasé, geignard, dépeigné, gisait telle une épave échouée sur son couvre-lit, drapé dans une robe de chambre de qualité, mais qui avait été neuve voici très longtemps.

— Monsieur Alfred, je vous présente madame Galtier, l'infirmière qui…

— Ah, vous voilà, vous ? furent les seuls mots d'accueil lancés à Cécile au moment où elle entrait dans la chambre du premier étage, suivie de Victor Rabinel qui venait de lui ouvrir la porte de la villa.

« Il est d'une humeur de dogue », avait averti le domestique. « D'autant plus qu'il est privé de… »

De son poing fermé à l'exception du pouce dressé, il avait mimé un homme qui boit.

Cécile et Rabinel aidèrent le blessé à quitter le haut de sa robe de chambre et à relever la manche droite de son pyjama. Cela se fit dans les plaintes et les protestations douloureuses. Comme nombre d'alcooliques Alfred Deshôtels était décharné, à l'exception d'un ventre ballonné, mais ses veines n'en étaient que plus apparentes, ce qui faciliterait le travail de Cécile.

Rabinel descendit aux cuisines faire bouillir la seringue.

Le fils Deshôtels dit d'un ton rogue :

— Vous n'allez pas me faire mal, au moins ?

— N'ayez crainte, monsieur, j'ai l'habitude.

— Oui, on dit ça, et puis on vous massacre.

Cécile s'abstint de répliquer. Tandis qu'elle préparait l'ampoule et entaillait les deux extrémités à l'aide d'une petite lime, elle observait Alfred du coin de l'œil : une vie de bâton de chaise en avait fait un vieillard avant l'âge. Il était plus jeune que Raoul et paraissait quinze ans de mieux. Sa triste moustache en accent circonflexe surmontant une bouche en arc lui donnait un air en permanence dégoûté. Et ses yeux injectés, soulignés par des poches flasques, disaient clairement les ravages de l'alcool.

Au moment où Rabinel revenait avec sa casserole brûlante vidée de son eau où tintait le corps de la seringue, le téléphone du rez-de-chaussée retentit.

De sa voix désagréable le fils Deshôtels ordonna :

— Allez répondre, Victor. Dites que je ne peux pas bouger et demandez à la personne ce qu'elle désire.

Le domestique quitta la pièce.

Cécile, d'une main que l'expérience rendait agile, fit un garrot à hauteur du biceps et, après avoir tâté de l'index le gonflement de la veine au creux du coude, approcha l'aiguille.

Alfred Deshôtels tourna la tête sur l'oreiller et souffla :

— Faites vite.

— Retenez votre respiration monsieur, vous n'allez rien sentir.

D'un geste sûr elle perça la veine.

— Ah, ben vous alors !

Cécile interpréta ça comme un compliment, sinon, le rustre prétentieux n'aurait pas manqué de demander à l'infirmière dans quelle charcuterie elle avait fait son apprentissage. Alfred Deshôtels était de ces gens persuadés que l'argent vous dispense d'éducation.

Il ne remercia pas l'infirmière pour son adresse, se contentant de demander :

— Vous croyez que ça va me calmer ?

— La morphine est faite pour ça, monsieur, dit froidement Cécile, peu décidée à faire l'effort d'une relation autre que strictement professionnelle.

À cet instant, Rabinel, dont on avait entendu la grosse voix lointaine dialoguer avec l'appelant au bout du fil, revint au rapport :

— C'était Me Vaudois, monsieur Albert.

Les sens de Cécile, d'apparence indifférente au dialogue, qui rangeait sa trousse, se mirent en éveil.

— Il va passer me voir ?

— Pas tout de suite, monsieur Albert. Il est absent pour deux ou trois jours.

— Il vous a dit où il était ?

— J'ai cru comprendre qu'il appelait du bureau de poste de La Bédoule. Il a appris votre accident en lisant *Le Petit Marseillais*.

Cécile faisait un effort pour ne pas laisser voir sa satisfaction. Du premier coup, un renseignement de première importance ! Le notaire était à La Bédoule pour deux ou trois jours. Seul ou accompagné ?

Après avoir prédit une nuit paisible à son patient et lui avoir donné rendez-vous pour le lendemain, Cécile, l'air de rien, en traversant le jardin, compléta son information auprès de Rabinel.

— Excusez-moi, j'ai entendu malgré moi. Ce Me Vaudois, c'est celui dont on a parlé au moment du procès de Liselotte Ullmann ?

— C'est lui. Il était le filleul de Me Deshôtels.

Toujours incidemment, Cécile demanda :

— Il habite La Bédoule ?

— Oh pas du tout ! Il habite ici, à Malmousque, rue de la Douane. Mais il a une maison de campagne à La Bédoule. Enfin elle est pas toute à lui. Elle était à Me Deshôtels et à sa femme. Mais les enfants et le filleul y montaient souvent, surtout l'été, pendant les vacances pour fuir l'air empoisonné de Marseille et avoir moins chaud. Aujourd'hui, la maison appartient officiellement à monsieur Alfred, mais Me Vaudois y monte quand il veut.

Cécile jubilait *in petto*. Eh bien voilà, chef ! La mission démarre fort. Dès le premier jour, on sait presque à coup sûr où Vaudois a planqué sa mousmé. À La Bédoule. Il faut simplement s'en assurer. Comment ? Ah, chef, je ne peux pas tout faire. C'est à vous de vous débrouiller.

Un sentiment de fierté s'empara de l'espionne *Clémence Galtier* redevenue Cécile Signoret le temps de quelques pas en direction de l'impasse Assani. En même temps, pointa une petite déception : « Mince ! Si j'ai mis dans le mille du premier coup, mon rôle aura été de courte durée, cette fois ! »

Quand sa femme poussa la porte de la maison de Boucard, où Raoul et les enfants l'attendaient, le reporter n'eut qu'à observer le visage radieux de Cécile pour deviner qu'elle ramenait une bonne nouvelle.

— Toi, tu as quelque chose à me dire.

— Exact, chef ! Mais pas tout de suite.

La jeune femme désigna d'un léger coup d'œil

Adèle et Thomas occupés à lire *La semaine de Suzette.*

Raoul n'insista pas et fila vers la rue Va-à-la-Calanque.

*

Avec son turban de bande Velpeau et sa pauvre figure en lame de couteau où des croûtes sanglantes attestaient de la violence de l'agression, *Riri* Boudineau ressemblait à un jeune hindou. Il était assis, l'air abattu, sur une chaise paillée près de la table recouverte de toile cirée où sa mère cousait une jupe pour une cliente.

Le journaliste se présenta à Florine dont le regard disait mieux que les mots quelle était sa souffrance. Des larmes brillaient en permanence au coin des paupières que la malheureuse essuyait avec un mouchoir tout en cousant.

Elle jeta un regard sur son fils et dit simplement :

— Le jour où le Bon Dieu a distribué le malheur aux hommes, nous, les Boudineau, on a dû être servis deux fois.

Elle ajouta en reniflant sa peine :

— Et avec une grosse louche, encore.

— *Rrraaaou !* miaula l'infirme en reconnaissant le reporter.

Raoul Signoret s'approcha de l'innocent, prit une de ses mains dans les siennes et, sans un mot, tâcha de faire passer dans ses yeux toute la compassion dont il était capable. *Riri* parvenait à lui sourire.

— Les salauds, murmura-t-il.

Une lame de haine lui transperça la poitrine.

— Je leur ferai payer ça, quitte à y passer des mois.

Le reporter regarda Florine Boudineau et dit avec un accent où se mêlaient l'émotion et la colère :

— Je vous le promets, madame. *Riri* ne vous a rien dit sur ceux qui l'ont mis dans cet état ? Il n'aurait pas reconnu quelqu'un, par hasard ?

Florine hocha la tête :

— Même s'il avait reconnu quelqu'un, il saurait pas le dire.

Raoul faillit lui faire remarquer qu'il en était moins sûr qu'elle, mais il s'abstint. Inutile d'ajouter à l'inquiétude de la malheureuse.

Le reporter posa doucement la main sur l'épaule de l'innocent. Il chercha des mots simples.

— Dis-moi, *Riri,* tu le connais le monsieur qui t'a tapé sur la tête ?

L'infirme fronça les sourcils comme s'il cherchait dans sa cervelle troublée un mot à dire.

— *Tac ! Tac !*

Raoul sourit.

— Oui, tac-tac ! Mais c'est pas ça que je te demande, *Riri.* Qui t'a frappé ? Qui t'a fait mal ?

Le reporter tendit un doigt vers les plaies qui marquaient le visage.

— Celui qui t'a fait ça, tu sais qui c'est ?

— *Tac ! Tac !* répéta l'innocent.

Mais au lieu de tendre son index comme d'habitude, il accompagna, par deux fois, son onomatopée d'un geste vertical, les doigts tendus et serrés, la main comme un tranchoir.

Raoul sourit tristement à Florine.

— Je crois qu'il ne comprend pas ce que je lui demande : il me redit bonjour.

Florine regarda son fils avec un air attendri et expliqua :

— Non, ça, c'est pas bonjour. Bonjour, c'est avec le doigt tendu qu'il vous enfonce dans les côtes. Ça, c'est le bruit du tranchoir sur le billot, chez le boucher. Il fait comme il peut, le pauvre. Il a pas beaucoup de moyens.

Raoul Signoret entendait les mots de Florine Boudineau dans une sorte de brouillard mental.

Il voyait l'immonde Baude avec son tranchoir découpant un demi-mouton sur le billot.

— *Tac ! Tac !*

Sa respiration s'accéléra. Quand le reporter fut debout, la pièce tangua légèrement. En dépit de la chaleur, un frisson lui parcourut l'échine. *Riri-le-Fada* avait bien plus de moyens que l'on pensait de se faire comprendre. Le *hic* était de ne pas savoir les traduire. Il restait à écrire le dictionnaire « français-simple d'esprit ».

— *Tac ! Tac !*

Le boucher paierait avec les autres...

Raoul Signoret venait de le promettre à Florine Boudineau.

19.

Où le chef de la Sûreté marseillaise abat sous les yeux de son neveu son atout maître : un nouveau testament qui change bien des choses…

— Mon cher neveu, ça n'est pas pour me vanter, mais je crois bien que la Sûreté vient de marquer un gros point contre l'équipe Signoret.

La voix d'Eugène Baruteau avait le ton du triomphe modeste. Mélange d'ironie et de bonhomie. À l'heure du petit déjeuner, il avait convoqué Raoul dans son bureau du commissariat central, lui promettant au téléphone une nouvelle d'importance, mais en refusant de lui en parler autrement qu'en tête à tête. Cela avait suffi à jeter le reporter du *Petit Provençal* sur la place de Lenche, courant comme un dératé vers le siège de la Sûreté, la veste à moitié enfilée et une tartine de pain beurré à la main, après avoir achevé en vitesse un bol de café. Il répondait à peine au salut des *partisanes*[1] qui lui donnaient du *« bonjour, mon Beau ! »* à pleine voix – qu'elles

1. Voir p. 211.

avaient sonore – tant il avait hâte de savoir ce que le grand flic allait sortir de son chapeau.

La nouvelle promise devait être de premier choix, car le chef de la Sûreté commença par la recommandation précédant les révélations de poids.

— Tu es bien assis ? Alors, écoute.

Eugène Baruteau avait sorti d'un dossier cartonné deux feuillets couverts d'une écriture penchée respectant les pleins et les déliés. Une écriture de notaire.

Le policier tendit la première feuille à Raoul. Celui-ci parcourut les premières phrases :

« Je soussigné, Théophile, Eugène, Louis Deshôtels, notaire, demeurant à Marseille, anse de Maldormé, né à Marseille le 30 avril 1834, veuf de madame Deshôtels Henriette, née Gombert, sain de corps et d'esprit déclare instituer pour ma légataire universelle Madame Liselotte, Gerda, Margrethe Ullmann née Neidlinger à Potsdam (Allemagne) le 23 septembre 1869, demeurant en mon domicile, ma gouvernante… »

Le journaliste interrompit sa lecture et regarda son oncle.

— Qu'est-ce que c'est que ça ?

— Le testament de Me Deshôtels, c'est écrit dessus.

— Il en a fait deux, alors ?

Baruteau sourit, mystérieux.

— Je ne pense pas.

— Comment est-il en votre possession ?

— On me l'a apporté hier.

— Qui ça, on ? Le fils Deshôtels ?

Le policier avait froncé les sourcils. Une haie miniature surmontait son regard.

— Oh, doucement jeune homme ! Tu retires d'abord la devise dont tu as affublé la Sûreté marseillaise que j'ai l'honneur de diriger.

— Celle sur les spécialistes en scatologie ?

— Précisément.

— Je retire tout.

Baruteau hocha la tête, l'air entendu :

— Pour une information tu es prêt à tous les reniements, à toutes les bassesses...

Le policier ricana sur le ton du vilain sorcier dans les contes à faire peur aux enfants.

— Ah, ah, ah ! ma revanche va être terrible.

Il reprit d'un ton plus habituel :

— Eh bien, voilà : ce document, qui n'est qu'une copie, m'a été remis...

Baruteau s'interrompit et prévint :

— Je te le dis, mais *motus* ! N'en fais surtout pas état dans un article, Dieu garde !

Raoul jura, « croix de bois-croix de fer ».

— ... M'a donc été remis par Mlle Eugénie Laugier.

— Connais pas...

— C'est l'ancienne secrétaire de Théophile Deshôtels. La brave femme, aujourd'hui âgée de soixante-dix ans, travailla à l'étude de la rue Haxo jusqu'à l'année dernière, durant plus de quarante ans. C'était une personne de confiance, comme on dit. Un remède à l'amour, mais ce sont en général de celles-là que s'entourent les coureurs de jupons. On ne mélange pas le travail et la bagatelle. Dans chaque catégorie, il y a des dames pour ça. Eugénie, c'était pour le travail. Tu connais ce genre de bonne femme : la voix de son maître, la maîtresse-servante et la confidente. Quand le vieux Deshôtels a décidé de faire son testament, il en a confié un double à sa chère Eugénie, qu'il savait être une tombe quand c'était nécessaire. Il a gardé l'original à la maison et il a donné ce double à sa secrétaire avec mission de le planquer chez elle. Il ne voulait pas le laisser traîner à l'étude, sans doute à cause de Vaudois.

Baruteau reprit le document à son neveu et fit une lecture à haute voix de la suite du texte sur le second feuillet.

— Écoute ça : *« Si mon fils unique, Alfred, est en vie et réclame le solde de sa réserve (si solde il y a, compte tenu de toutes les donations que je lui ai consenties par actes reçus par mon confrère et ami Me Gouiran, notaire à Marseille), ma légataire aura le choix des biens pour la remplir de ses droits. En aucun cas mon fils ne pourra se targuer d'un quelconque privilège de filiation directe vis-à-vis des décisions que prendra Madame Ullmann.*

Je déclare révoquer toutes dispositions de dernières volontés antérieures à ce jour.

Fait à Marseille le 11 septembre 1905. Signé : T. Deshôtels. »

Raoul, abasourdi, regarda son oncle.

— Ça n'a plus rien à voir avec le texte de l'autre…

— Je ne te le fais pas dire.

— Pourquoi cette femme, cette Eugénie Laugier, ne s'est-elle pas manifestée avant ?

— Attends, Raoul ! Comme d'habitude, tu sautes à pieds joints à la conclusion. Elle ne s'est pas manifestée, parce qu'elle ne l'avait plus, le double du testament.

— Comment ça ? Vous venez de me dire qu'elle vous l'a donné…

— Je me suis mal exprimé. Elle m'a indiqué où je pouvais le trouver.

— Et c'était ?…

— À l'étude notariale Deshôtels, Me Vaudois successeur.

— Mais on a dit qu'il n'y était plus…

Baruteau calma son neveu de sa main levée :

— Il n'était plus à l'endroit où il aurait dû se trouver : le coffre de l'étude, ou un dossier personnel du notaire confié à une personne sûre. Pour une fois, la secrétaire modèle avait désobéi à son patron. Elle avait réfléchi et pensé qu'elle pouvait très bien casser sa pipe avant lui. Ce qui était dans l'ordre du possible, elle était de constitution fragile. De celles qui font les centenaires, soit dit en passant. Donc, elle s'était dit que si l'original se perdait ou était détruit, personne ne saurait où se trouvait le double, ni même qu'il en existât un. Elle a donc pour la première fois de leur vie professionnelle commune désobéi à son patron.

— Par conséquent ?

— Par conséquent, elle n'a pas camouflé le testament chez elle, mais à l'étude. Dans un vieux dossier datant de *l'an pèbre*[1], au nom de Désautel, car notre Eugénie ne détestait pas jouer avec les mots. Par précaution elle avait laissé à son domicile une lettre indiquant où l'on pourrait trouver le double du testament si elle venait à décéder. Ensuite elle l'avait *enquillé* sur une étagère du haut que personne n'uti-

1. Expression aux origines mystérieuses, pour signifier une année lointaine (dans le passé).

lisait plus, car tu sais bien que les étagères sont comme les chefs : plus elles sont placées haut, moins elles servent.

Raoul revint à ce qui le tarabustait :

— Je ne comprends pas pourquoi elle n'a pas dit avant qu'il existait un double.

Baruteau souffla :

— Je lui ai posé la question, figure-toi. Et sa réponse est d'une logique sans faille. Pourquoi aurait-elle fait du zèle auprès des héritiers, puisqu'ils avaient – croyait-elle – l'original sous la main après avoir ouvert le coffre dans la chambre du notaire, à Maldormé ?

Raoul insista :

— Et qu'est-ce qui l'aura fait changer d'avis, la bonne Eugénie ?

— L'accident de l'autre *ivrognasse* avec son automobile toute neuve dans un virage de la Corniche. Elle a beau être d'un autre temps, la brave femme, elle sait que pour s'acheter une automobile, surtout une *Darracq type X*, dont la réclame est parue dans tous les journaux, il faut au bas mot trente-cinq mille francs[1], puisqu'un châssis nu coûte plus de quinze mille francs. Ajoute les frais de carrosserie et de sellerie, les accessoires et tu vois que mon estimation approche de la vérité.

Le neveu demanda avec malice :

1. Environ 80 000 euros. Les constructeurs ne livraient que le châssis et le moteur. Il fallait ensuite recourir au service du carrossier qui proposait une gamme de modèles, puis du sellier (fauteuils, coussins) et de l'accessoiriste (phares, équipements divers).

— C'est ce que vous a coûté votre *Turcat-Méry break-salon* ?

— Ce que m'a coûté cette automobile est un secret d'État, voyou ! La tête sur le billot je ne dirais rien, tu serais trop content d'aller rapporter à ta tante *Thérésou.*

Raoul ricana avant de demander :

— Qui nous prouve que le fils Deshôtels ne les avait pas ces sous ?

— Non, il ne les avait pas, *môssieu-je-sais-tout.* Il était criblé de dettes. Eugénie Laugier le savait. Et c'est ça qui lui a mis la puce à l'oreille. Elle était familière du monde notarial. Elle savait bien que l'héritage ne pouvait pas déjà avoir été transmis, surtout en raison de l'aspect judiciaire de l'affaire. Pour elle, l'Alfred ne pouvait pas s'être acheté sa voiture de luxe avec l'argent qu'il n'avait pas encore. Et elle s'est demandé s'il n'y avait pas eu embrouille. Et elle a tout de suite pensé à une substitution de testament. En quarante ans, elle en avait vu passer quelques-uns, à l'étude.

Raoul ricana :

— Vous devriez la recruter à la Sûreté, cette brave femme !

Baruteau acquiesça.

— Sûr ! Elle remplacerait avantageusement certains de mes estafiers qui côté flair ont plutôt le nez bouché.

Le policier revint à l'affaire :

— Cette femme était la mieux placée pour juger de la situation. Le père Deshôtels lui avait parlé de ce qu'on racontait sur Liselotte Ullmann, à Malmousque. Il lui avait maintes fois confié son dépit de voir son fils se conduire comme un sagouin. Alfred devait de l'argent à tous les tauliers dont il fréquentait les bobinards. Son père savait à quel point le fils avait les mains trouées. Et ça lui faisait mal au cœur de penser que le travail de trois générations et les économies de toute une vie allaient être jetés par les fenêtres, gaspillés dans la bamboche, claqués dans les tripots, dépensés avec les filles de joie, ou détournés par leurs maquereaux à l'occasion d'affaires pas propres où cette *sègue-molle*[1] d'Alfred ne manquerait pas de se faire piéger.

— Donc il l'a déshérité ?

— Pratiquement. Pas tout à fait, car il n'en a pas le droit. La loi prévoit une réserve minimale. Mais il l'a mis à un rang où le fils indigne ne récoltait que le strict minimum. Il lui avait laissé la maison de Maldormé. Sans doute pour qu'Alfred ne finisse pas sous les ponts. Mais tout ce qui était réalisable, titres de rentes, bons au porteur, etc., lui passaient sous le nez au profit de Liselotte. Et il y en avait un paquet, crois-moi.

Raoul sauta sur son siège :

— Alors ce qui se disait sous cape est vrai ?

— Oui, mais pas pour les raisons que l'on disait. Liselotte n'avait pas réalisé une captation d'héritage en jouant de ses charmes, mais en apportant au vieux notaire le réconfort de sa présence, de son dévouement sans calcul. Que veux-tu, souvent en vieillissant le diable se fait ermite ! Théophile Deshôtels avait beau être porté sur la turlutte, il n'en avait pas moins un cœur compatissant. Il s'est attaché à cette femme, en tout bien tout honneur en dépit des ragots, il a pris en considération sa situation, il a apprécié son

1. Équivalent de couille molle.

sérieux et sa loyauté, son courage et son désintérêt aussi, et il lui a fait remonter le peloton pour la placer en tête. Spécifiant à l'occasion qu'il entendait que les sous servissent à payer l'éducation et à établir plus tard le jeune Thomas Ullmann, ce petit privé de père. Le notaire jouait à l'oncle-gâteau, un peu par pitié, beaucoup par dépit paternel.

Raoul n'en revenait pas.

— Eh bien, ça alors, vous me la baillez belle !

Baruteau n'était pas mécontent de son effet.

— Tu veux mon avis ? Je pense qu'en voyant comment cette femme, seule avec son fils, sans ressources, s'employait à remonter la pente dignement, avec sérieux et honnêteté, à tout faire pour reprendre une place dans la société, et en la comparant à sa feignasse de fils qui avait le pain, le beurre, le couteau, la confiture et n'était pas fichu de se faire une tartine avec, ça l'a rendu enragé, le vieux Théophile.

Le reporter hocha la tête, convaincu.

— Vous avez sûrement raison, mon oncle. Rabinel et Célestine Maurin, les domestiques, m'ont dit que ça bardait depuis un moment entre le père et le fils qui lui réclamait de l'argent en permanence pour faire la noce. Et que le notaire avait clairement laissé entendre qu'il déshériterait son fils s'il ne s'amendait pas. C'était un secret que tout le quartier connaissait.

Le policier abonda :

— Voilà donc pourquoi « on » s'est acharné sur *La Bochesse* et on lui a tout mis sur le dos pour en faire celle qui avait assassiné le notaire sous prétexte qu'après lui avoir promis monts et merveilles, il laissait un testament où elle récoltait trois *regardelles*[1].

1. Des portions si petites que l'on ne peut que regarder sans pouvoir se lever la faim : « Manger des regardelles ».

Raoul se replongea dans le feuillet du double testamentaire qu'il avait repris sur le bureau du policier.

— Alfred et Vaudois se sont donc rétablis dans l'ordre qui leur convenait.

Le policier regarda Raoul avec un air jubilatoire.

— Eh, oui, mon neveu. Le testament « miraculeusement » retrouvé, celui qui a fait d'Alfred Deshôtels le légataire et accessoirement de Vaudois un héritier enviable, est un faux. Habilement imité, il faut le reconnaître, mais tu sais que nous avons dans certain quartier de Marseille que tu connais bien, de véritables artistes de la plume, capables d'écrire dans toutes les langues et idiomes connus d'admirables faux documents, sous toutes les calligraphies de la terre et qui ont fait de leur savoir-faire un artisanat local très apprécié. Moyennant le prix convenu, ils peuvent te procurer un passeport, de faux papiers d'identité, des factures maquillées, voire un testament sur mesure. Il n'y a qu'à passer commande.

Raoul était abasourdi. Le policier expliqua :

— Quand Alfred et Vaudois ont trouvé le vrai testament de Deshôtels, tu penses bien qu'ils ont dû faire une drôle de bobine. Ils l'ont donc subtilisé, et, grâce aux relations d'Alfred, fait fabriquer un autre qui les plaçait au premier rang. C'est celui-là qu'ils ont exhibé dès que l'encre de leur faux a été sèche. Mais la brave Eugénie, elle, connaissait le contenu du vrai testament de Théophile. Elle m'a confié l'avoir pris un jour sous sa dictée avant que le notaire ne le recopie de sa blanche main. Donc, elle savait l'ordre d'arrivée du steeple-chase. Peut-être avait-elle pris des notes. Quand je lui ai mis sous le nez le testament qu'avait produit Alfred pour toucher son héritage indu, elle a poussé les hauts cris.

— Vous l'avez pris où, le faux testament ?

— Chez son détenteur officiel. Alfred Deshôtels, dit l'éponge à absinthe. Nous lui avons fait une petite visite avant-hier soir après le passage de Cécile.

— Et vous l'avez embarqué ?

— Un peu. Par étapes. Aujourd'hui, en raison de son état, il est à la salle des consignés de l'hôpital de la Conception. Dès qu'il aura émergé, nous irons lui chatouiller les côtes qu'il a très sensibles, en ce moment, paraît-il. Ensuite, direction la prison Chave.

— Merde, dit Raoul en riant, il n'a pas payé les trois piqûres que Cécile lui a faites ! On s'est fait rouler ! Voleur !

Baruteau mêla son rire à celui du neveu et poursuivit :

— Il faudra bien qu'il nous dise qui lui a fabriqué ce faux document. Et puis, il faudra penser à faire restituer ses biens à la véritable héritière. Même si elle risque de ne pas pouvoir s'en servir d'un moment, c'est à elle, tout cet argent. Enfin, ce que cette *brandouille*[1] lui aura laissé.

— On va la sortir de prison, Liselotte ?

Baruteau hocha la tête :

— Pas avant qu'elle ne soit rejugée, je le crains. Mais on ne pourra pas faire autrement que casser le verdict de la cour d'assises. Malheureusement, ça ne se fait pas en deux coups de cuillère à pot. Il va lui falloir être patiente, la malheureuse. J'espère que la perspective de toucher le pactole après toutes ces souffrances va lui remonter le moral.

Raoul intervint, frappé par une évidence :

1. Broque, individu sans consistance. Probablement formé sur « broque » et « andouille ».

— Dites-moi, il y en a un dont nous n'avons pratiquement pas parlé.

— Vaudois ?

— Oui, l'irréprochable Vaudois. Celui-là, sans être sadique, je le verrais bien pourrir un siècle ou deux sur la paille humide des cachots. Et j'aimerais être celui qui l'y jetterait.

Baruteau apprécia l'image :

— Moi aussi, mon neveu, mais pour l'instant, je ne sais pas où il se trouve. Nous sommes allés carillonner à la porte de la villa de Malmousque et on dirait que l'oiseau s'est envolé. Personne ne l'a vu de plusieurs jours à l'étude. Et il semblerait que depuis que tu as mis fin aux petites séances récréatives, il se soit fait discret. Pourvu qu'il n'ait pas fait la belle en mettant une frontière entre lui et nous…

Raoul allait confier à son oncle le renseignement transmis par Cécile, grâce à qui la planque de Vaudois avait pu être repérée, quand le téléphone posé sur le bureau du chef de la Sûreté fit entendre son redoutable grelot. Baruteau décrocha et blêmit.

— Quand ça ?… Cette nuit ?… Avec quoi ?… Le bas de sa bure ?… Oh ! *Tron de pas Dieù*[1] *!* Je vous envoie un de mes gaziers.

Le policier reposa le cornet du téléphone, demeura un bref instant silencieux, le visage soucieux et dit sans relever la tête à l'attention de son neveu, attentif, qui avait compris que la nouvelle était d'importance :

— Liselotte Ullmann a été retrouvée ce matin, pendue aux barreaux de sa cellule.

---

1. Tonnerre de Dieu ! Mais la négation « pas » (Pas Dieu) évite le blasphème. (Prononcez *Diéou*, en accentuant le é).

20.

Où une lettre posthume de Liselotte Ullmann, arrivée chez son avocat, charge Raoul d'une mission sacrée avant qu'il ne tombe dans un piège...

Raoul Signoret ne parvenait pas à contrôler le tremblement nerveux de sa main qui brouillait les lettres devant ses yeux.

Bernard Pignet regardait son ami parcourir les lignes écrites à l'attention du journaliste par celle qu'il avait défendue devant la cour d'assises d'Aix-en-Provence.

Dans les papiers remis au défenseur par l'administration pénitentiaire, figurait une lettre cachetée dont l'enveloppe portait, impeccablement calligraphiés, le nom et le prénom du reporter, « aux bons soins de Me Bernard Pignet ». L'avocat avait aussitôt téléphoné à Raoul qui était accouru depuis le siège du *Petit Provençal.*

C'est cette lettre – écrite dans un français un peu guindé mais parfait – que le journaliste déchiffrait avec émotion :

Monsieur,

J'ai su par Me Pignet que vous aviez été un des seuls représentants de la presse à n'avoir pas cru à ma culpabilité. C'est ce qui m'autorise aujourd'hui à vous écrire. Soyez béni pour votre esprit de charité. Dieu saura s'en souvenir au jour du Jugement.

Quant à moi, j'ai décidé de Le rejoindre sans attendre qu'Il me fasse signe. Quand vous lirez ces lignes, j'aurai quitté un monde qui ne fut pour moi qu'une longue montée au Calvaire. L'idée que l'on puisse regarder mon passage sur terre comme le parcours d'une criminelle m'est insupportable. Lorsqu'on a la conscience nette comme je l'ai, il n'est de pire châtiment qu'on puisse vous infliger que de faire de vous une femme sans honneur. Je n'ai pas compris pourquoi on s'obstinait à me salir, à me prêter des sentiments et une attitude qui sont à l'opposé des principes d'éducation et de morale que j'ai reçus de mes parents. Je ne sais toujours pas à la place de qui *on me châtie.*

Désormais, je ne pourrais jamais plus me présenter devant mon fils, Thomas. Pour l'instant, il a été tenu à l'écart, mais viendra le jour où il faudra lui dire ce qu'on a fait, ce qu'on a dit de moi. Et ce jour-là, quelle serait ma vie si mon fils ne devait voir en sa mère qu'une femme criminelle ? Quel que soit mon sort, il y aurait désormais, entre lui et moi, cette flétrissure qui m'a marquée au fer rouge et me prive d'avenir. C'est pourquoi, je dois disparaître, pour le bien de mon enfant. J'y ai bien réfléchi. Mieux vaut faire de Thomas un orphelin qu'un fils honteux de sa mère.

J'ai su par M. le Pasteur Ludwig Walther, combien Mme Signoret et vous-même aviez été charitables envers mon petit garçon. Soyez-en remerciés du fond du cœur tous les deux et si ce n'est pas trop vous demander, soyez assez généreux pour vous préoccuper de temps en temps de son sort, en conservant tant que vous le pourrez l'amical contact établi entre Mademoiselle votre fille et mon petit garçon chéri.

Adieu, monsieur, je pars le cœur brisé, mais l'âme en paix.

Soyez remercié encore de ce que vous avez fait et ferez pour Thomas.

Dieu vous bénisse,

Liselotte Ullmann

Raoul Signoret demeura un long moment silencieux, la gorge serrée.

Il lâcha dans un soupir :

— C'est vraiment trop bête... Juste au moment...

Il se reprocha presque d'avoir laissé filer le temps, s'accumuler la désespérance de la prisonnière, de n'avoir pas tout tenté pour démasquer au plus vite les vrais coupables.

Devant ses yeux dansait la silhouette d'un jeune garçon blond dont il entendait le rire clair à son oreille, un Thomas désormais seul au monde et qui croiserait un jour ou l'autre un futur Cauro, un Grassi en devenir ou un Bortoli en formation, venus lui rappeler que sa *Bochesse* de mère faisait des cochonneries à un vieux saligaud de notaire qu'elle avait étranglé un soir pour lui voler ses économies.

Et cette idée fut insupportable au journaliste.

— Elle était comment ces derniers temps ?

— Désespérée. L'idée que son fils apprenne un jour de quoi on l'accusait la minait. Je suis navré de ce qui arrive, mais pas autrement surpris. Ce sont souvent les êtres qui paraissent bâtis à chaux et à sable qui résistent le moins. Comme si chez eux la cassure était plus brutale. Est-ce indiscret de te demander ce qu'elle t'écrit ?

Raoul tendit la lettre à son ami. Tandis que l'avocat en prenait connaissance à son tour, le reporter réfléchissait. Il avait désormais charge d'âme. Il ne se déroberait pas. Cécile non plus, il s'en portait garant. Mais auparavant, il se considérait comme investi d'une mission prioritaire. Le châtiment de ceux qui avaient conduit Liselotte Ullmann au désespoir rendrait à cette femme trop fière pour implorer la pitié de ses bourreaux, un honneur posthume. Et à Thomas l'image nette d'une maman innocente dont il pourrait évoquer le souvenir sans honte et, par ce biais, faire un jour son deuil.

— Quelle force de caractère, hein ? !… dit Me Pignet en restituant la lettre. Chapeau ! Elle a écrit ça à l'heure où on ne pense pas à faire son intéressante. J'en ai la chair de poule, tiens !

L'avocat sourit à son ami :

— Que vas-tu faire ?

— Donne-moi un morceau de papier. Je vais tirer un trait vertical et établir un ordre d'urgence.

Au fur et à mesure qu'il traçait les lettres, le reporter expliquait à son ami :

— Dans la colonne de gauche, l'ordre de mission est le suivant : remuer ciel et terre pour mettre la main sur Rodolphe Vaudois, en cavale, et sa petite amie. C'est une course contre la montre, car il faut à tout prix l'empêcher de foutre le camp pour de bon. Mon oncle fait surveiller tous les paquebots et trains en partance. Il tire sur toutes les moustaches et les perruques, pour voir s'il ne s'agirait pas de postiches.

Le reporter inscrivit au-dessous le nom d'Alfred Deshôtels.

— L'autre loque compte pour du beurre : nous l'avons déjà sous clef, ou tout comme. Avec, pendue au cul, la falsification du testament paternel, il a déjà un paquet bien gros pour ses épaules prématurément voûtées. On verra dans un second temps s'il a joué un rôle dans l'assassinat du notaire.

Raoul passa à droite.

— Dans cette colonne, il n'y a qu'un seul prénom. Thomas.

— Que peux-tu faire pour lui ?

Raoul releva la tête pour regarder son ami dans les yeux.

— Je compte voir s'il est possible d'établir une sorte de tutelle, si personne ne le réclame de l'autre côté du Rhin. Je deviendrais son correspondant français, en quelque sorte.

— C'est généreux, dit Bernard Pignet.

— C'est naturel, répondit Raoul Signoret. Pour moi, la volonté d'un défunt, c'est sacré.

*

À peine retourné au *Petit Provençal*, le reporter ne put échapper au piège que lui tendirent deux confrères, en embuscade dans la salle de rédaction.

— Signoret, tu arrives à pic. Escarguel a quelque chose à te montrer.

Le reporter s'attendait au pire, il ne fut pas déçu. Le vieux rédacteur s'avança, une feuille à la main.

— Raoul, ah, Raoul ! Je suis heureux de vous voir. J'ai besoin de votre avis.

— Vous l'avez.

Escarguel leva les bras au ciel.

— Attendez ! Je n'ai encore rien dit !

— Alors, dites. Mais faites vite, j'ai à faire.

— Eh bien, voilà : vous savez que l'Exposition coloniale ferme bientôt...

Raoul se récria :

— C'est dans plus d'un mois, Auguste !

— Il n'est jamais trop tôt pour s'en occuper. Après, on fait les choses dans la précipitation, ça n'est pas bon. Aussi, ai-je préparé un petit poème d'adieu dont j'aimerais vous lire quelques strophes. J'ai essayé auprès d'autres confrères, mais ils avaient tous quelque chose d'urgent à faire.

— Parce que vous croyez que je suis en vacances ?

— Non, mais j'ai pensé que vous ne me refuseriez pas une oreille attentive. Je n'en ai pas pour longtemps. Seulement six strophes de quatre vers. N'ayez crainte, ce n'est pas la *Chanson de Roland*.

— Nous verrons bien.

— Ça m'est venu d'un coup. Je n'ai pas mis plus d'une heure à le faire.

Ces derniers mots remirent en mémoire à Raoul une scène du *Misanthrope* qu'il avait joué à la communale, avec l'instituteur Félix Garbiers[1]. Il enchaîna logiquement avec la réplique adéquate :

« *Voyons Monsieur, le temps ne fait rien à l'affaire.* »

Jugeant qu'il n'y couperait pas, tout en maudissant du regard les deux confrères qui l'avaient pris au piège et – dans le dos d'Escarguel – se tenaient les

1. Voir *Double crime dans la rue Bleue*, *op. cit.*

côtes, Raoul se résigna. Avec un grand soupir, il s'assit confortablement.

— Allez-y, Oronte, euh ! je veux dire Auguste. Je suis prêt à griser mes oreilles extasiées des accords de votre lyre.

Escarguel ajusta ses lunettes :

— « *Rideau* ». C'est le titre.

Tel un chanteur d'opéra qui s'apprête à entonner le grand air, le vieux rédacteur se racla la gorge et commença :

« Tout doit avoir un terme
C'est aujourd'hui qu'on ferme
Au Rond-Point du Prado
Ce soir : rideau »

Prenant le rôle de Philinte, le reporter donna sa réplique :

« Je suis déjà charmé par ce petit morceau. »

Trompé par le ton de fausse sincérité de son confrère, Escarguel se rengorgea et poursuivit :

« C'est à se faire ermite
Ne plus voir d'Annamites
Ni de Cochinchinois
Presque Chinois

Quoi ? Plus une syllabe
D'hindoustan ou d'arabe ?
Ni quelqu'un qui vous dit
Adieu, Sidi !

Dès demain on déloge
Le Palais du Cambodge
On va mettre au rancart
Madagascar »

Raoul continua sa parodie :

« *Ah ! Qu'en termes galants ces choses-là sont mises !* »

Escarguel, tout à son texte, ne vit pas la malice :

« *Quoi ! Tout lasse, tout passe,*
Le Grand Palais s'efface
Et celui de la mer
En sort amer

Car c'est l'œuvre profonde
On a vu tout un monde
Sur les bords du Prado
Ce soir, rideau[1] *!* »

Raoul-Philinte se leva, et applaudit :
« *La chute en est jolie, amoureuse, admirable !* »
Le visage d'Auguste Escarguel s'allongea de surprise.

— Amoureuse ?

— Je veux dire, on y sent votre amour pour Marseille et votre admiration pour la réussite de l'exposition. Mettez donc ce chef-d'œuvre au frais, mon bon *Gu*, et ne le ressortez qu'au jour de la clôture.

1. Ce « poème » a été réellement publié à la « Une » d'un quotidien marseillais de l'époque.

Ça sera la surprise du chef. Si Chiocca[1] ne le publie pas, c'est qu'il ne connaît rien à la vraie poésie.

— Vrai, vous pensez qu'ils en valent la peine ?

— Comment donc !

Le reporter évitait de croiser les regards des journalistes présents qui, derrière Escarguel, faisaient des gestes propres à déclencher le fou rire de leur confrère, coincé par le regard du « poète », guettant ses réactions.

— Et vous-même, mon cher Raoul, l'envie ne vous démange pas d'écrire de semblables choses ?

Pour ne pas peiner son vieil ami, Raoul se détourna et prit prétexte d'un rendez-vous pour s'éclipser. Non sans avoir – pour lui-même – retrouvé la réplique d'Alceste à Oronte sur la valeur de ses vers :

« J'en pourrais, par malheur, faire d'aussi méchants ;
Mais je me garderais de les montrer aux gens[2]*. »*

*

Le seuil de son appartement franchi, Raoul Signoret vit aussitôt sur le visage de Cécile qu'elle avait une nouvelle d'importance à lui donner.

— Boucard a appelé. Il demande que tu le rappelles dès ton arrivée. Il m'a laissé le numéro de téléphone du *Chalet de Maldormé*. Il n'en bougera pas jusqu'à ton coup de téléphone.

Elle lui tendit un petit bout de papier où figurait un numéro à trois chiffres à demander à la demoiselle des postes.

1. Le rédacteur en chef.
2. *Le Misanthrope*, acte I, scène II.

Le reporter appuya le bouton d'appel situé sur le dessus du coffret de bois qui supportait le microphone et le cornet. L'appareil sonna au bout de trente secondes.

— Allô ! Je voudrais le 475, s'il vous plaît mademoiselle, c'est urgent.

Raoul reposa le cornet sur sa fourche et patienta en tapotant la tablette supportant le téléphone. Il mit sa femme au courant du suicide de Liselotte Ullmann et la questionna pour avoir son avis sur ce qui pouvait être envisagé au sujet de Thomas.

Cécile allait répondre quand le grelot d'appel se fit entendre. Raoul se précipita :

— Allô ! bonsoir madame Colette, c'est Raoul Signoret. Oui. Boucard est toujours là ? Merci.

Cécile suivait sur les traits de son mari les métamorphoses que lui faisaient subir les propos de son correspondant. Les yeux de Raoul étaient ronds de surprise.

— Tu es sûr que c'est lui ? Quoi, sa calèche ? Son *coupé* est dans le jardin de la villa ? Mais lui, tu l'as vu ? Non ?... Qui ! ? Cauro jouait au cocher ? Incroyable. Tu es sûr ? Non, non, je te crois.

L'excitation se lisait sur le visage du journaliste.

— Je pense que je ferais bien de te rejoindre. Oui. Tu ne bouges pas ? Où ça ? Chez les douaniers ? Bonne idée. Je prends ma bécane et j'arrive.

Raoul reposa le cornet du téléphone sur sa fourche et expliqua à Cécile.

— Boucard m'assure que le *coupé* de Vaudois est dans le jardin de sa villa et que c'est le scaphandrier, Cauro, qui fait office de cocher. Mais il n'a pas vu le notaire. Il est possible qu'il attende la nuit pour se pointer... J'y vais.

Cécile savait par expérience à quoi s'attendre.

— Inutile d'espérer te souhaiter une bonne nuit, je suppose ?

— Tu supposes bien. Que lis-tu en ce moment ?

— *Guerre et Paix.*

— Bon choix. Le père Tolstoï est du genre à prendre son temps. D'ici que je revienne, tu sauras peut-être si c'est Napoléon qui a gagné. Je connais la réponse, mais je ne te dis rien.

Cécile entoura les épaules de Raoul et prononça les mots inutiles.

— Sois prudent...

Il ne répondit rien, mais à la chaleur de son baiser, elle comprit qu'il tenait trop à elle et à leur fille pour jouer sa vie sur un acte irréfléchi. Sans parler des nouvelles responsabilités qui l'attendaient pour être fidèle au vœu de Liselotte Ullmann...

*

Il ne fallut pas plus de dix minutes au reporter, à grandes pédalées, pour rejoindre la presqu'île de Malmousque. Et dire que, jadis, quand ils voulaient expédier quelqu'un au diable vauvert, les gens de la place de Lenche lui lançaient *« va cagar en Doume*[1] *! »*, tellement ce quartier, vu depuis *Le Panier*, leur paraissait lointain.

Boucard était en sentinelle au bas de l'escalier montant à la *Maison de la Douane* et guettait fiévreusement l'arrivée de Raoul.

1. « *Va ch... à Endoume !* »

Il accueillit tout excité son jeune confrère.

— J'ai passé un accord avec les douaniers. Comme je n'ai plus de jumelles, j'utilise leur lorgnette pour *espincher* la maison de Vaudois. Ces couillons, ils espèrent toujours apercevoir un *tafanari*[1] à la fenêtre, ils se tiennent *de longue* derrière leur œilleton. Comme ça, ils font le travail pour moi. Ils m'ont prévenu de l'arrivée de la calèche de Vaudois.

— Tu es sûr que c'est la sienne ?

— Parbleu. On peut pas se tromper : quatre roues avec des rayons rouges, les flancs rouge et noir, la capote noire. C'est une calèche à caisse ronde, *forme Brougham*, un *coupé,* comme on dit. Et puis j'ai reconnu la jument : *Volante.* Ce qui m'a estomaqué, c'est Cauro à la place du cocher.

— Pas si étonnant que ça, dit Raoul Signoret. Cauro doit servir de va-et-vient entre la villa d'ici et l'endroit où Vaudois se planque.

Boucard opina.

— On dirait que quelque chose se prépare : j'ai vu le scaphandrier charger des paquets dans le *coupé.*

— Il est temps d'aller y voir de plus près, Placide. Attendons que la nuit tombe et j'irai faire un tour. Tu resteras là, à la lorgnette pour me couvrir, en cas de pépin. Je crois qu'on approche du but...

Derrière les tours trapues du Château d'If, qui se découpait en ombre chinoise sur la lumière du couchant, le soleil amorçait son plongeon. C'était une débauche de couleurs comme seule la nature ose et

1. Une paire de fesses, généralement callipyges.

réussit à les assembler. Le peintre qui s'y risquerait ferait partir les amateurs d'art en courant. Raoul contemplait en souriant le derrière imposant d'un des douaniers, penché en avant, l'œil obstinément collé à la lunette braquée sur la chambre du notaire dans l'hypothétique espoir d'entrevoir un morceau de chair nue. Les braves *gabelous* ne se résignaient pas à la perte de leur distraction favorite.

— Dis-moi, Raoul, tu vas être content de moi. Par un ancien du *Bavard* qui habite Roquefort, c'est tout à côté de La Bédoule, j'ai pu avoir l'adresse de la maison de famille que les Deshôtels possèdent là-bas.

Boucard fouilla dans sa poche et Raoul put lire l'adresse qu'il fourra dans sa poche.

Mas des Grames, Quartier Petit Rouvière.

— Bravo Placide. Si c'est là que Vaudois se planque, on ira le dénicher.

La nuit n'en finissait pas d'arriver. Il semblait à Raoul qu'une main invisible freinait les aiguilles de sa montre. Les douaniers proposaient des tournées d'absinthe à leurs hôtes, mais le reporter tenait à garder la tête fraîche et se contentait – après une *verte* acceptée par politesse – de se désaltérer au sirop d'orgeat sous l'œil désolé du brigadier.

Tout à coup, le préposé à la lorgnette sonna une alerte discrète.

— On vient d'allumer *l'éttrécité* au premier étage.

Ses trois compagnons de garde se dressèrent comme un seul homme.

— Les volets sont ouverts ?

Raoul et Boucard ricanèrent.

— Ça serait étonnant ! Allez, vous faites plus

d'illusion : c'est terminé le cinéma cochon. Les acteurs sont sur un autre film.

Le reporter colla son œil à la lunette après avoir poussé le douanier qui persistait à s'y accrocher comme une arapède à son rocher.

Il dit à l'attention de Boucard :

— C'est allumé, en effet, dans la chambre. Mais tous les volets sont clos. Je ne vois rien bouger.

Raoul se redressa :

— Placide, j'y vais. Comme convenu, tu restes là, *à l'agachon*. Et si tu vois que ça sent mauvais, tu appelles mon oncle. Voilà ses numéros, au commissariat et à la maison.

Boucard mit le papier dans sa poche de veste et regarda son confrère se perdre dans l'obscurité.

Tout était silencieux dans la villa de Me Vaudois où seule une lumière filtrait par les persiennes. On entendait la jument *Volante* s'ébrouer dans l'écurie. Le *coupé* dételé se trouvait au milieu de l'allée conduisant à la maison. Raoul s'approcha du mur d'enceinte en ayant soin de faire crisser le moins possible les minuscules graviers qui parsemaient la terre battue de la rue de la Douane. Machinalement, le reporter jeta un coup d'œil au perchoir d'où *Riri* espionnait les amants. Il était vide, bien sûr. Il se hissa sur le muret dans l'ombre du pin et demeura un long moment les sens aux aguets, penché vers le jardin, l'œil sur la fenêtre éclairée, dans l'espoir d'entendre ou de voir quelque chose.

S'il n'avait pas été comme attiré par cette fenêtre illuminée telle le phalène par la lampe tempête, Raoul aurait perçu une double présence derrière lui. D'autant que l'un des deux hommes qui venaient de l'encadrer avait une respiration sifflante qui s'accélérait sous l'effet de l'excitation. C'est seulement en se retournant pour sauter à terre que le reporter devina l'œil noir d'un revolver 8 mm à barillet qui le tenait en joue à quelques centimètres de sa poitrine. La voix qui s'éleva, Raoul Signoret ne l'avait pas entendue souvent, mais il avait dans l'oreille son ton nasillard, son élocution chuintante. Me Rodolphe Vaudois le tenait à sa merci. Quant au soufflet de forge, à côté du notaire, il appartenait au scaphandrier Cauro qui contemplait le journaliste pris au piège de ses yeux porcins et exsudait la haine par tous ses pores.

L'homme de loi parla en premier avec les mots de son métier qu'il mania avec ironie.

— Violation de la propriété d'autrui, monsieur Signoret ! Le code pénal prévoit sa punition.

Le notaire ricana nerveusement.

— Mais rassurez-vous, nous n'aurons pas à recourir aux foudres du code pénal. Vous étiez en train de pénétrer chez moi, M. Cauro pourra en témoigner. Je pourrais vous abattre comme un chien. Je serais dans mon droit.

Raoul se maudissait de son imprudence. Vaudois devait se douter de quelque chose depuis longtemps pour avoir tendu ce piège et il était allé donner dedans tête baissée.

Comme pour répondre à ses interrogations le notaire dit, l'air mauvais :

— Votre confrère manque par trop de discrétion, monsieur Signoret. Comme vous-même. Quand on dépasse le quintal, on ne joue pas les voyeurs sans se faire repérer. S'il croit que je n'ai pas découvert son manège autour de la maison, il s'illusionne sur sa capacité à se dissimuler. Voilà des jours qu'il tourne autour de la villa chaque fois que j'entre ou sors et maintenant, il joue les vigies sur la terrasse des douaniers. Grotesque ! Moi aussi, j'ai des jumelles et sais m'en servir. Je sais aussi me servir d'un pistolet. Descendez de ce mur, monsieur Signoret et restez dans l'ombre du pin. Je vous préviens : au moindre geste, je tire.

Raoul, toujours muet et furieux de son imprudence, obéit. Vaudois recula d'un pas pour mieux tenir le journaliste en joue.

— Cauro, attachez-lui les mains derrière le dos.

Le scaphandrier rudoya Raoul, trop heureux de l'avoir à sa merci.

— C'est l'affaire de deux secondes. J'ai l'habitude de ficeler les élingues, dit la brute épaisse avec un rire gras à l'attention du notaire.

Il serra les liens à couper la circulation sanguine du journaliste.

Le reporter s'efforçait de ne pas laisser paraître son angoisse. Il estimait la situation sous l'angle d'une possible réaction. Il avait les mains entravées, mais les jambes libres. Pour un adepte de la boxe française, c'était un atout. Mais ils étaient deux. S'il parvenait à désarmer Vaudois, le plus dangereux, d'un *revers jambe arrière*, Cauro n'aurait pas de mal à dominer un adversaire privé de ses bras.

Raoul opta pour le gain de temps. Il espérait que Boucard, ayant senti le roussi, aurait eu la présence d'esprit d'appeler la police. Il attendait surtout de la voir débouler avec les douaniers arme au poing. Mais ce dont il ne pouvait pas se douter c'est que depuis la Maison de la Douane il était impossible de voir ce qui se passait à l'aplomb du pin. Son ombre noyait le journaliste et ses agresseurs dans l'obscurité la plus complète.

Ne voyant rien bouger de ce côté-là, le reporter, malgré le mépris que lui inspirait le notaire dévoyé, lui adressa la parole.

— Si j'étais vous, je n'aggraverais pas mon cas, Me Vaudois. Vous en avez déjà assez comme ça sur le dos. Si vous tirez, le bruit de la détonation attirera les voisins qui préviendront la police. Vous aurez beau arguer de la légitime défense et plaider que vous m'aviez pris pour un rôdeur, avec ce que j'ai découvert sur votre compte et consigné dans des documents confiés à une personne sûre, vous n'avez pas intérêt à attirer l'attention sur vous. S'il m'arrive la moindre des choses, ces documents seront remis à la Sûreté et je ne donne pas cher de votre avenir.

— Ni moi du vôtre, monsieur Signoret, grinça la voix du notaire. Vous avez raison : sauf si vous m'y obligez par un geste inconsidéré, je ne tirerai pas sur vous ici. Nous allons faire un petit tour en mer, sur mon canot. Il est amarré dans la calanque de Malmousque. Vous allez nous y accompagner.

Cauro lança une bourrade dans le dos du journaliste pour le faire avancer. Les trois hommes commencèrent à marcher en direction de la rue du Génie.

Vaudois mit son pistolet dans sa poche et prévint.

— Je garde mon arme braquée sur vous. Si nous croisons quelqu'un, pas de zèle, ça vous coûterait cher. Votre vie est entre vos mains.

Raoul trouva la force d'ironiser.

— J'avais plutôt l'impression qu'elle était entre les vôtres, maître. Je suppose que vous allez me conduire vers *Les Îlettes* et le fort de Tourville où vous avez laissé pourrir la malheureuse que vous avez fait passer pour Mariette Chabas ?

À ce nom, étonné que Raoul en sache autant, Vaudois eut comme un sursaut. Il se reprit.

— Non, nous allons aller beaucoup plus loin cette fois. À un endroit dont vous ne reviendrez pas, même sous forme de noyé. Car, voyez-vous, c'est par mer que je vais quitter ces lieux. Mais pas à bord d'un paquebot, comme l'espère la police. Avec mon canot. Et après avoir pris en route un colis qui m'est infiniment précieux.

Il fit une pause et ajouta :

— Peut-être vous laisserai-je le voir une dernière fois avant de vous jeter à la mer.

21.

Où notre héros est bien près de finir ses jours au fond de l'eau du côté de l'île Maïre, jusqu'à ce que le secours lui vienne de qui il l'attendait le moins.

Quand Placide Boucard, rivé à la lorgnette de la douane, avait vu le trio traversant la rue, il n'avait pas immédiatement réalisé ce qui se passait. C'est en reconnaissant le profil bovin de Cauro et devinant la silhouette de Vaudois qu'il comprit que Raoul n'était pas libre de ses mouvements. Il s'affola, réclama le téléphone, appela Eugène Baruteau et c'est seulement après cela qu'il songea à demander de l'aide aux douaniers. Ceux-ci le voyaient s'agiter sans bien comprendre ce qui mettait l'ex-journaliste dans cet état d'excitation.

— Vite, vite ! Signoret est en danger ! Venez avec moi. Ils vont le tuer !

— Où ça ? Qui ça ? clamaient les *gabelous* qui n'y comprenaient plus rien.

— Mon confrère ! Ils lui ont attaché les mains derrière le dos et ils l'amènent.

— C'est la police ?

— *Qué* police ? Allez, *boulégan*[1] ! On leur part au cul !

Boucard dévala les escaliers depuis la terrasse. Il voulut courir sus aux ravisseurs, mais il avait présumé de ses capacités respiratoires. Au bout de cinquante mètres, il haletait comme un limier à la *courre* du cerf. Les trois douaniers lancés à ses trousses – le quatrième était resté en vigie – plombés par les tournées d'absinthe, ne valaient guère mieux.

Si bien qu'au moment où le quatuor, à bout de souffle, débouchait dans la calanque, après avoir – on ne sait comment – terminé debout leur descente précipitée vers la mer, le canot de Mᵉ Vaudois achevait son virage à bâbord dans une gerbe d'écume, frôlant l'îlot de la Rascasse en rugissant de tous ses chevaux.

— À la vedette ! cria le plus vaillant des douaniers.

Les deux autres le dissuadèrent avec raison.

— Elle est amarrée à la *Fausse Monnaie*, le temps qu'on y soit, ils seront loin. Et le canot automobile de Mᵉ Vaudois est plus rapide que la vedette. Avec notre rafiot, on peut pas espérer le *radaguer*[2].

— Il faut prévenir les autres postes, conseilla le second douanier. Au fur et à mesure, les collègues nous signaleront dans quelle direction il va.

— Bonne idée, approuva le troisième.

Il ne se voyait pas parti à l'abordage avec sa bedaine et ses cors aux pieds.

Le Bouc ne disait rien. Il était à la recherche d'un second souffle introuvable.

---

1. Bougez-vous !
2. Le rattraper.

À bord de *Neptune*, le canot automobile du notaire, superbe embarcation toute de bois verni, pontée et équipée d'une vaste cabine – qui fonçait à 35 km/h, propulsé par son moteur Panhard et Levassor de 40 h.p.[1] *outboard* – Raoul Signoret, les mains toujours entravées, était assis sur le plancher, entre la cabine et la poupe, contre le bordé bâbord qui tapait sur la vague, le secouant rudement. Le reporter recevait en pleine figure des paquets d'écume qui avaient déjà trempé son costume. En face de lui, assis sur le siège qui courait sur tribord de la cabine vers l'arrière, Vaudois le tenait toujours en respect. Craignait-il que son prisonnier profite d'un moment d'inattention pour basculer à l'eau ? Dans la position où il se trouvait, le journaliste en eût été bien incapable. Et comment nager avec les mains liées dans le dos ?

L'énorme carcasse de Cauro se détachait à l'arrière. Le scaphandrier tenait la barre, la poignée des gaz serrée dans son énorme patte.

Raoul vit approcher avec angoisse l'îlot de Tourville avec son fortin trapu. Vaudois allait-il lui faire subir le sort de la malheureuse lestée d'un bloc de pierre, et l'enfourner à son tour dans le couloir sous-marin comme un macchabée à la morgue ? Le reporter se revit émergeant du tunnel dans la salle voûtée du fort, à l'instant où il cognait du front dans la pantoufle rose de Mariette Chabas flottant à la surface de l'eau.

Neptune, à présent lancé à pleine vitesse, laissa *Les*

---

1. Pour *horse power.*

Îlettes à tribord et continua sa course en direction de l'île Maïre, qui ferme la rade sud de Marseille.

Raoul Signoret, qui cherchait à s'expliquer la manœuvre, eut une illumination. Tout s'emboîtait dans le puzzle : ce canot fin prêt à prendre la mer, dont le moteur avait démarré à la première sollicitation ; cette calèche appartenant au notaire que le scaphandrier avait amené à la villa… Sans doute Vaudois était-il arrivé avec, dissimulé sous la capote.

Si le notaire avait pris le risque de revenir chez lui, c'était sans doute parce qu'il était parti précipitamment en oubliant quelque chose. Ce qui signifiait que la fuite définitive était imminente. Ces deux gredins étaient de mèche depuis longtemps. Cauro avait dû monnayer ses services. Leur plan était prêt. Seule la présence de Raoul sur le mur de la villa les avait obligés à le modifier.

Ce plan, il se dessinait à présent avec sa logique propre dans la tête du reporter. La direction prise par le canot lui en laissait deviner le déroulement. Par la mer, on atteint aisément Cassis en longeant le massif des Calanques dont la masse énorme se détachait maintenant à l'horizon sud, sous la lune qui montait à l'est. Le « colis » auquel avait fait allusion le notaire, ce colis précieux qu'il lui montrerait « peut-être » avant de lui loger une balle dans la tête, c'était Mariette Chabas, à coup sûr !

Plus il réfléchissait, plus le reporter se persuadait de tenir la vérité de l'affaire.

Vaudois avait prévu de cueillir sa belle au passage et de poursuivre le « voyage » avec elle. Cassis n'était pas très éloigné de La Bédoule. Aller chercher Mariette, la ramener avec la voiture à cheval jusqu'au petit port chanté par Mistral dans son *Calendal*, c'était l'affaire d'une heure aller-retour, pas plus. Voilà pourquoi Cauro jouait au cocher. Vaudois avait sans doute prévu de faire conduire le *coupé* par le scaphandrier, jusqu'à Cassis, où le notaire, arrivé par mer, aurait rejoint son complice. Tous deux auraient grimpé ensuite avec le *coupé* jusqu'au mas des Grames où Vaudois cachait la jeune femme, puis seraient revenus à Cassis avec Mariette, pour embarquer sur *Neptune*.

Le programme avait pris du retard à cause de Raoul, mais il était encore parfaitement exécutable. Manquait le *coupé*, laissé à Malmousque. Mais il était possible de louer une voiture à cheval demain matin à Cassis. Vaudois avait la nuit devant lui pour réfléchir à la suite.

La suite ? Raoul estimait qu'il y avait les meilleures chances pour que les fugitifs allassent se réfugier en Italie. C'était la frontière la plus proche : moins de deux cents kilomètres. Ils seraient à Bordighera ou San Remo avant que la police française leur ait mis la main au collet.

Le reporter, à présent persuadé de tenir le bon bout de l'affaire, enrageait d'en être réduit à y assister en spectateur impuissant, avant d'aller donner à manger aux poissons. « Sois prudent » avait dit Cécile. Il avait failli. S'était laissé piéger comme un idiot. Le visage de sa bien-aimée flottait sur le ciel noir au-dessus du sommet arrondi de Marseilleveyre, tandis que retentissaient dans sa tête les rires en grelots de sa fille Adèle et de Thomas Ullmann. Qu'allaient-ils devenir, tous les trois, sans lui ? À peine entrevu le moyen de tirer le jeune Allemand de sa solitude, voilà qu'il allait redevenir par sa faute un enfant abandonné. Quelle misère ! La gorge du reporter se serra. Il ferma les yeux, parti dans une rêvasserie morbide.

Quand il les rouvrit, alerté par une sorte de glissement venu de sa droite, où se trouvait la cabine, quelque chose, une forme noire, coiffée d'une espèce de turban clair venait de jaillir de la portière de la cabine. Avec un cri pareil à un feulement, *la chose* avait bondi à la gorge du notaire – qui en avait lâché son revolver – et la serrait, la serrait...

Vaudois, surpris et déstabilisé, avait chuté du banc et la forme toujours accrochée à sa gorge avec lui.

Cauro, affolé, s'était dressé en réduisant les gaz au minimum. Le canot n'avançait plus que sur sa lancée et perdait de la vitesse à chaque seconde. Mais il roulait bord sur bord, pris par le travers, ce qui empêchait la brute d'approcher les deux corps emmêlés, indistincts, dans un assaut furieux qui les soudait l'un à l'autre. On entendait la voix déformée du notaire appeler à l'aide. Tout à coup, dans un éclair de lune, Raoul reconnut celui qui venait de bondir sur Vaudois. La tache blanche était un pansement.

Riri Boudineau !

Raoul regardait la scène, bouche ouverte, incapable de réaliser ce que ses yeux voyaient.

Sa raison lui disait : c'est impossible, voyons ! Mais non, ça ne l'était pas ! Rien n'était impossible à quelqu'un qui ne savait pas que ça l'était !

La preuve : de la gorge de l'agresseur du notaire surgit comme une preuve un cri à présent familier aux oreilles du reporter :

— *Arrr-èèè-theu !*

Riri n'était pas là pour porter secours à son ami

Raaaaaou en danger de mort. Henri Boudineau était en train de tuer son rival.

Le reporter vivait un cauchemar éveillé. Il tentait de dire quelque chose, mais aucun son ne sortait de ses lèvres. Il contemplait effaré une scène d'un autre monde.

L'innocent tenait toujours en étau la gorge du notaire et aucune force au monde n'aurait pu lui faire lâcher prise.

La première surprise dissipée, le reporter réalisa ce qui s'était passé.

Riri avait dû, selon sa vieille habitude, trouver refuge dans la cabine du canot pour y passer la nuit. Il était là tout à fait par hasard. Mais le hasard avait eu une fameuse idée. Les cris de Vaudois faiblissaient. Vaudois qui, dans la précipitation du départ, n'avait pas réalisé qu'il embarquait un passager clandestin...

Cauro, lui aussi un moment paralysé par la scène, commençait à reprendre ses esprits. Il avait reconnu *Riri*. Lâchant la barre, il avançait en titubant, tout en hurlant :

— Lâche-le, raclure de bidet !

Les deux corps emmêlés dans le fond du canot avaient roulé jusqu'aux pieds de Raoul qui voyait le scaphandrier approcher avec, sur sa face porcine, un rictus effrayant.

— Lâche ça, je te dis, déchet !

Cauro s'était penché, avait saisi l'innocent aux épaules et le tirait en arrière. Mais *Riri,* soudé à sa proie, lui restait accroché par l'étau de ses doigts cramponnés au cou du notaire dont la tête ballottait sous les secousses imprimées par la traction du scaphandrier. Peut-être était-il déjà mort.

Raoul se dit que c'était maintenant ou jamais. Il n'avait que deux ou trois secondes devant lui pour agir. Après, il serait trop tard.

Il profita de la position penchée en avant de Cauro, qui lui offrait son énorme tête à portée : il mit toutes ses forces dans le coup de savate qu'il décocha sans chercher à savoir s'il était orthodoxe. L'empeigne de cuir de sa chaussure atteignit la brute en pleine face et la fit éclater comme une pastèque trop mûre. La tête du scaphandrier partit en arrière comme un ballon shooté, lâchant en sillage une gerbe sanglante. Bien que sonné, il se remit à genoux, la tête dans les mains, comme s'il voulait étancher l'hémorragie de son visage.

Dans un suprême effort le reporter réussit à se mettre debout. Il prit son équilibre sur ses jambes écartées et d'un magistral *chassé frontal avant* qui percuta le torse épais de la brute, il la mit hors de combat.

Rassuré de ce côté-là, Raoul Signoret se retourna vers les deux corps toujours enchevêtrés qui gisaient à présent à ses pieds.

En mettant dans sa voix le plus de douceur possible, il s'adressa à l'innocent toujours soudé à sa victime.

— *Riri*... c'est moi, Raoul. Lâche le monsieur, *mon collègue*, lâche-le...

Le simple d'esprit tourna son visage vers celui qui venait de lui parler. Il sembla à Raoul que *Riri* le reconnaissait seulement à cet instant. Cette constatation confirma le reporter dans son impression première. L'innocent n'était pas intervenu pour sauver son ami en danger, il ne savait pas qu'il était à bord. Mais, réveillé par le moteur, il avait reconnu

Vaudois, l'homme qu'il avait vu couché sur le corps nu de sa bien-aimée et il l'avait tué.

Le fugace masque d'étonnement apparu sur le visage de l'infirme, au moment où il reconnaissait le journaliste, s'était très vite effacé. *Rrraaaou* était là. Un point, c'est tout. Il l'acceptait comme une évidence. Mieux même : il s'en trouvait content. C'était dans la nature des choses telle que la concevait *Riri*. Ça ne changeait en rien sa non-conception de l'ordre du monde

Le reporter revint doucement à la charge.

— Lâche le monsieur, maintenant, *Riri*. Écoute-moi.

L'innocent ne semblait toujours pas décidé. Comme s'il craignait que, libérant le notaire de son étau, il lui échappe.

Raoul se pencha et dit le plus calmement possible :

— *Riri,* j'ai besoin de toi.

— Vi ?

Le journaliste tourna le buste, montra à l'infirme ses mains violacées et les liens qui avaient pénétré dans les chairs boursouflées.

— *Riri,* regarde. Il faut couper la corde. Couper.

— Vi ?

— Couteau, *Riri*.

Raoul montra la cabine de la tête :

— Va voir si tu trouves un couteau. Là ! Couteau.

L'innocent sourit. Il semblait avoir capté quelque chose. Il lâcha enfin la trachée désaxée du notaire. Vaudois était mort, ça ne faisait plus l'ombre d'un doute. Cauro gisait, toujours à l'arrière, inconscient. Le canot dérivait lentement vers Marseilleveyre, poussé par une petite brise de nord. Rassuré du côté d'un possible danger, Raoul se pencha à l'écoutille.

En bas, il entendait *Riri* remuer des objets métalliques. L'innocent devait connaître la cabine comme sa poche, familier des lieux comme il l'était.

Bientôt la tache claire du pansement apparut en haut de l'échelle de coupée. Ce n'était pas un couteau que brandissait *Riri,* mais une lame de scie à métaux.

« Qu'importe, songea Raoul Signoret, ça fera l'affaire. »

Avec calme et application, il enseigna à l'infirme mental comment présenter la lame verticalement, en la tenant aux deux extrémités. Par chance, cela amusa *Riri.* Pas question, en effet, de lui demander de trancher lui-même les liens, cela risquait de s'achever en viande hachée. Le reporter fit mettre l'innocent à genoux, la lame de scie tenue verticalement et c'est lui qui, se plaçant devant la lame en lui tournant le dos, par des mouvements du buste parvint à user la corde en la faisant grignoter peu à peu par les dents de la scie.

Le double afflux du sang revenu dans les doigts du journaliste lui causa une douleur atroce, qu'il tenta d'apaiser en plongeant ses mains dans la mer. Ses articulations étaient gonflées, ses phalanges boudinées, il ne parvenait guère à les plier et le moindre contact lui faisait un mal de chien.

Il fallait pourtant remettre le moteur du canot en marche. L'embarcation s'approchait à présent des rochers de la Pointe-Rouge et il n'était pas question de faire naufrage, ni de risquer la cargaison. Vaudois, ça n'avait plus guère d'importance. Mais Cauro avait sûrement des choses passionnantes à raconter à l'oncle Eugène.

En serrant les dents sur sa douleur, Raoul Signoret

parvint à saisir le câble de démarrage. Par bonheur, le moteur, encore chaud, démarra à la première sollicitation. Tourner la poignée des gaz fut encore un martyre. Le reporter, qui n'avait jamais piloté pareil engin, se contenta de la vitesse minimum. Le canot tournait en rond, ce qui ne présentait aucun danger pour l'instant, ils se trouvaient encore loin de la côte. Il fallait pourtant se saisir de la barre solidaire du moteur hors-bord et donc exigeant un plus grand effort physique qu'un *safran* ordinaire.

Après avoir réfléchi à la situation, le reporter choisit de s'asseoir sur le bordé arrière et de saisir la barre entre ses genoux serrés. Il pouvait ainsi manœuvrer sommairement en basculant ses cuisses à droite ou à gauche. Il fit exécuter un large demi-tour au canot et, se repérant à la Corniche qui se détachait sous la clarté de la lune, il prit la direction de Malmousque.

Riri le regardait en souriant. Il s'était assis sur la banquette tribord à côté du cadavre de son ennemi et ne semblait pas dérangé par la promiscuité. Cauro, toujours dans les alléluias, qui saignait comme un bœuf, gémissait doucement quand un roulis faisait cogner sa trogne déchirée contre une *varangue*[1].

— Où… *tu vas* ? demanda tout à coup l'innocent.

— On retourne à la maison.

— Veux pas.

— Tu veux pas, *Riri* ?

— Nan.

— On va retrouver ta maman.

— Veux pas *touner*.

1. Pièces de bois fixées perpendiculairement à la quille pour donner sa forme à la coque.

Le reporter désigna du menton le corps de Vaudois.

— Il faut ramener le monsieur à la police.

— Veux pas.

Raoul n'insista pas.

Riri s'agita en tous sens. Il fit non longuement, la tête basse, l'air buté. Le reporter pensa que mieux valait ne pas l'exciter. Raoul était bien assez préoccupé par la manœuvre du canot avec les genoux qui n'était pas une mince affaire, sans y ajouter le souci de calmer l'infirme. Ses quadriceps enserrant la barre étaient parcourus de crampes douloureuses. Ses mains, par bonheur, commençaient à retrouver leurs sensations, bien qu'elles demeurassent encore enflées. Le trajet, à vitesse réduite, était plus que sinueux. Raoul naviguait *à l'espère*, redressant le cap quand il jugeait avoir trop dérivé ou s'être trop rapproché des rochers de la Corniche, à présent dans son champ de vision, sur la droite.

Tout à coup *Riri* se dressa comme un diable à ressort. Il se pencha sur le corps du notaire et le prit aux épaules. Raoul ne réagit pas, songeant à une bizarrerie du cerveau dérangé de l'infirme. Il se contenta de dire : « Ne fais pas l'idiot, *Riri* » se mordant aussitôt la langue. Mais l'innocent ne pouvait pas se formaliser d'un tel mot. Son handicap le protégeait de toute vexation. Il était à l'abri de la bêtise humaine, fût-elle involontaire. Raoul fut rassuré.

Pas pour longtemps. L'agitation reprit. L'innocent souleva le corps avachi de Vaudois en le prenant sous les aisselles, révélant une force que le reporter n'aurait pas soupçonnée. Il commença à s'inquiéter.

— Qu'est-ce que tu fais, *Riri.* Laisse-le, allons !

L'innocent prit à bras le corps le buste du notaire et le colla contre lui comme un pantin désarticulé. Il entama en sa compagnie une sorte de danse obscène rythmée par le roulis du canot.

Raoul se dressa et son cri s'enraya dans sa gorge. *Riri* avait-il été déséquilibré par une vague plus forte que les autres ? Ou avait-il agi sciemment ? Raoul Signoret n'obtint jamais la réponse à cette lancinante question qui le hanta longtemps.

Le canot laissé sans son pilote qui avait lâché la barre roula bord sur bord. Le journaliste tenta un plongeon désespéré qui ne rencontra que le vide. Les deux corps, toujours accolés dans leur danse de mort, venaient de passer par-dessus le bordé. L'innocent, entraîné par sa proie, coula à pic avec elle. Seule une gerbe d'écume, jaillie jusque dans le canot, témoigna pendant un bref instant du drame. L'eau noire se referma aussitôt sur les deux corps enlacés qui descendaient vers les profondeurs du vide, sous les yeux effarés du reporter.

Raoul se précipita vers l'arrière, reprit la barre et fit tourner en rond le canot autour du point supposé du double plongeon.

Il en était à son quatrième circuit lorsqu'un moteur se fit entendre par tribord. Depuis la côte, à hauteur du vallon de la Fausse-Monnaie, se détachait un bateau sombre qui se dirigeait vers lui comme en attestait la moustache d'écume blanche ornant son étrave.

C'était la vedette de la douane de Malmousque. Les douaniers, prévenus par leurs collègues de la vigie du Mont-Rose, qui avaient repéré le canot et son trajet déroutant, approchaient de toute la vitesse d'un moteur poussif qui, non seulement n'avait jamais effrayé le moindre contrebandier, mais servait au contraire à les avertir de l'approche des *gabelous.*

Le brigadier, qui avait reconnu la silhouette de Raoul, quand il se jugea à bonne distance, dressé à la proue tel Christophe Colomb accostant au Nouveau Monde, prit son porte-voix :

— Tout va bien monsieur Signoret ?

Le reporter répondit par gestes.

— Coupez les gaz. Nous allons vous aborder. L'un de nous va venir vous aider à regagner Malmousque.

Ce n'était pas de refus. Les émotions s'ajoutant aux mauvais traitements, Raoul était épuisé.

La vedette vint bord à bord du canot et un douanier se transborda, non sans peine, en s'y reprenant à trois reprises.

— *Riri* Boudineau est tombé à l'eau avec Me Vaudois, cria le reporter à l'attention du brigadier. Je ne les ai pas vus remonter. Je crains que *Riri* ne sache pas nager et…

— Et le notaire ? questionna le chef de brigade.

— Oh, le notaire, même s'il a su un jour, ça ne lui a pas servi à grand-chose ce soir, répondit Raoul, en guise d'oraison funèbre.

À grands traits, il expliqua ce qui s'était passé auparavant et puis à bord : son enlèvement, l'apparition inespérée de l'innocent qui lui avait sauvé la vie sans le savoir, enfin le corps à corps mortel avec le notaire.

— On va rester un moment sur zone, dit le chef. Des fois qu'ils remonteraient…

À cet instant, le douanier monté à bord du canot

aperçut le corps allongé à l'arrière. Il se pencha dessus et ne retint pas son exclamation :

— C'est Cauro ? Oh, pute borgne ! Qui c'est qui l'a arrangé comme ça ?

— Moi, répondit sobrement Raoul. Il m'avait énervé…

Le retour vers Malmousque se passa pour le mieux. Raoul récupérait l'usage de ses mains. Cauro émergeait progressivement du brouillard. Il avait perdu beaucoup de sang et, pour une fois, son visage n'avait plus son aspect vultueux.

Sur le fond étroit de la calanque, il y avait foule comme pour l'arrivée d'une régate. Au premier rang, les chaussures dans l'eau et le pantalon mouillé jusqu'à mi-mollets, l'oncle Eugène faisait de grands signes à son neveu bien-aimé. Qu'aurait-il fait s'il avait su à quel danger il venait d'échapper ?

Raoul sentit son cœur battre plus fort quand il distingua aux côtés de son oncle la mince silhouette claire de Cécile, le visage anxieux, qui n'arrivait pas à sourire bien que rassurée sur le sort de son homme. Adèle n'était pas là. Adrienne Signoret avait dû faire office de nounou comme chaque fois que le couple se lançait dans une nouvelle aventure. Qui dirait le rôle essentiel de ces « sans-grade » de l'histoire sans qui les héros ne seraient pas ce qu'ils sont ?

Après avoir laissé à sa nièce la primeur des retrouvailles, le chef de la Sûreté accola son neveu, épuisé, chiffonné, décoiffé, débraillé, mais intact.

— Tu as encore fait des tiennes, toi ! Mais tu

veux vraiment ma fin, ma parole ? Qu'est-ce que je t'ai fait pour que tu me fasses mourir d'*estransi*[1] tous les huit jours ?

— Une petite balade en mer au clair de lune, mon oncle… Où il est, le mal ?

Boucard, encore tremblant d'émotion, s'avança à son tour pour d'affectueuses embrassades.

— Qu'as-tu fait du notaire ? questionna à son tour le chef de la Sûreté.

Raoul redevint sérieux.

— Je crains fort que nous ne le retrouvions pas autrement que noyé. Mais il était mort avant.

— Mort ?

— Étranglé par Henri Boudineau. Ils sont tombés à la mer ensemble. Je n'ai rien pu faire.

Raoul narra en phrases sobres le drame qui s'était déroulé à bord du *Neptune*.

— *Fatche d'enti !* s'exclama Baruteau, c'est pas un canot automobile, c'est le radeau de la *Méduse* !

Le chef de la Sûreté pointa un doigt vers Cauro qui s'était assis sur son séant et tournait vers l'assistance un visage de cauchemar barbouillé de sang noir séché. Son nez avait éclaté comme une tomate oubliée au soleil et ses lèvres étaient largement fendues, découvrant les incisives dans un rictus effrayant.

— Et celui-là ?

— Témoin et complice. Mettez-le bien au frais, mon oncle, il nous sera indispensable si nous voulons savoir ce qui s'est passé avant et pendant. Heureu-

1. Souci, angoisse.

sement, il n'a pas basculé par-dessus bord. Mais c'est pas l'envie qui m'a manqué de le virer.

Raoul détailla au chef de la Sûreté marseillaise les diverses péripéties qui, du muret de la villa de la rue de la Douane, l'avaient conduit au large de Marseilleveyre, à bord du canot du notaire Vaudois, en route pour mettre une frontière entre la police française et lui.

Alors qu'il parlait au policier, le reporter vit, par-dessus l'épaule de celui-ci, la silhouette discrète d'une femme dont le visage était une fois encore plongé dans un mouchoir. Par réflexe, elle cachait sa bouche, mais ses yeux étaient secs. Elle n'avait plus de larmes.

Florine Boudineau avait tout entendu et savait à quoi s'en tenir sur le sort de son fils.

Raoul Signoret s'approcha d'elle et la serra dans ses bras.

— Je suis absolument désolé, madame. Je n'ai pas pu empêcher... *Riri* m'a sauvé la vie, madame. Il a été magnifique de courage. Sans lui...

Raoul ne put aller plus loin. Il s'était voulu compassionnel, il n'était qu'un monstre d'égoïsme. Comment espérer que connaître le comportement héroïque qu'il prêtait à *Riri* aurait pu consoler Florine Boudineau de la perte de cet enfant qu'elle chérissait plus que tout autre parce qu'il n'était justement pas comme les autres. Un enfant qui avait été le malheur et la raison de sa vie ?

Florine leva la tête vers le reporter. Elle était au-delà du chagrin. Elle parlait sur un ton égal, presque indifférent. Elle avala sa salive et dit d'une voix étrangement lointaine, comme si elle s'adressait à elle-même :

— Maintenant, il est comme les autres enfants, mon *Riri.* Personne se pourra plus se moquer de lui. Et moi, je serai peut-être moins malheureuse, au fond.

Elle ajouta dans un spasme :

— J'espère qu'on le ramènera, quand même. J'aimerais pouvoir l'enterrer pour aller le retrouver de temps en temps, avant que ça *soye* pour de bon.

Elle se retourna et partit dignement vers sa petite maison qui n'était qu'à quelques mètres du quai bordant la calanque, à droite. Plus personne n'osait parler. L'attroupement était immobile et silencieux comme un groupe statuaire. Tous avaient la tête baissée.

Baruteau émergea le premier. Les devoirs de sa charge lui commandaient de prévoir la suite.

Il désigna Cauro, toujours avachi dans le canot, à ses inspecteurs.

— Embarquez-moi celui-là. Vous répondez de lui. Arrivés au commissariat central faites appeler l'infirmier de garde, qu'on lui nettoie ses plaies et qu'on le panse. Pas d'hospitalisation pour l'instant. Demain matin, c'est moi qui l'interrogerai.

Deux inspecteurs saisirent le scaphandrier chacun sous un bras et l'aidèrent à grimper dans le *panier à salade* qui stationnait en haut de la rue Va-à-la-Calanque.

— Raoul, je te laisse avec ces messieurs. L'inspecteur Delfino va prendre ta déposition. Merci à nos amis les douaniers pour leur aide précieuse. Si j'étais rentré à la maison sans mon neveu, mon épouse et ma sœur m'arrachaient les yeux.

Les *gabelous*, brigadier en tête, rirent complaisamment à la saillie du chef de la Sûreté, puis sur un ordre, ils saluèrent militairement.

— Quant à toi, dit Baruteau en se tournant vers Raoul, je rentre dire à ta tante Thérèse que ce n'est pas encore cette fois-ci que tu es mort !...

22.

Où l'on part nuitamment à bord d'un coupé attelé d'une jument alezane pour une mission secrète du côté de La Bédoule...

L'inspecteur Delfino était du genre méticuleux. L'interrogatoire de Raoul Signoret s'était prolongé jusqu'à une heure du matin. Il avait eu lieu au domicile de Placide Boucard, impasse Assani.

L'inspecteur de la Sûreté parti, les deux journalistes s'étaient retrouvés en tête à tête, saoulés d'émotions et de paroles.

Le reporter du *Petit Provençal* consulta sa montre et demanda :

— Tu as sommeil, Placide ?

— Pas précisément répondit le vieux reporter. Moi, tu sais, quand je ne m'endors pas à heure fixe, après ça ne rate pas : je tourne et je vire dans mon lit jusqu'au matin.

— Moi, c'est pareil, avoua Raoul. Je suis sûr que si je rentrais chez moi maintenant, j'irais me coucher pour rien. Après ce que je viens de vivre... Il paraît que c'est la même chose pour les chanteurs d'opéra.

— Ah, ça ! c'est bien vrai, confirma *Le Bouc*. J'ai

eu l'occasion d'en parler avec Boudouresque[1], c'était mon voisin. Il me disait que lorsqu'il avait chanté toute une soirée, sa tête résonnait comme une cloche et il ne pouvait pas fermer l'œil du restant de la nuit.

— Je n'ai rien d'une basse-taille, dit Raoul, mais je n'ai pas sommeil non plus. Tu me ferais pas un petit café, par hasard ?

Boucard était déjà debout. Il avait ouvert un placard mural, pris dans ses grosses mains un moulin en bois muni d'une manivelle en fonte et s'étant rassis, le moulin coincé entre ses larges cuisses, il poursuivait la conversation tout en moulinant les grains de café dont le parfum chatouillait agréablement les narines du reporter.

— Ta femme va pas s'inquiéter, Raoul ?

— Plus maintenant. Elle me sait revenu sur terre ferme et entre de bonnes mains. Si j'allais me coucher à présent, je troublerais le peu de sommeil qui lui reste avant d'atteindre le jour. Non, j'ai quelque chose à te proposer, si tu n'es pas trop fourbu.

— Dis toujours.

— Ça te plairait de jouer au cocher ?

— Au cocher ? Ça me rappellerait ma jeunesse. J'avais un oncle à Pertuis, il me laissait toujours tenir les rênes quand il allait livrer ses pommes de terre. Je me régalais.

1. Auguste-Acanthe Boudouresque (1835-1905) fonda une entreprise d'éclairage et fut propriétaire du *Café de Paris*, rue de la Darse à Marseille, avant de devenir l'une des plus belles voix de basse-taille de son temps. Il fit une carrière internationale, en particulier dans les opéras de Meyerbeer. Il avait sa villa à Malmousque où une rue de la presqu'île porte son nom.

— Tu crois que c'est comme la bicyclette ? Que ça ne s'oublie pas ?

Boucard sourit. Il avait tout compris.

— On peut toujours vérifier...

*

Volante adorait trotter dans l'air frais de la nuit d'automne. C'était une superbe jument alezane[1] haute d'encolure, à la musculature déliée, à la queue plantée haut, qui faisait son travail avec une incontestable noblesse de port et d'allure. Quand on l'avait attelée à son *coupé*, elle s'ébrouait d'aise, comme pressée de prendre son train. Elle avait négocié les tournants de la Corniche en direction de la plage du Prado sans ralentir un instant son trot, comme si un sac d'avoine l'attendait au rond-point de la plage.

Elle prit à gauche à la hauteur du *Grand Casino* dont la façade claire, tarabiscotée, flanquée de palmiers, trouait la nuit.

L'avenue du Prado s'offrait maintenant à *Volante,* avec sa longue perspective conduisant au rond-point où se tenait l'Exposition coloniale, à cette heure tous feux éteints et plongée dans un silence inhabituel en pareil lieu. Le vent qui venait de l'est apporta aux narines de la jument des senteurs inédites en provenance du parc d'exposition, qui firent frémir sa robe, secouée à intervalles réguliers de spasmes de plaisir. Les roues aux bandages de caoutchouc plein émet-

1. Dont la robe est brun rougeâtre.

taient un grondement continu et profond sur les pavés de l'avenue.

L'équipage était seul sur la large artère qui lui appartenait entièrement. La quadruple rangée de platanes semblait lui présenter les armes.

Le *coupé* tourna à angle droit à droite et enfila le boulevard Michelet. Il montait en pente régulière et modérée vers le rond-point de Mazargues, porte d'entrée de la route de Cassis, une côte longue et sinueuse – que les Marseillais avaient baptisée *La Gineste,* à cause des genêts qui escaladaient ses collines jusqu'aux sommets.

La route de terre battue s'élevait jusqu'à 250 mètres d'altitude, dévoilant progressivement un panorama superbe sur la rade sud de Marseille, les îles et le massif des Calanques qu'elle prenait dans son axe est-ouest. La lune zébrait les flots d'une longue traîne d'argent en fusion qui balafrait le golfe dans son travers.

Volante traversa le hameau de Vaufrèges endormi et attaqua sans faiblir les premiers lacets de *La Gineste*, où en général, les adeptes de la bicyclette qui, le dimanche matin, s'y lançaient des défis, connaissaient leur première défaillance après le long faux plat qui conduit au hameau. La jument conservait un trot régulier que le cocher n'avait nul besoin d'encourager. Il fallait au contraire l'empêcher de se mettre au galop que son instinct lui disait de prendre naturellement, dès que la route ou le chemin montait. Seul un pet périodique et sonore, rythmant la course et y accordant son tempo, trahissait l'effort du bel animal.

Le col de *La Gineste* fut franchi vers trois heures du matin.

On abordait à présent le plateau de Carpiagne, allongé entre le massif des Calanques à droite et celui de Saint-Cyr dominant le fleuve Huveaune. Le cocher utilisa le frein pour ne pas laisser s'emballer *Volante,* soudain soulagée du poids du *coupé* par la descente vers la partie centrale du plateau.

Le rythme initial fut maintenu et, le frein lâché, il se poursuivit dans la portion de route plate conduisant vers *Le Logisson*, une poignée de fermes marquant la « frontière » entre Marseille et Cassis et préludant à la rude descente vers le petit port.

Barrant l'horizon à l'est, se détachait sous la clarté lunaire comme une apparition fantastique, la carène géante et noire du Cap Canaille, la plus haute falaise de France[1], jaillie tout droit de l'écume, comme pour signaler au loin, à celui qui venait de la mer, la porte d'entrée monumentale de la Provence.

Juste avant d'aborder la descente vers Cassis, l'équipage tourna à angle droit à gauche pour prendre la route de Roquefort. Elle serpentait à travers les pinèdes, s'élevant progressivement pour atteindre un nouveau plateau descendant à pente douce inclinée vers l'est. Des vignes à perte de vue moutonnaient. Les maisons du Bregadan et des Fourniers ressemblaient à des cubes flottant sur l'eau d'un océan figé. Derrière les sommets encore plongés dans la nuit, l'aube pointait, découpant les crêtes comme dans un théâtre d'ombres chinoises.

Le cocher se retourna vers la cabine.

— Je crois qu'on approche.

1. 405 mètres.

L'un des passagers, qui somnolait, bercé par les cahots de la route, s'éveilla brusquement.

— Le village est là, un peu à droite, dit le cocher. Le quartier *Petit Rouvière*, c'est derrière, un peu sur la gauche.

L'équipage avança désormais au pas. La lumière de l'aube montait doucement. On commençait à deviner les couleurs du vignoble que l'automne touchait de rouille.

Une pancarte de bois, en forme de flèche, clouée sur le tronc d'un gros pin, indiqua enfin la direction du chemin de droite : *Les Grames*.

Le *coupé* fit une brève halte juste à l'entrée de la propriété. Un chemin de terre battue conduisait en droite ligne vers un mas de belle facture traditionnelle, avec sa façade orientée plein sud, ses deux platanes ombrageant la terrasse et son toit couvert de tuiles romaines, bordé de génoises.

— Attendons un moment là, fit une grosse voix venue du *coupé*.

Cinq minutes passèrent. Le jour se levait. L'équipage avança au pas de *Volante*. Les roues cerclées de caoutchouc faisaient crisser les pierres du chemin. De temps en temps, l'une d'elles ripait et allait se perdre dans une rangée de vigne. Le silence enveloppait la campagne endormie.

À une des fenêtres du premier étage une petite lumière s'alluma. Les volets s'ouvrirent et une silhouette de femme s'y découpa.

Elle jeta un œil vers le *coupé*, arrêté à une trentaine de mètres de la façade. Une voix claire parvint aux passagers du *coupé* :

— J'arrive !

On entendit le bruit d'une cavalcade rapide sur

les marches d'un escalier de bois. Une porte s'ouvrit à la volée et l'ombre d'une femme vêtue de sombre, un fichu sur ses cheveux blonds remontés en chignon, se détacha de la bâtisse, courant vers l'attelage sans avoir pris le temps de refermer la porte à clef.

La femme s'arrêta un bref instant, puis, rassurée par la silhouette massive du cocher sur son siège, et *Volante* dans son brancard, dont la robe fumait après l'effort, elle reprit sa course avec une vigueur nouvelle.

Un homme jeune descendait à cet instant de la calèche.

La jeune femme, toujours courant à perdre haleine, cria :

— J'étais morte d'inquiétude. J'ai attendu toute la nuit ! Qu'est-ce qui vous est arriv...

Son interrogation se mua en un cri d'effroi.

— Qu... Qui êtes-vous ?

— Mon nom importe peu, Mariette Chabas, répondit Raoul Signoret. Mais si j'étais vous j'irais très vite chez ma coiffeuse pour faire rafraîchir cette teinture blonde. On commence à voir vos mèches...

La jeune femme leva les yeux vers le cocher comme vers une apparition et demeura stupéfaite.

— Monsieur Boucard...

Le Bouc, sans un mot, ôta son chapeau et la salua.

Un deuxième homme, imposant, portant une moustache impressionnante qu'il entretenait coquettement avec la brillantine fixative Jaumard, venait de descendre de la voiture. Il avait un air farouche. Sa voix était rogue.

— Commissaire divisionnaire Eugène Baruteau, chef de la Sûreté à Marseille.

Comme pour donner plus de solennité à la scène,

un fiacre noir de la police déboulait à son tour à l'entrée du chemin.

Mariette Chabas, éperdue, affolée, muette de surprise et d'émotion, éclata en sanglots convulsifs.

Baruteau lui prit le bras et la secoua.

— C'est ça : pleure un bon coup, ma belle, tu pisseras moins ! Un conseil, tout de même : gardes-en un peu pour après. Tu n'as pas fini de pleurer, crois-moi !

Il se tourna vers ses adjoints qui débarquaient.

— Emmenez-la. Rendez-vous chez nous en début d'après-midi.

Le policier désigna un de ses inspecteurs pour demeurer sur place et attendre l'arrivée des gendarmes prévenus, La Bédoule étant de leur compétence.

Le fiacre de la Sûreté démarra dans un nuage de poussière, faisant crisser les graviers du chemin.

Le calme revint sur la campagne qui étalait ses beautés chromatiques sous le soleil levant, comme une coquette use de ses charmes.

— Bon, dit le divisionnaire, on va retourner plan-plan sur Marseille. Plus rien ne presse. On va me garder ces oiseaux en cage jusqu'à ce que je les passe au gril. Quelle heure est-il ?

Raoul consulta sa montre de gousset.

— Pas loin de huit heures.

Baruteau qui avait une semelle sur le marche-pied du *coupé* se figea.

— J'ai une idée, les enfants. Toute cette vigne autour, moi, que voulez-vous, ça m'inspire.

Raoul et *Le Bouc* attendirent, muets, de connaître cette fameuse idée.

Avec un air on ne peut plus pénétré, le policier dit :

— Au lieu de nous précipiter vers le travail, on pourrait attendre l'ouverture de la coopérative de La Bédoule et profiter de notre présence fortuite en ces lieux accueillants pour rapporter cent litres de cet excellent rosé fruité que vous me fîtes découvrir un jour chez Colette, au *Chalet de Maldormé*. Cette calèche me paraît bâtie pour supporter un excédent de poids et cette jument alezane assez vigoureuse pour le haler jusqu'à nos caves respectives où nous le répartirions équitablement. Qu'en pensez-vous ?

— Une idée lumineuse, c'est bien vrai, votre honneur, répliqua Raoul en tapant sur l'épaule de son oncle.

— On comprend mieux pourquoi c'est vous le chef, à la Sûreté, renchérit *Le Bouc*.

Baruteau, ravi, les regarda tour à tour avec un air complice.

— Aucun règlement dans la police n'interdit que l'on joigne l'utile à l'agréable. Les criminels sont à l'ombre des grilles, notre devoir est accompli. Allons quérir de quoi boire à nos santés et à celles de ceux qui nous sont chers.

Il fit un clin d'œil à Boucard :

— Fouette cocher !

23.

Où l'on apprend comment et pourquoi, en démasquant les manœuvres de son filleul, Me Théophile Deshôtels avait signé son arrêt de mort...

UN MYSTÈRE ÉLUCIDÉ
Des diaboliques à Maldormé
Les assassins du notaire Deshôtels
et leurs complices sous les verrous

Les titres claquaient à la *Une* du *Petit Provençal* en date du 22 septembre 1906. C'est le rédacteur en chef, Jean Chiocca – grand amateur de Barbey d'Aurevilly –, qui avait pensé au mot « diaboliques » pour qualifier les agissements des assassins du notaire, après avoir pris connaissance de l'article que Raoul Signoret préparait pour le lendemain.

La nouvelle avait fait sensation et les ventes du journal s'en étaient ressenties. Ce qui n'est jamais mauvais pour l'avancement d'un journaliste. En contrepartie, cela avait valu au reporter une recrudescence de la haine vigilante des médiocres, ceux qui préfèrent rabaisser les mérites du confrère pour ne pas se reconnaître incapables d'en faire autant.

Diabolique, le plan pour éliminer Me Théophile Deshôtels et faire porter la responsabilité du crime sur Liselotte Ullmann l'était, car il révélait une préparation minutieuse et un réseau de complicités acquises à poids d'argent. Le complot impliquait, bien sûr, Rodolphe Vaudois, qui en était l'âme noire et l'organisateur, ainsi que sa jeune maîtresse, Mariette Chabas, qui avait su rendre fou d'amour le principal clerc, au point de pouvoir être considérée comme l'inspiratrice de la conjuration. Mais Alfred Deshôtels, le fils dévoyé, y avait sa part. Ce dernier s'était imposé dans la conspiration en faisant chanter les deux autres. Sans parler des « seconds couteaux » qui, par haine de *l'étrangère*, avaient rejoint les partisans du filleul, au premier rang desquels il fallait placer Giacomo Cauro, le scaphandrier-souteneur, pour sa participation active aux basses manœuvres ayant suivi l'assassinat de Me Deshôtels.

Ainsi, une convergence d'intérêts entre un clerc principal dévoyé, une jeune fille sans scrupules ni morale et un fils indigne aux abois, avait soudé cette troupe d'occasion autour d'une conjuration qui, en fin de compte, aura fait cinq morts, en comptant les victimes collatérales : *Riri* Boudineau et la malheureuse inconnue noyée à la place de Mariette Chabas.

Le procès d'assises qui ne manquerait pas de suivre les arrestations opérées par la Sûreté pourrait bien allonger la liste. En tête, Alfred Deshôtels ayant largement profité de la disparition paternelle en n'étant pas intervenu pour sauver le notaire, alors que son père vivait encore. Le boucher Baude et le scaphandrier Cauro pour leur tentative de meurtre sur Henri Boudineau et le second pour sa complicité dans l'enlèvement de Raoul Signoret, pourraient bien un jour prochain à l'aube grise faire connaissance avec la lucarne patibulaire maniée par Anatole Deibler, le bourreau de la République. On pouvait faire confiance à la Justice. Éclaboussée pour avoir poussé une innocente au désespoir, elle voudrait se rattraper en faisant du zèle.

Pour connaître les détails qui avaient si bien nourri l'article exclusif du *Petit Provençal*, il nous faut remonter le temps sur vingt-quatre heures. Au moment où, dans une maison (relativement) fraîche de l'impasse Assani, à Malmousque, Eugène Baruteau, chef de la Sûreté, avait discrètement réuni quatre personnes pour leur fournir – en toute discrétion – des informations que la police répugne généralement à divulguer, sauf à la presse, sous certaines conditions. Deux des personnes convoquées étaient des journalistes, nous les connaissons bien : Raoul Signoret et Placide Boucard. Leur présence était donc naturelle. Celle des deux autres l'était moins. Mais Baruteau avait jugé qu'elles méritaient bien quelques explications, puisqu'il les avait un instant soupçonnées de complicité. Vous avez reconnu Célestine Maurin et Victor Rabinel, témoins malgré eux d'une partie du drame.

Les deux domestiques, intimidés, étaient assis sagement comme à l'église face au policier qui espérait encore tirer d'eux des renseignements ou détails recoupant les aveux des coupables. Sa générosité n'était donc pas exempte d'intérêt personnel.

Au moment où nous pénétrons chez Placide Boucard, Eugène Baruteau est entré dans le cœur de l'explication :

— Il ne fait à présent aucun doute que Rodolphe

Vaudois, avec la complicité de Mariette Chabas, a étranglé son parrain et employeur Théophile Deshôtels, le 30 juin dernier vers dix heures du soir. La canaille a profité de la détestable habitude qu'avait le défunt notaire de se faire serrer la gargamelle pour obtenir des satisfactions sexuelles que son âge et l'état de sa prostate lui refusaient le plus souvent. Pour nous cinq, au fond, ce n'est pas une surprise. Nous y avions pensé tout seuls, bien avant que les aveux de Mariette Chabas viennent faire de ces soupçons une certitude.

Même Raoul n'en revenait pas :

— Voudriez-vous insinuer que c'est Mariette qui a étranglé le notaire ? !

Baruteau précisa :

— C'est elle qui a commencé à l'étrangler. Car elle se prêtait contre rémunération aux jeux pervers de Deshôtels. Mais pendant qu'elle officiait, Vaudois est entré dans la chambre et a achevé la besogne.

— Comment ? Avec quoi ?

— Avec le mouchoir enroulé retrouvé autour du cou du pendu, qui servait d'ordinaire au notaire de bonnet de nuit. Mais nous allons y revenir.

À cet instant, le policier s'était plus particulièrement adressé aux domestiques, qui avaient le regard baissé et les genoux serrés sur leurs chaises.

— Vous étiez au courant des distractions de votre employeur, tous les deux ? Allez, nous sommes entre nous, vous pouvez bien me le dire. Ça ne peut en aucun cas être retenu contre vous. C'était la vie privée de Deshôtels.

Célestine était rouge jusqu'à la racine des cheveux, sous son bonnet de dentelle blanche. Victor se racla la gorge et lâcha à mi-voix, comme à regret :

— Voueï, on savait…
— Vous aviez *espinché* à la serrure ?
— Des fois…
— Suffisamment en tout cas, pour ne pas avoir de doutes sur les goûts particuliers de votre patron ?
— C'est sûr.
— Et vous en aviez parlé aux bazarettes de Malmousque.
— Beh…
— Allez Rabinel, on va pas vous couper le cou pour si peu.

Le domestique avait relevé la tête comme si un grand poids lui était ôté. Il n'osait pas croiser le regard des autres, surtout pas celui de sa « complice ». Il n'était pas besoin d'être voyant extralucide pour deviner d'où étaient partis les ragots colportés dans tout le quartier. Ce n'est pas tous les jours qu'on a un « morceau » de cette qualité à proposer aux voisins.

— Vous saviez qui étaient les partenaires du notaire ?
— Au début, des putes, lâcha Rabinel. C'est monsieur Alfred qui les ramenait à son père. Il avait des connaissances dans le milieu, monsieur Alfred. On les lui livrait dans la soirée, au notaire. Elles montaient l'attendre dans la chambre. J'en ai vu plus d'une arriver en fiacre. C'était avant l'arrivée de la *Boch*… de Mlle Ullmann. Après, je sais pas, parce qu'il a mis la plaque de cuivre sur la serrure.

Baruteau ricana :

— Même sans plaque, vous n'auriez pas su, parce que désormais, la fille – toujours la même ce coup-ci – opérait après votre départ. Vous avez deviné, je crois : c'est Mariette, qui, une fois le notaire couché avec votre aide, descendait de sa soupente pour se faire un peu d'argent de poche en jouant de la clarinette sur le lit du notaire.

Célestine poussa un cri d'horreur et porta ses mains sur le bas de son visage comme si elle voulait se bâillonner. Ce fut plus fort qu'elle :

— Mon Dieu, cette petite... *qué* vergogne !

Baruteau acquiesça :

— Celle-là, c'est vraiment le mauvais génie de l'affaire. Je ne dis pas que Vaudois ait eu les cuisses propres, mais peut-être que sans ce petit démon, il ne serait pas allé aussi loin. Elle lui a fait perdre la boule. Ce qui n'est pas une excuse à devenir un assassin.

Raoul intervint à nouveau :

— Pensez-vous que Liselotte Ullmann se soit rendu compte de ce qui se passait entre le notaire et Mariette ?

— C'est possible. La petite Chabas n'a pas encore abordé la question. Je compte y revenir avec elle. Mais ça ne change pas grand-chose à l'affaire. Qu'elle ait su ou non ce qui se passait le soir au-dessus de sa tête, la gouvernante n'était pas en position d'y mettre un terme. Elle pouvait à la rigueur faire la morale à ce vieux saligaud, mais elle n'avait aucune qualité pour lui interdire ses pratiques. C'est sans doute ce qui explique en partie son attitude aux assises. Elle n'a pas souhaité que l'on sache qu'elle était au courant et n'avait rien dit. Sa rigueur morale le lui interdisait.

Le policier jeta un coup d'œil circulaire sur ses vis-à-vis et poursuivit :

— La seule chose à la portée de la gouvernante était de donner sa démission, mais dans la situation précaire qui était la sienne, c'était sans doute un luxe qu'elle ne pouvait pas s'offrir. Pensez à son petit garçon. Elle a dû y penser, elle.

— Avez-vous des informations sur les raisons de cet assassinat ? demanda Boucard.

— Plus que des détails : des aveux complets de la complice et je dirais presque de l'instigatrice, si je n'avais appris depuis que Vaudois ne reculait devant aucune infamie pour arriver à ses fins. Il a bien failli tuer mon neveu, ce salopard ! À froid. Alors, pensez donc son parrain, qui venait de le démasquer !

— Le démasquer de quoi, de ses relations avec Mariette ?

— Oh, non ! Deshôtels a dû les ignorer, car une fois son office rempli, la petite bonne pouvait très bien aller rejoindre Vaudois dans sa villa sans que le notaire en sût rien. Non, le père Deshôtels venait de prendre son principal clerc la main dans le sac d'un détournement de fonds.

— Pas possible !

— Oh, que si !

Baruteau se fit pédagogue :

— Les notaires, vous le savez, manipulent des millions. Durant tout le temps des démarches nécessitées par le règlement d'une succession, les questions d'hypothèques, la recherche d'éventuels héritiers quand ils ne sont pas désignés formellement, ce sont eux les gardiens du trésor. Si le tabellion n'est pas d'une honnêteté scrupuleuse, le métier comporte bien des tentations. C'est à l'une d'elles – entre autres – qu'a succombé notre principal clerc. L'affaire n'a pas été ébruitée, car Deshôtels, avant de porter plainte, avait voulu la régler à l'amiable. C'est peut-être ce qui lui aura coûté la vie. Je vous la fais courte, mais voici comment Vaudois a été piégé par son parrain. Il s'agissait d'aller ouvrir un coffre au Crédit Lyonnais. Le coffre d'un défunt mort intestat et sans héritiers, bien sûr. Cela doit se faire en présence du notaire et d'un huissier pour dresser l'inventaire du contenu. Et avec l'aide d'un serrurier, naturellement. L'huissier fut-il complice de Vaudois ? Il affirme que non, mais ça lui reste à prouver. Toujours est-il qu'une fois le coffre ouvert, le serrurier reparti, l'huissier est pris d'une envie pressante. Vaudois reste seul quelques instants devant le coffre ouvert. Il en profite pour faire main-basse sur des bijoux et des titres au porteur. Un bon paquet. L'affaire eût pu en rester là si le sort n'avait joué un tour pendable à notre clerc si peu délicat sur les moyens de s'enrichir. Vaudois empoche le montant des titres et met les bijoux en vente aux enchères. Et voilà que leur propriétaire en reconnaît quelques-uns, photographiés dans l'annonce de la vente.

Raoul s'étonna :

— Comment ça ? Le mort a reconnu ses bijoux ?

— Non, pas le mort, car il ne s'agissait pas de ses biens. Aussi invraisemblable que cela paraisse[1] le Crédit Lyonnais s'était trompé de coffre ! Il avait fait ouvrir le n° 26, alors que celui du mort portait le n° 25. Voilà comment le pot aux roses a été découvert. Car le propriétaire du 26 était bien vivant et il a fait un malheur ! Bien sûr, Deshôtels a tout fait pour traiter à l'amiable avec le client lésé, qui a récupéré ses bijoux et s'est fait payer ses titres. Le notaire lui a demandé de ne pas déposer plainte,

1. L'affaire est authentique.

moyennant compensation financière, moins par souci d'épargner le filleul, que parce que l'affaire était très préjudiciable pour le renom de l'étude notariale. Mais le vieux Deshôtels n'était pas près de passer l'éponge pour Vaudois. Il exigeait du filleul le remboursement du préjudice... et avec les intérêts. C'est ainsi qu'il a signé son arrêt de mort.

Boucard demanda la parole :

— Donc, il a été bien prémédité, cet assassinat ?

— Et pas qu'un peu ! Les deux complices – Cauro et lui – avaient préparé leur affaire bien à l'avance. Il fut décidé que l'assassinat aurait lieu un soir où Mariette serait conviée à une petite séance avec son patron. Il avait beau être chaud lapin, à son âge, Deshôtels ne faisait pas ça tous les soirs. Il fallait donc attendre que l'occasion se présente. Les deux crapules étaient convenues que, tandis que Mariette ferait son office, Vaudois, planqué dans la chambre de la bonne, descendrait dans celle du notaire, ouverte par Mariette, et finirait la besogne. Ce qui fut fait. En passant, je vous rappelle que lorsque Liselotte, au procès, affirmait qu'elle avait entendu marcher dans la chambre du notaire ce soir-là, elle ne racontait que la vérité, la malheureuse. Et personne ne l'a crue.

Raoul intervint de nouveau :

— Une fois Deshôtels étranglé et pendu, on passe à la mise en scène qui doit faire porter tous les soupçons sur la gouvernante allemande ?

— C'est exact. Tout est programmé. Le machiavélisme de ces deux-là est incroyable. Ils ont monté contre cette pauvre femme une véritable machine infernale. D'abord, on profite du fait que chaque soir – Célestine la cuisinière étant partie à cette heure-là

– Mariette prépare une infusion à Liselotte, pour y glisser un narcotique puissant. Voilà l'Allemande dans les alléluias. On met en place le faux attentat avec des maladresses très visibles, qui, devant l'inspecteur de police le moins doué, apparaissent comme des bêtises faites dans l'affolement : les chevilles de la gouvernante sont entravées mais les mains laissées libres, le faux empoisonnement avec des produits non dangereux, le faux vomissement qui tache les draps, la petite tasse avec un reste de produit au fond, afin qu'on puisse l'analyser et constater qu'il ne s'agit pas d'un poison violent, etc. etc. Vous savez ça par cœur. Tout se retourne donc contre l'Allemande. Et vous avez pu constater, hélas, que le piège a parfaitement fonctionné.

Raoul demanda une précision pour un futur article.

— Connaît-on le narcotique qu'on lui a fait absorber ?

Baruteau eut un geste d'impuissance.

— Si le second dessus-de-lit n'avait pas été emporté par mégarde au lavage, on le saurait. Car ce que Liselotte a rendu quand le docteur lui a fait prendre un vomitif contenait certainement des traces du narcotique. Mariette dit qu'elle n'en sait rien, c'est Vaudois qui le lui aurait procuré : opium ? chloral ? borax ? Qu'importe le nom, ça ne change rien à l'affaire.

Raoul intervint de nouveau.

— Que sait-on de la fausse noyade de Mariette ?

Baruteau fit une courte pause, car il savait qu'on entrait dans la partie la plus surprenante de l'affaire. Il s'adressa en particulier à son neveu :

— Là, nous atteignons le comble. Ton patron a

été inspiré en désignant le principal clerc et la bonne comme des diaboliques, car ils le sont. Dans le scénario imaginé par Vaudois, il faut que Mariette disparaisse, si on ne veut pas que des soupçons finissent par se porter sur elle, au cas où Liselotte la dénoncerait dans ses pratiques avec Deshôtels. Il importe donc qu'on la croie morte et si possible tuée par l'Allemande, ainsi, on fait *« barbe et cheveux »* comme on dit chez mon coiffeur. Liselotte, qui n'a déjà pas bonne presse à Malmousque, devient une double meurtrière et Mariette une victime de la barbarie teutonne. Pour ça, il faut dénicher une fille qui lui ressemble assez, que l'on habillera avec un vêtement de la jeune bonne et qu'on aura laissée suffisamment longtemps dans l'eau pour que la putréfaction empêche de fouiller dans les détails de son anatomie, si j'ose dire. Une petite brune potelée, vêtue d'une chemise de nuit et pantoufles de Mariette aux pieds, fera l'affaire. Encore faut-il se la procurer ? Qu'à cela ne tienne, parmi les complices de l'infâme Vaudois, il se trouve un scaphandrier un peu barbeau sur les bords qui fournira la marchandise. Cauro recrute la fille, probablement une *bagasse*[1] que personne ne viendra réclamer et l'amène à Malmousque au prétexte d'une soirée « spéciale » où elle pourra faire une prestation. On l'estourbit pour le compte – je vous rappelle que la malheureuse avait deux vertèbres cervicales fracturées – et comme on a un scaphandrier sous la main et un canot automobile amarré à proximité, par une nuit tranquille, on va la fourrer dans le passage sous-marin de l'île

1. Prostituée travaillant dans la rue, ce qui à l'époque des « maisons » est le bas de l'échelle.

de Daume, avec une corde aux pieds et un rocher en guise d'ancre, afin de pouvoir la ressortir au bon moment devant témoins pour en faire une Mariette noyée tout à fait présentable, si j'ose cette lamentable astuce. La vraie, pendant ce temps, se cache un moment et se transforme en blonde incendiaire qui vient nuitamment faire des galipettes avec son complice et amant à qui elle a fait perdre le sens commun.

Raoul Signoret pouvait enfin poser la question qui le taraudait depuis si longtemps :

— Comment explique-t-on l'état de décomposition avancée de cette pauvre fille ?

— Tu avais raison de tiquer là-dessus, mon Raoul. Il n'était, bien sûr, pas possible de programmer le jour du meurtre. Il dépendait du bon vouloir de Deshôtels. Il se trouve qu'à ce moment-là, le vieux notaire – lassitude, canicule, fatigue momentanée ? – a fait un peu traîner les choses. Mais pendant ce temps, la noyée – tuée à l'avance, si j'ose dire – mijotait dans son bouillon. Elle a dû y séjourner plus de deux semaines, d'après les déclarations de Mariette Chabas. Ce qui explique son état.

Raoul Signoret soupira :

— Et les légistes n'ont rien vu… ou ils s'en foutaient. Quel scandale ! On appelle ça des experts…

Malgré l'horreur de ses propos, le policier semblait satisfait. Il jeta un coup d'œil à ses notes :

— Bon je crois n'avoir rien oublié. Ah, oui ! Pardon. Je vous dois encore quelques éclaircissements. Nous avons parlé de l'aspect crapuleux, du volet sordide de l'affaire. Mais je ne vous ai rien dit du dossier financier. Tout ça part d'une affaire de gros sous, je vous l'ai dit. Ces sous qui rendent les hommes fous, les transforment en bêtes fauves, les privent de tout scrupule. Vaudois, pris la main dans le sac par Deshôtels, ne pense plus qu'à une chose : le supprimer. Mais il n'a pas perdu de vue que ce peut être aussi l'occasion de se refaire sur le plan financier. Il n'a plus le rond depuis qu'il a dû rembourser celui dont il avait pillé le coffre pour que ce dernier ne porte pas plainte. Il sait que le notaire planque chez lui des valeurs. En mettant Liselotte hors de combat, il peut accéder au coffre et à ce qu'il contient en empruntant la clef que détient la gouvernante. Il fera d'une pierre deux coups. Mais ce garçon – je vous l'ai dit aussi – n'a pas de chance dans sa crapulerie. Vous avez vu qu'il s'était fait pincer dans l'affaire du Crédit Lyonnais à cause d'une erreur de numéro de coffre. Ici, voilà que – tandis qu'il est en train de faire passer *ad patres* son patron et parrain – débarque quelqu'un qu'on n'attendait pas. Les deux assassins se croyaient seuls dans la villa, la gouvernante endormie pour longtemps et voilà qu'arrive dans la chambre du notaire quelqu'un que l'on croyait comme tous les soirs dans les bordels du quartier réservé. Vous avez reconnu l'ineffable Alfred Deshôtels. Il avait pris la veille une des cuites de sa vie, il en était mal remis et avait fait un malaise en début de soirée au milieu des filles et en présence de la sous-maîtresse. Celle-ci, pour éviter qu'il ne claque dans son établissement, ce qui fait mauvais effet auprès de la clientèle et attire les flics comme des mouches, l'avait fait rapatrier en fiacre vers Malmousque. Et le voilà qui débarque en pleine séance de strangulation. Attiré par le raffut que fait son père qui gueule au secours, il entre dans la chambre, découvre les deux autres, qui ne l'ont pas entendu arriver, en plein travail.

— Ah, le salaud ! lâcha Rabinel.

Baruteau poursuivit :

— *Que croyez-vous qu'il arriva ? Ce fut Deshôtels qui creva*, aurait dit Voltaire. Car loin d'intervenir, Alfred, que les deux autres répugnent à transformer aussi en macchabée, ils en ont assez d'un – sans parler de la noyée – attend qu'ils aient fini et au lieu de prévenir la police, leur propose un marché. Bien que noyé dans les brumes alcoolisées, il a tout compris et ne perd pas le nord : en échange de son silence, il entend avoir sa part du magot paternel qui va lui tomber tout rôti dans le bec alors qu'il ne l'espérait plus.

Raoul se tourna vers le domestique :

— On comprend mieux pourquoi, mon cher Victor, monsieur Alfred n'avait pas l'air plus étonné que ça au moment où, en principe, il découvrait son père pendu et la gouvernante dans les pommes.

— Et avec quels sous il a acheté sa *Darracq,* renchérit Rabinel.

— Peut-être même aura-t-il aidé son désormais complice à pendre le notaire à son espagnolette, ajouta Boucard. Je ne m'étonnerais plus de rien venant de la part de ces gens-là.

L'ordre du jour étant épuisé, comme on dit dans les assemblées générales, on leva la séance, non sans avoir trinqué à l'heureuse issue de l'enquête, à la mémoire des victimes innocentes et au prochain châtiment des coupables.

— Je crains que l'avenir de Mlle Mariette Chabas

ne soit un peu compromis, dit Baruteau en levant son verre. Mais entre nous, elle l'aura cherché.

On se sépara dans la nuit, chacun regagnant son logis. Dans le fiacre qui les ramenait vers la ville Eugène Baruteau demanda à son neveu :

— Tout cela ne t'aura pas coupé l'appétit, j'espère.

— Pour l'instant un peu, mais je ne désespère pas de le retrouver.

— Tant mieux, dit le policier, car je te propose pour dimanche au cabanon une oursinade géante, grâce à la générosité coutumière de mon ami Gaby.

— Celui qu'on surnomme Dido le *Pirate* ?

— Lui-même. Tu sais que c'est un plongeur hors pair.

— Je sais.

— Il m'a promis une *banaste*[1] d'oursins frais pêchés par ses soins. *First quality*. Ça te botte ?

— Plutôt. En ce moment, j'évite tout ce qui est crustacé. Quand je vois un crabe ou une crevette je ne peux pas m'empêcher de penser à la *doublure* de Mariette Chabas !

---

1. Un couffin, un grand panier.

24.

Où tout est bien qui finit bien – devant une oursinade monstre – par un complot familial réussi.

Chaque fois que, chevauchant sa bicyclette *Gladiator* offerte par Cécile, Raoul Signoret pédalait sur la promenade de la Corniche, il avait l'impression d'être en vacances, même au cours de l'enquête ou du reportage le plus ardu. Magie du paysage, ivresse de l'air marin, tout contribuait à dépayser *l'indigène* le plus blasé. Déboucher dans le tournant qui précède Endoume et apercevoir brusquement l'archipel de ces trois îles de calcaire blanc tachées de touffes rases vert sombre, posées sur la mer comme quelques monstres antédiluviens figés par un dieu terrible, c'était une émotion toujours nouvelle. Une sorte d'ivresse vous prenait face à tant de beautés à la fois. Sans l'avoir prémédité, le reporter ralentissait son allure afin de ne pas perdre une miette du spectacle, jamais tout à fait le même, selon la lumière, le moment de la journée, les conditions atmosphériques. Il avait essuyé ici d'effrayantes tempêtes de *labé*[1] qui précipitait des vagues hautes comme des immeubles sur les rochers, avec des déflagrations d'artillerie. Il y avait zigzagué, poussé dans le dos par un mistral furieux acharné à le déséquilibrer et contre lequel il fallait déployer autant de ruse que de force pour ne pas chuter sur une bourrade plus violente que les autres, piégé par les rails du tramway complices du vent maître. Il y avait connu le déluge au printemps, quand toute l'eau de l'année tombe sur Marseille en quelques heures, transformant ses rues en fleuves avec affluents convergeant vers le Vieux-Port. Il y avait affronté la traversée du désert à l'heure méridienne quand le soleil accable la terre de ses rayons. Mais la plupart du temps, il avait parcouru la promenade de la Corniche comme ce soir, paisible et accueillante, dorée à point par la douce lumière de l'automne, qui mettait en valeur les demeures « des riches » perchées sur les pentes, précédées de jardins de rocailles plantés de cyprès, d'eucalyptus, de bougainvilliers et de palmiers, voisinant sans façons avec d'anciens cabanons promus au rang de « villas » par l'ajout d'une aile ou d'un étage, érigés sans permis de construire, mais au nom du permis de jouir de la vie.

Malmousque dépassée, où le reporter n'avait pas pu s'empêcher d'évoquer les péripéties de l'aventure tragique qu'il venait de vivre, Raoul Signoret avait forcé le train. Là-bas, de l'autre côté de la rade-sud, au bord des rochers dont il apercevait déjà la dentelle au loin, encore éclairée par la lumière chaude

1. Vent violent venu de l'ouest qui soulève la mer comme ne le fait pas le mistral le plus furieux.

du couchant, l'attendait un moment de grâce dans sa vie mouvementée.

Eugène Baruteau avait embarqué toute la tribu à bord de sa *Turcat-Méry break-salon* toute neuve pour *l'oursinade* promise. La tribu, c'est-à-dire tous les êtres que le journaliste chérissait le plus au monde : outre son oncle, la femme de celui-ci, *Thérésou*, cuisinière d'élite, qui, ce soir, « n'aurait qu'à mettre ses pieds sous la table », c'était promis, la mère du reporter, Adrienne Signoret, Cécile, sa femme et leur fille Adèle, auxquelles Placide Boucard avait été prié de se joindre.

Le commissaire divisionnaire avait « cueilli » l'ex-journaliste du *Bavard* à l'heure convenue à l'arrêt « Malmousque » du *Circulaire Corniche*, le tramway de fête qui, depuis avril, avait transporté des centaines de milliers de visiteurs de l'Exposition coloniale en leur faisant parcourir ce superbe « chemin des écoliers » que constituait la corniche marseillaise.

Tout ce beau monde était déjà sur place, on n'attendait plus que Raoul, esclave du labeur, qui arrivait directement du journal, son article du jour achevé.

Pour l'instant, le reporter était en admiration devant l'automobile de l'oncle garée sur le bas-côté du chemin de la Madrague-de-Montredon, devant le sentier rocheux qui descendait vers le cabanon du policier. L'engin avait attiré un groupe de badauds de tous âges et conditions. Ils tournaient autour, tâtaient les coussins de cuir, passaient la main sur la carrosserie vert sombre aux courbes artistement soulignées de filets dorés, faisaient retentir la trompe, admiraient la rutilance des lanternes de cuivre, les vitres aux angles biseautés, le grand pare-brise vertical qui mettait le conducteur comme en vitrine, les roues à larges rayons peintes en jaune canari ; ils se perchaient sur les barreaux de l'échelle verticale permettant d'accéder à la galerie fixée sur le toit de l'engin, au-dessus de l'habitacle fermé – qui lui donnait une allure de petite diligence – auquel on accédait par une porte placée tout à l'arrière. Les plus culottés s'installaient un instant à la place du chauffeur qui était à droite de la banquette avant, prévue pour trois personnes, afin que l'automédon eût à portée de main la crémaillère du frein à main. Le *Break salon* 22 hp des cousins Léon Turcat et Simon Méry pouvait transporter sept passagers à l'aise. Les constructeurs marseillais semblaient avoir hésité à abandonner la ligne générale d'une voiture hippomobile et l'automobile à pétrole ressemblait encore vaguement à un fiacre dont on aurait banni le cheval, remplacé par le capot du moteur, symbole du progrès en marche et d'une modernité triomphante, tout comme les pneumatiques à chambres à air et la roue de secours placée sur le côté de la caisse. Mais ce qui amusait le plus les badauds c'était le grand étui de rotin tressé destiné à accueillir les parapluies de toute la famille, que le robuste engin portait fièrement sur le côté droit, comme un spadassin sa rapière.

Raoul Signoret prit sa *Gladiator* sur l'épaule et descendit d'un pas allègre le sentier tracé dans la roche qui aboutissait à la terrasse devant le cabanon de l'oncle Eugène.

En règle générale, quand le chef de la Sûreté marseillaise séjournait là, il laissait au vestiaire sa grosse moustache noire, ses sourcils épais et sa voix de stentor de commissaire divisionnaire habituée à donner des ordres.

Ce soir, ça n'avait pas l'air d'être le cas. Plus il approchait, plus le reporter percevait des cris et des protestations émises par le policier.

Quand il déboucha sur la terrasse, Raoul aperçut sa tante Thérèse, lunettes sur le nez, une pince à épiler dans la main droite, tenant dans la gauche celle de son époux affalé sur une chaise paillée.

— Fais un peu attention, *Thérésou,* tu me fais un mal de chien ! Vas-y doucement !

Mme Baruteau rouspétait :

— Eh, je voudrais t'y voir. Je suis là à me crever les yeux et en plus je me fais enguirlander.

Apercevant son neveu qui déposait sa bicyclette contre le mur du cabanon, le policier annonça, comme s'il s'agissait d'un exploit sportif :

— Record personnel battu : j'ai ouvert deux cents oursins !

— Avec mes ciseaux à couture ! précisa tante Thérèse. Ils sont bons à jeter, maintenant.

Elle désigna son époux :

— Tout comme lui. Regardez-le, ce *mains de pàti*[1]. Il s'est fourré des épines, pire qu'une pelote d'épingles. C'est comme à la maison. Quand il plante un clou, tu es sûr qu'il fait tomber le mur !

Malgré les cris de douleur de Baruteau, sa femme fouaillait de l'extrémité des pinces les phalanges grassouillettes de son époux pour en extraire les dards

1. Maladroit, incapable.

profondément enfoncés. Elle justifia son intervention :

— Qu'il aille pas en plus *me* faire des panaris. Tout ça pour manger des oursins où il y a rien dedans…

Baruteau expliqua à l'attention de son neveu :

— Forcément, ils sont pas encore pleins, c'est pas la saison, mais qu'est-ce qu'ils sont bons, déjà. Et j'en connais une qui va pas y cracher dessus.

— Bien sûr, admit *Thérésou.* On va pas les jeter, non ?

Raoul salivait déjà devant les trois monticules d'oursins *châtaigne* installés sur des plateaux empruntés à l'écailler de La Madrague, dont les piquants luisants – ceux qui avaient épargné la paume du commissaire – bougeaient encore. Ils offraient comme dans une corolle leur corail orangé, cette petite étoile de mer à cinq branches d'une saveur si délicate sur un bout de pain frais.

Le reporter embrassa Cécile qui sortait du cabanon et venait à sa rencontre.

— Je ne vois pas notre fille préférée.

— Elle joue au *Nain jaune* avec un petit voisin dans le cabanon à côté. On l'appellera quand on passera à table.

Raoul rejoignit Placide Boucard qui, un verre d'absinthe à la main, la tête tournée vers le large, se laissait caresser, yeux mi-clos, par les derniers rayons du couchant.

— C'est presque aussi bien que chez moi, ici, dit le vieux reporter, car je suis pile en face de ma presqu'île natale.

Malmousque, en effet, se détachait de la ligne

sombre de la Corniche comme la proue d'un navire pétrifié.

Raoul chambra son confrère :

— Regarde un peu dans la chambre à coucher de Vaudois pour voir s'il n'y aurait pas des gens en train de faire des choses pas convenables.

— Ah, si j'avais mes jumelles ! répliqua Boucard en riant. Dis, elle m'aura coûté cher, cette enquête. Je ne peux pas faire de note de frais, moi !

— Non, mais rien ne t'empêche d'accepter le cadeau d'un ami.

— Un ami ?

— Moi, Raoul Signoret. Je suis ton ami.

— Je le sais, mais...

Le reporter tendit au *Bouc*, qui avança machinalement la main, un paquet en forme de parallélépipède d'une vingtaine de centimètres de côté.

L'ex-journaliste déchira le papier qui entourait une boîte de carton avec l'air de celui qui redoute d'y découvrir une bombe à retardement.

— Qu'est-ce que c'... oh, des jumelles ! C'est pour moi ?

— Sûr !

— Oh, ça c'est gentil...

Boucard ne put aller plus loin. Ses yeux s'embuèrent.

Il embrassa Raoul.

— Tu vas pas pleurer, Placide, ça va t'empêcher de faire le point.

Boucard, comme un vieil enfant au matin de Noël, retournait dans ses mains une paire de jumelles anciennes de marque *Deraisme*, au double affût de cuivre recouvert en cuir noir, avec des oculaires en bakélite.

— Elles sont magnifiques. Où tu as trouvé ça ?

— Chez un antiquaire de la rue Montlaux[1]. Ce sont des jumelles pour les courses de chevaux, mais le marchand m'a assuré que ça marche aussi quand on regarde la mer avec !

— Je comprends ! assura Boucard qui les avait déjà devant les yeux et tournait la molette de mise au point. *Té,* j'aperçois le cadavre de Vaudois qui flotte au large du phare de Planier.

— Si le vent mollit pas, dit Baruteau qui s'approchait, dans deux jours il devrait apercevoir la casbah d'Alger. J'espère que les mahométans n'auront pas la mauvaise idée de me le réexpédier.

La main gauche du commissaire était enveloppée d'une bande qui retenait une compresse baignée d'alcool iodé.

— Votre ami *Dido* n'a pas lésiné sur les quantités, mon oncle, remarqua Raoul.

— Quand il s'agit de faire plaisir aux amis, *Dido* ne lésine jamais. Mais tu sais, si ça fait du volume, ça ne représente jamais qu'une trentaine d'oursins par personne. *Thérésou* a raison, y a pas grand-chose à manger. Heureusement, j'ai apporté du fromage et ma chère épouse a fait une grosse tarte aux abricots. Avec ça, on pourra attendre le petit déjeuner de demain.

— Il les prend où *Dido* ses oursins ?

— Officiellement, ils sont « tombés du *pointu* » d'un ami pêcheur qui les avait par mégarde ramassés

1. Aujourd'hui rue Edmond-Rostand. Le « père » de Cyrano de Bergerac y est né.

avec une *radasse à oursins*[1] du côté de Carry-le-Rouet.

— Et officieusement ?

— Je pense que c'est lui qui va les chercher. Il connaît tous les bons coins de la rade. Y compris ceux qui recèlent des amphores antiques.

— Mais dites-moi, mon oncle, c'est pas tout à fait légal, tout ça non ?

Baruteau se fit bonhomme :

— Oh, mon petit, nous sommes à Marseille, tu l'oublies ! Qu'est-ce qui est légal, qu'est-ce qui ne l'est pas, ici ? Bien malin qui pourrait le dire. Même un flic de mon acabit.

— Mais, vous en profitez.

— Et toi, tu n'en profites pas, sainte Nitouche ? Tiens, il te plaît, mon cabanon ?

— Bien sûr.

— Tu aimes y venir ?

— Naturellement.

— Ça te dirait si je te le laissais par héritage ?

— Oui, mais le plus tard possible.

— D'accord, mais crois-tu qu'il ait bénéficié d'un permis de construire ?

— Euh…

— Tu vois ? Pourtant tu y viens, tu en profites, sans remords. Comme moi, pour les oursins de mon ami *Dido*. Il faut bien que quelqu'un les mange ! Allez, si on passait à table, au lieu de *barjaquer* pour ne rien dire.

---

1. C'est un filet lesté qui sert à racler les fonds sur lesquels il est traîné. La *radasse* est aussi le nom argotique de la prostituée. Par analogie avec quelqu'un (la traînée) qui est toujours allongé sur le dos le filet lui a chipé son nom.

Les trois hommes se dirigèrent d'un pas débonnaire vers les deux tables dressées sur la terrasse où ces dames avaient mis le couvert, prévu un grand couffin d'alfa pour recueillir les oursins vides et disposé des lampes-tempête autour desquelles des papillons de nuit étaient déjà en transes. De temps à autre l'un d'eux finissait sa courte existence dans un grésillement bref, pour avoir de trop près tutoyé la flamme fascinante.

— Je ne vois toujours pas Adèle, dit Raoul à Cécile.

— Je viens de la faire prévenir. La partie de *Nain jaune* est presque terminée. Commençons sans elle.

Adrienne Signoret arrivait du cabanon avec trois flacons du fameux rosé fruité de La Bédoule que le commissaire avait lui-même mis en bouteilles et qui reposaient depuis plusieurs heures dans un seau contenant un bloc de glace.

Baruteau en servit une tournée en demandant à son neveu.

— Tu l'as goûté ?

— Pas encore. Ce que vous m'avez laissé, Boucard et vous, est encore dans le tonneau à la maison.

Le policier leva son verre.

— Il serait temps de le mettre en bouteilles si tu veux qu'il reste bon. À nos santés !

— À nos santés ! répondit le chœur des buveurs.

Boucard ne résista pas à une citation bachique toujours tirée de *Faust* :

« Buvons, trinquons !
Et qu'un joyeux refrain
Nous mette en train !
Nous mette en train ! »

Tous levèrent leur verre de rosé qui, dans la lumière des lampes, prit une couleur tuilée ravissant l'œil avant que le palais ne reçoive sa part.

Eugène Baruteau saisit le premier un oursin ouvert entre le pouce, l'index et le majeur et, dans une attitude d'officiant à la messe, le présenta aux convives comme un ciboire minuscule.

— Voyez-vous mes chers enfants, le geste machinal qui me fait saisir ce sympathique et succulent échinoderme, dont nous allons déguster les organes génitaux – je le dis en passant au cas où ce détail dégoûterait certains d'entre vous, car alors il y en aurait plus pour ceux qui s'en délectent – cet oursin pentamère, dis-je, pour l'appeler par son nom, provoque en moi une réflexion profonde dont je voudrais vous faire profiter : il y a des piquants partout, pour les franchir il faut s'y déchirer les mains, et tout ça pour atteindre des plaisirs minuscules, parcimonieusement accordés : eh bien, c'est pour moi la métaphore parfaite de l'existence humaine !

Sur ces fortes paroles, à l'aide d'une bouchée de pain, il torcha en un tournemain le corail au goût subtil et le fourra sans tarder dans sa large bouche.

Après le moment de stupeur silencieuse qui avait accueilli la réflexion métaphysique du policier, Raoul Signoret émit un long sifflement d'admiration.

La sœur du divisionnaire, mère de Raoul, fut plus directe :

— A ben parla ma... qu'a dit[1] ?

Quant à *Thérésou* Baruteau, elle s'inquiéta carrément.

1. Plaisanterie traditionnelle quand un discours dépasse son auditoire.

— Dis, Eugène, si ça te rend comme ça, les oursins, je te fais un *bistec* à la place.

Le policier leva les bras au ciel de façon théâtrale.

— Garde-t'en bien, malheureuse ! Mais rassurez-vous. C'était seulement pour vous impressionner. J'avais répété longuement avant de venir.

— Mon frère a toujours été un grand cabot, dit Adrienne Signoret à l'attention de sa belle-sœur.

Depuis quelques instants, tout en savourant sa part, Raoul avait l'air plongé dans une réflexion qui lui faisait froncer les sourcils.

Cela n'échappa à l'œil du policier habitué à lire sur les visages ce qu'on voulait lui cacher.

— Oh, Raoul ? Tu as un souci ?

— Pas du tout mon oncle. Je suis ravi de vous voir de si belle humeur en dépit de la douloureuse crucifixion de la main gauche que vous avez endurée pour racheter nos péchés de gourmandise.

— Mais ?...

Raoul secoua la tête :

— Non, pas ce soir. J'ai une chose à vous demander qui n'a rien à voir avec le travail et je ne voudrais pas par des propos sérieux plomber l'atmosphère joyeuse qui règne autour de cette table. Je vous parlerai un de ces quatre d'un sujet qui me préoccupe depuis plusieurs semaines.

Les convives, qui puisaient allègrement dans les pyramides hérissées, prirent un air attentif et suspendirent leur geste.

— Pourquoi pas maintenant ? dit Baruteau. C'est une chose que tout le monde peut entendre ?

— Bien sûr ! dit Raoul.

— Alors, accouche.

Le reporter hésita un bref instant puis se lança :

— Êtes-vous en bons termes avec notre ministre de l'Intérieur ?

— Pourquoi ? Tu veux que je te fasse avoir la rosette ?

— Non, mais je me demandais s'il vous avait *à la bonne.*

— Mon petit, répliqua Baruteau, dis-toi qu'un ministre de l'Intérieur n'a JAMAIS un chef de la Sûreté *à la bonne.* Clemenceau moins qu'un autre.

— Pour quelle raison ?

— Parce que « le premier flic de France » pense toujours que ses adjoints n'ont jamais suffisamment arrêté de bandits. Et il a besoin de résultats pour clouer le bec à l'opposition.

— Il ne s'agit pas de banditisme, mais de simple humanité.

Baruteau, qui savait parfaitement où son neveu voulait en venir, jouait cependant au chat et à la souris.

— D'humanité ? comme tu y vas. Tu te prends pour Jaurès ?

— Non, rassurez-vous, je ne vais pas fonder un journal. Celui qui m'emploie me suffit. Mais vous êtes bien placé pour connaître la situation de Thomas Ullmann. Ce garçon est orphelin parce que la justice française s'est comportée de façon odieuse et inhumaine avec sa mère. Elle a condamné une innocente et l'a poussée à se détruire. Nous devons compensation à son fils.

Raoul fit une brève pause, comme si ces pensées douloureuses lui serraient la gorge, puis il reprit :

— Faute de pouvoir rendre sa maman à Thomas Ullmann, Cécile et moi avions pensé que nous pourrions lui offrir – sinon une famille – du moins un cadre familial lui permettant de préparer sa vie d'homme dans les moins mauvaises conditions. C'est un garçon remarquable, très mûr pour son âge et...

Baruteau, ému, regarda son cher neveu avec dans les yeux toute la tendresse du monde.

— Tu voudrais l'adopter, c'est ça ?

— En quelque sorte. Pourriez-vous nous y aider, avec vos relations ? D'autant qu'il s'entend très bien avec Adèle et que...

— Eh bien allons les chercher, dit Baruteau.

Raoul ne comprit pas le sens de cette invite.

— Comment ça, allons les chercher ? Qui ? Où ?

Cécile, qui était l'âme du complot, se leva et entra dans le cabanon. Elle en ressortit presque aussitôt, suivie par deux enfants, un garçon et une fille, qui se tenaient par la main. Ils saluèrent l'assistance tournée vers eux, par une révérence, comme deux artistes face au public.

Baruteau reprit la parole et dit sur un ton faussement solennel :

— Monsieur Signoret, je vous présente mademoiselle Adèle Signoret, votre fille légitime, accompagnée de monsieur Thomas Ullmann qui, si monsieur Georges Clemenceau, ministre de l'Intérieur, tient la promesse qu'il m'a faite, pourra bientôt s'appeler Thomas Ullmann-Signoret. Si cela vous *agrade*[1], bien entendu.

Raoul, rendu muet, la bouche ouverte, se dressa.

— Vous avez fait ça, mon oncle ?

— Un peu, mon neveu ! Dans le complot ourdi

1. Vous convient.

par Cécile Signoret, née Jacquemet, ici présente, j'ai tenu le rôle du coup de pouce, si l'on peut dire. Les démarches sont faites, les papiers sont en cours, le ministère a pris contact avec l'ambassade d'Allemagne et ce n'est plus qu'une question de temps. Tu sais qu'il en faut pour retrouver les tampons officiels, toujours enfouis sous les piles de dossiers que personne ne lit dans les ministères. Mais je ne désespère pas de les voir reparaître au grand jour. Au besoin, on en fera fabriquer de faux par des artisans locaux qui sont aussi au nombre de mes relations et ne savent rien me refuser.

— Et vous étiez tous au courant, mon oncle ?

Baruteau eut un ricanement bref :

— Parfaitement. Il t'arrive à toi aussi de faire des cachotteries aux gens, n'est-ce pas ? Eh, bien nous te rendons la monnaie de ta pièce. Même Boucard le savait. Tu es donc comme le cocu de l'histoire : le dernier à être au courant.

Raoul, très ému, eut la force de sourire :

— C'est la première fois que cette perspective m'enchante.

Le reporter embrassa son oncle comme du bon pain, vint le tour de sa mère et de sa tante, il prit Cécile dans ses bras et demanda, tout à coup anxieux :

— Mais... Thomas est d'accord ?

Le garçon blond fit un signe de tête.

— Oui, monsieur

— Oui, Raoul.

— Oui, R... Raoul.

— Il accepte même d'être comme mon frère de lait, déclara Adèle.

Baruteau rigola en s'adressant à sa petite-nièce :

— Si je me fie à son teint, Thomas en a bu plus que toi, du lait !

Le reporter prit le garçon blond aux épaules et l'embrassa sur ses joues rebondies.

— Pour le lait à partager avec Adèle, c'est un peu trop tard, Thomas. Mais tu vas fêter ça en mangeant au moins un oursin avec nous.

— Même une douzaine si tu veux papa, intervint Adèle. Il y a goûté cet après-midi avant que tu arrives. Il a-do-re. Tu comprends, on a fait un essai, d'abord. On ne voulait pas gâcher la fête, au cas où il n'aurait pas aimé.

Le reporter sourit au jeune Allemand qu'il considérait déjà comme son fils adoptif. Un fils tout fait, ce qui épargnerait du tracas à Cécile. Et rétablirait l'arithmétique familiale[1].

— Après les *supions,* les oursins... tu vas devenir un vrai petit Marseillais, Thomas.

— Il lui reste l'ail, les olives et les pieds-paquets, dit Thérèse Baruteau qui, comme sa belle-sœur, contemplait le charmant tableau avec des yeux brillant d'émotion.

— Peut-être, après, on pourra passer aux *violets*[2], risqua *Le Bouc* qui s'associait à la joie familiale.

— Oh, ça, j'insisterai pas, dit Adrienne Signoret. Même moi, une Marseillaise vraie de vraie, j'y arrive

1. Cécile a perdu le bébé qu'elle attendait à la suite d'une forte émotion. Voir *Le Secret du docteur Danglars, op. cit.*

2. Créature étrange, ni crustacé ni mollusque. Sa forme l'a fait surnommer « patate de mer ». Elle se présente comme une petite outre munie de deux orifices opposés à travers laquelle passe l'eau de mer. On ne consomme que la partie jaune interne qui ressemble à de la brouillade fortement iodée. On l'adore ou on l'exècre.

pas. D'abord c'est dégoûtant à voir, ensuite avec ce goût d'iode, c'est immangeable.

Cécile, debout, avait entouré de ses bras les épaules d'Adèle et Thomas.

Raoul se pencha vers son oncle :

— Regardez comme elle est belle ma femme avec ses *deux* petits...

Tout en organisant une nouvelle tournée de rosé, Eugène Baruteau dit à mi-voix à l'oreille de son neveu :

— C'est égal : en janvier 71, sur les bords de la Loire, quand nous avions les Prussiens au cul, avec le corps-franc de la Garde mobile des Bouches-du-Rhône, si on m'avait dit qu'un jour je serais le grand-oncle *par intérim* d'un petit *Boche*...

Du même auteur :

Romans

La Poisse, Nouvelles Éditions Baudinière, 1981 ; adapté pour la télévision (France 2) sous le titre « *Pris au piège* », Grand Prix international au festival du film policier de Cognac en 1992. Réédité sous le titre *Pris au piège*, Autres Temps, 2002.

Comme un cheval fourbu, Belfond, 1984. Réédition L'Écailler du Sud, 2007.

Un jour tu verras, Belfond, 1987.

La Cathédrale engloutie, Grasset, 1992.

L'Énigme de la Blancarde, Lattès, 2002. Prix Paul-Féval 2003 de littérature populaire, décerné par la Société des Gens de Lettres de France.

La Faute de l'abbé Richaud, Lattès, 2003. Prix Jean-Toussaint Samat du roman policier décerné par l'Académie de Marseille.

Le Secret du docteur Danglars, Lattès, 2004.

Double crime dans la rue Bleue, Lattès, 2005. Prix Rompol 2005 du site Le Rayon du Polar.

Le Spectre de la rue Saint-Jacques, Lattès, 2006. Prix du Carré des Écrivains marseillais 2006.

Le Guet-apens de Piscatoris, Lattès, 2008.

Le Vampire de la rue des Pistoles, Lattès, 2009.

L'Inconnu du Grand Hôtel, Lattès, 2010.

La Somnambule de la Villa aux Loups, Lattès, 2011.

La Vengeance du Roi-Soleil, Lattès, 2013.

Rendez-vous au moulin du diable, Lattès, 2014.

L'Affaire de la Soubeyranne, Lattès, 2015.

La Ville des tempêtes, HC, 2016.
Le Vol du Gerfaut, HC, 2018.
La Nuit des blouses grises, Lattès, 2018.

Nouvelles

Suite provençale, La Table Ronde, 1996. Prix Louis Brauquier 1996 de l'Académie de Marseille.
Les Raisins à l'eau-de-vie, Après la Lune, 2006.

Chroniques

Ça s'est passé à Marseille, 5 volumes, Autres Temps, 1992-1998. Grand Prix littéraire de Provence.

Histoire

Marseille, 2 600 ans d'histoire, écrit avec Roger Duchêne, Fayard, 1999.
Et Marseille fut libérée…, Autres Temps, 1994.
Marseille. L'heure bleue, photographies de Camille Moirenc, J. Laffitte, 2016.

PAPIER À BASE DE
FIBRES CERTIFIÉES

Le Livre de Poche s'engage pour
l'environnement en réduisant
l'empreinte carbone de ses livres.
Celle de cet exemplaire est de :
700 g éq. CO_2
Rendez-vous sur
www.livredepoche-durable.fr

Composition réalisée par PCA

Achevé d'imprimer en France par
CPI BUSSIÈRE (18200 Saint-Amand-Montrond)
en novembre 2019
N° d'impression : 2047146
Dépôt légal 1re publication : octobre 2009
Édition 07 - novembre 2019
LIBRAIRIE GÉNÉRALE FRANÇAISE
21, rue du Montparnasse – 75298 Paris Cedex 06

31/2531/7